Chabdaha

Teil 1

Der Keim der Hoffnung

Sabine Schubert

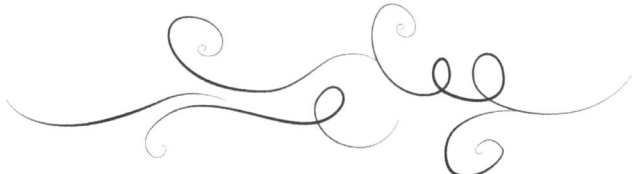

Bibliografische Information der Deutschen Nationalbibliothek:
Die Deutsche Nationalbibliothek verzeichnet diese Publikation
in der Deutschen Nationalbibliografie; detaillierte bibliografische
Daten sind im Internet über http://dnb.dnb.de abrufbar.

Herstellung und Verlag:
BoD – Books on Demand, Norderstedt

ISBN: 9783744815772

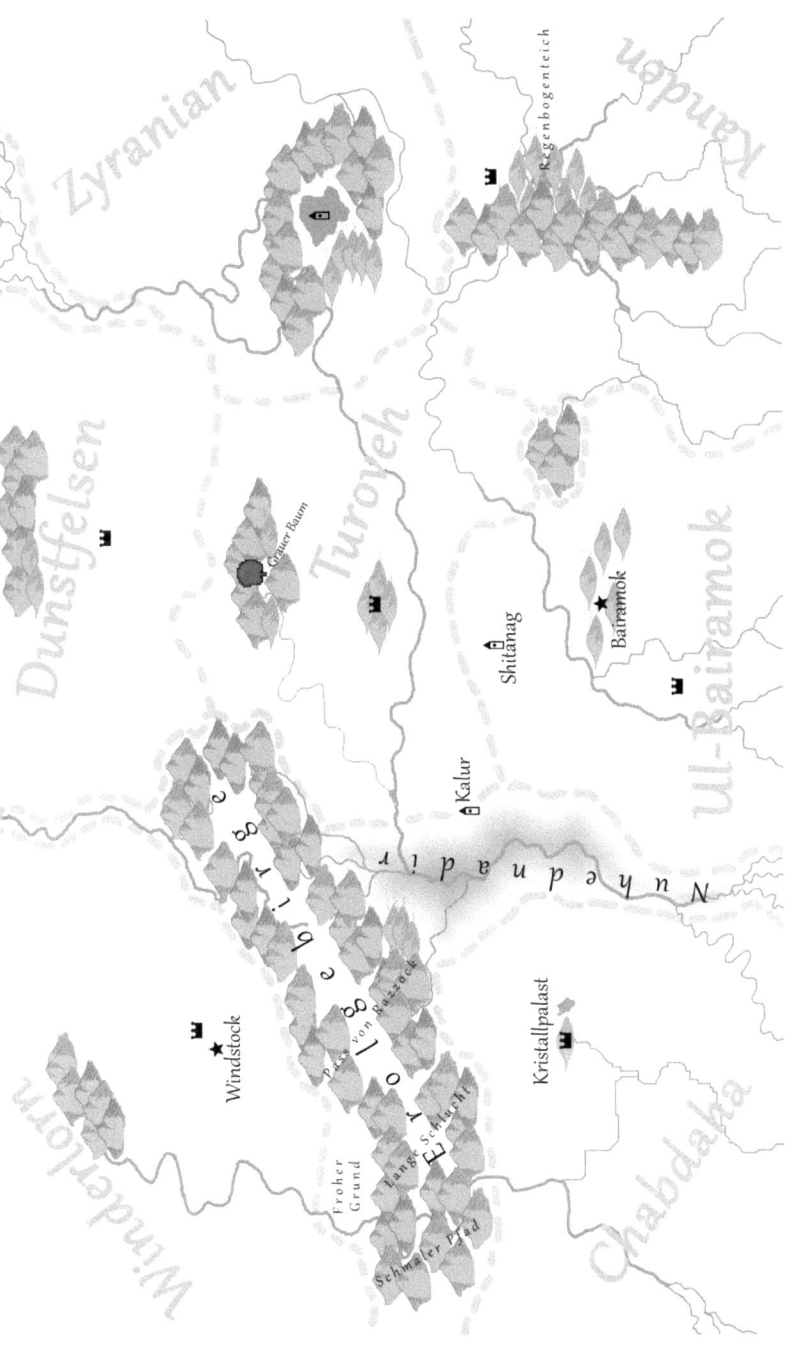

Prolog

Über eintausend Jahre ist es her … Eine ganze Reihe Menschenleben sind seither vorübergezogen. Mit jeder Generation änderten sich die Menschen. Sie wandelten vom Pfad der Güte zur Gier. Heute sind Raub, Mord und Krieg beinahe Normalität.

Vor eintausend Jahren, vor dem Wandel der Welt, gab es so etwas gar nicht, beziehungsweise sehr selten. Es war die Blütezeit des Landes Chabdaha. Unter dem Banner der Königin lebten die Magier nach einem strengen Kodex, der den Frieden in der Welt erhielt. Selbst die Bäume, die Tiere, das Wasser und der Wind berichteten ihrer Königin von Vorkommnissen, die den Frieden brachen. Wagte ein Mann, einem anderen etwas zu stehlen, egal was, kam die Kunde nach Chabdaha und wurde von dort aus verfolgt. Die Königin sandte ihre Magier aus, den Übeltäter aufzuspüren. Die Bäume und Tiere verfolgten diesen Mann und führten die Magier direkt zu ihm. Es war unmöglich, sich ihren Augen zu entziehen oder sich der Ergreifung zu widersetzen. Den Chabdani, die sich im Auftrag ihrer Königin auf der Jagd nach Verbrechern aller Art befanden, konnte keine Klinge gefährlich werden.

Es war ein Leben in Frieden überall auf der Welt. Der Kodex verbot es den Magiern, diese Künste für sich allein zu nutzen. Sie stellten Straftäter und übergaben sie den Königen und Richtern des jeweiligen Landes. Auch anderweitig unterstützten sie das Leben der Menschen. Trat ein König an die Königin Chabdahas heran, weil eine Dürre den Hunger in seinem Land ausbreitete, dann sandte sie ihre Magier in dieses Land aus, ihnen Regen zu bringen. Jedes Jahr zur Schneeschmelze wurden Flüsse umgeleitet, damit sie keine Dörfer überschwemmten. Drohte ein durch ein Gewitter ausgelöster Waldbrand, einen ganzen Landstrich auszulöschen, kämpften dutzende Magier an allen Seiten, das Inferno einzudämmen.

Die Chabdani waren ein Volk der Güte und Hilfsbereitschaft. Sie ließen ihre Mächte immer in guten Taten in fremde Richtung fließen. Der gewaltigen Macht in ihren Händen waren sie sich bewusst und gingen stets verantwortungsbewusst damit um. Nichts anderes hätte ihre Königin geduldet und hätten ihre Herzen vollbracht.

Bis das süße Zeitalter ein Ende hatte und die Welt ins Dunkel stürzte...

Meara lebte im Zentrum von Bairamok, der Stadt der Priester. Von außen nach innen nahmen Wachschutz und Verteidigungsanlagen immer mehr zu. Ebenso die Flora. Die Mitte der Priesterburg bildete ein gigantischer Garten, umgeben von den Gemächern der Priester und ihrer Diener. In diesem Garten lebte Meara.

Sie war eine Tochter der heiligen Gärten. Über ihre Eltern wusste sie nichts und auch sonst niemand. Eines Morgens kam eine Dienstmagd in den Gemüsegarten, um Kartoffeln fürs Mittagessen zu holen, da hatte sie Meara gefunden. Sie war in eine Decke eingewickelt gewesen, darauf war ihr Name gestickt worden, sonst hätte die Dienstmagd ihr wohl einen geben müssen.

Meara hatte nichts, konnte nichts und wusste nichts. Ihr Bett war eine Strohmatte mit zerschlissenen Decken, die die Priester nicht mehr brauchten. Ein anderes Leben verenden zu lassen, obwohl man helfen könnte, verstieß gegen den Glauben der Eremet, der Priester der Gärten. Nur deshalb hatten sie Meara aufgenommen, ihr einen Platz zum Leben und Essen gegeben. Dafür arbeitete sie in den heiligen Gärten, seit sie laufen konnte. Anfangs hatte sie bei der Dienerschaft gelernt und später bei den Priestern. Sie hatte kein Anrecht auf

Unterricht, aber wenn es sich ergab, dann lehrte man sie.

Meara war ein niedliches Mädchen gewesen, das zu einer wunderschönen jungen Frau herangewachsen war. Ihr Haar hatte die Farbe von flüssigem Gold und wellte sich geschmeidig über ihren Rücken. Von den schäbigen Kleidern abgesehen hätte sie ebenso eine Königin sein können. Sie war schlank und zierlich, wirkte immer irgendwie zerbrechlich, obwohl sie auch hart arbeiten konnte. Man sah es ihr nur nicht an. Nicht mal von ihren Händen konnte man die tägliche Arbeit in den Beeten ablesen. Ihre Haut war immer weich, und sie hatte keine Schwielen oder auch nur die kleinste Verletzung an den Fingern. Sie konnte ohne Handschuhe in den tückischsten Rosenbusch greifen, um alte Blätter abzusammeln, ohne den kleinsten Kratzer davonzutragen. Auch ihre Haltung entsprach eher einer Adligen statt Mittellosen. Ihr Gang war geschmeidig und ihre rosigen Lippen formten meist ein Lächeln.

Seit sie denken konnte war in ihr die Gewissheit gereift, es würde ihr umso besser gehen, desto mehr sie lernte. Daher hatte sie sich immer heimlich zu den Priestern geschlichen und zugesehen, nur um zu lernen, was die Priester bereits beherrschten.

Nun zahlte sich das aus. Einmal jährlich wurden drei Gesandte nach Zyranian geschickt. Ein Palast im See, hatte Meara irgendwann mal gehört, konnte sich darunter jedoch nichts vorstellen und tat es als Ammenmärchen ab. Im Wasser konnte man doch keinen Palast bauen. Wie sollten die Arbeiter dorthin gelangen, die die Stadt gebaut hatten? Und die Bewohner? Sollten sie jedes Mal durchs Wasser schwimmen, um nach Hause zu kommen? Oder zum Schlafen die Luft anhalten? Nein, das konnte nicht sein.

Zyranian war nicht nur ein Palast, es war eine Schule. Sie war sehr begehrt, denn jeder, der dort in Lehre gegangen war, genoss Ruhm, Ansehen und Reichtum. Meara wollte keinen Ruhm, keinen Reichtum, nur ein bisschen Ansehen. Nicht viel, nur genug, um nicht mehr von den anderen Kindern Bairamoks ausgelacht zu werden. Die schliefen jede Nacht in weichen Federbetten, gingen tagsüber zur Schule und verbrachten die Nachmittage und Abende mit ihren Freunden beim Spielen. Meara hatte keine Freunde. Die Bewohner in ihrem Alter konnten mit ihr nichts anfangen, außer sie als Ziel für Spott zu nutzen. Und die Dienerschaft war zu alt für Meara. Sie war meist allein und kümmerte sich um die heiligen Gärten. Seit die Priester gesehen hatten, was sie aus den Beeten erschaffen konnte, ließen sie ihr viel Freiraum zur Formung neuer Kunstwerke. Wo Meara Hand anlegte, erblühte jede Pflanze.

Um in Zyranian aufgenommen zu werden, musste man nicht reich oder geadelt sein. Die hohen Herren und Frauen dort entschieden nach einem Prüfungstag, wen sie aufnehmen wollten. Nur einen einzigen von den drei Gesandten jedes Jahr.

In der Theorie hatte Meara also die gleichen Chancen wie alle anderen. Sie war jedoch nicht auf den Kopf gefallen. Als sie nominiert wurde, war ihr klar, was hier gespielt wurde. Der zweite Gesandte war Lakro, ein Sohn des Müllers. Er hatte aber klar zu verstehen gegeben, dass er kein Interesse hatte, nach Zyranian zu gehen. Er wollte lieber den Beruf seines Vaters erlernen und irgendwann seinen Betrieb übernehmen.

Die dritte Gesandte war die Tochter eines hohen Edelmannes. Sie wollte um jeden Preis nach Zyranian. Meara kannte sie schon. Kyrlua von Shitanag. Seit Jahrhunderten regierte ihre Familie die Belange im Land Ul-Bairamok, dessen Hauptstadt Bairamok war. Nicht offiziell natürlich, aber sie waren die Herren der Feste im Norden und bezahlten in jeder Stadt und jedem Dorf mindestens einen Mann unter der Hand. So waren sie immer über alles im Bilde und konnten andersherum auch Informationen fließen lassen und das Geschehen lenken.

Kyrlua war in festlichen Gewändern geboren worden und aufgewachsen. Ihre Puppen hatten Schmuck aus echtem Gold getragen, wie Kyrlua selbst. Im Alter von sechs Jahren konnte sie mit bloßem Auge einen echten Diamanten von einer Fälschung unterscheiden.

Als Familie des Adels hatten sie auch das Recht, die heiligen Gärten zu besuchen. Immer wenn Kyrluas Vater in der Stadt Bairamok zu tun hatte, bettelte sie, dass sie ihn begleiten könne. Ihr ging es dabei nicht um die herrlichen Gärten, sondern einzig und allein um Meara. Sie zu beleidigen und herumzukommandieren war ihr liebster Zeitvertreib.

Anfangs hatte Meara zurückgeschlagen. Nicht mit einer Faust in dieses unechte Gesicht, obwohl sie auch das gern getan hätte. Nein, sie hatte zurückbeleidigt und es bitter bereut. Kyrlua war weinend zu ihrem Vater gerannt, der dann Mearas Bestrafung verlangte. Niemand fragte, wie es wirklich gewesen war, man bestrafte Meara vor Kyrluas Augen.

Umso älter Meara wurde, desto weniger ließ sie sich provozieren. Kam Kyrlua mal wieder zu Besuch, brachte sie ihr alles, was sie verlangte, mit einem Lächeln. Jedes Wort aus Kyrluas Mund prallte an Meara ab. Sie hörte es einfach nicht.

Beim ersten Mal hatte Kyrlua noch Spaß dabei empfunden, Meara immer weiter zu reizen. Die Worte waren immer unschöner geworden und einer hohen Dame schon lange nicht mehr würdig. Als das nicht gewirkt hatte, hatte sie absichtlich eine Tasse zu Boden fallen lassen und es Meara angehängt. Meara hatte lächelnd die Tasse aufgefegt, eine neue gebracht und Tee eingegossen. Ebenso milde lächelnd hatte sie sich bei Kyrlua entschuldigt. Der war dabei der Zorn glühend in die Augen gestiegen.

Beim Abschied hatte Meara ihr noch einen Gruß zugeflüstert. „Diese Schlacht fiel zu meinen Gunsten aus." Dann hatte sie das Tor hinter Kyrlua und ihrem Vater geschlossen.

Noch einige Male war Kyrlua zu Besuch mit ihrem Vater gekommen. Meara hatte aus dem ersten Sieg jedoch so sehr gelernt, dass sie sich kein bisschen mehr provozieren ließ. Nie wieder wurde sie wegen Kyrlua bestraft. Und irgendwann kam sie einfach nicht mehr. Meara konnte heute noch lachen, wenn sie nur daran dachte.

Sie hätte nicht geglaubt, Kyrlua überhaupt noch mal wiederzusehen, doch jetzt war es soweit. Die drei Gesandten würden gemeinsam nach Zyranian reisen. Meara war natürlich jetzt schon bewusst, dass diese Reise nicht angenehm werden würde. Außerdem stand bereits fest, wer den einen Platz in Zyranian kriegen würde. Offiziell sollte zwar nur zählen, ob man geeignet ist, aber unter der Hand nahm auch diese Schule gern Schulgeld an, das Meara nicht hatte, Kyrlua dafür umso mehr. Auch eine Schule im Dienste des freien Ordens muss schließlich auf ihren Ruf achten.

***

Torgal und Jaromir waren die besten Freunde, auch wenn das so nicht geplant gewesen war. Torgal war der Sohn des Königs in Winderlorn, also der Prinz und Thronfolger. Jaromir dagegen war der Sohn des Pferdewirts im Dienste des Königs. Er kümmerte sich um die Pferde, beschlug ihre Hufe neu und sorgte immer für alles, was sie brauchten. Jaromir sollte dieses Amt eigentlich übernehmen, aber er trieb sich mehr mit dem Prinzen herum, als das Handwerk zu erlernen.

Torgal wurde in den Thronsaal zu seinen Eltern gerufen und musste folgen. In diesen Momenten kam Jaromir mal zu etwas Unterricht bei seinem

Vater im Pferdestall.

Torgal mochte ein Prinz sein und viel zu sagen haben. Er konnte sich vieles erlauben, brauchte sich nie Gedanken über zu wenig Essen zu machen und hatte immer ein prunkvolles Dach über dem Kopf. Seinen Eltern gegenüber musste er jedoch Gehorsam zeigen. Und wieder einmal beschlossen sie etwas, das er ganz und gar nicht guthieß. Sie machten ihn zum ersten Gesandten und schickten ihn nach Zyranian.

„Was?!" rief Torgal entsetzt. Er wollte nicht dorthin. Er wollte zu den Palastwachen in Lehre gehen und ein Krieger seines Reiches werden. Seine Eltern wussten das, obwohl sie es vergessen zu haben schienen.

„Du gehst." legte sein Vater nach einer hitzigen Diskussion fest und beendete das Familiengespräch. Seine Berater kamen zu ihm.

Wutentbrannt stapfte Torgal aus dem Thronsaal. Sein Weg führte ihn natürlich zu den Pferdeställen. Auch Jaromirs Vater hatte immer ein offenes Ohr für den Prinzen. Mehr als der König auf jeden Fall.

Als Torgal den Eingang des riesigen Stallgebäudes erreichte, trat er als erstes gegen einen Strohballen und gab einen Wutschrei von sich. Das hatte gutgetan.

„Oh oh." schmunzelte Jaromir zu seinem Vater und ging dem Geräusch entgegen.

Torgal erzählte in rasendem Tempo, was seine Eltern ihm eröffnet hatten und wie er das fand und was er eigentlich wollte und und und. Der hört gar nicht mehr auf, dachte Jaromir amüsiert.

„Halte ein!" rief sein Vater schließlich. „Jetzt hole mal Luft, Junge, sonst kippst du noch um."

Seufzend ließ sich Torgal auf dem geschändeten Strohballen nieder, stützte die Ellenbogen auf die Knie und ließ seinen Kopf in seine Hände fallen. „Was soll ich denn jetzt machen?"

Jaromir war ein Spitzbube, genau wie Torgal, nur dass Jaromir sagen konnte, er hatte es von seinem Vater geerbt. Der war nämlich genauso.

„Jaro könnte sich bei den Palastwachen bewerben." murmelte er leise und kurz vor einem Lachanfall. Wenn jemals jemand erfahren sollte, dass dieser Vorschlag von ihm kam … Allein die Reaktion seiner Frau schreckte ihn ab.

Torgal wurde sofort hellhörig, nur Jaromir fiel aus allen Wolken. „Ich soll was?!"

„Tauschen." keuchte Torgal. „Würdest du für mich nach Zyranian gehen?"

Jaromir musste erst mal nachdenken. Am Ende sprach er mit dem Prinzen und hätte es tun müssen, wenn er es verlangte und der König ihn nicht aufhielte. Andererseits würde Torgal das nicht verlangen, wenn Jaromir etwas dagegen hätte. Sie waren eben nicht Prinz und Bediensteter, sondern richtig enge Freunde seit sie denken konnten.

„Geht das denn überhaupt?" zweifelte Jaromir.

„Niemand in Zyranian kennt mein Gesicht." eiferte Torgal schon wieder los. „Und bei den Palastwachen auch nicht. Sie stehen außerhalb der

Mauern und ich begegnete noch nie einem. Offiziell wenigstens."

Er hatte sich nur manchmal heimlich zu ihnen geschlichen und gelauscht oder sie beim Training beobachtet. Es war also durchaus machbar, dass die beiden Freunde die Plätze tauschten.

„Dann musst du mich noch unterweisen." lachte Jaromir. „Ich kann mich nicht königlich benehmen."

„Das lernst du schnell, aber würdest du das tun?"

Und Jaromir stimmte zu. Mit Pferden hatte er noch nie viel anfangen können, außer das Wettreiten gegen Torgal. Was genau er aus seinem Leben machen wollte, hatte er sich aber auch noch nicht überlegt, jetzt schlug das Schicksal zu.

In den nächsten Tagen machten sie im Geheimen aus Jaromir einen Prinzen. Torgal bewarb sich offiziell unter Jaromirs Namen bei den Palastwachen und wurde prompt aufgenommen. Torgal hatte darin schon immer sein Ziel gesehen und viel trainiert. Mit Jaromir, daher war er ein ebenso guter Kämpfer und Torgal wurden die Tore zu den hohen Wachen geöffnet. In wenigen Tagen würde er vom Prinzen zum Kadetten werden.

Jaromir dagegen verabschiedete sich sehr herzlich von seiner Familie und seinem besten Freund. Heimlich hatten sie schon Kleider getauscht. Torgal musste schließlich seinen Eltern Lebewohl sagen und erst danach mit Jaromir die Plätze tauschen, wenn sie auch sicher keiner mehr erkennen würde. Dafür musste Jaromir die Kleider von Torgal tragen und wurde damit zu einem Prinzen.

„Hoffentlich geht das gut." flüsterte er zu sich selbst, als er in der Kutsche den Palast verließ. Die Gardinen an den Türen hielt er noch eine ganze Weile geschlossen, damit niemandem der Schwindel auffallen würde.

Was hatte er sich eigentlich dabei gedacht? Torgal hatte ihm ja einiges beigebracht, um nicht unangenehm aufzufallen, aber wie sollte er denn etwaigen Fragen entkommen, die nur ein angehender König beantworten könnte? Aufgrund der Freundschaft wusste er viel, aber vermutlich nicht genug.

Er als Prinz von Winderlorn reiste in einer eigenen Kutsche, während die beiden anderen Gesandten, Ria und Lysto, gemeinsam in einer zweiten Kutsche hinter ihm fuhren. Jaromir hätte die Zeit gern genutzt und sich mit den anderen Gesandten unterhalten. Andererseits war er aber auch nicht böse, allein zu sein. Das gab ihm die Möglichkeit, sich zu sammeln, sich zu beruhigen und seine Gedanken zu sortieren. Der ganze Komplott war ja sehr kurzfristig ins Rollen gekommen.

Nachdem sie eine Weile gefahren waren, schob er die Gardine am Fenster neben sich einen Spalt auf. Sie waren noch mitten in den dichten Wäldern des Erolgebirges. Mehr als saftiges Grün konnte Jaromir nicht erkennen. Es flog in einem Schleier an ihm vorbei. Ein Stück vor ihm ritt ein Soldat, der den Königssohn beschützen sollte. Von der Sorte gab es fünf. Zwei links der Kutsche, zwei rechts und einer hinter ihnen. Denen durfte sich Jaromir nicht zeigen.

Sie kannten den wahren Prinzen, deshalb ließ er den dichten Stoff lieber wieder sinken und verbrachte den Rest der Fahrt in abgeschiedener Stille. Für die Pausen hatte er extra einen Mantel mit weiter Kapuze von Torgal bekommen.

***

Meara war furchtbar aufgeregt. Sie würde nicht lange in Zyranian bleiben, aber so weit weg war sie noch nie von den Gärten gewesen. Die Welt schien ihr auf einmal so viel größer. Was es nicht alles zu entdecken gab … Sie konnte sich nicht sattsehen.

Von den Anhöhen Bairamoks begannen sie mit der Abfahrt über einen Wiesenweg, bis sie den Talboden erreicht hatten. Sie durchfuhren endlose Steppen und Graslandschaft, bis sie einen breiten Fluss passierten und im dichten Wald verschwanden. Der Weg wurde steiniger und holpriger, sodass sie durchgeschüttelt wurden, und trotzdem senkten sich Mearas Mundwinkel nicht. Und das Beste von allem: Kyrlua hatte auf einer eigenen Kutsche bestanden! Ihr Vater hatte das natürlich durchgesetzt und bezahlte für seine Tochter. So hatte Meara doch noch eine angenehme Reise.

Bis der Weg zu steinig wurde und ein Rad ihrer Kutsche brach. Sie waren schon einige Tage unterwegs gewesen und der Unfall kam überraschend für Meara. Sie war in Gedanken völlig in der großen Welt gefangen gewesen. Mit dem gebrochenen Rad kippte ihre Kutsche zur Seite und sie sah den niedrigen Abhang näher kommen. Die Pferde wieherten laut und bäumten sich auf, die Menschen schrien erschrocken, doch es war nicht aufzuhalten. Mit einem Krachen landete die Kutsche neben dem Weg. Lakro und Meara rollten umeinander und um sich selbst, stießen immer wieder irgendwo an und fanden keinen Halt, bis die Abfahrt nach einigen Überschlägen endlich ein Ende hatte.

„Autsch." keuchte Lakro. „Meara? Bist du verletzt?"

„Ich glaube nicht." ächzte sie und versuchte sich aufzurichten. Es tat ihr an einigen Stellen etwas weh, aber nicht so sehr, dass sie sich ernsthaft verletzt haben konnte.

Die Männer, die sie begleitet hatten, um sie vor Überfällen zu schützen, kamen sofort zu ihnen. Sie kletterten auf den umgestürzten Wagen und halfen den beiden Insassen beim Hinausklettern. Die Kutsche war auf der Seite liegen geblieben. Meara konnte den Himmel über der Türöffnung sehen, mehr nicht. Lakro musste sie anheben, damit sie die Hände ihrer Begleiter greifen konnte. Die beiden Männer zogen sie mit Leichtigkeit hinauf und zwei andere halfen ihr, von der Kutsche auf den sicheren Boden zu klettern.

Kyrluas Kutsche war nicht stehengeblieben. Kyrlua selbst hatte es ihrem Kutscher untersagt, so waren sie einfach weitergefahren, ohne sich noch einmal umzusehen. Die Pferde waren durchgegangen und im Wald verschwunden. Die

Kutsche war zu schwer beschädigt, als dass man sie hätte reparieren können, selbst wenn sie noch Pferde gehabt hätten.

„Wir werden wohl zu Fuß gehen müssen." seufzte der Kutscher.

Einer der anderen Männer in leuchtend rotem Umhang sah zum Himmel auf. „Wir sollten lieber hier unser Lager aufschlagen und die Nacht verstreichen lassen. Heute schaffen wir es sowieso nicht mehr."

Während sie noch überlegten, hörten sie erneutes Hufgetrappel. Man hätte meinen können, Kyrlua wäre zurückgekehrt, doch das hätte sie nie getan, da war sich Meara sicher. Außerdem kamen die Geräusche aus der anderen Richtung. Zwei Kutschen näherten sich mit viel Begleitschutz, der von dunkelblauen Umhängen eingehüllt wurde. Weiche Büschel an den Helmen schimmerten silbern im Abendrot. Und sie blieben stehen.

„Hey!" rief der Kutscher des ersten Gefährts und stieg ab. „Gibt es Verletzte?"

Jaromir reckte den Kopf aus dem kleinen Fenster, um zu sehen, warum sie stehenblieben. Am Wegrand sah er eine umgestürzte Kutsche im Graben liegen. Es ging etwa zwei Körperlängen abwärts, da war die Frage nach Verletzungen angebracht.

„Nein, der Herr." antwortete Lakro. „Soweit sind alle unverletzt, nur unsere Pferde gingen durch. Könntet ihr einen von uns bis zum nächsten Dorf mitnehmen, um Hilfe zu holen?"

Meara kämpfte, doch sie würde diesen Kampf

verlieren. Sie stand noch am unteren Ende des Grabens und überlegte, wie sie überhaupt zurück auf die Straße kommen sollte, da begann sich der Wald um sie herum zu drehen. Die Bäume und die Menschen verschwammen wie hinter einem Wasserfall. Mit der Hand stützte sie sich an der liegenden Kutsche ab und wollte, dass das aufhörte.

Jaromir bekam das mit und entschied, sein Schauspiel sausen zu lassen. Er stieg aus der Kutsche und rutschte die steile Böschung hinab. Mit den Händen stützte er sich noch ab, landete aber trotzdem auf dem Hintern. „Setzt euch." bat er, hielt die Frau an der Hand und half ihr beim Setzen. An einem Baum konnte sie sich anlehnen.

„Danke." lächelte sie, doch ihre Augen schwammen im Schwindel.

„Bringt Wasser!" rief Jaromir über die Schulter zu den Soldaten, die den Prinzen bewachen sollten. Das würde jede Menge Ärger geben. In letzter Verzweiflung beugte er sich nach vorn und tat, als würde er die Frau ansehen und Verletzungen suchen, tatsächlich suchte er jedoch einen Vorwand, die Kapuze über seinen Kopf fallen zu lassen.

Die Füße eines Soldaten tauchten in seinem Blickfeld auf. Die dazugehörigen Hände reichten ihm einen Wasserschlauch, den er sofort an Meara weiterreichte.

„Danke." sagte sie und trank nur zu gern einen Schluck. Sie schien irgendwo mit dem Kopf angestoßen zu sein. Das war ihr vielleicht peinlich!

„Könnt ihr sie mitnehmen?" bat ein Mann der

roten Begleiter. „Wir harren hier aus, bis sie Hilfe schicken kann."

„Sie ist nicht stark genug." legte Jaromir fest. Er hob sanft das Kinn der Frau und wollte in ihre Augen sehen, doch die standen keine Sekunde still. Immer wieder blinzelte sie, um ihre Sicht zu schärfen. „Ihr solltet euch hinlegen. Seid ihr müde?"

„Ziemlich." musste sie zugeben. Dieses Schwindelgefühl machte ihr zu schaffen. „Gibt es Brennwurz in diesen Wäldern?"

Jaromir hob eine Augenbraue. „Was soll das denn sein?" Diesen Begriff hatte er noch nie gehört.

„Eine Pflanze." schmunzelte sie. „Sie würde zumindest gegen die Kopfschmerzen helfen."

„Sagt mir, wie sie aussieht, und ich werde sie suchen."

Der Soldat stand ja noch neben ihm. „Prinz Torgal, ihr solltet weiterreisen."

Meara wurden die Augen immer größer, aber damit vergrößerte sich auch das Sichtfeld, das verschwimmen konnte. Jaromir schmunzelte einen Moment und sah kurz zu Boden, bevor er sich unter Kontrolle hatte.

„Wir lagern hier und kümmern uns um euch." versprach er Meara.

„Vielen Dank, Prinz Torgal." sagte sie noch verlegener! Ausgerechnet ein Prinz! „Das ist sehr ehrenwert von euch, aber nicht nötig. Ich möchte eure Reise nicht aufhalten."

„Wir hätten sowieso bald rasten müssen. Unsere

Pferde sind müde. Schlagt das Lager auf!" befahl er dem Soldaten. Das fiel ihm schwer und er wartete noch darauf, dass irgendwer anfing zu lachen. Das tat aber niemand, man führte seine Befehle aus. Normalerweise empfing er Befehle und erteilte sie nicht. Aber soweit er wusste, galt in Zyranian kein Stand. Bis dahin müsste er nur erst noch kommen.

„Verratet ihr mir euren Namen?" bat er etwas leiser.

„Meara." lächelte sie schüchtern.

„Nun gut, Meara, ich bin Torgal. Bitte beschreib mir die Pflanze, dass ich sie suchen kann."

Meara wollte widersprechen, kam aber nicht dazu. Mit einem Schlag wurde der Schwindel schlimmer und dann sah sie gar nichts mehr. Jaromir konnte sie gerade noch abfangen, als sie zusammensackte und ohnmächtig in seinem Arm lag.

„Oh je." seufzte er. Es schien sie schwer erwischt zu haben.

Vorsichtig legte er sie auf den Boden und half beim Aufbau der Zelte. Sobald das erste stand und bezugsfertig war, trug er Meara hinein und bettete sie etwas bequemer. Dann überließ er sie aber den Männern ihres Volkes. Einer von ihnen hatte auch schon diese Pflanze gesucht, die sie genannt hatte. Jaromir selbst schickte einen Soldaten zum Wasser holen und brachte es als erstes in das Zelt zu Meara. Da fing sie gerade wieder an zu blinzeln.

„Hey." lächelte er ihr entgegen, füllte einen Becher mit dem Wasser und reichte ihn ihr. „Fühlt ihr euch besser?"

„Ein bisschen." Immerhin drehte sich die Welt nicht mehr. „Wie lang lag ich im Schlaf?"

„Nicht lange. Das ist ein gutes Zeichen. Sobald das Essen fertig ist, lasse ich euch etwas bringen."

Erst da nahm sie wahr, dass sie nicht im Zelt ihres eigenen Landes lag. Blaue Wappen schmückten die Wände.

„Es war als erstes aufgebaut." verteidigte sich Jaromir verlegen. Vermutlich handelte er gerade nicht sonderlich prinzenhaft, aber dafür nach Anstand und bestem Gewissen.

„Habt vielen Dank, Prinz Torgal."

„Belassen wir es bei Torgal." bat er und weichte ein Tuch im Wasser ein, mit dem er die Kratzer an ihren Armen etwas abtupfte. Sie zuckte vor ihm weg, als sich das kühle Nass auf die aufgeschürfte Haut senkte. „Entschuldigt." bat er. „Aber es sollte gereinigt werden."

„Ich weiß." Sie zuckte wieder kurz. Es waren ja keine wirklich schlimmen Verletzungen, aber unangenehm war es.

„Kennt ihr auch dafür eine Pflanze?"

Meara musste eigentlich nicht überlegen. Über Pflanzen wusste sie viel und auch, wie man sie am besten einsetzte. Aber zum einen wusste sie nicht, was hier in diesen ihr fremden Wäldern wuchs, und zum anderen wollte sie keinen Prinzen zu ihrem Laufburschen machen. Deshalb schüttelte sie nur leicht den Kopf.

„Das ist eine Lüge." lachte Jaromir. „Bitte sagt mir, wie ich euch helfen kann."

Ein Mann ihres eigenen Begleitschutzes kam zu ihnen und brachte einen Becher Tee. „Brennwurztee." erklärte er, als er ihr den Becher reichte. „Das dürfte helfen. Sobald ich alles beisammen habe, mache ich euch einen Verband."

„Danke. Wie geht es Lakro?"

„Soweit unverletzt."

Und damit ging er schon wieder und ließ Meara wieder mit dem Prinzen allein. Sie wusste doch gar nicht, wie sie sich ihm gegenüber verhalten sollte. Na gut, theoretisch hätte sie es gewusst, aber ob ihr Körper das mitmachen würde, bezweifelte sie. Ihr wäre nie und nimmer ein Hofknicks und ganz sicher auch keine richtige Verbeugung gelungen, ohne dass sie gleich wieder umgekippt wäre. Sie fühlte sich nicht mal stark genug, um aufzustehen.

„Ihr solltet ausruhen." bestimmte Jaromir. „Bis zum Essen ist noch etwas Zeit, dann solltet ihr schlafen."

Sie wusste nicht, was sie antworten sollte, dann war es zu spät. Er war schon weg. Sie ließ sich tiefer ins Kissen sinken und wartete, dass der Tee seine Wirkung zeigte und das Hämmern aufhören würde.

Jaromir ging in sein eigenes Zelt. Das kannte er ja mittlerweile und wusste auch, dass man ihn dort in Ruhe lassen würde. Keiner der Soldaten oder sonst wer hatte es bisher gewagt, einfach einzutreten. Sein Schauspiel war bisher auch noch nicht gefährdet, da er sich immer in der Kapuze versteckt oder abgewandt hatte, wenn ein Soldat zu nahe war. Trotz dieses Zwischenfalls sollte es also für ihn möglich bleiben, den Platz seines Freundes einzunehmen.

In der Nacht ließen sie ein Feuer in der Mitte des vergrößerten Lagers brennen. Die schemenhaften Umrisse der Zelte und Bäume machten wenigstens etwas Bewegung möglich. Zur Wache hatten sich die Begleiter der beiden Lager zusammengeschlossen. Immer Zwei aus jedem Land saßen am Lagerfeuer und hielten Wache, bis die nächste Runde dran war.

Ein unheimliches Flüstern hing in dem finsteren Wald. Es waren keine menschlichen Stimmen zu erkennen. Fast als würden sich die Bäume mit den Tieren unterhalten. Immer wieder hörte man ein Knarzen, das bis zum Lager drang. Meara war noch wach und hätte sich nicht gewundert, wenn die Bäume zu ihnen gelaufen wären. So klang es jedenfalls. Aber dass Bäume laufen konnten, war unmöglich. Nicht mal aus fremden Ländern hatte sie von so was gehört.

Im Gegensatz zum Rest der Gesellschaft hatte sie aber keine Angst. Nicht den kleinsten Hauch konnte sie in sich spüren. Für sie klangen die Geräusche nach Musik der Natur. Jede Pflanze lebt ebenso wie jedes Tier und Meara genoss die Laute, die die Pflanzen von sich gaben. Es war für sie ein Zeichen des Lebens.

Das sahen allerdings nicht alle so. Vor allem die Reisenden aus Winderlorn empfanden den Wald als drückend und bedrohlich. Jaromir fand keinen Schlaf. Er wälzte sich von einer Seite zur anderen auf seinem Lager und wurde nicht mal ein bisschen müde. Er konnte hier kein Auge zumachen, solange er permanent das Gefühl hatte, er könnte jeden Moment angegriffen werden. Von wem oder was auch immer.

Meara stand mit den ersten Sonnenstrahlen auf. Das hatte sie schon zu Hause immer getan. Sie wollte der Natur beim Aufwachen zusehen. Diesmal musste sie das jedoch etwas langsamer angehen. Vorsichtig setzte sie sich auf und wartete, ob ihr wieder schwindeln würde. Als das nicht geschah, stand sie langsam auf und wartete erneut einige Augenblicke. Wieder geschah nichts und sie trat mit einem zufriedenen Lächeln aus ihrem Zelt.

Es war noch recht still. Die Laute des Waldes waren verklungen, die nachtaktiven Lebewesen schon in ihren Unterschlüpfen und die anderen begannen sich gerade erst zu regen. Eine einsame Amsel saß auf einem Zweig über dem Lager und trällerte dem Morgen entgegen. Nach und nach bekam sie Unterstützung anderer Vögel. Die Insekten erhoben sich aus ihrem Schlaf und schwirrten im Lager umher. Zwei zitronengelbe Schmetterlinge flatterten aufgeregt an Meara vorbei. Ihr Blick folgte den beiden im Liebesrausch. Mehr braucht ein Mensch eigentlich nicht, um Glück zu empfinden. Leider wusste sie, dass sie mit dieser Genügsamkeit nahezu allein dastand.

Gefrühstückt wurde gemeinsam und dann standen sie vor dem großen Problem, wie sie weiterreisen sollten. Meara, Lakro und der Kutscher hätten nicht mehr zusammen auf die Kutsche der beiden

Gesandten Ria und Lysto aus Winderlorn gepasst. Dass ein Müllerssohn und ein Bettelmädchen zu einem Prinzen in die Kutsche stiegen, war absolut undenkbar. Darüber dachte noch nicht mal jemand nach.

Außer Jaromir. Er hörte das Gerede der anderen. Der Kutscher aus Ul-Bairamok sollte sie allein begleiten und Hilfe für den Rest holen. Das war doch aber unsinnig. Sie steuerten die gleiche Richtung an, wieso sollten sie die Verunglückten dann nicht mitnehmen? So weit sollte es bis zur nächsten Stadt nicht sein. Er wusste auch genau, wie die einfachste Lösung aussah und mit wem er sich seine Kutsche gern teilen würde.

Unauffällig atmete er sich Mut zu. „Euer Kutscher kann neben meinem sitzen." sagte er zu den Wachleuten aus Ul-Bairamok, dann wandte er sich an Meara. „Und wenn ihr mir die Ehre erweisen würdet, mit mir zu reisen, sind alle Probleme behoben und dem Aufbruch stünde nichts im Wege."

Mearas Gesichtsfarbe änderte sich von kreidebleich in scharlachrot. Sie? Sie sollte die Reise mit einem Prinzen in einer Kutsche verbringen? Sie würde sich und ihr Land furchtbar blamieren!

„Ich?" piepste sie klein wie eine Feldmaus.

„Dann könnte Lakro mit zu Ria und Lysto steigen. Euer Gepäck können wir auch noch auf unsere Kutschen laden. Und in der nächsten Siedlung könnt ihr euch eine neue Kutsche suchen." Wo lag denn da nun das Problem, außer dass er zufällig einen Prinzen spielte?

Einer seiner Leibwächter trat zu ihm und stand stramm. „Prinz Torgal, seid ihr sicher? Sie ist eine Bürgerliche."

„Und ein Mensch." erwiderte er erhaben. Jaromir wusste schließlich, dass sein Freund tatsächlich genauso reagiert hätte. Für ihn machte es keinen Unterschied, in welchen Stand man geboren wurde.

Damit hatte er zwar gegen irgendwelche Regeln der Etikette verstoßen, war aber ausschlaggebend dafür verantwortlich, dass es nun endlich losging. Das Gepäck der Reisenden aus Ul-Bairamok wurde auf die beiden Kutschen aufgeteilt und mit Seilen festgezurrt. Sie müssten nur bei Brücken und Torbögen aufpassen, ob sie hindurchpassen würden. Der rote Kutscher saß mit auf dem Kutschbock von Jaromirs Kutsche und er reichte Meara die Hand, um ihr in seine Kutsche zu helfen.

Ihr Herz stolperte vorwärts und sie hoffte, dass ihre Füße es ihm nicht gleichtun würden. Unsicher setzte sie sich auf eine der Bänke, legte die Hände in den Schoß und betrachtete sie. Wie lange würde sie diese aufrechte, angespannte Haltung wohl halten können? Sonst saß sie ja auch immer gerade, weil die Frauen im Garten ihr gesagt hatten, eine Frau müsse aufrecht gehen und nicht mit Buckel. Für eine Kutschfahrt mit einem Prinzen reichte es wohl trotzdem nicht. Darauf war sie nie vorbereitet worden. Wieso auch?

Aus dem Fenster konnte sie auch nicht sehen, um sich abzulenken, weil die Gardinen zugezogen waren. Zu sagen wusste sie auch nichts und auch nicht, ob sie ihn überhaupt einfach ansprechen dürfte. Eigentlich hatte sie das Recht nicht.

So setzten sie ihre Reise sehr schweigsam fort. Das gefiel Jaromir allerdings überhaupt nicht. Er hatte gehofft, wenigstens für eine Weile einen Gesprächspartner zu haben.

„Darf ich fragen, wo euer Ziel liegt?" fragte er. Irgendwie wollte er die angespannte Situation auflockern.

„Ihr dürft als Prinz alles fragen."

„Schön wäre es. Aber ich frage aus Interesse und nicht als Prinz."

„Zyranian ist unser Ziel."

Jaromir wäre vor Freude gern in die Luft gesprungen. „Ach wirklich? Das ist auch unser Ziel. Wir könnten euch also bis zum Ende bringen."

„Oh nein!" rief Meara schnell. „Das ist wirklich nicht nötig. Dass ihr uns bis zur nächsten Ansiedlung bringt, ist mehr, als wir erwarten durften."

„Ist es für euch so furchtbar, mit mir zu reisen?"

Blitzartig hob sie den Kopf und starrte ihn entsetzt mit weiten Augen an. So war das doch nicht gemeint gewesen! Augenblicklich entspannte sie sich. Prinz Torgal sah sie mit einem verschmitzten Grinsen an und verspottete sie offenbar.

„Verzeiht." lächelte sie. „So war es wirklich nicht gemeint."

„Ich weiß, aber immerhin seht ihr mich wieder an."

Meara biss sich auf die Zunge. Beinahe hätte sie

gesprochen, bevor sie nachgedacht hatte. „Darf auch ich euch eine Frage stellen?" Wer nicht fragt, kriegt keine Antwort - das hatte sie ihr Leben lang gelernt.

„Das ist wohl nur gerecht." Er freute sich ja über ein Gespräch.

Diesmal war sie es jedoch, die frech schmunzelte. „Ihr müsst nicht antworten, aber seid ihr wirklich Prinz Torgal?"

Ein Schockblitz zog sich durch seinen ganzen Körper. Wenn das die Soldaten da draußen gehört hätten! Wenn der König von Winderlorn das erfahren würde! Jaromir wich so viel Blut aus dem Kopf, dass seine Wangen kühl wurden.

Er versuchte es zu überspielen, bedachte aber auch die Ohren neben der Kutsche. Um denen zu entgehen, stützte er die Ellenbogen auf die Knie, beugte sich nah zu Meara und sprach sehr leise. „Wie kommt ihr auf die Idee, ich wäre es nicht?"

„Mir fiel nur auf, dass ich euch öfter ansehen darf, als eure eigene Begleitung. Und das tut nur, wer etwas zu verbergen hat. Euer Gesicht ist nicht entstellt, eure Augen haben beide die gleiche Farbe, ihr habt eine Nase und zwei Ohren. Außerdem seht ihr jeden an, der nicht unter eurem Banner reitet. Das ist die einzige Erklärung, die mir einfiel."

Jaromir hatte lange den Blick auf seine verschlungenen Hände genommen und griente vor sich hin. Diese junge Dame war aufmerksamer als jeder, den er bisher kennengelernt hatte. Und dazu war sie auch noch ehrlich, obwohl ihr doch bewusst gewesen sein muss, dass sie sich damit in Gefahr begab. Wäre er nun ein Hochstapler, könnte er sie töten, um seine Identität zu wahren. Das würde er natürlich nicht tun, aber die Gefahr bestand für sie. Und das machte ihn neugierig.

„Habt ihr keine Angst?"

Sie zuckte kurz mit den Schultern. „Wärt ihr ein Mörder auf der Flucht, würdet ihr mich nicht hier töten, wo so viele Soldaten in der Nähe sind. Das wäre töricht und so schätze ich euch nicht ein. Genauso wenig würde ich euch einen Mord zutrauen."

Noch zuvor war ihm kalt gewesen vor Schreck, jetzt begannen seine Wangen zu glühen. „Ich bin kein Mörder. Ich fügte noch nie in meinem ganzen Leben einem anderen Menschen ein Leid zu."

„Belassen wir es dabei." feixte Meara. Sie hatte die Antwort auf ihre Frage bekommen. Vor ihr saß kein Prinz, aber offenbar auch kein gemeiner Hochstapler. Alles andere würde er nicht aussprechen, da war sie sich sicher.

„Danke." antwortete er und wollte das Thema wechseln, ohne das Gespräch abbrechen zu lassen. „Wo blieb euer dritter Gesandter? Oder seid ihr nur zu zweit?"

„Nein. Die erste Gesandte fuhr vor uns."

„Und hielt nicht an?" fragte er erschrocken.

„Nein. Sie war wohl schon zu weit weg." Das war natürlich Unsinn, aber sie wollte Kyrlua auch nicht schlechtreden. Der falsche Prinz würde wohl in Zyranian aufgenommen werden und das Studium mit Kyrlua antreten, da wollte Meara keine

Feindschaft vor dem ersten Treffen säen.

Jaromir war aber nicht blöd und dachte sich seinen Teil. „Und ihr? Freut ihr euch auf Zyranian?"

„Ich bin schon sehr neugierig. Es soll ein Palast im See sein, aber das kann gar nicht sein."

„So ist es aber. Er steht in der Mitte eines großen Sees."

Meara wurden die Augen immer größer. „Ihr wart schon dort?"

„Nein, aber ich sah Bilder und sprach mit jemandem, der schon dort war."

„Und wie kommt man dann da hin? Muss man schwimmen? Dann ist man ja jedes Mal nass und hat keine trockenen Kleider."

„Nein, es gibt Boote. Fährmänner setzen jeden über, der willkommen ist."

Jaromir hatte es geschafft. Er hatte Mearas Schwäche - die Neugier - entdeckt. Sie wollte immer alles noch viel genauer wissen. Er glaubte fast, sie würde sich das wirklich alles bis ins kleinste Detail merken. So kam aber auch keine Langeweile auf. Im Flug verging eine Stunde um die andere in angeregten Unterhaltungen. Jaromir erzählte über seine Heimat und erfuhr viel über das Leben in den Gärten von Bairamok. Für ihn war das nicht weniger interessant und er hoffte, Meara würde in Zyranian bleiben, wenn er aufgenommen werden würde.

Mit diesem Gedanken erinnerte er sich daran, was passieren würde, wenn er es nicht schaffen würde. Der König von Winderlorn würde meinen, sein Sohn sei abgelehnt worden. Das wäre katastrophal!

Gleichzeitig war ihm aber ebenso bewusst, dass Mearas Chancen auf die Aufnahme schwindend gering waren. Genauso wie seine Chancen auf Ablehnung. Prinz Torgal war reich und mächtig - das war sein Ticket, ob er geeignet war oder nicht. Kyrlua war reich und mächtig und damit ebenfalls die todsichere Kandidatin für den einzigen freien Platz, den man für Ul-Bairamok vergeben würde. Schade eigentlich. Mit Meara hätten die kommenden Jahre sicherlich viel Spaß gemacht.

Im nächsten Dorf hatten sie angehalten und Jaromir hatte als Prinz erneut das Angebot ausgesprochen, die Verunglückten bis zum Ziel mitzunehmen. Diesmal hatten sie auch dankbar zugestimmt. Nur der Kutscher aus Ul-Bairamok war zurückgeblieben und würde sich um neue Pferde und die Reparatur der Kutsche kümmern.

Jaromir und Meara verbrachten die ganzen Stunden der Fahrt allein in der königlichen Kutsche und unterhielten sich prächtig. Immer mal wieder hörte man Mearas klares Lachen, wenn Jaromir eine Kindheitsgeschichte erzählte. Er log sie nicht an, es waren alles wahre Geschichten des Prinzen Torgal. Jaromir war nur immer dabei gewesen.

Meara schlängelte sich ebenso durch die Unterhaltung. Sie log den Prinzen - oder den, der vorgab, der Prinz zu sein - nie direkt an. Er fragte, wie es bei ihr zu Hause aussähe, und sie antwortete, es sei klein, aber gemütlich, und biete ihr alles, was sie brauchte. Auf die Frage, was ihre Eltern denn von Beruf wären, antwortete sie, dass ihre Eltern tot seien. Auch das war keine Lüge, denn das war die einzige Wahrheit, die Meara glauben konnte. Sie war schließlich weder vom Himmel gefallen noch aus der Erde gewachsen. Irgendwo gab es auch für sie einen Vater und eine Mutter. Ohne Grund setzte man doch kein wehrloses Neugeborenes aus. Das einzige, woran Meara wirklich glauben konnte, war der Tod ihrer Eltern und irgendwer hatte sie dann in die Gärten gebracht. Eine andere Erklärung fand sie nicht.

Jaromir glaubte, er wäre ihr mit der Frage nach den Eltern zu nahe getreten, und entschuldigte sich dafür. Er war doch nur neugierig auf die Berufe in dem fremden Land gewesen. Meara blieb aber so locker bei dem Thema, dass er sich kaum einen weiteren Augenblick schlecht fühlen konnte. Sie hatte nie Eltern gehabt und auch wenn sie es sich manchmal anders gewünscht hätte, vermisste sie nichts, weil sie nicht wusste, was sie hätte vermissen sollen. Beschweren konnte sie sich doch nicht.

Am Abend entschieden die beiden Lager gemeinsam, sie würden bis zum großen See durchfahren. Es war nicht mehr weit und sie überbrückten den letzten Hügelkamm schon während der finsteren Nacht.

Meara war so aufgeregt und so neugierig, dass sie die Gardine vor dem Fenster in der Tür der Kutsche ein Stück zur Seite schob. Sie wollte sehen, was an ihr vorüberzog. Seit die Nacht angebrochen war, war die Versuchung nicht mehr ganz so stark gewesen, dafür jetzt überwältigend.

Auf dem höchsten Punkt des Hügels sah sie hinaus und auf den See im Tal hinab. Sein Wasser glitzerte silbern im Mondlicht. Es lag ganz ruhig. In der Mitte stand das Schloss von Zyranian. Es war nicht auf eine Insel gebaut worden, es schien auf dem stillen Wasser zu schweben. Der Bau war riesig. Es sah aus, als hätte man versucht, ein Gebäude bis in den Himmel zu bauen. Überall ragten Türmchen noch ein Stück weiter hinauf.

„Wie schön." hauchte Meara beeindruckt.

Jaromir riskierte ebenfalls einen Blick. Er war noch nie hier gewesen und ebenso neugierig wie seine Begleiterin. Das Schloss, hinter dem er bei den Bediensteten wohnte, war bei weitem nicht so groß. Außerdem war es eher eine Burg aus dunklem Stein und mit geraden, strategischen Strukturen. Dicke Außenmauern sicherten es bei einem Angriff. Hier schützte nur der See die Bewohner. Die vielen verwinkelten Ecken des Schlosses boten kaum eine Möglichkeit der taktischen Verteidigung.

Der dichte Wald reichte fast bis zu den Ufern des Sees. Es gab nur einen Streifen von ein paar kleinen Schritten, der wie ein Band das Wasser im See hielt. Ihr Weg endete für die Kutschen am Ufer. Sie stiegen alle aus und mussten zu Fuß auf den Steg gehen. Dort warteten schon Boote auf die Gesandten. Ihre Begleiter durften das Gepäck noch aufs Boot laden, aber nicht mit übersetzen. Wer seinen Fuß auf eines der Boote setzte, war von da an auf sich allein gestellt. Egal ob Prinz oder Dienstmagd, jeder musste seine Bündel allein tragen. Meara schmunzelte in sich hinein bei dem

Gedanken an Kyrluas Reaktion. Ob sie einen Aufstand gemacht hatte? Meara konnte es sich bildlich vorstellen.

Jaromir war froh, diesen Teil endlich erreicht zu haben. Seine Soldaten würden noch einen Tag und anderthalb Nächte hier lagern. Sollte er aufgenommen werden, würden sie diese Nachricht zum König tragen. Andernfalls würden sie ihn wieder mitnehmen. Daran durfte er allerdings noch nicht denken.

Links und rechts des Stegs waren auch die anderen Lager schon aufgeschlagen worden. Alle Begleiter der Gesandten warteten hier auf das Ende der Aufnahmeprüfungen, um diejenigen wieder mitzunehmen, die es nicht geschafft hatten. Nur für diese Zeit war es Außenstehenden gestattet, am See zu lagern. Er lag eingebettet in Berge, die allesamt unbesiedelte Wälder beherbergten. Sie gehörten zum Orden und durften von niemandem ohne Erlaubnis betreten werden.

Meara war so aufgeregt, dass ihr schon schwindelig wurde. Sie hatte keine Chance, hier aufgenommen zu werden, aber sie freute sich auf den kommenden Tag. Einmal - nur ein einziges Mal in ihrem Leben - wollte sie in eine Gemeinschaft gehören. Sie hatte keine Familie und gehörte auch nicht zu den Angestellten der Priester. Sie wurde eher zum Inventar gezählt. Aber hier in Zyranian war sie eine von vielen Gesandten und war so nervös, wie sie es sich selbst nicht erklären konnte.

Jaromir war ohne zu zögern in ein Boot gestiegen

und hatte ihr die Hand zur Hilfe geboten. Eine Frau aus den heiligen Gärten hatte noch nie ein Boot gesehen, hatte sie erzählt, da war Hilfe wohl angebracht. Mit dem Schwanken hatte sie so ihre Probleme und war froh über die adlige Stütze.

Er blieb auch dicht bei ihr stehen. Sie hatte Gänsehaut und zitterte leicht.

„Ganz ruhig." murmelte er leise. Er sah sie dafür nicht an, blickte mit ihr in Richtung des beeindruckenden und furchteinflößenden Schlosses.

„Und wenn ich mich blamiere?"

„Sei einfach du selbst, dann kannst du dich nicht blamieren. Und glaub mir, die Angst hast du nicht allein."

Meara schielte kurz über ihre Schulter, dass auch niemand zu nahe stand, dann sprach sie noch leiser. „Hast du die gleiche Bildung wie der Prinz?"

Er musste so sehr grinsen, dass er nicht gleich antworten konnte. „Ich bin der Prinz, also hab ich wohl die gleiche Ausbildung."

Sie lachte leise. Inzwischen war sie sich sicher, dass er definitiv nicht der Prinz war. Er sagte es zwar, aber seine Ausweichmanöver waren zu durchschaubar.

„Geht es dem Prinzen gut?" kicherte sie wieder so leise, dass die Wellen an den Booten ihre sanfte Stimme fast vollkommen schluckten. Hätte Jaromir nicht so nahe gestanden, hätte er es nicht gehört.

„Ich gehe davon aus, ihm geht es hervorragend." bestätigte er sehr gern. Sein Freund dürfte inzwischen schon im Training stehen und glücklich sein, da ging es ihm tatsächlich hervorragend.

Langsam krochen sie über den nächtlichen See zum Schloss hin. Ein Steg wartete auch dort auf sie. Laternen hingen an langen Stangen an den Seiten. Sie begrenzten die begehbare Fläche, damit man nicht ins Wasser stürzte. Meara nahm die helfende Hand von Jaromir wieder gern an und musste zugeben, sie war froh, wieder festen Boden unter den Füßen zu haben. Zum Glück schwankte nicht das ganze Schloss wie ein Boot.

Am Ende des Stegs wurden die fünf Gesandten von einem Mann in einem langen Gewand aus dunkel-purpurner Wolle empfangen. Die Ärmel waren sehr lang und endeten in weiten Säumen aus auffallend weißem Garn. Die gleichen auffälligen Säume hatte das Gewandt an den Füßen und am Kragen. Ein weißer Gürtel war um die schmale Taille gebunden und fiel in langen Streifen seitlich bis zum Boden hinab.

„Seid gegrüßt!" rief er ihnen entgegen und wartete, bis sie alle Fünf vor ihm standen. „Mein Name ist Chendor, ich empfange alle Gäste in Zyranian. Heute Nacht erzähle ich euch nichts mehr. Ich bringe euch in die Zimmer. Macht euch etwas frisch und ruht euch von den langen Reisen aus. Bitte folgt mir."

Ohne es zu merken, suchte Meara die Nähe zu einem Freund. Jaromir. Er lief gestrafft und hoch erhobenen Hauptes, während sie immer kleiner wurde. Das Schloss bestand aus dickem Stein, war nur mit viel Holz erweitert worden. Die Anbauten und Türmchen waren aus Holz, nur der Grundbau aus diesem massivem Stein, der einem das Gefühl gab, lebendig begraben zu werden. Das große Eichenportal wurde hinter ihnen mit einem dutzendfach nachhallenden Knall geschlossen und Meara hatte das Gefühl, jeden Moment zu ersticken. Sie verbrachte normalerweise den ganzen Tag in den Gärten unter freiem Himmel, schlief sogar manchmal draußen. Das Schloss Zyranians war riesig, auch die Gänge, durch die sie liefen, aber sie engten Meara doch ein, weil es kein Vergleich zur Freiheit war.

Sie stiegen eine breite Treppe hinauf. Die steinernen Stufen riefen bei jedem Schritt ein Klappern hervor, das als geballtes Echo in der großen Halle hing. Nur eine gab nicht einen einzigen Ton von sich. Meara. Ihre Schuhe bestanden aus dünnem Leder, sie hatte sie selbst gemacht. Sie wollte die Erde unter den Füßen spüren, ohne sich zu verletzen oder ständig mit dreckigen Füßen herumzulaufen. Hier war sie nun die einzige, die sich lautlos bewegte, auch ohne sich besonders Mühe geben zu müssen.

Chendor sah kurz an ihr hinab und dann wieder nach vorn. Das war ihr unangenehm. Was sollte sie denn machen? Mit den Füßen aufstampfen, um Geräusche zu verursachen?

In der zweiten Etage öffnete sich ein Gang vor ihnen, deren Ende sie nicht erahnen konnten. An jeweils drei Türen hingen die Banner ihres Landes.

„Die erste Gesandte zog hier ein." sagte Chendor und deutete auf eines der Zimmer mit dem roten Wappen.

Damit wusste Meara, dass sie da nicht hin durfte. Und wollte. Am liebsten hätte sie ein Zimmer am anderen Ende des Flures genommen, aber sie war zufrieden mit der Gewissheit, dass der Prinz ihr gegenüber schlafen würde. Das beruhigte sie ein wenig.

„Frühstück gibt es ab dem ersten Hahnenschrei." erklärte Chendor. „Die große Treppe hinab und rechts liegt der Speisesaal. Nach dem Frühstück treffen dann alle Gesandten für die Aufnahmeprüfung zusammen. Gute Nacht."

Sofort setzten sich alle in Bewegung, ihre Zimmer zu beziehen. Mearas Bündel war das Kleinste von allen, aber es beinhaltete alles, was sie brauchte. Mehr hatte sie sowieso nicht. Sie besaß ja nichts außer das Leben. Und die Decke, in der man sie gefunden hatte. Die behütete sie wie einen Schatz, weil es alles war, das ihr von ihren Eltern geblieben war. Leider bot es ihr keinen Hinweis auf ihre Herkunft. Dennoch war dieses Stück Stoff sehr wichtig für sie und sie hätte sich nicht gut damit gefühlt, ihren einzigen Besitz zurückzulassen. Und sei es nur für ein paar Tage.

Bevor sie die Tür schloss, sah sie noch mal zu dem Zimmer gegenüber. Der Prinz wollte auch eben die Tür schließen und lächelte. Ein tonloses „Gute Nacht" wurde von einer Seite zur anderen und wieder zurück geschickt, dann waren sie allein.

Meara sah sich unsicher um. Das Zimmer war mehrfach so groß wie ihr zu Hause. Und das Bett erst … Bisher hatte sie immer nur auf der Strohmatte im Garten geschlafen. Auf der Reise hatte sie im Zelt auf einer Pritsche genächtigt und steigerte diesen Luxus sogar noch ein Stück. An der Wand rechts stand ein Waschtisch mit riesigem Spiegel und einer gefüllten Schüssel. Dort machte sie sich etwas frisch, zog ihr Nachtgewand an und legte sich in das mit weichen Kissen gefüllte Bett. Die Decke war so weich und warm. Sie fühlte sich wie auf Wolken gebettet und schlief schnell und selig bis zu den ersten Sonnenstrahlen. Erwachte die Natur zu einem neuen Tag, dann auch Meara.

Sie hatte die Augen noch nicht mal aufgeschlagen, da schlug unglaubliche Freude zu. Sie war in Zyranian! Sie war bei den weisesten Männern und Frauen der Welt! Nirgends häufte sich mehr Wissen als hier! Und sie würde einen Tag lang an diesem Wissen schnuppern können. Ein Tag, den ihr niemand nehmen konnte, auch Kyrlua nicht.

Meara sprang aus dem Bett, zog sich an und machte sich an der Wasserschale frisch. Im Spiegel sah sie die glänzenden Augen einer glücklichen jungen Frau. Sie fragte sich, wie viel sie in den paar Stunden wohl lernen könnte. Eigentlich sollte sie ja beweisen, was sie wusste, und nichts Neues aufnehmen. Sie wusste nicht viel, das in irgendeiner Weise für so ein Studium ausreichend wäre. Das öffnete ihr vielleicht die Tür, etwas Neues aufzunehmen.

Bevor sie das Zimmer verließ, strich sie ihr Kleid

noch mal glatt und atmete tief durch. Die Wegbeschreibung wusste sie noch und fand auch gleich den Speisesaal. Viele runde Tische standen darin, immer fünf Stühle an einem. An jedem Platz standen schon ein Teller und ein Krug. Nur Menschen sah sie keine. War sie zu spät? Sie schlief doch sonst nicht so lange. Ob man sie gleich wieder wegschicken würde?

„Guten Morgen."

Meara drehte sich erschrocken um und sah in das rundliche Gesicht einer älteren Frau. „Guten Morgen."

„Was machst du denn schon hier?"

„Chendor sagte, wir sollten zum Morgen hierher kommen."

Die Alte lachte. „So zeitig sahen wir hier noch nie einen Schüler. Hast du schon Hunger?"

„Nicht wirklich." gestand Meara verlegen. Sie war zu aufgeregt, um Hunger zu haben. Ganz im Gegenteil. Ihr Magen rebellierte bei der ganzen Aufregung.

„Na komm." lächelte die Frau liebevoll und lief durch den großen Saal. „Ein Glas Milch kannst du wohl vertragen."

Durch eine doppelte Schwingtür gelangten sie in eine Küche wie sie Meara noch nie gesehen hatte. Es gab insgesamt sieben Feuerstellen und drei große, heiße Platten, unter denen auch noch Feuer loderte. Auf den Platten standen Töpfe, die so riesig waren, dass sie Kinder wohl als Badewanne nutzen konnten. Die Hintertür der Küche stand offen, um die frische Morgenluft hereinzulassen und die Hitze auszugleichen. Drei Frauen waren gerade dabei, Brotteig zu kneten. Zwei andere schlugen dutzende Eier auf. Eine weitere füllte Marmelade in kleine Schüsseln. In einem gigantischen Kessel kochte schon Tee, der in Kellen abgeschöpft und in die Kannen gegossen wurde.

Die Alte führte Meara zu einem Regal und holte eine Milchkanne heraus. „Möchtest du sie warm?"

„Nein, danke." murmelte Meara nur halb bei dem Gespräch. Ihr Blick hing noch in dem großen Raum und sie versuchte, jede Szene aufzunehmen.

„Setz dich."

„Kann ich helfen?" fragte Meara unvermittelt.

Die Frau sah sie schief an. „Helfen? Das fragte mich auch noch keiner. Arbeitest du in einer Küche?"

„Nein." musste sie leider sagen. „Im Garten."

„Na vielleicht möchtest du uns Kräuter fürs Mittag schneiden?"

Ein Leuchten trat in ihre Augen, das man da nur sah, wenn man ihr in Aussicht stellte, sich mit Pflanzen beschäftigen zu dürfen. Das erkannte auch die Alte und brachte sie zu der offenen Hintertür. Außerhalb des Hauses lag tatsächlich ein Garten. Es wuchsen nur Kräuter darin, so war er nur klein, aber er schwebte auf dem Wasser.

„Wie ist das möglich?" flüsterte Meara beeindruckt.

Die Frau hatte es nicht gehört und reichte ihr ein

Messer. „Wenn du möchtest, brauchen wir von allem etwas."

„Habt ihr einen Schleifstein?"

Die Frau runzelte die Stirn. Was hatte sie denn an dem Messer auszusetzen? „Es ist scharf."

„Nicht scharf genug. Es verletzt die Pflanzen, wenn es nicht sanft hindurchgeht."

Wortlos bekam sie noch einen Schleifstein und war vorerst zufrieden. Die Alte blieb in der Tür stehen und beobachtete diesen komischen Gast. Sie wandelte zwischen den Beeten und hockte sich hier und da mal hin. Und sie sprach mit den Kräuterbeeten. Sie ließ ihre Finger über die Petersilie streichen und wünschte ihnen einen guten Morgen. Dann folgte der Schnittlauch. Sanft und ohne Druck griff sie nach einigen Stängeln und ließ sie durch ihre Finger gleiten. Schließlich setzte sie sich etwa in die Mitte, fing an zu singen und schliff das Messer in Seelenruhe.

Es dauerte keine drei Augenaufschläge, da bekam die Alte Gesellschaft im Türrahmen. Solche Klänge hatte man hier noch nie gehört. Das Mädchen sang von einem aufstehenden Tag, wie die Vögel die Sonne begrüßten, der leichte Wind die Pflanzen sanft weckte und sie den Tau des frühen Morgens abschüttelten. Und als sie fertig mit schleifen war, sang sie einfach weiter, während sie die Halme in seidenweicher Präzision durchtrennte. So was sah man nicht alle Tage und die Zuschauer wurden immer mehr.

Meara bekam davon nichts mit. Sie sang ja nicht

für die Küchenleute, sondern für die Pflanzen. Für sie waren das keine toten Dinge, die man hin und her stellte wie einen Stuhl. Für sie war jede Pflanze ein Lebewesen und sie sang ihnen gern Lieder. Die Pflanzen spürten, wenn jemand in ihrer Nähe war, der sie respektierte.

Erst als sie fertig war, nahm sie ihre Umgebung wieder wahr. Ein Dutzend Menschen standen am Ausgang der Küche und sahen sie an.

„Guten Morgen allseits." lächelte sie und brachte die geschnittenen Kräuter zu der Frau, die sie hergebracht hatte.

„Danke. Du hast eine wunderschöne Stimme."

„Vielen Dank." lächelte Meara verlegen. Das hatte ihr bisher noch niemand gesagt.

Der Frau kroch ein wunderbarer Geruch in die Nase. Sie hob das große Bündel an und roch noch einmal. „Wahnsinn. Wie die duften."

„Fasst ihr sie zu hart an, ziehen sie ihre Aromen zurück." erklärte Meara und roch an ihren Fingern. „So bleiben sie in den geschnittenen Kräutern und nicht in den stehenden Pflanzen oder an den Händen."

Ein Küchenjunge griff nach Mearas Hand und schnüffelte daran. „Nichts." staunte er mit großen Augen. Seine Hände rochen dann immer selbst wie ein Kräutergarten.

Seine Mutter klatschte ihm auf die Finger. „Das gehört sich nicht! Mach dich an die Arbeit!"

Er seufzte und setzte sich wieder an den

Riesenberg Kartoffeln, den er noch schälen musste. Dafür hatte er Zeit bis zum Mittag. Meara setzte sich zu ihm, nahm sich ein Messer und half ihm.

„Äh..." machte er und überlegte, was er dazu sagen sollte. „Du musst dich nicht mit meinen Aufgaben belasten."

„Und wenn ich es gern tue? Es ist ein sinnvollerer Zeitvertreib, als wenn ich herumsitze und warte."

Na gut, dachte er, wieso nicht? Dann dürfte er vielleicht noch etwas Zeit in der Sonne sitzen, wenn er zeitiger fertig wäre?

„Schenkst du uns noch ein Lied?" bat er.

Und Meara tat ihm den Gefallen. Diesmal allerdings nicht so ruhig und gediegen zum Aufstehen, sondern eines, das ohne Umwege in die Füße kroch. Die Frauen um sie herum machten sich beschwingt wieder an die Arbeit und schaukelten im Takt hin und her. Der Text prägte sich auch sehr leicht ein und ab dem zweiten Refrain sangen sie mit.

Mit einem geballten Lachen beendeten sie das Lied und die Alte trat an Meara heran. „Du solltest zum Frühstück gehen. Die anderen werden jeden Moment kommen."

„Vielen Dank."

„Wir haben zu danken. Du bist jederzeit willkommen hier."

„Ich befürchte, ich werde morgen wieder fahren."

Damit war allen Anwesenden klar, was sie war. Eine Bürgerliche, die vermutlich ihr bisheriges

Leben schon mit Arbeit verbracht hatte. Die angenommenen Schüler waren allesamt hochgeboren und hätten sich die Hände in der Küche nicht schmutzig gemacht. Sie kamen nie freiwillig in die Küche.

Meara hatte mehr Angst vor der Meute im großen Saal als vor den Küchenleuten. Mit denen stand sie wenigstens halbwegs auf einer Stufe, mit denen da drin nie und nimmer. Und trotzdem trat sie durch die Tür. Man nahm sie nicht mal wahr. Die meisten Tische waren schon besetzt, aber auf Meara achtete niemand.

Die Schüler trugen alle verschiedenfarbige Kleider. Einige hatten sich auch schon so einen breiten Gürtel wie Chendor verdient. Wenige trugen jedoch einen weißen Gürtel. Bei den meisten waren sie blau. Was das wohl zu bedeuten hatte, überlegte Meara.

Jaromir war der einzige, dem sie auffiel. Er stand auf und winkte sie zu sich. Bisher war sie an der Tür stehengeblieben und hatte sich unsicher umgesehen. Jetzt setzte sie ein Lächeln auf und ging zu ihm.

„Guten Morgen, Prinz Torgal." zwinkerte sie.

„Guten Morgen, Meara. Setzt du dich zu mir?"

„Mit dem größten Vergnügen."

Er war aufgestanden und rückte ihren Stuhl, wie er es von Torgal gelernt hatte. Meara hatte das allerdings nie gelernt und fühlte sich etwas unbeholfen.

„Wie hast du geschlafen?" fragte er, als er sich neben sie setzte.

„Hervorragend. Und ihr?"

„Ach..." Er machte eine lässig wegwerfende Handbewegung. „Das Bett war ziemlich hart und die Kissen nicht weich genug für einen Prinzen."

Um Haaresbreite hätte Meara lauthals gelacht. Mit viel Mühe hielt sie sich auf und die Hand vor den Mund. Erst als sie den Lachanfall ganz sicher geschluckt hatte, sprach sie wieder. „Das tut mir außerordentlich leid, euer Hoheit. Vielleicht könnt ihr um ein wenig mehr Kissen bitten?"

Seine Augen blitzten kurz auf. „Beenden wir das lieber. Weißt du, wie es weitergeht?"

„Nein. Ich warte darauf, dass mir jemand sagt, was wir zu tun haben."

Damit war sie auch nicht allein, obwohl ihr niemand zustimmte außer Jaromir. Ihm als Prinz war ein Einzeltisch gegeben worden. Es standen weitere Gedecke bereit, aber niemand durfte bei ihm sitzen, dem er es nicht gestattete.

Das bekam natürlich auch Kyrlua mit und fragte, wer das denn sei. Als sie erfuhr, dass es der Prinz von Winderlorn sei, der Meara und Lakro nach dem Unfall mitgenommen hatte, schäumte sie vor Wut. Ausgerechnet Meara durfte bei dem Prinzen sitzen und sie selbst saß mit Lakro und anderen an einem Tisch! Frechheit! Das würde ihr Vater ganz sicher erfahren!

Nach dem Frühstück kam Chendor zu den Tischen der Gesandten. Augenblicklich schlug bei Meara wieder die Nervosität zu. Das war so unsinnig, wie sie selbst wusste. Sie kannte das

Ergebnis dieser Prüfung bereits. Sie musste ja hier nicht wirklich bestehen, also wieso verdarb sie sich diese Erfahrung mit Bauchschmerzen und rasendem Herzen?

Chendor führte sie in einen der Unterrichtsräume. Die Pulte waren abgezählt und sie setzten sich.

Chendor stand vor ihnen. „Wartet hier."

Jetzt wurde es wohl ernst, dachte Meara und atmete besonders langsam durch.

„Reg dich doch nicht so auf." flüsterte Jaromir neben ihr. Sie tat ihm so leid, aber was sollte er denn machen?

„Tu ich ja gar nicht." schmunzelte sie. „Ich freue mich nur."

„Und da musst du dich so sehr aufregen? Um deiner Gesundheit wegen sollte ich mir wünschen, dass du dich nie wieder über irgendwas freust."

Sie lachte leise. „Das war aber nicht besonders nett, Prinz Torgal."

Er wusste wirklich nicht, wieso sie ihn immer wieder so ansprach. Sie wusste, er war nicht Prinz Torgal, und betonte es trotzdem immer wieder. Das half ihm auf jeden Fall, in diese Anrede hineinzuwachsen. Noch bei der Abreise hatte er nicht darauf gehört, jetzt fiel es ihm zunehmend leichter. Sie wollte ihn vermutlich nur verspotten, half ihm aber ungemein.

Er reckte stolz das Kinn vor. „Ich werde nicht bereuen, mich um euch zu sorgen."

Die Zeit zog sich. Meara und Jaromir unterhielten

sich leise, aber um sie herum wurde es immer lauter. Die Gesandten hatten beim Frühstück die ersten Gespräche angefangen und setzten dort wieder an. Die erste Gesandte aus Kanden, ein grünes Land südlich von Zyranian, war die erste, die ihren zugewiesenen Platz verließ und näher zu ihrem Gesprächspartner ging. Damit hatte sie eine Hürde aufgehoben, dem die anderen nur zu gern folgten. Binnen Minuten waren Meara und Jaromir die einzigen, die noch an ihren Plätzen saßen. Sie mussten aber auch nicht aufstehen, um zu dem gewünschten Menschen zu gehen.

Kyrlua ließ sich diese Gelegenheit auch nicht nehmen. Im Gegensatz zu Meara hatte sie gelernt, wie man sich anderen Adligen gegenüber verhielt, und glaubte sich im Vorteil. Mit einem eleganten Hofknicks neigte sie den Kopf vor ihm. „Prinz Torgal, es ist mir eine Ehre, mit euch hier zu sein."

Zum Glück sah sie ihn nicht gleich an, so konnte er seinen Schreck vor ihr verbergen. Vor Meara nicht, die konnte ihre Mundwinkel kaum halten. Das Gesicht des falschen Prinzen sah gerade nicht sonderlich königlich aus.

Er straffte sich aber gleich wieder und räusperte sich. Torgal hatte ihm das beigebracht. „Die Ehre ist ganz meinerseits. Mit wem hab ich denn das Vergnügen?"

Sie hatte sich aufgerichtet und lächelte ihn an. „Kyrlua von Shitanag."

Aha, dachte er. Den Namen hatte er schon mal irgendwo gehört. Er glaubte sich zu erinnern, Torgal hatte von ihrem Vater gesprochen. Er war wohl mal zu einem Fest dagewesen. „Shitanag." überlegte er laut. „Euer Vater war auf einem Fest in unserem Schloss, nicht wahr?"

Meara sah es Kyrlua an - sie freute sich ein Loch in den Bauch, nur weil der Prinz von ihrem Namen gehört hatte. Von Meara hatte zuvor noch niemand gehört und doch konnte sie nicht behaupten, von dem Prinz missachtet zu werden. Na gut, es war der falsche Prinz, aber das wusste Kyrlua ja nicht. Und was sie mit diesem Auftritt bezweckte, war auch klar.

„Das ist richtig." nickte sie. „Mein Vater unterhält geschäftliche Verhältnisse in euer Land."

Und jetzt? Jaromir wollte sich mit der nicht unterhalten. Die würde garantiert noch die nächsten Jahre hier verbringen - vermutlich mit ihm. Meara würde am folgenden Morgen wieder abreisen. Für ihn waren die Prioritäten klar - er wollte die Zeit mit Meara nutzen. Außerdem hatte er von dieser Kyrlua schon keine gute Meinung, seit er verstanden hatte, dass sie nach dem Unfall einfach weitergefahren war. Torgal hatte ihm nur leider nicht beigebracht, wie man standesgemäß jemanden wegschickte. Wenn sein König aber Geschäfte mit dem Vater dieser Frau machte, wollte und durfte Jaromir das nicht brechen. Und jetzt?

„Was ist das Geschäft eures Vaters?" fragte er, ohne es wissen zu wollen. Er durfte sie nur nicht verstoßen.

Meara wollte sich das nicht mehr mit ansehen. Es

interessierte sie eh nicht. Außerdem konnte sie nicht mehr sitzen. Inzwischen war es fast Mittag. Ob man sie hier vergessen hatte?

Sie stand unsicher auf und ging zum Fenster. Weit und breit sah man nichts als saftig grüne Wälder. Ein Paradies für die gartenverwöhnte Meara. Ob sie den Orden bitten könnte, irgendwo in dem Wald eine Hütte zu bauen? Sie würde ja nichts zerstören - ganz im Gegenteil, sie würde die Flora dieses wunderschönen Ortes ehrenwerter behandeln als manch anderer. Die Tierwelt würde sie natürlich auch nicht stören wollen. Nur eine kleine Hütte mit einem Bett und einem Schrank darin, mehr bräuchte sie nicht. Der Wald würde ihr alles geben, was nötig wäre, ohne dass sie ihm schaden würde.

Neben dem Fenster stand ein Bücherregal, das sie magisch anzog. Schon seit sie denken konnte, hatte sie jedes Buch gelesen, das man ihr gegeben hatte. Meist waren es alte gewesen, die verschenkt oder verbrannt werden sollten, aber seit die Priester gemerkt hatten, dass sie wirklich etwas daraus lernte, hatte sie auch neuere Bücher lesen dürfen. Einige bekam sie auch von den Bediensteten ausgeliehen. Sie sog alles aus jeder einzelnen Seite, das sie irgendwie weiterbilden konnte.

Ob sie diese Bücher hier ansehen dürfte? Zumindest die Namen auf den Rücken könnte sie lesen. Dafür müsste sie sie nicht mal anfassen. An dem Regal hing jedoch ein Schild. *Zur freien Verfügung* stand darauf und lud offenbar jeden ein, sich zu vertiefen. Der Ruf war für Meara einfach zu verlockend und sie zog vorsichtig eines heraus, das

54

den Namen *Der Garten der Freundschaft* trug. Darin ging es zwar um keinen Garten mit Blumen, aber die Geschichte war sehr interessant und schon nach den ersten Zeilen lebte Meara mit den Figuren. In ihrem Kopf baute sie die beschriebene Welt auf und fühlte mit den Erzählungen.

Sie war so vertieft, dass sie einen halben Herztod starb, als Chendor zurückkehrte. „Bitte folgt mir nun zum Mittag."

Es dauerte einen Moment, bis ihm jemand folgte. Sie sahen ihm geschlossen und schweigend nach. Man hatte sie den halben Tag hier sitzen lassen und gab ihnen nicht mal eine Erklärung dazu? Menschen wie Kyrlua regten sich innerlich darüber auf und schimpften leise vor sich hin. Menschen wie Meara dagegen nahmen es hin und sorgten sich eher, ob etwas passiert sein könnte. Vielleicht war der Prüfer erkrankt?

Beim Mittag entkam Jaromir dann auch wieder dieser Kyrlua. Die war so von sich eingenommen, dass er sich fragte, wo das nur herkam. Sein bester Freund war ein Prinz und hatte sich ihm gegenüber noch nie so arrogant gezeigt.

Im Gedränge konnte er sich aus dem Staub machen. Meara lud er wieder zu seinem Tisch ein. Kyrlua erwartete das gleiche, nachdem sie sich doch so gut mit dem Prinzen verstanden hatte, doch er sah sie nicht mal an. Sie stand wie ein Trottel schon auf halbem Wege zu seinem Tisch, aber auf die Einladung würde sie wohl lange warten können. Sobald Meara weg wäre, würde sich das ändern, das schwor sie sich, bevor sie sich wieder zu den anderen setzte und den Prinzen beobachtete, wie er lachte und redete. Im Gespräch mit ihr hatte er nicht so viel gesagt.

Nach dem Essen ging dann die richtige Prüfung los. Meara hätte beinahe nicht teilnehmen können, weil sie vor Aufregung fast ohnmächtig wurde. Jaromir hielt sich immer in ihrer Nähe auf, um ihr etwas Halt zu geben. Fing sie an zu zittern, lächelte er sie an und flüsterte ihr Worte der Beruhigung zu.

Das funktionierte aber auch nur bis in die große Empfangshalle.

„Wir teilen die Gruppe auf." erklärte Chendor. „Jeweils die ersten Gesandten zusammen, die zweiten und die dritten."

Tja, damit kam Kyrlua nun doch schon zum Zug und schickte ein gemeines Grinsen zu Meara. Die bekam das aber nicht mit, weil Jaromir ihr leise Mut zusprach.

„Denk an meine Worte." flüsterte er zum Schluss. „Genieße und lass es dir nicht verderben."

„Viel Erfolg." lächelte sie ein wenig beruhigt und ging in die Gruppe der dritten Gesandten. Lysto war bei ihr, mit dem sie sich unterwegs kaum unterhalten hatte. Aber immerhin kannte sie ihn überhaupt schon.

Vor ihnen baute sich ein sehr schmächtiger Mann auf. Sein Gesicht war knochig, auch wenn man die restliche Statur unter dem Gewand kaum erkennen konnte. Er stützte sich auf einen langen Stab. Sein Rücken war krumm und sein Bart so lang, dass er beinahe auf dem Boden schleifte.

„Folgt mir." forderte er mit einer sehr weichen Stimme, die nicht zu seinem äußeren Erscheinungsbild passte.

Als erstes stiegen sie in den Keller hinab. Es war dunkel und feucht in dem Gang und man glaubte, den Druck des Sees zu spüren, der hier gegen die Wände drückte.

Jeder von ihnen wurde an einen eigenen Tisch gestellt. Darauf stand schon jeweils eine verschlossene Holzkiste. Meara wurde immer nervöser. Was sollte denn jetzt kommen?

„Öffnet die Kiste, ohne sie zu berühren." sagte der krumme Mann. „Und stapelt dann den Inhalt übereinander. Ihr habt eine Stunde Zeit."

Er selbst setzte sich auf einen Stuhl in einer dunklen Ecke, drehte ein großes Stundenglas herum und wartete. Die Schüler sahen sich erst mal nur an und suchten irgendeine Erkenntnis. Auch Meara machte das so, suchte aber weniger die Lösung als die Bestätigung, dass sie nicht einfach zu blöd war. Wie sollte sie die Kiste denn öffnen, ohne sie zu berühren? Das war unmöglich.

Einer der Prüflinge, ein großer und sehr breiter Junge, machte den ersten Schritt. Er legte die Hand an eines der Tischbeine, ruckelte daran und empfand es als klapprig genug. Dann trat er den Tisch einfach entzwei, die Kiste fiel hinunter und zerbrach. Offen war sie und er hatte sie nicht berührt. Aufgabe erledigt.

Sollte das des Rätsels Lösung sein, überlegte

Meara verunsichert. Nicht dass sie sich stark genug glaubte, den Tisch zertreten zu können, aber sie fand es auch unsinnig, für jeden Schüler einen Tisch zu opfern.

Lysto wagte einen etwas weniger zerstörerischen Versuch. Er hob den Tisch einfach an einer Seite an, sodass die Kiste zu Boden fiel und zerbrach. Auch er hatte diesen Teil der Aufgabe gelöst. Die Idee fanden zwei weitere gut genug, um sie nachzumachen.

Meara ging einen anderen Weg. Ihr missfiel es, mutwillig irgendetwas kaputtzumachen, und sei es nur eine alte Holzkiste. Erst hatte sie überlegt, die Ärmel ihrer Kleider über die Hände zu ziehen und damit den Deckel anzuheben. Dann hätte sie die Kiste ja auch nicht berührt, nur der Stoff ihres Kleides. Bevor sie anfangen konnte, zweifelte sie jedoch, ob das nicht doch als Berührung zählen würde.

Und dann kam ihr der rettende Gedanke. Inzwischen lagen ja genug große und kleine Holzteile herum. Von dem zerbrochenen Tisch nahm sie sich einen größeren Splitter und von einer der Kisten einen etwas kleineren. Und damit hebelte sie den Deckel auf.

Sie atmete tief durch. Jetzt nur nicht die Nerven verlieren. Stapeln, hatte der Mann gesagt. Im Gegensatz zu dem breiten Jungen hatte sie auch noch einen Tisch, auf dem sie es stapeln konnte. Nur wie? In der Kiste lag ein Holzbrett, ein Handschuh, drei verschieden große Steine, ein Nagel und eine Perle. Wie sollte sie daraus denn einen Turm bauen?

Sie versuchte es einfach. Das Holzbrett sollte wohl ganz unten drunter. Darauf legte sie den Handschuh und balancierte auf ihm die drei Steine aus. Den Stoff konnte sie dabei ganz gut zurechtlegen, um das Kippen zu verhindern. Nur wie weiter? Wie sollte sie denn einen Nagel und eine Perle noch da oben drauf kriegen?

Um sie herum herrschte Lärm, ohne dass ein Gespräch stattfand. Immer wieder stürzte irgendein Türmchen ein und der Erbauer fluchte vor sich hin. Man sah auch mal zu den anderen und kopierte Ideen, aber für den Nagel und die Perle fand keiner den richtigen Platz. Den Nagel konnte Meara noch auf den kleinsten Stein legen und mit viel Geduld und Fingerspitzengefühl ausbalancieren. Und dann? Wohin mit der Perle?

Es musste einen anderen Weg geben. Meara sah auf das Stundenglas. Sie hatte keine Zeit mehr, also blieb ihr wohl nur, irgendwie zu versuchen, die Perle auf den Nagel zu setzen.

Andererseits … Wer sagte denn, dass der Nagel liegen müsse?

Sie entschied sich, die letzten Minuten für eine Idee zu opfern. Wenn das schiefginge, wäre sie wohl durchgefallen. Sie baute den Turm wieder ab und ohne den Handschuh wieder auf. Aber nur das Brett und die drei Steine. Den Nagel stach sie durch den Handschuh und stellte ihn mit der Spitze nach oben auf den kleinsten Stein. Durch den Handschuh konnte sie ihn viel leichter ins Gleichgewicht bringen. Die Perle hatte ein sehr dünnes Loch. Es war zu dünn, um sie auf den Nagel zu schieben, aber es genügte, um sie auf die Spitze des Nagels zu setzen.

Ganz vorsichtig entfernte sie sich von ihrem Kunstwerk und trat zurück. Erst da kam ihr der Gedanke, ob es als gestapelt zählte, wenn der Nagel zwei Ebenen bediente. Er war unter dem Handschuh und darüber.

Sie sah zu den anderen Gesandten. Die meisten hatten für die Perle entweder gar keinen Platz gefunden oder sie neben den Nagel platziert. Einer hatte die Perle in den Handschuh gesteckt. Und der große Junge hatte den Nagel durch das Holzbrett geschlagen. Meara fragte sich, wie er das geschafft hatte, ohne einen Hammer. Sie hatte es leider nicht mitgekriegt. Er hatte ihn jedenfalls ganz durch geschlagen und auf der anderen Seite umgebogen, sodass das Brett zwar schräg stand, aber er hatte den Rest daraufsetzen können. Gar nicht mal so dumm, dachte Meara.

Der alte Mann stand auf, als das letzte Sandkorn durch das Stundenglas gerieselt war. „Folgt mir nach oben."

Die Reaktion war die gleiche wie vorhin, als Chendor sie aus dem Unterrichtsraum geholt hatte. Sie sahen ihm alle einen Moment nach, bevor sie überhaupt imstande waren, einen Fuß vor den anderen zu setzen.

Meara warf noch mal einen Blick zurück auf ihr Türmchen. Sie hätte gern gewusst, wie nun die richtige Lösung aussah. Irgendeinen Kniff, an den sie nicht gedacht hatte? Sie wollte doch hier etwas lernen, aber bisher konnte sie nicht behaupten, dass sie schon etwas mitnehmen konnte. Außer dem angefangenen Buch, das sie sich wohl selbst zu Ende denken musste.

In der Empfangshalle trafen die drei Gruppen der Gesandten wieder zusammen. Kyrlua stand neben Prinz Torgal und redete, doch seine Aufmerksamkeit wurde von Meara abgelenkt. Sie sah verwirrt aus. Das wurde nicht besser, als sie ihn sah. Seine Hände waren ganz schmutzig. Es sah aus, als hätte er ein Feld umgegraben. Er schmunzelte amüsiert und hob die Schultern, um ihr zu sagen, es sei nicht so schlimm, wie er aussah. Hätten die anderen in seiner Gruppe nicht genauso, wenn nicht gar schlimmer ausgesehen, hätte er sich geschämt. So amüsierte es ihn, auch wenn er selbst auch nicht wusste, ob er die Aufgabe bestanden hatte.

Sein Prüfer war ein äußerst finster aussehender Mann mit großen Ohren. Und der kam als nächstes zu Mearas Gruppe.

„Viel Spaß." murmelte Jaromir kichernd zu Meara, als sie aneinander vorbeigingen.

„Gleichfalls." lachte sie leise. Ob jetzt noch was Komisches kommen würde?

Sie verließen das große Schloss auf der Rückseite. Ein kleiner Hof wartete auf sie. Ringsherum wurde er von hohen Mauern begrenzt, sodass man neben dem Stein nicht mehr als den Himmel sah. Vor den Mauern waren schmale Hochbeete aufgebaut, die mit verschiedenen kleinen

Pflanzen etwas Atmosphäre schufen. Dort blieb der finstere Mann stehen. Hier sah nichts so aus, als hätte schon eine Gruppe die Aufgabe erledigt.

„Nehmt euch jeder eine Dose." befahl der Mann mit tiefer und bedrohlicher Stimme und zeigte auf eine kleine Steinmauer, auf der die Dosen aufgereiht standen. „Ordnet den Inhalt. Ihr habt eine Stunde."

Auch er hatte ein Stundenglas dabei und drehte es um. Er setzte sich allerdings nicht, blieb mitten auf dem Hof stehen und sah zu.

Meara fühlte sich in den seiner Gegenwart noch unwohler als in dem Kellergewölbe. Dennoch wollte sie ihre Aufgabe annehmen. Sie war schon neugierig. Dass es so leicht werden würde, wie es klang, glaubte sie nach der letzten Prüfung nicht. Sie stellten ihnen Rätsel und Denkaufgaben. Ob sie diese hier besser lösen könnte?

Sie nahm sich eine der Dosen, kam aber nicht dazu, sie zu öffnen. Ein Aufschrei sorgte dafür, dass sie sich erschrocken umdrehte. Ein Mädchen hatte angewidert das Gesicht verzogen und die Dose schon wieder verschlossen.

„Ich passe." sagte sie zu dem Prüfer. „Ich gebe auf."

Er nickte und gab ihr mit einer stummen Handbewegung einen Platz vor, an dem sie warten könnte. Sie stellte sich neben die Tür, durch die sie gekommen waren. Sie war kreidebleich und Meara bekam jetzt schon Angst.

Ganz vorsichtig öffnete sie die Dose und seufzte leise. Krabbeltiere aller Art. Wie sollte sie die denn bitte schön sortieren? Die lebten ja noch und bewegten sich. Die würden ja nicht stillhalten, bis sie alle sortiert hätte.

Fürs erste legte sie den Deckel locker wieder auf die Dose. Sie würden nicht abhauen können, bekamen aber immerhin wieder Luft. Bevor sie anfangen konnte, musste sie überlegen, wie sie das überhaupt anstellen sollte. Sie hatte keine kleineren Dosen, in die sie sie hineinsortieren könnte. Sie musste sie aus der Dose lassen, aber dann würden sie ja weglaufen oder -fliegen.

Sie wagte noch mal einen Blick hinein. Sie ekelte sich nicht vor Insekten aller Art. In ihrem heimischen Garten lebten die schließlich auch und Meara gab sich immer Mühe, keinem von ihnen zu schaden. Sie zerstörte keine Spinnennetze und tötete keine Tierchen. Angenehm fand sie nicht alle, aber sie hatten ebenso ein Recht zu leben.

Hier gab es Marienkäfer, denen sie gern zusah. Es gab aber auch Kartoffelkäfer, die sie nicht so sonderlich ansehnlich fand. Die lebten in ihrem heimischen Gemüsebeet aber auch. Meistens sammelte sie sie von den Pflanzen und brachte sie in eine Ecke, in der sie die Abfälle aus der Küche für sie ausbreitete. Oder auch andere Gartenabfälle. Dort lebten sie wie im Schlaraffenland und dankten es ihr, indem sie die richtigen Kartoffelpflanzen in Ruhe ließen.

Gleiches galt auch noch für einige andere Käferarten, die sie in der Dose gesehen hatte. Und damit kam ihr die Idee, wie sie die Tiere trennen könnte, ohne ihnen etwas zuleide zu tun. Der breite Junge hatte einfach alle getötet und versuchte nun, aus den zerquetschten Überresten herauszufinden, welche zusammengehörten.

Meara dagegen nahm ihren Mut zusammen und ging zu dem finsteren Mann. „Entschuldigung." bat sie schüchtern. „Dürfen wir die Pflanzen verwenden?"

Seine Miene blieb so finster und streng, doch durch seine Augen huschte ein kurzes Glitzern. Er sagte jedoch nichts, nickte nur.

Meara sah sich also die Beete genau an. Eine Rosenstaude war von Blattläusen befallen, also der perfekte Nährboden für die Marienkäfer und eine Hilfe für die Rosen. Die Marienkäfer einzeln aus der Dose zu bekommen, ohne dass ein anderes Tierchen die Chance zur Flucht nutzte, gestaltete sich schon als etwas schwieriger. Von jeder Sorte gab es fünf Exemplare. Drei Marienkäfer bekam sie auf die Rosen. Beim vierten Versuch erwischte sie aus Versehen einen Feuerkäfer. Von denen wusste sie nicht viel, sie fand sie meist an hölzernen Sträuchern oder Bäumen. In der Ecke des Hofs stand ein Baum und sie setzte ihn dorthin, in der Hoffnung, er würde sich wohlfühlen.

Die Stunde war sehr knapp bemessen. Nicht nur für Meara. Jeder hatte sich irgendeinen Weg gesucht, die gestellte Aufgabe zu meistern. Ein Junge hatte zum Beispiel die Dose geschüttelt, um die Tiere zu betäuben und dann sortieren zu können. Ein Mädchen fand die Grundidee nicht schlecht, wollte die Tiere aber auch nicht so quälen und betäubte sie mit dem Duft zerriebener Blätter. Bis auf die eine, die ausgestiegen war, hatte sich jeder so seine Gedanken gemacht und die Aufgabe nach bestem Wissen und Gewissen bewältigt, obwohl sie sich alle durchaus bewusst waren, dass sie als dritte Gesandte überhaupt keine Chance auf Aufnahme hatten.

Nach der Stunde wurden sie wieder kommentarlos in den Eingangsbereich des Schlosses geführt. Meara hoffte, man würde ihnen vor der Abreise noch sagen, wie denn nun die richtige Lösung ausgesehen hätte.

Als sie Jaromir sah, bekam sie es allerdings mit der Angst zu tun. Er war nicht allein mit den zerrissenen Kleidern und Kratzern auf der Haut. Allgemein sah die Gruppe ziemlich zerzaust aus. Das war ihr vorhin gar nicht so aufgefallen, aber auch die Gruppe, die zuerst diese Aufgabe hatte machen müssen, sah so aus. Was sollte denn jetzt kommen? Von Krabbelkäfern zu Riesenmonstern? Meara schluckte trocken.

Wie zuvor schon lief Jaromir extra dicht an ihr vorbei, als die Gruppen tauschten. Kyrlua gab sich die größte Mühe, ihn für sich zu gewinnen, doch sobald Meara im gleichen Raum war, wurde sie von dem Prinzen überhaupt nicht mehr beachtet. Dabei sah sie nicht so schlimm aus wie die anderen. Auch an ihrem Kleid und ihrer Haut waren Spuren eines Kampfes zu sehen, aber sie schien eine Schmusekatze bekommen zu haben, während die anderen mit wilden Tigern gekämpft hatten. Und was machte der? Hatte nur Augen für diese

Dienstmagd!

„Pass auf dich auf." flüsterte Jaromir im Vorbeigehen mit einem immer noch amüsierten und schalkhaften Schmunzeln auf den Lippen. Meara hoffte also, dass es nicht ganz so schlimm werden würde.

Und dann kam doch alles anders als erwartet. Ihr Prüfer für diese Runde war eine kleine, rundliche Frau. Sie hatte sehr buschige Augenbrauen und kurze, lockige Haare, mit denen sie sich unauffällig im Stroh verstecken könnte. Die Farbe passte perfekt.

„Folgt mir." sagte sie nur und ging voran durch eine weitere Tür.

Irgendwo in ihrem Inneren freute sich Meara, dass nun eine weitere Unbekannte gelüftet werden sollte. Das Schloss war so riesig, da hätte sie nicht gedacht, während der Prüfung so viel davon zu sehen.

Außen am Schloss führte eine steile und schmale Treppe in weiten Bögen zum Himmel hinauf. Man konnte wirklich meinen, sie würden jeden Moment auf eine Wolke steigen.

Am Ende der Treppe lag Mearas Paradies. Ein großer und üppiger Garten, voller Blumen und Büsche, Sträucher und sogar Bäume. Und was es hier nicht für Pflanzen gab. Ihr ging das Herz auf.

„Eine Drachenschlinge." keuchte sie starr vor Schreck. Nie in ihrem Leben hatte sie geglaubt, mal eine zu Gesicht zu bekommen. Sie waren sehr selten und nicht in jedem Garten zu züchten. In ihrem gab

66

es keine, weil ihnen das Klima nicht gefiel.

Die kleine Frau schürzte anerkennend die Lippen. „Du kennst sie?"

Meara duckte sich. Hätte sie nichts sagen sollen? „Ich las von ihnen."

Die Frau nickte nur, ging aber nicht weiter darauf ein. „Jeder von euch kann sich fünf Pflanzen stellen. Sie stehen auf den Tischen für euch bereit. Jede von ihnen ist für sich etwas besonderes. Zu ihren Wurzeln wurden Münzen vergraben. Die Aufgabe ist einfach: Bergt die Münzen. Ihr habt eine Stunde Zeit."

Auch sie drehte ein Stundenglas herum und setzte sich auf eine kleine, steinerne Beetbegrenzung, um abzuwarten und zu beobachten.

Meara war nie zur Schule gegangen und hatte kaum nennenswerte Bildung erfahren. Hier aber glaubte sie sich endlich mal nicht so unwissend. Sie kannte sich mit Pflanzen aus. Seit ihrer Geburt war sie von Pflanzen in Hülle und Fülle umgeben gewesen. Vielleicht würde ihr das helfen, in dieser Prüfung endlich ein paar Punkte zu sammeln.

Als erstes verschaffte sie sich einen Überblick. Eine Drachenschlinge stand auch auf ihrem Tisch. Mit der fing sie an, grub sich aber nicht zu ihren Wurzeln durch. Sie nahm den Topf und stellte ihn in die Sonne. Mehr nicht. Sie fasste den Topf so weit unten an, wie es eben ging, sprach nicht, tat auch sonst nichts, außer den Topf direkt in die Sonne zu stellen.

Als nächstes widmete sie sich einer

fleischfressenden Pflanze. Ihre Mitschüler sahen jetzt schon zum Teil so aus wie Jaromir. Nur Meara hatte ein leichtes Schmunzeln im Gesicht und würde hoffentlich verschont bleiben.

„Sei gegrüßt, meine Schöne." sagte sie zu der großen Blume. Sie sah sehr schön aus, war aber auch für menschliche Finger sehr gefährlich. Die spitzen Dornen konnten schwere Verletzungen verursachen, wenn man nicht wusste, wie man mit der Pflanze umzugehen hatte. Egal wo man sie berührte, die Blume schnappte nach jedem. Im Hintergrund musste die rundlicher Frau schon die ersten Bisse versorgen.

Meara kannte diese Blume. Sie wuchs auch in ihrem Garten. Jede Pflanze, die in den heiligen Gärten wuchs, kannte Meara und wusste, was sie brauchten. Für diese hier war es recht einfach und sie bat die Prüferin, die Werkzeuge zu benutzen. Die kleine Frau stimmte zu. Alles, was es in den Regalen gab, stand den Prüflingen zur Verfügung, um die Aufgabe zu bewältigen.

„Lässt du mich dir einen größeren Topf geben?" bat Meara die Pflanze und nahm sich einen aus dem Regal. Der war mindestens viermal so groß und daher so eine Verlockung für die Pflanze.

Außerdem wusste Meara aus Erfahrung, dass die Blume es mochte, wenn man mit ihr sprach. „Siehst du? Ich gebe ganz frische Muttererde hinein." Ein bisschen was nahm sie auf die Finger und roch daran. „Oh, die wird dir gefallen."

So redete sie und redete, wie sie es immer

machte. Die anderen sahen sie dafür schief an, aber das war ihr egal. Die bissige Fliegenfalle, wie sie bei den meisten hieß, ließ Meara ohne Probleme an ihre Wurzeln. Zum Abschluss gab sie noch einen Schluck frisches Wasser dazu und streichelte die große Blüte. Dann hielt sie die erste der fünf Münzen in der Hand.

Auch mit der dritten Pflanze hatte sie keine Schwierigkeiten. Sie wuchs zwar nicht in den heiligen Gärten, aber im angrenzenden Wald. Sie war sehr giftig, wenn man nur die Blätter ganz leicht berührte. Einige ließen sich gerade schon wegen übler Ausschläge behandeln. Die Prüferin hatte genau die richtige Salbe parat und schickte die Geschändeten wieder zu ihren Aufgaben.

Im Augenwinkel beobachtete sie jedoch stets Meara. Bisher war ihr noch nie jemand untergekommen, der so liebevoll mit den Pflanzen umging. Sie machte diese Prüfung nun schon viele Jahre und noch nie hatte es jemand geschafft, das ohne Verletzungen zu überstehen. Sie war schwer beeindruckt.

Der große, breite Junge machte es kurz und schmerzlos. Er zückte die Werkzeuge, die hier herumlagen. Mit einer großen Gartenschere schnitt er die Blüte der bissigen Fliegenfalle vom Rest der Pflanze und grub dann die Wurzel aus. Gegen die giftigen Blätter gingen die meisten mit kleinen Schaufeln an.

Bei einem runden Kaktus sahen sie auch keine andere Lösung. Er war oben offen und die Münze lag darin, doch sobald man sich ihm näherte, schloss sich die Kugel. Ein Mädchen war schnell genug und die Kugel biss zu. Es tat nicht weh, es waren sehr weiche Blütenblätter, aber die Stacheln waren unangenehm und das Mädchen zog die Hand zurück.

Meara dagegen stellte den Topf in eine ruhige Ecke, ging ein Stück weg und wartete ein paar Minuten. Dann näherte sie sich langsam und sang ein leises Lied, um sich anzukündigen. Der Kaktus schloss sich nur, wenn er erschrak. Ein Zucken beim Schreck, wie es auch den Menschen geht. Mit dem Lied kündigte sich Meara an und kam unbeschadet an die Münze.

Bei den Drachenschlingen half für die anderen auch nur ein Messer oder eine Schere. Außer bei Meara. Auch die anderen Münzen hatte sie inzwischen an sich nehmen können, ohne auch nur ein bisschen in Gefahr zu geraten. Gegen das Gift rieb sie sich mit Aloe Vera ein und roch nicht nur angenehm, sie spürte auch keine Verbrennungen.

Zum Schluss hockte sie sich noch zur Drachenschlinge. In einem breiten Topf lagen die Schlingen umwunden wie eine Schlange. Aufgewärmt durch die Sonne war sie recht träge geworden, doch Meara hatte gelesen, sie mochten die Wärme. Erst jetzt, kurz vorm Ende der Stunde, widmete sie sich wieder dieser Pflanze und streichelte sie vorsichtig. Sie sprach nicht, summte nur eine sanfte Melodie zur Beruhigung, als würde sie der Pflanze beim Einschlafen helfen wollen. Mit jedem Streicheln schob sie ihre Hand tiefer in den Topf hinein, bis sie schließlich die Wurzeln erreichte und die Münze unbeschadet hervorholen konnte. Ja, auf diesen Teil der Prüfung war sie wirklich stolz. Ihre Kleider und ihre Haut waren vollkommen heil geblieben.

Das schockte nicht nur Jaromir, als sie sich wieder in der Empfangshalle trafen. Ihm gingen die Augen über und sein Mund blieb sperrangelweit offen. Genau wie alle anderen, denn kein einziger war aus dieser Prüfung gekommen, ohne irgendeinen Schaden davongetragen zu haben. Bis auf Kyrlua staunten alle sehr beeindruckt. Kyrlua aber sprühte Funken vor Zorn.

Meara bekam davon nichts mit. Sie sah Jaromir an und musste sich ein Kichern verkneifen. Sehr königlich sah er im Moment nicht aus. Ihre mit Spott gefüllte Miene erinnerte ihn allerdings daran, wer er gerade war, und er straffte sich.

Die drei Prüfer gingen wieder und Chendor brachte sie zurück in den Unterrichtsraum, in dem sie schon den Morgen verbracht hatten. Diesmal ließ man sie aber nicht sitzen. Chendor erzählte ihnen einiges Interessantes über Zyranian.

Entworfen wurde das Schloss von Manatra und Kelo, einem Paar vor über zweitausend Jahren. Sie liebten beide die Wissenschaft und das Wissen selbst. So ließen sie sich dieses sichere Schloss bauen. Sie forschten und sammelten Wissen in den ganzen Hallen. Sie hätten es gern geschafft, die ganze Welt zu erklären, doch so viel Zeit bleibt einem Menschen nicht.

Weitere Männer und Frauen auf der Suche nach

Erleuchtung schlossen sich ihnen an und sie gründeten den Orden Zyranian. Sie betrieben gemeinsame Forschungen und Experimente, und werteten die Ergebnisse gemeinsam aus.

Es sprach sich schnell herum, dass sie sehr weise waren, und viele Menschen kamen zu ihnen, um Rat zu suchen. Wurde ihnen geholfen, so gaben sie freiwillig einen Obolus als Dank. Im Laufe der Jahrhunderte wurde Zyranian nicht nur zur weltweit angesehensten Bildungsstätte, sondern ein eigenes kleines Land. Für Forschungen und den Unterricht kauften sie immer mehr Land von den umliegenden Königreichen. Einige vermachten ihr Land auch als Erbe dem Orden, wenn sie keine Kinder hatten, bevor es aufgeteilt und zerrissen werden würde.

So kam Zyranian zu einer beträchtlichen Landweite. Ihnen standen Wälder und Teiche, Flüsse und Berge zur Verfügung, um die Natur zu beobachten und aus ihr zu lernen. Jeder wusste, es war verboten, in den Ländereien von Zyranian zu kampieren. Aus Ehrfurcht hielt sich jeder daran. Die hohen Männer und Frauen des Ordens hatten es ja nicht verboten, um Eindringlinge fernzuhalten, sondern um die ursprüngliche Natur zu erhalten. Wie sollten sie etwas aus ihr lernen, wenn sie permanent von Kutschen oder Zelten gestört werden würde?

Am Ende des langen Vortrags ging Meara alles Erzählte noch mal im Schnelldurchlauf in ihren Gedanken durch. Sie wollte das alles auf keinen Fall vergessen. Es sollte jedes kleine Detail gespeichert bleiben.

„Nun zum weiteren Verlauf." kündigte Chendor an. „Ich bringe euch zu euren Gemächern. Dort findet ihr Pergamente mit Fragen. Beantwortet sie in euren Zimmern und allein, nach bestem Wissen. Spätestens um Mitternacht legt ihr die Pergamente in den Korb neben euren Zimmertüren im Gang. Wir sehen uns dann zum Frühstück. Euer Abendessen steht bereits in den Zimmern bereit."

Das fand Meara genauso unschön wie Jaromir. Das hieß nämlich, ihnen blieb das vorletzte Gespräch verwehrt. Zum Frühstück würden sie sich noch mal unterhalten können, lachen und scherzen, dann würde Meara mit Lakro zurück nach Ul-Bairamok fahren. Ihnen blieb aber nichts anderes übrig. Jaromir musste für seinen Freund zusehen, dass er diese Prüfung besser meisterte als die vorangegangenen.

Mit einem Lächeln, wenn auch mit Sehnsucht gespickt, verabschiedeten sich die beiden wortlos und verschlossen ihre Zimmertüren. Dahinter wartete ein Wagen aus purem Gold mit dem Abendessen. Feinstes Porzellan und goldenes Besteck. Es gab so viel zu essen, dass wohl keiner von ihnen den Wagen leeren würde. Außer der große Junge aus Mearas Gruppe vielleicht, überlegte sie. Sie selbst würde bei weitem nicht mal die Hälfte schaffen.

Auf dem Tisch lagen mehrere Pergamente mit einer breiten Schleife zusammengefasst. Das waren wohl die Prüfungsfragen. Ob sie das überhaupt bis Mitternacht schaffen würde? Meara entschied sich sicherheitshalber, zuerst die Fragen zu beantworten und mit dem Essen zu warten.

Vorsichtig löste sie die Schleife und nahm das erste Pergament. Ein Tintenfass und eine Feder standen bereit. Schon nach dem Lesen der ersten Frage wusste Meara, sie würde nicht viel Tinte verbrauchen. Es wurden viele Fragen zum Aufbau ihrer Welt gestellt. Zu den verschiedenen Ländern, Königen und Flaggen. Das meiste wusste sie einfach nicht und spürte jetzt schon Tränen in sich aufsteigen. Dass diese Reise so erniedrigend werden würde, hatte sie nicht geahnt. Ihr war ja bewusst, dass sie ohne Schulbildung sowieso keine Chance hatte und schon gar nicht gegen Kyrlua. Aber dass es so schlecht um ihren Verstand bestellt war, traf sie doch sehr hart. Sie hatte ihr ganzes Leben alles Wissen aufgesogen, nur um irgendwann vielleicht den Sprung in ein eigenständiges Leben zu schaffen, aber davon war sie offenbar meilenweit entfernt.

Sie beantwortete alles, was sie wusste, so genau wie möglich, damit überhaupt etwas auf dem Pergament stand. Auf dem zweiten wurde es nicht besser. Wie die Blitze am Himmel entstehen und wieso der Donner später kommt, konnte sie nicht beantworten. Woher auch? Über so etwas lasen die Priester in den Gärten nicht, also hatte auch sie nie etwas dazu gelesen.

Es war schon stockdunkel draußen und Meara noch lange nicht am Ende des Papierstapels angekommen. Ihr Magen machte sich laut bemerkbar. Sie wollte auf keinen Fall Zeit vergeuden. Viel blieb ihr ja nicht mehr. Sie wollte so viele Fragen beantworten, wie sie bis Mitternacht schaffen konnte. Deshalb legte sie sich eine Scheibe des guten Fleischs auf eine Scheibe Brot, noch etwas Salat dazu und aß, während sie nebenbei schrieb. Die Weintrauben konnte sie auch ganz gut nebenher essen, mehr bekam ihr Magen eben nicht.

Sie hatte nur noch etwa eine Viertelstunde Zeit, als sie endlich das vorletzte Pergament zur Seite legte. Ihre Stimmung war inzwischen in den Keller und vermutlich noch tiefer gesunken. So viele Fragen hatte sie offen lassen müssen. Einige, vor allem zur Flora, hatte sie dafür umso genauer beantwortet.

Der letzte Prüfungsbogen fragte weniger ihr bereits vorhandenes Wissen ab, als ihre Meinung. Den Anfang machte die Frage, ob sie lieber den Tag oder die Nacht mochte. Darüber musste sie nicht nachdenken, sie liebte den Morgen. Wenn die Nacht sich noch nicht ganz zurückgezogen hatte, aber der Tag schon begann und alles um sie herum zu neuem Leben erwachte - das war ihre liebste Tageszeit.

In der zweiten Antwort sollte sie ihr Ziel im Leben beschreiben, wenn ihr keine Grenzen gesetzt wären. Wenn sie tatsächlich die freie Wahl hätte, würde sie durch die ganze Welt reisen und an jedem Ort das lernen, was man dort besonders konnte oder was man nur dort ansehen konnte, um es an anderen Orten einzusetzen, wenn es jemandem helfen könnte.

Die nächste Frage war die gleiche, nur auf die Realität bezogen. Da hatte sie ganz klar den Wunsch, aus der Abhängigkeit herauszukommen und für sich selbst sorgen zu können.

Zeichnen musste sie auch noch, obwohl ihr die Zeit davonlief. *Male ein Haus, einen Baum daneben, einen Vogel darauf und eine Wolke darüber.* So lautete die Aufgabe und Meara war sich ein wenig unsicher, wie sie das auffassen sollte. Sollte der Vogel auf dem Haus oder dem Baum sitzen? Sollte die Wolke über dem Haus, dem Baum oder dem Vogel sein? In Ermangelung der Zeit entschied sie spontan, eine große Wolke zu malen, die sowohl über dem Haus, als auch über dem Baum schwebte. Und den Vogel setzte sie lieber in den Baum, dort würde er sich wohler fühlen als auf einem Haus.

Ein Schockblitz zog sich durch ihren ganzen Körper, als sie die nächste Frage las. *Wie wurde das Schloss Zyranian erbaut?* Sie hatten einen Vortrag über die Entstehung gehört, aber Meara konnte sich beim besten Willen nicht an ein einziges Wort erinnern, das ihr erklärt hätte, wie man das Schloss im See gebaut hatte. Sie hatte noch den Gedanken gehabt, dass sie es schade fand, dass dieses Rätsel nicht gelöst wurde, wo sie es doch schon vor Antritt der Fahrt hätte wissen wollen. Sie konnte auf diese Frage keine wirkliche Antwort geben. Nur eine: *Das wüsste ich auch gern sehr genau.* Das würde den hohen Herren und Damen ganz gewiss nicht genügen, aber was sollte sie sonst antworten? Sie wusste es nicht und konnte sich noch so gut an den Vortrag erinnern, darin hatte man ihnen nichts zum Bau selbst erzählt. Nicht dass sie wüsste.

Und dann endlich die letzte Frage. Sie hatte noch zwei Minuten. *Was wünschst du dir als*

Abschiedsgeschenk, wenn du dieses Schloss verlassen musst? Darauf wusste Meara nicht gleich eine Antwort. Was würde sie wohl von hier mitnehmen wollen? Hergekommen war sie in der Hoffnung, etwas zu lernen. Nach dem Frühstück würde es jedoch schon die Entscheidung geben und dann müsste sie abreisen. Sie hatte also nicht viel gelernt. Ob sie sich die Antworten aller Prüfungen wünschen könnte?

Sie hatte keine Zeit, näher darüber nachzudenken, und schrieb das auf. Als sie gerade fertig war, fiel ihr das Buch wieder ein, das sie am Vormittag angefangen hatte, und sie ergänzte mit einem Oder noch diesen Wunsch, da *Antworten* ja keine greifbaren Abschiedsgeschenke waren.

Pünktlich mit dem Schlag um Mitternacht öffnete sie ihre Zimmertür und legte den ganzen Stapel Pergamente in das Körbchen, das neben ihr an der Wand hing. Die Tür gegenüber von ihr ging auf die Sekunde genau mit ihrer auf. Sie schmunzelten sich nur an, wünschten sich eine gute Nacht und gingen wieder zurück in ihre Zimmer.

Meara war am Ende mit den Kräften. Sie wusch sich noch und fiel dann ins Bett wie ein Stein. Sie schlief sehr tief und gut und ruhig nach dem anstrengenden Tag. Das änderte nur nichts daran, dass sie mit den ersten Sonnenstrahlen wieder aufwachte. Das war eben ihre liebste Tageszeit und ihre innere Uhr erinnerte sie daran.

Wie am Morgen zuvor ging sie in den großen Speisesaal, wo natürlich noch weit und breit kein

Schüler zu sehen war. Nur die Küchenfrau vom Vortag.

„Guten Morgen." schmunzelte sie der Frühaufsteherin entgegen. „Kommst du wieder zum Kräuterschneiden?"

„Wenn ich darf." lachte Meara.

„Natürlich. Du bist uns jederzeit willkommen."

„Ich werde heute wieder abreisen, deshalb würde es mich freuen, euch die Kräuter hereinholen zu dürfen."

Na immerhin war sie realistisch, dachte die Küchenfrau. Es war schon so lange her, seit ein dritter Gesandter in Zyranian aufgenommen worden war. Im Allgemeinen wurden generell die ersten Gesandten eines Landes aufgenommen. Manchmal auch der zweite, wenn der erste eigentlich gar keine Lust hatte, aber der dritte schied schon von vornherein aus. Obwohl dieses junge Mädchen wohl geeigneter war als viele anderen...

So lief auch der Morgen des Abschieds für Meara ab, wie es ihr gefallen hatte. Sie sang ihr Morgenlied, während sie die Kräuter schnitt, und ein flotteres, während sie dem Jungen bei den Kartoffeln half. Irgendwann sagte ihr dann jemand Bescheid, sie solle lieber in den Saal gehen, und sie ging zurück zu Prinz Torgal, der sie schon sehnsüchtig erwartete. Über das Ende ihres gemeinsamen Weges sprachen sie nicht. Es gab genügend angenehmere Themen, mit denen sie sich die Zeit vertreiben konnten.

Nach dem Frühstück sammelte Chendor sie

wieder ein und führte sie die breite Haupttreppe weit hinauf. Es dauerte nicht lange, da ging den ersten der Atem aus.

Ihr Ziel lag am Ende eines verwinkelten Ganges. Chendor öffnete die zwei Flügel einer pompösen Tür. Sie war mindestens doppelt so hoch wie die meisten Schüler und komplett mit feinsten Schnitzereien übersät. Meara versuchte im Vorbeigehen alle Details zu erfassen, doch das war unmöglich. Blumen und Ornamente mischten sich mit merkwürdigen Symbolen. Die Tür selbst bestand auch nicht aus Holz, das man weiß angestrichen hatte, wie die meisten noch zuvor gedacht hatten. Sie bestand aus irgendeinem Stein.

Dahinter sah man eigentlich nicht viel außer Gesichter und farbige Gürtel über den Gewändern. Chendor trug wieder dieses purpurne Wollgewand mit dem weißen Gürtel und den weißen Säumen. Die anderen Männer und Frauen in diesem Raum trugen jedoch schneeweiße Gewänder, die vom Schnitt her Chendors glichen. Auch ihre Säume waren weiß, nur die Gürtel unterschieden sich. Bei einem alten Mann, er stand in der Mitte, war er weiß, bei allen anderen gab es blaue und grüne und rote und gelbe. Alles andere, also Möbel, Wände, die Decke, Einrichtungsgegenstände - alles war von diesem strahlenden Weiß, sodass außer den Gesichtern wirklich nicht viel der Menschen zu sehen war. Meara hatte massive Probleme der Wahrnehmung, stand damit aber nicht allein da.

„Seid gegrüßt, Gesandte aus aller Welt." sagte der alte Mann, der als einziger komplett in Weiß gekleidet war. „Ich bin der Ordensvater. Dies ist die Zeremonienhalle von Zyranian und hier werden wir die Wahl der neuen Schüler bekanntgeben."

Unauffällig rückte Meara näher an Jaromir heran. In der Traube aus Gesandten fiel nicht auf, wie er ihre Hand sacht streifte, um sie zu beruhigen. Sie war schon wieder so aufgeregt, weil sie vor etwas Neuem stand, dass es ihm das Herz zerriss. Sie kannte das Ergebnis doch sowieso schon.

Der gesamte Orden von Zyranian war anwesend. Sie standen gesammelt hinter dem Ordensvater und schwiegen, während er die Bekanntgabe eröffnete. Sie hatten sehr lange für die Entscheidung gebraucht und das sollten alle wissen.

„Nie zuvor ist uns eine Entscheidung so schwer gefallen." erklärte er. „Zunächst sollten wir aber mit denen beginnen, die uns recht leicht fielen." Er trat direkt vor Lakro. „Wir hatten den Eindruck, du möchtest nicht hier sein."

Er senkte verlegen den Blick. „Ihr habt Recht, ich möchte gern in den Betrieb meines Vaters eintreten."

„Dann sollst du das."

Kaum zu glauben, er atmete erleichtert auf. Für die meisten war es ein Traum, hier angenommen zu werden, aber eben nicht für alle. Von dieser Sorte gab es jedes Jahr mehrere, weil die jeweiligen Länder natürlich Einfluss auf die Entscheidung nehmen wollten. So wurde auch Lysto gefragt und er gab ohne Scham zu, dass er nicht so weit weg von zu Hause sein wollte. Der Ordensvater stellte die Frage noch zwei anderen und schickte sie alle zu

Lakro an den Rand, wo sich die sammelten, die nach dieser Zeremonie wieder nach Hause fahren würden.

„Gibt es noch jemanden?" fragte er abschließend, aber es meldete sich keiner. „Na schön. In Zyranian lehren wir euch Wissen in allen Bereichen. Es verlangt keiner von euch, dass ihr jedes Thema mögt, wohl aber, dass ihr alles gebt, was ihr geben könnt, um auch diese Themen zu bewältigen. Die Ausbildung hier ist kein Urlaub, sondern harte Arbeit. Wer sich dessen bisher nicht bewusst war, sollte gestern einen Einblick bekommen haben. Und wer nun denkt, dem nicht gewachsen zu sein oder diese Strenge nicht aushalten zu können oder zu wollen, der sollte sich ebenso gegen die Aufnahme entscheiden."

Er wartete wieder und ließ den Blick über die übrige Menge schweifen, doch es meldete sich keiner. Bei einigen blieben seine grauen Augen etwas länger hängen, so auch bei Kyrlua, aber niemand wollte sich freiwillig ausschließen.

„Na schön." Nur ganz kurz sah er Meara direkt in die Augen und schmunzelte. „Der gestrige Tag hat euch gefordert. Die Prüfung lag weniger im Ergebnis als in der Ausführung." Er blieb vor dem Mädchen stehen, dass die Käfer nicht hatte anfassen wollen. „So ist Entschlossenheit ein wichtiger Zug, ohne den man hier keine zwei Wochen aushält. Dass du konsequent die Aufgabe abgelehnt hast, gab uns Einblick in dein Wesen." Wieder sah er zu Meara. „Es gab also keine richtige oder falsche Antwort."

Unwillkürlich gingen ihre Mundwinkel leicht

nach oben und ihre Wangen liefen rosa an. Ob der sie so ansah, weil er das Pergament gelesen hatte? Zumindest die Antwort hatte sie noch bekommen. Die Prüfungen waren für jeden so zu lösen, wie es in seinem Ermessen lag. Ganz falsch konnte sie damit also nicht gelegen haben. Das traf allerdings auf alle anderen auch zu.

„Wissen kann im Kopf und auch im Herzen liegen, aber niemals in den Muskeln." führte der Vater fort und blieb vor dem großen Kerl aus Mearas Gruppe stehen. Der, der den Tisch kaputtgemacht hatte, um die Kiste zu öffnen, und die Käfer zermatscht hatte, um sie zu sortieren. „Es tut mir leid, aber ich denke, du bist bei deinem Vater unter den Holzfällern besser aufgehoben."

Das passte zu ihm, dachte Meara. Er war vielleicht ein netter Mensch, aber er dachte pragmatisch und mit roher Gewalt. Na ja, irgendwie mussten aus Bäumen ja Bretter für Möbel werden. Er stellte sich jedenfalls ohne zu murren zu den Ausgestoßenen.

Ein Mädchen aus der Gruppe der zweiten Gesandten wurde mangels Sozialfähigkeit ebenfalls ausgeschlossen. Man müsse mit anderen Schülern arbeiten können, lautete die Erklärung.

„Damit" fuhr der Vater fort. „sollte aus Kanden nur noch einer übrig sein, richtig?"

„Ja." strahlte ein Mädchen und trat vor.

Sie wurde unter einem steinernen Bogen platziert. Als erste, aber nicht als letzte. Nach und nach wurden einzelne Bewerber ausgeschlossen und

Länder abgearbeitet. Die Menge lichtete sich und Jaromir hielt königlichen Abstand zu Meara, die noch immer neben ihm stand. Auf seiner anderen Seite hielt sich immer Kyrlua, doch die beachtete er nicht. Wenn man ihn gefragt hätte, wäre Meara sowieso die geeignetere Wahl gewesen.

Ria, die zweite Gesandte aus Winderlorn, stand allerdings auch immer noch bei ihnen und das machte ihn dann doch nervös. Was würde Torgal wohl mit ihm machen, wenn man ihn nicht aufnähme? Und was würde der König mit dem armen Torgal machen?

Zu jedem Ausschluss hatte es eine Erklärung des Ordensvaters gegeben. Bei den wenigsten bezog er es auf jemanden persönlich. Er listete Dinge der Ausbildung, Anforderungen an die Schüler und geforderte Eigenschaften auf, die den ein oder anderen eben ausschlossen. Geld und Einfluss spielten dabei offiziell tatsächlich keine Rolle. Er hatte zu jedem Ausgeschlossenen gute Gründe vorzubringen. Deshalb schickten die Länder ja auch immer einen Hochgeborenen und zwei andere, die entweder von der Bildung oder dem Charakter her ausgeschlossen werden mussten. Oder weil sie sowieso nicht angenommen werden wollten.

Zum Schluss standen noch sechs Menschen vor ihm, aus drei Ländern. Winderlorn und Ul-Bairamok waren auch dabei. „Ihr habt es uns nicht leicht gemacht." seufzte er. „Niemand erwartet von euch, dass ihr alles wisst, wenn ihr hier anfangt, sonst wäre die ganze Ausbildung ja überflüssig. Alle Schüler kommen aus anderen Ländern mit anderen

Sitten, Bräuchen und Bildungsstandards. Diese Defizite auszugleichen steht unter eurer eigenen Verantwortung in eurer Freizeit. Ein Beispiel: In Kanden gehört das Musizieren von Kindesbeinen an zum Leben der Menschen. In Winderlorn dagegen kommt dieser Teil in der Ausbildung gar nicht vor."

Erschrocken sah Meara zu Prinz Torgal auf. Wie konnte man denn ganz und gar ohne Musik leben? Das war für sie ein Ding der Unmöglichkeit. „Gar nicht?" brach es aus ihr heraus.

Jaromir schmunzelte. „Stimmt. Wir singen nicht mal den Kindern Lieder."

Der Ordensvater lachte leise. „Ja, so unterschiedlich die Menschen, so sind es auch die Länder und ihre Sitten. Die Musik steht jedoch hier auch auf dem Lehrplan und ihr müsst euch selbst beibringen, was fehlt. Wir fangen nicht mit so hohen Maßstäben wie in Kanden an, aber auch nicht ganz am Anfang wie in Winderlorn." Er drehte sich zu den Auserwählten unter dem Bogen. „Das gilt für euch natürlich auch. Wer dazu nicht bereit ist, sollte das jetzt sagen."

Natürlich meldete sich keiner. In Jaromirs Inneren begann er die Idee des Platztausches zu verfluchen. Musik! Er hatte überhaupt nichts mit Musik am Hut. Wie sollte er das denn aufholen? Und dann auch noch allein?

„Und ihr?" fragte der Vater an die sechs Verbliebenen. „Das erwarten wir von einem Prinzen ebenso wie von jedem anderen."

Jaromir wollte im Erdboden verschwinden,

behielt aber seine Haltung. „Ich werde zumindest mein Möglichstes geben. Ihr werdet mich wohl eher rausschmeißen, um die Ohren des ganzen Schlosses zu schonen."

Diese Antwort hatte den Ordensvater ebenso beeindruckt wie amüsiert. „Ich werde veranlassen, in allen Schlafzimmern genügend Watte zu hinterlegen. Eigentlich wollte ich wissen, ob ihr bereit seid, den Prinzen vor der Tür zu lassen?"

„Das bin ich." nickte Jaromir und war über diesen Teil gar nicht mal so unglücklich. Er war ja froh, wenn er dieses Schauspiel endlich beenden könnte. Immerfort musste er aufpassen, ob seine Haltung auch wirklich eines Prinzen würdig war. Und seine Antworten. Und sein Benehmen. Und überhaupt. Dabei war Torgal ganz und gar nicht so erpicht auf Privilegien und Haltung. Im Stroh zu rangeln, passte eher zu ihm.

„Nun gut." sagte der Vater und sah zu Ria. „Du hast viele Qualitäten, aber wir zweifeln an deinem Engagement. Wir haben beobachtet, dass du sehr schnell aufgibst, wenn du glaubst, einer Aufgabe nicht gewachsen zu sein. Deshalb müssen wir dich leider nach Hause schicken."

Sie nickte mit einem Lächeln und gesellte sich zu den Ausgestoßenen. Es war ja nicht anders zu erwarten gewesen und für sie keine Überraschung. Gegen einen Prinzen hatte sie keine Chance.

Gleichzeitig fiel Jaromir ein Gebirge vom Herzen. Mit Rias Ausschluss war seine Aufnahme beschlossen, denn er hatte eben jenes Engagement gezeigt, nur mit anderem Hintergrund. Er hatte es geschafft! Er würde weder seinen Freund, noch seinen König enttäuschen. Sein Herz war vom Druck befreit und er stellte sich glücklich unter den steinernen Bogen. Nur eines konnte sein Glück trüben. Er musste Meara allein stehen lassen.

Schlussendlich waren nur noch Meara und Kyrlua übrig. Für Kyrlua stellte sich gar nicht erst die Frage, dass sie angenommen werden würde. Alles andere wäre eine Schande. Man hätte diesen Teil also auch überspringen und sie zu dem Bogen gehen lassen können.

Der Vater ging langsam zu den beiden, hielt den Blick gesenkt und atmete schwer auf. „Ihr beiden stelltet uns wahrlich vor eine eigene Prüfung." begann er und Mearas Herz begann zu flattern. Kyrlua dagegen bedachte sie mit einem giftigen Seitenblick, der sie auf der Stelle töten sollte.

„Kyrlua, du hast gehört, auf was hier Wert gelegt wird. Nicht nur Wissen und die Bereitschaft zum Lernen, auch Ehrlichkeit, Vertrauen, gutes Benehmen und Ehrgeiz. Alle Prüfungen werden in den privaten Zimmern geschrieben, wie ihr letzte Nacht. Wir bringen unseren Schülern Vertrauen entgegen. Heimlich in die Ergebnisse von Zimmernachbarn zu sehen, gehört nicht zu den Dingen, die wir tolerieren. Erwischen wir jemanden dabei, wird er augenblicklich ausgeschlossen."

Kyrlua hatte verlegen den Blick gesenkt und war rot geworden. Noch nie hatte sie jemand so vorgeführt.

„Dein Vater gab dir hier einen gewissen Namen. Aber das tust du nur noch einmal. Bist du bereit, deine angeborene Stellung abzulegen und ein Teil der Schülerschaft zu werden? Das heißt viele und harte Arbeit, auch im Garten, auf den Feldern oder in der Küche."

„Ja." antwortete sie sofort, aber kaum zu verstehen. Sie war so leise, dass es bei den anderen Schülern nicht angekommen war. Nur Meara hatte es gehört, da sie noch direkt neben ihr stand. Dabei wollte Kyrlua alles andere als in einer Küche arbeiten. Wofür gab es schließlich Personal?

„Nun gut, dann werden wir es mit dir versuchen. Aber du hast nur diese eine Chance."

Sie nickte und ging mit gesenktem Kopf zu dem Bogen. Meara hatte ebenso den Kopf gesenkt und machte genau einen Schritt.

„Warte." bat der Vater sanft und hielt sie am Oberarm fest. „Meara, auch dir möchte ich ein paar Worte mitgeben. Vor allem aber möchte ich eine Frage loswerden, die uns brennend interessiert: Woher hast du dein enormes Wissen über die Pflanzenwelt?"

„Ich wohne in den heiligen Gärten von Bairamok. Dort lernte ich vieles und las viele Bücher."

„Aus der Küche wurde mir von dir erzählt."

Meara duckte sich und kniff die Augen zusammen. Das hätte sie wohl doch nicht tun sollen. „Entschuldigung."

„Kein Grund." lachte er. „Hast du eine andere Ausbildung erfahren?"

Sie schluckte. „Nein. Ich weiß nur das, was ich dort lernte und in den Büchern der Priester las."

„Du warst nie in einer Schule?"

„Nein." flüsterte sie beschämt und fiel mit den glühenden Wangen in dem weißen Raum so sehr auf wie eine blühende Orchidee zwischen einem Feld voller Disteln. Verschlucktes Lachen erklang aus einigen Kehlen.

„Meara, bei der Wahl zwischen dir und Kyrlua wurden wir uns kaum einig. Du vereinst in dir Ehrgeiz, Wissensdurst, Ehrlichkeit und Entschlossenheit. All die Eigenschaften, die wir unseren Schülern beizubringen versuchen. Du kommst mit wenig Vorbildung und hast die Regeln gehört. Du müsstest das alles in deiner Freizeit aufholen, doch davon hat hier kein Schüler sehr viel."

Sie nickte nur. Sie war einfach nicht schlau genug. Was hätte sie in ihrem bisherigen Leben anders machen sollen? Ihr hatte sich ja nie die Möglichkeit geboten, sich weiterzubilden. Nur die Pflanzenkunde war ihr zugänglich gemacht worden und darüber wusste sie inzwischen sehr viel. Aber das genügte nicht. Sie sah es ein. Ja, sie sah wirklich ein, wieso sie hier keine Zukunft hätte.

„Meara." lächelte der Ordensvater weich und hob sanft ihr Kinn, bis sie ihn aus feuchten Augen ansah. Es kam nicht oft vor, dass die dritten Gesandten so emotional auf ihre Ablehnung reagierten. Die meisten wussten von vornherein, dass sie nur einen Tag im Schloss auf dem See bleiben würden. „Vom

Bildungsstand her ist Kyrlua dir um einiges voraus. Geeignet für ein Studium in Zyranian bist jedoch eindeutig du. Schließlich haben wir doch noch zu einer Entscheidung gefunden und bieten dir einen Vetoplatz an. Mehr als ein Mitglied des Ordensrates legte ein Veto ein, um dich aufzunehmen. Deshalb wird es eine einmalige Ausnahme geben und wir zwei Gesandte aus Ul-Bairamok aufnehmen, wenn du bereit dazu bist. Wenn du wirklich bereit dazu bist, all deine freie Zeit für zusätzlichen Unterricht zu opfern, kannst du bleiben."

Schon während er sprach, hatte Meara die Kontrolle über ihre Gesichtsmuskulatur verloren. Mit großen Augen und offenem Mund starrte sie den weißhaarigen Mann an und wusste einfach nichts zu sagen. Wie sollte sie denn das Schulgeld aufbringen? Woher sollte sie überhaupt irgendwelches Geld nehmen? Und wie hatte sie es überhaupt geschafft, hier aufgenommen zu werden? Sie hatte nichts und sie konnte nichts. Sie war einfach nichts. Und doch hatte er gesagt, sie könne bleiben.

„Also?" schmunzelte er. „Bist du bereit dazu?"

Mehr als ein Nicken schaffte sie nicht. Sie hatte immer noch nicht wieder angefangen zu atmen. Als ihr schwindlig wurde, japste sie schnell nach Luft. Erst da nahm sie das Klatschen der anderen wahr. Vor allem die dritten Gesandten, die allesamt wieder nach Hause fahren würden, klatschten und jubelten umso lauter. Meara hatte bewiesen, was niemand zuvor für möglich gehalten hatte. Auch ein unwissendes Bettelmädchen konnte in Zyranian erhört werden.

Am allerlautesten war aber wohl Jaromir. Er hatte Probleme, sich an seinen Prinzenstand zu erinnern, wo er doch gerade einen Freudentanz aufführen wollte. Seine Augen waren feucht und ein Schluchzen der Freude kroch ihm aus der Kehle. Er freute sich nicht nur auf die weitere Zeit mit Meara, sondern vor allem für sie, weil sie erreicht hatte, was sie sich gewünscht hatte. Sie würde lernen, lernen und lernen. Und lernen...

Die einzige, die das überhaupt nicht schön fand, war Kyrlua. Sie klatschte verhalten, weil es die anderen taten und ihr die Worte des Vaters noch in den Ohren hallten, aber am liebsten hätte sie einen Wutanfall bekommen. Sie sollte dieses Weib tatsächlich für die nächsten Jahre andauernd sehen. Und sie sollten auch noch so tun, als würden sie auf einer Stufe stehen. Die würde nie auf einer Stufe mit Kyrlua stehen. Ende der Diskussion - das war eine Tatsache.

Auf wackeligen Beinen ging Meara zu Jaromir. Sie ging nicht zu dem Bogen und den Auserwählten, sie ging zu einem Freund. Und noch bevor sie angekommen war, liefen ihre Augen über. Er empfing sie mit einem herzlichen Lächeln und legte seinen Arm um ihre Schulter. Er war nun kein Prinz mehr und diese junge Frau war so von ihren Gefühlen übermannt worden, dass sie Halt brauchte. Er hätte nicht einen Grund gewusst, ihr das zu verwehren. Auch als Prinz nicht.

Der gesamte Rat von Zyranian verabschiedete jeden einzelnen Gesandten, der wieder gehen musste, mit einem Handschlag und einigen persönlichen Worten. Sie gaben Ratschläge, lobten und kritisierten. Aber alles auf eine sehr angenehme, freundschaftliche Weise.

Währenddessen hatte Jaromir eine einmalige Chance. „Herzlichen Glückwunsch." strahlte er leise zu Meara hinab.

„Danke." flüsterte sie. „Ich kann es immer noch nicht glauben. Vermutlich schlafe ich noch und träume."

Vorsichtig zwickte er ihr in den Arm. „Du bist wach und ich sehr froh darüber."

„Ich fühle mich zutiefst geehrt, Prinz Torgal." antwortete sie höflich und mit Respekt und einer leichten Verbeugung. Nur den Spott konnte sie für jene, die sie kannten, nicht aus den Augen bannen.

Jaromir gehörte dazu und schmunzelte. „Ich bin kein Prinz mehr, schon vergessen?"

„Heißt das, ihr gewährt mir persönliche Worte?"

„Jederzeit." versicherte er noch schnell, als der Ordensvater schon wieder zu ihnen kam.

„Chendor wird eure Mitgesandten jetzt zu den Booten bringen. Wollt ihr euch noch von ihnen verabschieden, so ist dies die letzte Chance."

Einige nutzten die Chance wirklich, aber es waren nicht viele. Die hohen Gesandten wollten mit dem gemeinen Fußvolk nichts zu tun haben. Die junge Dame aus Kanden gehörte zu den wenigen, die sich in Freundschaft mit einer Umarmung verabschiedeten. Und Meara. Sie bat Lakro, in den heiligen Gärten Bescheid zu geben, dass man sie in

Zyranian aufgenommen hatte. Sie wollte nicht, dass sich die Bediensteten um sie sorgten, wenn sie nicht zurückkäme. Lakro versprach es ihr und auch die beiden gingen mit lieben Worten und einer Umarmung auseinander. Er wünschte ihr noch viel Glück, aber das würde sie nicht brauchen, da war er sich sicher. Sie war sehr fleißig - das wichtigste, um die Lücken aufzufüllen.

„Der Unterricht beginnt in drei Tagen." erklärte der Vater. „Bis dahin habt ihr die Möglichkeit, das Schloss zu erkunden und euch zurechtzufinden. Schon viele verliefen sich hier, aber das wird keine Entschuldigung sein, wenn ihr zu spät zum Unterricht kommt. Also macht euch mit dem Aufbau und den Wegen vertraut. In euren Zimmern liegen die Gewänder des Ordens bereit. Sie werden euer Begleiter für die nächsten Jahre sein. Eure Kleider könnt ihr in den Schrank hängen und dort bis zum Ende des Jahres lassen.

Jeder Neuankömmling beginnt mit cremefarbenen Gewändern und den passenden Gürteln und Säumen. Mit jeder Prüfung könnt ihr in den Rängen der Farben aufsteigen. Für besonders gute schulische Leistungen oder auch im Umgang miteinander könnt ihr die Farben der Gürtel und Säume ändern. So stehen blaue Gürtel zum Beispiel für sehr hilfsbereite Schüler. Bei ihnen werdet ihr jederzeit Rat und Hilfe finden. Die Farben werden mit einem Punktesystem jede Woche neu vergeben. Immer am letzten Abend zum Abendessen werden die Listen in der Empfangshalle ausgehängt. Ihr bekommt jeder eine komplette Garderobe, aber erwische ich einen, der sich nicht an die Farbe laut Liste hält, wird er augenblicklich aus dem Orden ausgeschlossen und fährt nach Hause.

Zum Ende eines jeden Lehrjahres werden die Punkte des ganzen Jahres zusammengezählt und fließen in die Abschlussbeurteilung ein. Danach richtet sich dann die Farbe eures Gewandes für das kommende Lehrjahr. Also gebt euch Mühe im Unterricht und geht respektvoll miteinander um."

Damit war die offizielle Erklärung abgeschlossen. Eine Frau in der gleichen Kleidung wie Chendor empfing sie vor dem großen Saal und führte sie in ihre neuen Zimmer. Von Gesandten waren sie nun zu Schülern geworden. Da gab es keine Unterschiede nach Herkunft mehr. Der Ostflügel barg nichts als hunderte Schlafzimmer auf insgesamt sieben Etagen. Auf jeder Etage lagen links die Mädchen- und rechts die Jungenschlafräume. Alles andere konnte jeder frei entscheiden. Man suchte sich einfach ein Zimmer aus. Das freute vor allem Jaromir und Meara, denn das hieß, sie zogen wieder gegenüber voneinander ein.

Auch hier hingen kleine Körbchen neben den Türen für die Prüfungspergamente. Und für die Post. In jedem dieser Körbchen wartete die erste Nachricht auf die Schüler.

Bevor Meara mit ihrem Brief ins Zimmer gehen konnte, wurde sie aufgehalten.

„Meara." sagte Jaromir leise. Es musste ja nicht jeder hören. „Hast du Lust, dann mit mir eine Runde durch das Schloss zu drehen?"

„Sehr gern." freute sie sich. „Gib mir nur ein paar Minuten, dass ich auspacken kann."

Er verdrehte die Augen. „Lass dir Zeit, das muss ich nämlich auch."

„Ja, mit dem königlichen Gepäck kann ich nicht mithalten." Sie zwinkerte frech und schloss ihre Zimmertür.

Endlich ein bisschen Ruhe. Sie konnte eigentlich immer noch nicht fassen, dass sie in einem Schülerzimmer Zyranians stand. Wie war das denn passiert?

Auf ihrem Bett lag ordentlich gefaltet das cremefarbene Gewand. Verschiedene, um genau zu sein. Eins für jede mögliche Farbe der Säume. Daneben lagen die verschiedenen Gürtel. Ein ganz und gar cremefarbenes Gewand und ein cremefarbener Gürtel waren etwas abseits ausgebreitet worden. Das sollte sie wohl als erstes anziehen. Den Rest räumte sie säuberlich und vorsichtig in den Schrank. So viele Kleider hatte sie noch nie besessen. Ihr eigenes wollte sie erst noch waschen und dann dazu hängen.

Bevor sie sich umzog, rollte sie noch die Nachricht aus ihrem Körbchen auseinander. Ganz oben stand geschrieben, welches Gewand sie für die erste Woche anziehen musste. Das ganz und gar cremefarbene, wie sie es sich schon gedacht hatte. Darunter folgte eine Auflistung der Farben und der dazugehörigen Erkennung. Das war ganz gut, so konnte sie auch den anderen Schülern ansehen, was ihre herausragendsten Eigenschaften waren.

Sie zog sich um, stellte sich vor einen großen Spiegel und betrachtete sich eine Weile. Sie sah so anders aus. So chic. Und damit würde sie hier in diesem Schloss kein bisschen mehr auffallen. Bisher hatte sie nicht mal durch den Ort der Priesterstadt laufen können, ohne von allen angesehen zu werden. Ihr Kleid war an vielen Stellen geflickt und zerschlissen, aber mehr besaß sie eben nicht. Von nun an würde man in ihr nicht mehr nur das Bettelmädchen sehen, sondern einfach eine Schülerin, wie es hier noch mehr gab. Sie würde endlich dazugehören.

Ein leises Klopfen erschreckte sie. Es konnte ja nur der Prinz sein, um sie abzuholen. Sie öffnete schon mit einem Lächeln und wurde nicht enttäuscht. Auch er trug nun das cremefarbene Gewand. Er sah hinreißend aus. Und er hatte auch die Haltung eines Königs, wenn der Ausdruck in seinem Gesicht dem auch noch nicht gefolgt war. Sein Blick huschte einmal an Meara hinab und blieb in ihren Augen hängen.

„Du siehst umwerfend aus." lächelte er. „Steht dir."

„Danke, dir auch."

Er sah unsicher an sich hinab. „Ist ziemlich ungewohnt. Ich trug noch nie ein Kleid."

Meara kicherte leise, als sie ihre Tür schloss. „Man gewöhnt sich daran. In welcher Richtung wollen wir denn anfangen? Und wie stellen wir sicher, den Rückweg zu finden?"

„Also auf die erste Frage darfst du die Antwort

geben. Und zu der zweiten Frage hoffe ich einfach, wir treffen zufällig jemanden, der uns hilft, falls wir uns wirklich verlaufen."

„Weißt du noch, wo die Eingangshalle ist? Wenn wir von dort anfangen, können wir gedanklich das Schloss mit allen Wegen aufbauen."

„Gute Idee. Da lang."

Woher er das noch so genau wusste, konnte Meara nicht verstehen. Sie konnte nicht mal so genau sagen, ob sie vor ihrem Zimmer nach links oder rechts gehen musste, um in den großen Saal der Zeremonie zu kommen. Der Prinz dagegen lief los, als gäbe es da gar keine Frage. Er nahm vielleicht nicht den direkten Weg, sondern ging an der Halle des Rates vorbei zurück zum Speisesaal und von dort aus zum Eingang, also genau den Weg, den sie am Morgen gegangen waren, aber er hatte es geschafft, sie zum gewünschten Ziel zu bringen. Meara war ganz begeistert. Im allgemeinen trug sie ein strahlendes Lächeln zur Schau und versprühte die reinste Lebensfreude.

„Wo wollen wir anfangen?" fragte Jaromir etwas unsicher. Über ihnen ging es gute zwölf Stockwerke aufwärts. Aber nirgends konnte man den direkten Weg nehmen. Es gab Brücken über die Eingangshalle in verschiedenen, aber nicht in jeder Etage. Treppen verbanden scheinbar wahllos Etagen miteinander oder auch nur andere Treppen. Die breite Treppe, gegenüber der Eingangstür war die einzige, die gerade verlief und nicht in Bögen und Windungen um andere Treppen herum. Wie sollten sie sich denn hier jemals zurechtfinden?

„Mh...“ überlegte Meara und sah sich nicht über ihr um, sondern auf ihrer eigenen Ebene. „Hier geht es doch zum Speisesaal. Den kennen wir. Vielleicht sollten wir dort anfangen, noch die Umgebung zu erkunden.“

„Und tasten uns langsam voran.“ beendete Jaromir den Plan, den sie auch gleich in die Tat umsetzten.

Vom Speisesaal aus führten insgesamt sieben Türen ab. Die doppelte Schwingtür kannte Meara schon. „Da geht es zur Küche.“

„Du warst in der Küche?“ schmunzelte Jaromir.

„Ja, wieso?“

„Kompliment. Dann nehmen wir jetzt die Tür.“ legte er fest und hatte sich damit für einen Rundgang entschieden. Sie wussten, was hinter der Schwingtür lag, also sahen sie als nächstes zu der Tür rechts daneben. Eine Besenkammer.

So gingen sie eine ganze Runde um den Speisesaal herum. Dabei fanden sie weitere Abstellräume mit allem möglichen Kram und Kisten, die Waschküche, aber auch eine Attrappe. Hinter der Tür war nichts als eine Wand. Es gab offensichtlich auch mehr als einen Keller. Wo sie die Türme zur Prüfung hatten bauen sollen, wussten sie noch. Hier fanden sie einen anderen Abstieg und andere Räume. Kohle und Holz wurden gelagert und verschiedene Lebensmittel und Getränke in großen Fässern.

Am späten Vormittag waren sie dann so tief in

das verschlungene Schloss eingedrungen, dass sie sich entschieden, den Weg zurück zu suchen, um rechtzeitig beim Mittag zu sein. Auf dem Weg zum Speisesaal standen sie dreimal in ellenlangen Gängen, die in Sackgassen endeten. Irgendwann trafen sie dann zufällig Chendor - der erste Mensch, der ihnen seit einer Stunde begegnet war. Mit einem Schmunzeln führte er die beiden Verirrten zum Speisesaal, wie jedes Jahr mehr als einmal. Es war verständlich, dass man sich in einem so großen und verwinkelten Bau nicht auf Anhieb zurechtfindet.

Das Mittagessen wurde gerade serviert. Nach der Aufnahme in Zyranian gehörte auch Prinz Torgal nun zu den einfachen Schülern. Er genoss keine Privilegien mehr. So mussten sich er und Meara einen Tisch suchen, an dem sie noch Platz fanden. Kyrlua schien schon vor Beginn des Lehrjahres die Menschen um sich herum abzustoßen. An ihrem Tisch saß nur noch ein Junge mit vielen Pickeln im Gesicht. Sie saßen sich gegenüber, soweit auseinander, wie es eben ging. Eine Unterhaltung führten sie nicht und Kyrlua empfand es als unangenehm. Mit dem Kerl hätte sie nicht reden wollen, aber mit irgendwem anders. Dem Prinzen zum Beispiel. Sie witterte ihre Chance, als er zu ihr kam. Leider folgte ihm dieses Bettelmädchen wie ein Hund.

So war es nicht ganz, denn die beiden lachten gerade über ihre Wanderung mit Verwirrungen.

„Ist hier noch Platz?" fragte Jaromir freundlich. Er mochte Kyrlua nicht, aber sie auf Abstand zu halten, bereitete ihm ungeahnte Freude.

„Selbstverständlich, Prinz Torgal." antwortete sie höflich und hatte sich sogar noch etwas gestraffter aufgerichtet.

„Ich bin kein Prinz in diesen Mauern." antwortete er knapp und wandte sich gleich wieder Meara zu. „Ich versagte schändlich und hoffe, du gibst mich noch nicht auf?"

„Nein, noch nicht. Wenn wir heute Nacht in einem Unterrichtsraum schlafen müssen, weil wir nicht zurückfinden, dann denke ich darüber nach."

Sie hatte ernst gesprochen, doch nur eine Sekunde später lachten sie schon wieder. Sie benahmen sich nicht wie Prinz und Bettlerin, denn genau genommen waren sie das auch nicht. Sie waren der Sohn des Pferdewirts und das Mündel der heiligen Gärten. Offiziell betrachtet verhielt sich Meara unter aller Würde. Und Jaromir genoss es. Ihm war nie bewusst gewesen, wie einsam und langweilig das Leben eines Prinzen sein konnte, obwohl er mit einem befreundet war. Der hatte aber auch noch nie Wert auf diese Privilegien gelegt.

Den Nachmittag verbrachten Jaromir und Meara weiterhin auf Erkundungstour. Sie hatten ja wieder zu ihrem Ausgangsort gefunden und starteten erneut vom Speisesaal aus. Diesmal hatten sie jedoch ein Pergament dabei und malten sich die Gänge auf, durch die sie gingen. Treppen wollten sie vorerst vermeiden. Vor allem die chaotischen über der Eingangshalle. Ehe sie sich daran wagen würden, müssten sie wenigstens ein bisschen Überblick gewinnen.

Irgendwie gelangten sie in einen Teil des Schlosses, der sich schon rein optisch von dem Rest abhob. Es hatte sie in einen endlos wirkenden Gang verschlagen, der jedoch nichts mit den hohen Fluren gemein hatte. Er war schmal und niedrig, die Wände nicht begradigt, wie aus rohem Fels gehauen. Es war feucht und dunkel und roch modrig. Unter ihren Füßen erstreckte sich auch kein glänzender Marmor und kein prunkvoller Teppich, sondern nichts als feuchter Dreck.

„Mir gefällt es hier nicht." flüsterte Meara und rückte zu ihrem Begleiter auf. Sie konnte ihren Atem vor dem Gesicht sehen, als wäre tiefster Winter, dabei war es mitten im Sommer. Sie hatte Gänsehaut vor Kälte und Angst in diesem Verlies.

„Willst du zurückgehen?" fragte Jaromir. Gemütlich fand er das hier auch nicht, aber er wollte wissen, was am Ende auf sie wartete. Noch siegte bei ihm die Neugier.

„Nein, du beschützt mich einfach." schmunzelte Meara und hoffte, er würde verstehen, dass es ihr vollkommen ernst war.

Das tat er auch und lächelte liebevoll. „Das werde ich. Gegen was auch immer, du kannst dich jederzeit hinter mir verstecken."

Dann konnte doch nichts mehr schiefgehen, hoffte sie und folgte ihm weiterhin.

Minuten liefen sie langsam weiter. Das Licht wurde immer weniger. Die Abstände zwischen den Fackeln an der Wand wurden größer. Der rote Schein der Feuer warf ihre Schatten verzerrt an die Wände und auf den Boden und ließ sie in einem leichten, kühlen Windzug tanzen. Es wirkte grotesk und abschreckend. Meara wäre auch zurückgegangen, aber neugierig war sie ebenso. Was würde man sie wohl hier unten unterrichten? Lehrstunde in einer Folterkammer?

Nach einer Weile zweigte ein weiterer Tunnel nach rechts ab. Darin brannte überhaupt kein Licht, so bekamen die beiden Schüler den Mann nicht mit. Er stand plötzlich einfach vor ihnen. Es war der streng aussehende Lehrer, bei dem sie die Käfer hatten sortieren sollen.

Seine Augen blitzten vor Zorn zu ihnen herab. „Was verschlägt euch denn hierher?" fragte er langsam, aber tief und mit einem deutlichen Unterton der Drohung in der Stimme.

Jaromir räusperte sich, um dem nicht zu offenbaren, wie gruselig er ihn fand. „Wir erkunden nur das Schloss, um uns nicht immer zu verlaufen."

„Dann lasst euch gesagt sein, dass Schüler hier nichts zu suchen haben. Erwische ich euch noch einmal hier, habt ihr harte Strafen zu erwarten, noch bevor das Jahr beginnt. Geht zurück zum beschriebenen Bogen und haltet euch nie wieder auf dieser Seite des Bogens auf. Haben wir uns verstanden?"

Meara nickte nur hektisch und wollte am liebsten sofort zurückrennen. Nur weg von dem Kerl, der sogar noch angsteinflößender als dieser Ort war. Jaromir sagte ebenfalls nichts, nickte hart und schob Meara vorsichtig zurück den Gang entlang, aus dem sie gekommen waren. Freiwillig würde Meara nie wieder hierher kommen. Der Rückweg ging ihr schon nicht schnell genug.

Den beschriebenen Bogen, von dem der Mann gesprochen hatte, erkannten sie eindeutig. Es war ein Torbogen aus Stein, der mit einer komischen Sprache beschrieben worden war. Von beiden Seiten. Sie fanden nicht ein Wort, das sie hätten erklären können.

„Wieso fiel der uns vorhin nicht auf?" flüsterte Meara und berührte die merkwürdigen Schriften. Solch eine Besonderheit wäre ihr doch aufgefallen. Und dem Prinzen ebenso, da sie auf ihrer selbst gezeichneten Karte alles aufmalten oder schrieben, das ihnen bei der Orientierung helfen würde. Eine aus der Wand gehauenen Büste zum Beispiel. Sie war nicht angehängt worden, sondern aus der Wand geformt. Sie markierte einen Korridor, der zurück zur Haupttreppe führte.

„Keine Ahnung." murmelte Jaromir ebenso vertieft in die Zeichen. Lesen konnte er sie und vielleicht auch aussprechen, aber verstehen konnte er gar nichts.

„Was ist das für eine Sprache?" fragte Meara fasziniert.

„Keine Ahnung." musste er erneut zugeben. „Solche Worte sah ich noch nie. Wo gehen wir weiter?"

„Na von da kamen wir und dürfen nicht zurück durch den Bogen, also bleibt nur noch der Weg."

Und den wählten sie auch. Sie ergänzten ihre

Karte und begannen mit Spekulationen, was in dem finsteren Gang wohl versteckt lag. Die Stimmung lockerte sich wieder auf, jetzt da sie weit weg von dem Grusel waren.

Dieser kam jedoch schneller zurück als ihnen lieb war. Sie wussten nicht, wie sie das schafften, aber als sie durch eine Tür traten, standen sie plötzlich an eben jener Kreuzung, vor der sie davongelaufen waren. Mitten im dunklen Stein und mit wenigen Fackeln lag der Gang vor ihnen, den sie bereits gegangen waren. Sie standen diesmal in dem Tunnel, aus dem der Lehrer aus dem Nichts gekommen war.

„Wie kommen wir hierher?" flüsterte Meara aufgeregt. Die Drohung klang noch in ihren Ohren. Was würde man wohl mit ihnen machen, wenn sie schon wieder hier wären? Ob man sie gleich wieder hinauswerfen würde? Der Mann wirkte so streng und so erhaben über jeden Einwand, dass er ihnen wohl nicht glauben würde, dass sie aus Versehen hierher gekommen waren und nicht die Absicht verfolgt hatten, sich gegen die Anweisung zu widersetzen.

„Lass uns verschwinden." sagte auch Jaromir äußerst angespannt.

„Wie denn?" wimmerte Meara. Die Tür, durch die sie gekommen waren, war verschwunden. Sie waren hindurchgegangen und an der Kreuzung gewesen, jetzt war da keine Tür mehr, nur ein vermutlich ellenlanger Gang. Man konnte aufgrund des nicht vorhandenen Lichts ja nicht sehen, wie weit er noch ginge. Es war einfach alles Schwarz.

„Dann zu dem Bogen." flüsterte Jaromir aufgeregt und spähte kurz um die Ecke, dass der Weg auch frei war. Insgeheim fragte er sich aber schon, wie sie sich hier jemals zurechtfinden sollten, wenn sich die Wege änderten.

Sie waren um die Ecke gehuscht und hatten es gerade mal zu zwei Schritten geschafft, da hörten sie hinter sich ein auffälliges, äußerst wütendes Räuspern. Sie erstarrten vor Schreck und drehten sich auf den Fersen langsam um. Schon wieder dieser finstere Typ. Seine Augen schienen vor Zorn zu glühen. Er hatte die Arme verschränkt, sagte nichts, sah sie nur an und wartete.

„Entschuldigung, der Herr." versuchte Jaromir freundlich.

„Meister." zischte er. „Ihr habt alle Ordensmitglieder und Lehrer mit dem Titel eines Meisters anzusprechen."

„Entschuldigung, Meister." wiederholte Jaromir. Ihm schlotterten die Knie. „Das wussten wir nicht."

Er richtete sich wieder auf und hob das Kinn noch ein Stück. „Und was macht ihr schon wieder hier? Hatte ich mich nicht deutlich genug ausgedrückt?"

Meara stand halb hinter Jaromir und war kaum zu verstehen. „Wir gingen doch nur durch eine Tür und standen auf einmal hier. Und dann war die Tür weg."

Sehr viel änderte sich im Gesicht des Mannes nicht, aber es war deutlich, dass ihn die Antwort überraschte.

„Ehrlich." beteuerte Jaromir schnell. „Wir wollten doch gar nicht schon wieder hierher. Wie erkennen wir denn die Türen, hinter denen dieser Gang liegt?"

„Das Betreten dieser Gänge ist Schülern untersagt. Folgt mir."

Er wartete nicht auf Antwort, ging zurück zu dem beschriebenen Bogen und setzte voraus, die beiden folgten ihm. Das taten sie auch. Meara hielt sich ängstlich an Jaromir fest. Er legte einen Arm um sie, drückte sie leicht an sich und gab ihr ohne Worte zu verstehen, er sei da. Reden wollte er in Gegenwart dieses komischen Typs nicht.

Durch den beschriebenen Bogen ging es zurück in bekannte Gefilde. Ihr neuer Führer hatte jedoch einen so strammen Schritt drauf, dass die beiden Schüler kaum hinterherkamen. Es blieb keine Zeit, auf Besonderheiten zu achten oder diese in ihrer Karte einzutragen. Hoffentlich würden sie sich zurückfinden. Oder war es gar nicht mehr wichtig, dass sie sich zurechtfanden? Würde man sie wegschicken?

Ein wenig bekannt kam ihnen ihr Ziel vor. Es sah aus wie vor der Tür zur großen Halle, in der sie in Zyranian aufgenommen worden waren. Die Zeremonienhalle. Eine ebenso beeindruckende Tür erhob sich vor ihnen, aber es war eine andere als die, durch die sie bereits gegangen waren.

Der finstere Meister klopfte und sie wurden hereingerufen. Er trieb die beiden ungehorsamen Schüler vor sich her in das beeindruckendste Zimmer, das Meara und Jaromir je gesehen hatten. Jaromir hatte im Schloss seines Königs auch schon viel gesehen, aber das hier … Ihm fehlte die Worte.

Gegenüber der Tür stand ein Schreibtisch, so groß wie ein Bett. Die Platte war aus dunklem und schweren Holz und abgesehen von den Schnitzereien nichts besonderes. Sie lag jedoch nicht auf vier Tischbeinen. Sie schien frei im Raum zu schweben, ohne zu wackeln oder zu schwanken. Bücher lagen auf einem hohen Turm auf einer Seite, verdächtig nah am Rand, doch die Platte blieb im Gleichgewicht.

Dahinter saß der Ordensvater. Und hinter ihm saßen in einem großen Bücherregal verschiedene Eulen zwischen Unmengen an Büchern. Sie bestanden augenscheinlich aus Holz, bewegten sich aber als wären sie lebendig. Der Ordensvater hielt eben ein Buch in der Hand. Es lag nur in seiner Hand, die er neben sich hoch hielt, da hob eine Eule aus dem Regal ab, segelte zu ihm, schnappte sich mit den scharfen Krallen das Buch und stellte es wieder an den rechten Platz im Regal.

Jaromir und Meara klappten die Unterkiefer runter.

Rechts von ihnen hingen eine Harfe und eine Flöte an der Wand. Sie wurden von keiner Menschenhand geführt und spielten doch eine leise Melodie. Daneben stand ein Spiegel, aus dem ihnen ein Mann neugierig zusah. Der Spiegel stand einen Schritt von der Wand weg, also wie kam der Mann da in den Rahmen? Auf der anderen Seite des Raums türmten sich auf einer Tischfläche vor der Wand alle möglichen Gerätschaften, denen man den Nutzen nicht ansehen konnte.

Der Ordensvater stand auf, baute sich hinter seinem Schreibtisch zu voller Größe auf und musterte seine Besucher streng. „Rastro, wieso führst du zwei Schüler in dieses Büro?"

Der finstere Kerl antwortete nicht gleich. Er ging um den großen Tisch herum zum Ordensvater. Er stand Meara und Jaromir abgewandt und flüsterte etwas, woraufhin der Alte die beiden ansah wie vom Blitz getroffen.

„Jetzt schon?" flüsterte er irritiert und Rastro hob ratlos die Schultern. Der Alte wischte sich mit der flachen Hand einmal quer übers Gesicht.

Rastro trat von dem Schreibtisch zurück. „Sie schlichen unbefugt durch die verbotenen Gänge."

„Nicht geschlichen." rutschte Jaromir heraus. „Aus Versehen dort hingekommen. Und wir wollten sie so schnell wie möglich wieder verlassen."

„Das behauptet ihr. Vielleicht kamt ihr auch einfach wieder zurück."

„Nein, Meister." beteuerte Meara aufgelöst. „Wirklich nicht. Wir wollten doch nur die Wege kennenlernen, um uns auf dem Weg zum Unterricht nicht zu verlaufen. Und dann standen wir schon wieder dort und konnten nicht zurück. Die Tür war weg!"

Sie würde sich ja selbst nicht glauben, wenn sie es nicht erlebt hätte. Die mussten sie doch für völlig bescheuert halten.

„Schon gut." unterband der Ordensvater. „Rastro,

informiere bitte die anderen, damit es nicht noch zu erschrockenen Überreaktionen kommt."

Rastro nickte und verließ den Raum. Aber nicht, ohne den beiden noch einen bösen Blick zuzuwerfen. Er gab ihnen deutlich zu verstehen, dass er nicht einverstanden mit ihrem Handeln war, dabei wussten sie nicht mal so genau, was sie angestellt hatten.

Das wiederum konnten sie nicht erklären ohne den völligen Verlust ihres Verstandes und Meara stiegen Tränen in die Augen. „Wir wollten wirklich nicht wieder dorthin zurück."

„Ich glaube euch." lächelte der Alte. „Aber ihr seid zu jung für diesen Teil des Schlosses."

„Wie kann man denn zu jung für ein Gebäude sein?" fragte Jaromir verständnislos.

„Nicht für ein Gebäude, aber für das, was darin ist. Solltet ihr mal wieder aus Versehen dort stehen, geht durch den beschriebenen Bogen zurück. Ich muss euch aber ausdrücklich davor warnen, selbst nach diesen Gängen zu suchen oder einen anderen Weg als den zum Bogen zu nehmen. Bevor ihr nicht euer erstes Char erlangtet, wäre es unverantwortlich von mir, euch zu erzählen, was es mit diesen Gängen auf sich hat."

„Char?" fragte Meara.

„Entschuldigt. In Char wird der Stand eurer Ausbildung gemessen. Erst wenn ihr das fünfte Char erreicht, ist die Ausbildung beendet."

„Also eine Art Prüfung." sagte Jaromir unsicher, ob er das jetzt verstanden hatte.

„Ja und nein. Neben den normalen Prüfungen am Ende jedes Lehrjahres wird euch der Spiegel in die Seele blicken." Sein runzliger Finger zeigte zu dem Mann im Spiegel. „Er verleiht die Char-Grade. Dabei geht es nicht um Wissen allein, denn dafür gibt es die normalen Prüfungen. Es geht um Verständnis und die Entwicklung eurer Seelen. Eine Prüfung des Herzens, könnte man sagen. Und dabei hängen einige ihren Lehrjahren gewaltig hinterher. Um den Spiegel zu überzeugen, darf der eigene Status keine Rolle spielen, deshalb hatte ich gefragt, ob du den Prinzen vor der Tür lassen kannst."

Jaromir schluckte trocken. Wenn der Spiegel in seine Seele blicken würde, würde er dort keinen Prinzen finden können, weil er keiner war.

„Wie ist das möglich?" flüsterte Meara und betrachtete fasziniert den Mann, der jede Bewegung machte, die sie auch machte. Er hätte ihr Spiegelbild sein können, wenn er nicht so anders ausgesehen hätte als sie.

Der Vater trat neben sie. „Das zu verstehen, ist nicht leicht. Ich würde euch nur verwirren, wenn ich es versuchte, in Worte zu fassen. Nach dem ersten Lehrjahr sehen wir uns wieder vor dem Spiegel. Wenn er euch dann das erste Char verleiht, seid ihr bereit, alles zu verstehen."

„Noch wissen sie zu wenig." knarzte der Mann im Spiegel. Er sprach tatsächlich, als wäre er ein Mensch, aber seine Stimme klang wie das Knarzen eines alten Holzstuhls.

„Da seht ihr es." sagte der Vater. „Um mehr zu

erfahren, müsst ihr erst noch mehr lernen. Geht mit diesem Gedanken in den Unterricht und lasst euch von dem Ziel beflügeln."

„Können wir die Tür erkennen?" fragte Jaromir. „Oder gibt es noch mehr Eingänge zu dem Tunnel? Wir nahmen weder den ersten noch den zweiten wahr."

„Den beschriebenen Bogen erkennt ihr jetzt. Ansonsten kann hinter jeder Tür der Tunnel liegen. Aber seid ihr einmal dort, führt euch der Bogen immer wieder zurück. Beherzigt meine Worte. Und nun geht. Ich würde euch raten, die Treppe in den zweiten Stock zu wählen und dort immer weiter nach Osten zu gehen."

Er zwinkerte ihnen zu und öffnete die Tür, um sie herauszulassen. Hinter ihnen wurde die Tür wieder verschlossen und sie hörten leises Gemurmel. Verstehen konnten sie leider nichts, aber an den Stimmen erkannten sie, dass sich der Vater mit dem Spiegel unterhielt.

„Wohin gerieten wir denn hier?" flüsterte Jaromir schmunzelnd. Offenbar sollten sie nicht hinausgeworfen werden, also konnte er es auch mit Humor nehmen.

Meara sah noch verstört auf die geschlossene Tür. „Keine Ahnung. Das war höchst eigenartig."

„Na komm." forderte Jaromir gutgelaunt. „Ich will jetzt wissen, wo wir seiner Meinung nach hingehen sollten."

Das zu schaffen, wurde ein abendfüllendes Programm. Ehe sie ganz im Osten der zweiten Etage angekommen waren, ging die Sonne unter und das Abendessen wartete. Wie sie das finden sollten, wussten sie aber noch nicht. Über ihre Karte würden sie vielleicht einen Weg finden, aber der wäre weit. Außerdem vergaß Meara, was Essen überhaupt war, als sie endlich das Ziel erreicht hatten. Die Bibliothek! Vor ihnen standen tausende Bücher in hohen Regalen.

„Ich ziehe hier ein." quiekte sie erstickt. Sie hätte es wohl herausgeschrien, wenn sie damit nicht die andächtige Stille gestört hätte.

„Nein, nein, nein!" Jaromir hielt sie schnell am Arm fest. „Hier fangen wir gar nicht erst an."

„Wieso nicht?" schmollte sie.

„Weil wir dann heute hier gar nicht mehr rauskommen. Lass uns essen gehen und morgen gleich nach dem Frühstück den schnellsten Weg hierher finden."

„Darf ich mir eines mitnehmen? Für heute Abend?"

Er wollte gerade widersprechen, dass sie dafür ja erst mal hineingehen müssten und sich umsehen. Sie konnte ja schlecht einfach das erste Buch im ersten Regal nehmen. Wer wusste schon, um was es da ging?

Sein Einwand wurde jedoch vom Zufall unterbrochen. Ein Buch aus einem der Regale am Eingang stürzte von oben zu Boden.

„Vielleicht das?" lachte Meara und hockte sich hin, um es aufzuheben. Ihr Lachen verschwand in dem Augenblick, in dem sie den Titel las. *Der*

Garten der Freundschaft.

„Hä?" machte Jaromir. „Ist das nicht das, das du zur Prüfung anfingst?"

„Ja." antwortete sie leise. „Wie konnte das denn passieren?"

„Ich habe nicht die leiseste Ahnung. Aber es ist wohl ein Zeichen, dass du es zu Ende lesen solltest, also nimm es mit und lass uns hier verschwinden, bevor wir für ewig in den Regalen verschwinden."

Er ließ auch keine Diskussion zu und schleifte sie aus der Bibliothek. Ihnen waren an diesem Tag schon zu viele Merkwürdigkeiten passiert, als dass er ein selbstdenkendes Buch auf die leichte Schulter genommen hätte. Es war wohl sicherer, wenn sie jetzt zum Abendessen gehen würden.

Sie fanden einen weit kürzeren Weg als sie gekommen waren. Demnach könnten sie am Morgen gleich nach dem Frühstück direkt die Bibliothek stürmen.

„Warst du in der Schule?" fragte Meara vorsichtig, als sie sich zum Essen setzten. Ihr war es immer noch furchtbar unangenehm, dass sie diese Frage mit Nein beantworten müsste.

„Ja und nein." schmunzelte Jaromir. „Ich als Prinz wurde von Privatlehrern unterrichtet. Sie kamen ins Schloss für meinen Unterricht."

Meara kicherte in sich hinein. Er als Prinz war also in keiner Schule gewesen. Aber er als Nicht-Prinz war wohl in der Schule gewesen. So fasste sie diese Antwort jetzt jedenfalls auf.

Langsam wuchs in ihr die Neugier, wer er wohl wirklich war. Auf jeden Fall schien er den Prinzen gut zu kennen. Sie nannte ihn ja auch Torgal, obwohl das anscheinend nicht sein richtiger Name war. Vielleicht würde sie es irgendwann noch erfahren.

Eigentlich hatte sie mit ihrer Frage aber ein anderes Ziel angesteuert. „Würdest du mir ein bisschen helfen?" bat sie schüchtern. „Ich fürchte, ich werde viel aufholen müssen."

Jaromir lächelte immer noch, auch wenn sie es nicht sah, weil sie auf den Teller starrte. Er dagegen freute sich. „Das glaube ich auch, fürchte es aber nicht. Und ich werde dir mit Rat und Tat zur Seite stehen. Wäre doch gelacht, wenn es daran scheitern sollte."

„Ehrlich?" fragte sie strahlend lieber noch mal nach.

„Ganz ehrlich. Aber wenn du mich fragst, sollten wir auf den ersten Unterricht warten. Wir könnten zwar den Tag morgen nutzen, aber ich sehe keinen Sinn darin, einfach mittendrin anzufangen. Wir orientieren uns am Unterricht, das ist sinnvoller."

Das sah sie ein, auch wenn sie am liebsten gleich sofort angefangen hätte. Aber er hatte Recht. Würde sie jetzt mit einem anderen Thema anfangen als der Unterricht, würde sie das nicht nur zusätzlich belasten, sondern auch ablenken.

Am Abend legte sie sich überglücklich ins Bett und las die angefangene Geschichte weiter. Nicht nur, dass sie das Buch lesen konnte, machte sie glücklich. Sie hatte einen richtigen Freund gefunden.

Der erste, den sie überhaupt hatte. Sie war in Zyranian aufgenommen worden und würde bald so viel lernen, dass sie es kaum erwarten konnte. Ja, sie fühlte wahres Glück.

Den zweiten ihrer drei Vorbereitungstage verbrachten sie bis zum Mittag in der Bibliothek, hielten sich aber gegenseitig davon ab, irgendwelche Bücher zu lesen. Sie wollten sich nur einen Überblick verschaffen, um im Lehrjahr gleich an der richtigen Stelle zu suchen.

Auf dem Weg zum Mittag landeten sie erst mal wieder in dem schaurigen Gang und gingen durch den beschriebenen Bogen zurück zum Speisesaal. Zu jeder Mahlzeit saßen sie nun an dem Tisch mit Kyrlua und dem pickligen Jungen. Gespräche kamen da aber kaum auf, nur zwischen Jaromir und Meara. Kyrlua versuchte zwar immerfort, sich einzubringen, scheiterte aber kläglich. Ihr wurde geantwortet, nur ein richtiges Gespräch kam nicht zustande. Und der Junge versuchte es gar nicht erst. Er sagte nie auch nur ein einziges Wort neben der Begrüßung.

Kyrlua war gezwungen, den beiden zuzuhören, so hörte sie auch, dass sie offenbar den ganzen Tag zusammen verbrachten. Das passte ihr nicht in den Kram und nicht in ihre eigenen Pläne. Sie konnte nicht mal mitreden, weil sie vieles noch nicht gesehen hatte. Über einen dunklen Kellergang und einen Bogen mit Schriftzeichen sprachen sie immer wieder. Kyrlua hatte versucht, ihn aus den Andeutungen zu finden, war aber nie auch nur in der Nähe gewesen.

Auch an dem letzten freien Tag vor dem Unterricht versuchten die beiden neuen Freunde irgendwie das System des Schlosses zu verstehen. Sie hatten es da weit schwerer als irgendwer anders, weil sie ständig wieder in diesem dunklen Gang standen. Das einzig Gute daran war, dass sie von dort aus inzwischen wussten, wo sie was erreichen konnten. Sie starteten mehr als einmal täglich von diesem Punkt aus.

Einmal trafen sie dort unten auch auf eine Frau. Sie war so groß, dass sie gekrümmt in dem niedrigen Gang gehen musste. Ihre langen Haare hatte sie zu feinen Strähnen gezwirbelt, die sich in Spiralen über ihren Rücken wanden. Meara hätte gern gewusst, wie sie diese Frisur zum Halten bekommen hatte. Es sah wunderschön aus. Zwischen den gezwirbelten Strähnen verbargen sich auch verschiedene farbige Bänder, die mit hineingeflochten worden waren.

Meara und Jaromir bekamen ein schlechtes Gewissen, weil sie die Frau so erschreckten. Sie sprang mit einem Aufschrei nach hinten, stieß sich noch den Kopf und hechelte vor Schreck.

„Entschuldigt." bat Jaromir. „Braucht ihr was?"

„Nein." keuchte sie. „Du meine Güte. Man hatte mich ja gewarnt. Wieso konnte ich das nicht sehen?" Sie schmunzelte die beiden an. „Es ist an die dreißig Jahre her, dass ich überhaupt erschreckt wurde. Ich hoffe also, ihr macht das nicht öfter mit mir."

„Ich hoffe es." musste Meara ebenso amüsiert zugeben. „Wir kommen immer wieder hierher, ohne zu wissen, wie. Ich kann es also leider nicht ausschließen."

„Na großartig." lachte sie. Sie war so dürr, dass man in ihrem Gesicht und an ihren Händen den Aufbau des Skeletts erkennen konnte. Eine dieser knochigen Hände reckte sie Meara entgegen. „Erlaubt ihr mir einen Blick?" bat sie neugierig.

„Äh..." Meara runzelte verständnislos die Stirn. „Einen Blick? Mit der Hand?"

„Manche sehen mit den Augen, andere mit dem Herzen und ich meist mit den Händen."

Unsicher legte Meara ihre schmale Hand in die langen, von dunkler Haut gehaltenen Knochen der Frau. Bis eben hatte die Frau noch leuchtend grüne Augen gehabt, wie der reinste Jadestein, den man sich vorstellen konnte. Jetzt schob sich ein Schleier davor, der sie zu blassem Dunkelgrün machte.

Und dann fing sie auch noch völlig wirr an zu reden. „Großes wird geschehen. Viele Veränderungen. Zum Guten, eher zum Schlechten. Retten kann, wer nichts weiß. Wer alles weiß, wird nur Untergang bringen. Oh, ich sehe und ich weiß, aber nicht mein Geist wird es sein, der Entscheidungen trifft. Eine rote Sonne und ein roter Mond, danach nur Dunkelheit." Wie bei einem Blinzeln schloss sie die Augen und sah dann wieder völlig normal aus. Eine Ernsthaftigkeit lag in ihrem eindringlichen Blick, die Meara Angst machte. „Lerne, Kind. Lerne alles, was man dir mitgeben kann, aber lerne es für dich und niemanden sonst."

„Hä?" fragte sie unsicher. „Für wen sollte ich denn sonst lernen?"

„Für niemanden!" betonte sie extra. „Sperre die Außenwelt aus, bis du deine Ausbildung abgeschlossen hast. Gleiches gilt für dich." Ruckartig hatte sie sich zu Jaromir gewandt. „Lerne hier für dich, nicht für den, für den du kamst."

Hitze breitete sich vor Schreck in ihm aus. Woher wusste die das? Und dann drehte die sich auch noch um und ging, als wäre nichts gewesen. Nur ein wenig zerstreut wirkte sie. Sie murmelte aufgeregt vor sich hin und taumelte ein wenig.

„Es wird immer unheimlicher hier." flüsterte Meara ihr nach.

„Du sagst es. Lass uns verschwinden und bitte nicht wieder hier enden."

„Meinst du, es ist so einfach?" Sie landeten früher oder später immer wieder in diesem Gang.

„Nein, vermutlich nicht. Dann lass uns hoffen, dass wir wenigstens um solche Begegnungen herumkommen."

Meara kicherte. Der Teil des Ganges, der sie zum beschriebenen Bogen führte, machte ihnen inzwischen keine Angst mehr. In den vergangenen Tagen waren sie den so oft gelaufen, dass sie jede noch so kleine Biegung und Unebenheit kannten. Wenn ein langgestreckter Buckel an der rechten Wand kam, waren sie fast am Bogen und konnten von dort erneut starten.

In der letzten Nacht, die sie noch vom Unterricht trennte, schlief Meara fast gar nicht. Sie war so aufgeregt, dass sie beim Abendessen schon kaum etwas herunterbekommen hatte. Morgens war sie immer die erste im Speisesaal und ging jeden Tag zur gleichen Uhrzeit die Kräuter für den Tag schneiden und dann Kartoffeln schälen. Zum Frühstück traf sie dann Jaromir, der das an diesem Tag äußerst missmutig beobachtete. Man sah ihr den fehlenden Schlaf an, außerdem aß sie keinen Bissen und sprach kein Wort zu viel.

„Rede mit mir." forderte er besorgt. „Wieso bist du so nervös?"

„Weil ich das alles gar nicht weiß. Torgal, ich werde dem Unterricht überhaupt nicht folgen können. Ja, das macht mich nervös, weil ich nicht weiß, ob ich es wirklich schaffe, das aufzuholen. Es gibt nicht viel Freizeit, sagte der Vater. Wie soll ich das denn überhaupt..."

Er unterbrach sie auf die unsanfte Weise, indem er ihr einfach den Mund zuhielt. Schon mehrfach hatte er versucht, auch mal was zu sagen, aber sie ließ ihn nicht. Sie sah ihn nicht mal an, wurde immer schneller und bekam viel zu wenig Luft.

„Durchatmen." legte er fest und war zufrieden, einen tiefen Atemzug zu sehen. „Sehr gut. Und jetzt beruhige dich. Ich gab dir mein Wort, dir zu helfen. Was wir heute hören, wirst du vielleicht noch nicht verstehen. Aber wir werden heute Abend alle Lücken füllen und morgen wirst du schon besser folgen können. Es gibt überhaupt keinen Grund, sich so aufzuregen."

Er hatte besonders langsam und ruhig gesprochen, um diese innere Ruhe auf sie zu übertragen. Kyrluas gehässiges Grinsen machte es

118

nicht besser, aber Jaromir stand zu ihr und das beruhigte sie tatsächlich ein wenig. Er würde ihr helfen, hatte er gesagt. Es würde harte Arbeit auf sie zukommen, aber davor hatte sie keine Angst und keine Scheu. Und mit einem Freund an ihrer Seite würde sie das schaffen können.

Der alte Rat des Ordens aß mit den Schülern in dem großen Saal, allerdings an eigenen Tischen etwas abseits vom Trubel der Jugend. Vor allem nach den Pausen, die mehrere Wochen dauerten, war es sehr laut zu den Mahlzeiten.

Der Ordensvater stand mit einem verständnisvollen Lächeln auf und wusste, er würde nicht einfach erhört werden. Mit einem Pfiff, der die Gläser fast zum Bersten brachte, erhielt er die halbwegs ungeteilte Aufmerksamkeit.

„Guten Morgen und herzlich Willkommen in einem weiteren Lehrjahr. Lasst mich als erstes daran erinnern, dass Schüler ohne Begleitung eines Meisters nichts in den Kellergewölben des Schlosses zu suchen haben." Sein Blick hielt bei Jaromir und Meara kurz inne. „Gar kein Schüler." Als die beiden die Köpfe einzogen, erhob er sich wieder zu allen. „Die Kunde des Himmels wird ab diesem Jahr im Nordturm, nicht mehr im Westturm stattfinden."

Damit hatte er die allgemeinen Informationen abgearbeitet und ging zu dem für ihn schönsten Teil über. „Und nun stellen wir euch die neuen Anfänger vor. Habt Mitleid mit ihnen und helft ihnen, wenn sie sich verlaufen." Ein Lachen ging durch den Saal. „Ja, ja … Das ging jedem anfangs so, also nicht aufgeben. Nun kommt zu mir."

Damit waren auch Meara und Jaromir gemeint, was hieß, Meara musste sich auf ihre weichen Beine verlassen. Großartig. Sie würde noch stürzen unterwegs und sich selbst zum Gespött machen.

„Meara." lachte Jaromir leise. Sie zitterte, als stünde sie nackt in einem Eissturm.

„Lass mich." kicherte sie verlegen. Was sollte sie denn machen? Sie freute sich eben und war nervös - irgendwie musste ihr Körper das doch ausdrücken.

Als Gruppe blieben sie vor dem Vater des Ordens stehen und sahen in ein liebevolles, großväterliches Lächeln. „Nochmals herzlich Willkommen in Zyranian. Ihr werdet sicherlich viel Neues sehen und erleben. Um das etwas leichter zu machen, bekommt jeder von euch einen Paten. An ihn oder sie könnt ihr euch wenden, wenn ihr allgemeine Probleme habt. Zum Ablauf, dem Alltag, aber auch beim Aufbau des Schlosses und allem anderen." Er hob den Kopf in den Saal. „Möchte sich jemand ausnehmen? Außer denen, die ihre Abschlussarbeiten auswärts bereits ankündigten?"

Keiner meldete sich, so konnte er die Liste abarbeiten. Er las immer erst den Namen des Neuen vor und dann des Paten. Der kam dann nach vorn und nahm seinen neuen Schützling in Empfang. Entgegen der Annahme, es sei eine unerwünschte Aufgabe, wollte das jeder machen, denn es gab zusätzliche Punkte, die dann im Abschluss mit einfließen würden. So konnte man durch eine

Patenschaft durchaus einiges wettmachen, das man in den laufenden Jahren versäumt hatte.

Jaromirs Pate war Ande, der schmächtige, picklige Junge mit Brille, neben dem sie beim Essen schon gesessen hatten. Der schien nervöser als Jaromir selbst. Na gut, der wurde dem Prinzen von Winderlorn zugeteilt, aber musste man denn deswegen gleich so ausflippen? Schon als sein falscher Name genannt worden war, hatte sich Hysterie ausgebreitet. Vorrangig die jungen Damen hatten ihm zugeteilt werden wollen. Es schien sich auch ohne Nennung seines Titels herumgesprochen zu haben, wen er darstellte. Torgal tat ihm von Tag zu Tag mehr leid. Er selbst hätte das nicht gewollt. Nicht so. Das war nervig. Zumal ihm ja bewusst war, dass die sich kein bisschen für ihn als Mensch interessierten, nur für den Prinzen. Meara war da von Anfang an anders gewesen.

Als ihr Name fiel, gab es nicht solch einen Aufstand. Sie war eine von vielen. Sie fiel nicht negativ auf, das war für sie persönlich ein immenser Fortschritt, aber sie stach auch nicht im würdigen Sinne hervor. Und trotzdem sackte ihr Magen in ihre Kniekehlen, als sie sich zu dem Ordensvater stellen sollte.

Ihr wurde ein Junge an die Seite gestellt, den sie äußerst schwer einschätzen konnte. Er war groß und breit, offenbar bestens trainiert. Seine dunklen Haare trug er recht lang, mit einem breiten Band im Nacken zusammengehalten. Sein Lächeln war freundlich und versprach auf den ersten Blick stetige Hilfe. Aber irgendwas lag in seinen Augen, das

Meara noch nervöser machte. Was genau, wusste sie nicht. Etwas Tiefes. Als wäre er weit älter als er aussah. Ziendul war sein Name.

Fürs erste wurden Paten und Neulinge aber wieder getrennt. Die Paten mussten zu ihrem normalen Unterricht und die Neulinge gelangten unter Chendors Führung zu ihrem ersten Raum.

Sie begannen den Tag jedoch nicht mit lernen, sondern mit organisatorischen Dingen. Sie bekamen ihre Stundenpläne ausgehändigt, auf denen die Raumnummern und der jeweilige Lehrer verzeichnet waren. Rastro, der finstere Mann, war auch dabei. Er würde sie in das Wissen über die Fauna einführen. Deshalb die Krabbeltiere, dachte Meara.

Chendor verteilte auch noch alles andere, das man irgendwie gebrauchen konnte. Aus großen Truhen gab er jedem jeweils ein Buch für jedes Unterrichtsfach. Da sie nicht alles auf einmal lernen würden, begrenzte es sich für den Anfang auf sieben Bücher. Dazu gab es noch Schreibfedern, Tinte, Pergamente, Hefte und so weiter. Die meisten hatten vor allem Federn von den Eltern mitbekommen. Kyrlua gehörte dazu. Ihre war pompös geschmückt, während sich Meara mit einer einfachen Gänsefeder zufriedengab. Auch Tinte hatten einige selbst mitgebracht.

Meara nicht. Woher hätte sie das alles nehmen sollen? Außerdem hatte sie nicht damit gerechnet, überhaupt hier zu bleiben. So musste sie sich von Grund auf ausstatten und kam schon bald ans Ende ihrer Transportmöglichkeiten. Sie hatte nur eine alte

Tasche, die sie von den Priestern für die Reise bekommen hatte. Da sie kaum Kleider oder anderes besaß, musste sie nicht sonderlich groß sein und nun hatte sie ein Problem.

Leise lachend griff Jaromir nach ihren Büchern und stopfte sie in seine eigene Tasche. Die war nämlich groß genug für noch viel mehr, aus feinstem Leder von den besten Schneidern gefertigt. Er hatte ebenso seine eigene Feder und Tinte und Hefte. Überall prangte Winderlorns Wappen und das Königssiegel. Torgal hatte darauf bestanden, dass er das alles mitnehmen müsse.

„Danke." schmunzelte Meara äußerst verlegen.

„Ich werde noch zu deinem Packesel."

„Vom Kompass zum Packesel? Tiefer Absturz. Ich danke dir. Spätestens zum Mittag werde ich dich entlasten."

„Mach dir mal keinen Kopf, so schwer ist es doch nicht."

Für ihn vielleicht … Sie wäre unter dem Gewicht seiner Tasche vermutlich zusammengebrochen.

Erst in der zweiten Stunde wurde der Unterricht eröffnet. Sie blieben gleich in diesem Raum, bekamen nur einen neuen Lehrer vorgesetzt.

„Herzlich Willkommen!" rief er fröhlich und wandelte zu seinem Pult. Er war groß und schmal, so wirkte er irgendwie zierlich, auf männliche Weise. „Ich bin Fagul und für die nächsten Jahre euer Meister der Erde. Bei mir lernt ihr nicht nur die Aufteilung der Länder und ihre Besonderheiten, sondern auch die Lage von Bergen und Seen mit ihren Bedeutungen. Außerdem gehören verschiedene Gesteinsarten und ihre Verwendung zu den grundlegendsten Dingen eurer Ausbildung. Wie wollt ihr den Stand erreichen, in dem ihr die Welt erklären könnt, wenn ihr nicht mal wisst, wie sie aufgebaut ist?"

Meara hing ihm jetzt schon gebannt an den Lippen. Es klang für sie sehr verlockend, die Welt erklären zu können. Bis dahin war es für sie jedoch ein weiter Weg, wie sie schon in dieser ersten Unterrichtseinheit einsehen musste. Gleich am Anfang sollten sie alle Länder aufzählen, die sie kannten. Meara wusste nicht viele und von den meisten hatte sie noch nie gehört. Die sechs Hauptländer kannte sie. Winderlorn, Ul-Bairamok, Dunstfelsen, Kanden, Turoveh und Zyranian. Erkaufte sich eine Familie genügend Grund, durfte sie sich als eigenständiges Land bezeichnen. So war Zyranian anfangs auch entstanden. Die Shitanags hatten es noch nicht ganz geschafft, waren aber nicht mehr weit von der Mindestfläche entfernt, wenn man den Gerüchten traute. Es war eines der Gesetze, die über jede Ländergrenze hinweg galten.

Diese kleinen Länder gehörten theoretisch zu den Hauptländern dazu, genossen aber viele Freiheiten, auch in der Gesetzgebung und Rechtsprechung. Und von denen wusste Meara nicht mal die Namen.

Meister Fagul gab permanent Kommentare ab, die ihr helfen könnten, die alle auseinanderzuhalten. So zum Beispiel „Die Tonlosen.", als Winderlorn genannt wurde. Er lachte es und schickte per Blick eine Entschuldigung zu Jaromir. „Es ist jedes Jahr wieder faszinierend, wie schwer sich die Bürger dieses Landes mit dem Fach der Musik tun."

Jaromir senkte beschämt den Blick. Vor diesem Fach hatte er tatsächlich schon richtigen Horror.

„Keine Sorge!" lachte Meister Fagul beschwingt. „Bisher verloren wir noch niemanden unterwegs, also nicht aufgeben."

Das sollte Jaromir wohl Mut machen, aber eigentlich war es ihm peinlich. Es wurde nur dadurch ein wenig gedämpft, dass Meister Fagul zu jedem Land etwas sagte. Jeder anwesende Schüler wurde irgendwann verlegen bei einer Eigenheit seines Landes.

Zu Ul-Bairamok sagte Meister Fagul: „Ein sehr beeindruckendes Land, wie viele andere auch. Die Eremet in den heiligen Gärten wissen mehr über Pflanzen als sonst einer auf der Welt. Aber dafür blenden sie vieles andere einfach aus. Ist es nicht so?" fragte er Meara und Kyrlua. „Der Pflanzenlehre wird in der Ausbildung viel Wert zugeschrieben, aber körperliche Spiele und die Sterne beispielsweise werden völlig weggelassen."

Aus Mearas leichtem Rosaton wurde Scharlachrot. Woher sollte sie denn wissen, was man in der Schule Ul-Bairamoks unterrichtete? Sie hatte noch nie eine von innen gesehen. Kyrlua unterhielt sich mit Meister Fagul und bestätigte seine Aussage. Von Meara kam gar nichts in diesem Wortwechsel.

„Meara!" rief er zu ihr herüber und sie zuckte zusammen, fand aber nicht den Mut, zu ihm aufzusehen. Das bemerkte auch ihr Meister und stellte sich dicht vor sie. „Meara, wir lehren hier auch, sich der Konsequenzen seiner Handlungen und Entscheidungen bewusst zu sein. Ich stehe zu meinen Entscheidungen, weil ich sie nicht leichtfertig treffe. Und ich war einer derjenigen, die ihr Vetorecht für dich einsetzten."

Ihr Kopf schoss hoch und sie starrte ihn mit großen Augen an.

„Ja." lachte er vergnügt. „Wir beobachteten euch alle während der Prüfungen. Ich sah noch nie zuvor jemanden mit so wenig Vorbildung, der mit so viel Ehrgeiz in diese Prüfung ging. Ich glaube felsenfest daran, dass du die Ausbildung hier ebenso absolvieren kannst wie andere. Halte an deinem Ehrgeiz und deinem Fleiß fest und verstecke dich nicht für dich selbst. Deine Kunde zu den Pflanzen ist umfassender als wir sie euch während der normalen Schulzeit mitgeben könnten. Das hat sich bereits herumgesprochen und es werden wohl einige wegen Hilfe auf dich zukommen. Sei stolz auf das, was du bist, und schäme dich nicht für das, was du nicht sein kannst."

Sie nickte mit einem Lächeln und feuchten Augen. Zu Hause hatte man sie noch nie mit so viel Achtung angesprochen. Das lähmte ihre Zunge, bis Meister Fagul sie löste, weil er glaubte, sie brauchte dringend Selbstbewusstsein.

Mit einem Satz saß er wieder auf seinem Pult. „Meara, du lebst in den heiligen Gärten, richtig?"

„Ja."

Zu den anderen sagte er: „Das ist eine Chance,

die man nicht alle Tage bekommt, auch hier nicht. Die Priester sind sehr verschlossen und bleiben größtenteils in ihrer Stadt. Nur wenige Menschen dürfen dort hinein." Bei diesen Worten richtete sich Kyrlua auf, sackte nach dem nächsten Satz aber gleich wieder zusammen. „Und noch weniger dürfen sich frei dort bewegen. Meara, kennst du alle Ecken der heiligen Stadt?"

„Die meisten." schränkte sie ein. „In den Gärten kenne ich jeden Winkel und jeden Grashalm. Auch die Räume der Bediensteten, aber die privaten Gemächer der Priester sind für mich tabu."

„Aber du kennst sicherlich den grünen Brunnen."

„Ja. Er bildet das Zentrum der Gärten. Aus ihm wird das Wasser geschöpft, das die Blumen blühen lässt."

„Wie das denn?" fragte ein Mädchen dazwischen. „Ist es nicht völlig egal, welches Wasser man nimmt? Den Regen zum Beispiel."

„Der Regen ist das natürliche Gießen für die Pflanzen, um die die Menschen sich nicht kümmern." erzählte Meara mit eben jener selbstsicheren Ruhe, die Meister Fagul ihr hatte vermitteln wollen. „Das Wasser im Brunnen wurde von den uralten Priestern geweiht und lässt die Blumen größer, strahlender und länger blühen."

„Und es heilt, nicht wahr?" warf Meister Fagul ein. „Einer Legende zufolge heilt es alle Wunden, auch bei Mensch und Tier."

„So sagt man. Ob es stimmt, weiß ich nicht. Es wäre eine Schande, das kostbare Wasser für etwas einzusetzen, für das es nicht nötig wäre."

„Vielen Dank. Ihr werdet im Fach der Flora ganz sicher noch näher darauf eingehen. Meisterin Xondra war sehr angetan von dir, Meara. Ich bin mir sicher, sie wird viel auf deine Unterstützung im Unterricht setzen."

Meara lächelte verlegen, diesmal aber nicht aus Scham, sondern weil ihr die viele Aufmerksamkeit unangenehm war. Jaromir neben ihr dagegen lächelte zufrieden. Ihn freute es, sie endlich mal im positiven Sinne hervorgehoben zu sehen. In Bezug auf die Vorbildung würde das nicht oft vorkommen, da tat so ein Start doch gut, hoffte er.

Es blieb für lange Zeit der einzige Erfolg. Schon bei Meister Fagul schrieb sie fleißig alles mit, das sie noch nicht gewusst hatte. Also fast alles. Sie nahm sich ganz fest vor, am Abend noch mal alles durchzulesen, um es zu behalten.

Dieser Entschluss geriet schwer ins wanken, weil sie das bei allen anderen Fächern auch tun wollte und damit die Nacht eindeutig zu wenige Stunden hatte. Sie würde ja auch eine Weile schlafen müssen, sonst würde sie am Ende der ersten Woche zusammenbrechen.

Jaromir musste hilflos mit ansehen, wie seine Freundin von Stunde zu Stunde schweigsamer wurde. Als dritte Einheit vor dem Mittag ging es ums Rechnen. Meara hatte gehofft, hier nicht ganz so schlecht dazustehen, da sie durchaus das Rechnen gelernt hatte. Allerdings reichte es bei weitem nicht für die Anforderungen von Zyranian. Sie konnte addieren und subtrahieren, multiplizieren und dividieren. Sie hatte es in den Gärten von den Bediensteten gelernt, aber nur das, was sie gebraucht hatte. Die Menge an Dünger zu berechnen oder die genaue Uhrzeit, wann sie einen Pflanztopf aus der Sonne nehmen musste. Solche Dinge als Teil ihrer Arbeit konnte sie berechnen. Da hatte sie aber nie solch komischen Zeichen gebraucht. Es war ihr mündlich beigebracht worden, nicht schriftlich. Diese ganzen Symbole sah sie heute zum ersten Mal und musste sich ganz genau aufschreiben, welches was bedeutete. Das zog sie nur noch weiter runter, denn auch in diesem Fach hatte sie mehr aufzuholen, als sie geahnt hatte.

Auf dem Weg zum Mittag schwieg sie Jaromir an. Er lief neben ihr und schielte immer mal wieder zu ihr herüber, aber sie schien nicht mal zu merken, dass er überhaupt da war.

Als das Essen vor ihnen stand und sie nur darin herumstocherte, brach er endlich das unangenehme Schweigen. „Meara. Rede mit mir. Beruhigten dich Meister Faguls Worte kein bisschen?"

„Nicht wirklich." seufzte sie leise, legte das Besteck ab und lehnte sich zurück. „Ich schaffe das nie."

„Und ob. Ich versprach, ich helfe dir. Vorausgesetzt, wir finden heute nach dem Unterricht in die Bibliothek, dann fangen wir mit dem an, das heute behandelt wurde. So machen wir es jeden Tag und lösen zusammen die Aufgaben, die wir aufbekommen haben."

„Ich will dich aber nicht von deinen eigenen Studien abhalten. Wie willst du das denn nebenbei noch schaffen?"

„Mit Planung." lächelte er aufmunternd. „Oder gibst du auf? Dann kannst du auch gleich in ein Boot steigen und wieder gehen, aber ich dachte, du würdest dich darauf freuen, alles zu lernen."

„Das tue ich auch, ich zweifle nur an meinen Chancen auf Erfolg."

Kyrlua saß immer noch mit an diesem Tisch. Ihre Patin war nur zu ihnen gestoßen. Ein Mädchen, das keine Sekunde den Mund halten konnte. Das ging Kyrlua jetzt schon auf die Nerven, zumal sie das Gespräch auf der anderen Seite des Tisches so kaum verstehen konnte. Sie verfolgte es dennoch mit höchstem Wohlwollen. Wenn es nach ihr gegangen wäre, hätte Meara hier überhaupt nichts verloren. So, wie es nach dem ersten halben Tag aussah, würde sie aber auch nicht sonderlich lange bleiben. Dann wäre sie zur Stelle, um dem Prinzen näher zu kommen, was derzeit unmöglich schien.

Meara wollte wirklich nicht aufgeben und gab sich die größte Mühe, auch nach außen hin so zu wirken. Sie mochte den falschen Prinzen und wollte ihm keinen Kummer machen. Und nach dem Mittag durfte sie sich wenigstens ein bisschen entspannen. Meisterin Xondra erwartete sie. Auf dem Weg zu dem Gewächshaus landeten sie allerdings erst noch mal in dem dunklen Kellergang.

„Das ist doch nicht wahr." jammerte Meara, als sie noch ein zweites Mal dort ankamen. Schon allein bis zu dem beschriebenen Bogen brauchten sie einige Minuten. Von dort aus war es aber ziemlich weit bis zum Gewächshaus und sie mussten nun schon zum zweiten Mal hier anfangen.

„Los, wir müssen uns beeilen." sagte auch Jaromir innerlich angespannt. Die Worte des Ordensvaters waren nicht vergessen. Wer zu spät käme, würde bestraft werden. Ihm und Meara durfte das einfach nicht passieren, weil sie die Zeit für Mearas Nachhilfe brauchten.

Sie rannten den Gang zurück und durch den beschriebenen Bogen. Von dem aus konnten sie inzwischen fast alles erreichen. Sie hatten so oft von dort starten müssen, dass es mittlerweile der beste Weg war, wenn sie sich verlaufen hatten.

Zum zweiten Mal durchquerten sie die große Eingangstür des Schlosses und eilten die steile, schmale Treppe außen um das Schloss herum, so schnell sie konnten hinauf in den Himmel. Neben dem schönen Garten, in dem sie ihre Prüfung gemacht hatten, standen einige Gewächshäuser und warteten auf lernwillige Schüler. Der gesamte Gartenbereich war von der Treppe durch einen steinernen Torbogen zu erreichen. Er war mit Wein und Efeu umrankt. Und sobald sie ihn durchquerten, standen sie wieder in dem Kellergang.

„Nicht schon wieder." schniefte Meara verzweifelt. Jetzt war es ihnen unmöglich, noch rechtzeitig zum Unterricht zu kommen. So sehr sie sich beeilen würden, kämen sie definitiv zu spät.

„Meinst du nicht, wir können ihnen das

erklären?" versuchte Jaromir seine Freundin zu beruhigen. Sie beide waren ja wirklich vollkommen machtlos gegen diese Eigenart des Schlosses. Was konnten sie denn dafür, dass das Schloss sie nicht in den Garten lassen wollte? Sie dafür zu bestrafen, wäre nicht gerecht gewesen.

„Ich weiß es nicht und wollte es eigentlich auch nicht herausfinden." war Mearas Meinung dazu.

„Na los. Wir gehen wieder zu dem Bogen und hoffen, dass wir unterwegs einen Lehrer finden, dem wir es erklären können."

„Und wenn nicht?"

„Dann bleiben wir am Ende der Treppe vor den Gärten stehen und rufen nach Meisterin Xondra. Wenn sie dann kommt, können wir ihr erklären, wo genau im Moment unser Problem liegt."

Soweit der Plan, der immerhin innerlich ein wenig Entspannung brachte. Etwas anderes blieb ihnen eh nicht übrig. Man hatte ihnen nicht gesagt, wie sie es vermeiden konnten, in den Kellergang zu kommen, nur wie sie von dort wieder weg kamen.

Was ihr Plan nicht vorsah, war das Verschwinden des beschriebenen Bogens. Sie waren den Weg so oft gelaufen, dass ihnen recht schnell auffiel, dass sie länger unterwegs waren als sonst. Dann kamen sie auch noch an eine Weggabelung, die sie vorher noch nie erreicht hatten. Von ihrem Ausgangspunkt bis zum beschriebenen Bogen gab es keine Abzweigungen.

„Was ist denn jetzt passiert?" piepste Meara und rückte näher an Torgal heran. Es war ihr absolut nicht geheuer, dass sich die Wege dieses Schlosses änderten.

„Ich habe keine Ahnung." gab Jaromir leicht genervt zu. Wenn sie jetzt nicht mal mehr einen Ausweg wüssten, würden sie wohl bald nur noch durch dieses Gewölbe irren. „Ich fürchte, wir werden die Pflanzenkunde heute ganz verpassen."

„Ausgerechnet die." schimpfte Meara amüsiert. „Was machen wir denn jetzt? Uns einen Gang aussuchen oder zurück und auf Meister Rastro hoffen?"

„Hoffen?" Jaromir hob skeptisch eine Augenbraue. Sie waren sich eigentlich einig gewesen, dass dieser Mann nicht zu ihren liebsten Lehrern gehören würde, wieso sollten sie also ausgerechnet auf den hoffen?

„Besser als gar keiner." erklärte sich Meara. „Ich habe keine Lust, den Rest des Tages hier herumzuirren, bis uns mal irgendwer vermisst."

„Auch wieder wahr. Aber wir versprachen, dort nicht mehr lang zu gehen. Ich glaube, damit würden wir unsere Situation nicht unbedingt verbessern."

„Stimmt. Also wo lang?"

„Dort." legte Jaromir fest, konnte aber nicht sagen, wieso er sich für diesen Tunnel entschieden hatte. Am Ende war es auch nicht wichtig, solange sie nur irgendwo ankämen, von wo aus sie wieder die Gärten ansteuern könnten.

Leider fanden sie diesen Ausgang nicht. Die Lehrstunde der Flora war vorbei und die beiden Freunde irrten immer noch durch die unterirdischen

Höhlen. Meara konnte sich die Tränen kaum noch verdrücken. Ihr wissentlicher Regelverstoß rückte als Grund jedoch immer weiter in den Hintergrund. Mit jedem Schritt, den sie zurücklegten, ohne ein Ende zu erreichen, stieg ihre Angst. Sie waren in einem Labyrinth gefangen, dessen Ausgang vermutlich niemand kannte, weil sich die Wege veränderten. Gelangten sie in eine Sackgasse und kehrten um, konnten sie nicht die gleichen Wege gehen, wie sie gekommen waren. Sie würden wohl wirklich noch den Rest der Schulzeit hier verbringen.

Ihr Leiden wurde beendet, als sie tatsächlich Meister Rastro in die Arme liefen.

„Dem Himmel sei Dank." stöhnte Meara erleichtert.

Meister Rastro verschränkte die Arme, versteckte seine Hände dabei unter seinem Gewand und sah sie streng von oben herab an. „Hatte ich euch nicht verboten, durch diese Gänge zu schleichen? Hatte nicht auch der Vater euch aufgetragen, immer zum beschriebenen Bogen zurückzukehren?"

„Wie denn?" fragte Jaromir leise. „Wir konnten ihn nicht erreichen und irren seit Stunden hier unten herum."

„Ihr konntet ihn nicht erreichen." wiederholte Meister Rastro skeptisch. Meara sah es ihm deutlich an - er glaubte ihnen nicht. „Folgt mir."

Er kehrte um und die beiden Schüler wollten nichts sehnlicher, als ihm zu folgen, selbst wenn sie jetzt aus Zyranian ausgeschlossen werden sollten.

Hauptsache weg aus diesen verwirrenden Gängen und Tunneln und Höhlen. Sie fühlten sich ja schon wie lebendig begraben.

Das Labyrinth schien Angst vor Meister Rastro zu haben. Sie bogen um eine Ecke und schon standen sie vor dem beschriebenen Bogen. Meara und Jaromir glaubten allerdings nicht, dass der dort auch aufgetaucht wäre, wenn sie noch allein unterwegs gewesen wären.

Unter den Augen vieler Schüler trotteten sie mit gesenkten Köpfen ihrer Hinrichtung entgegen. Mitleidige, aber vor allem neugierige Blicke folgten ihnen, deshalb sahen sie auch nicht auf.

Meister Rastro führte sie erneut zum Büro des Ordensvaters. Er klopfte, sie wurden hereingerufen und die Überraschung trat ins Gesicht des alten Mannes. Er hatte ganz offensichtlich nicht damit gerechnet, die beiden so schnell wieder hier zu sehen.

„Rastro, was ist geschehen, dass du sie schon wieder hierher führst?"

„Sie versäumten zwei Unterrichtseinheiten, weil sie in den verbotenen Gängen umherliefen."

Der alte Blick füllte sich mit ebenso viel Strenge wie Meister Rastros. „Danke, Rastro."

Er senkte kurz den Kopf und verließ sie wieder. Meara und Jaromir standen mit eingezogenen Köpfen vor dem Ordensführer und warteten auf das Urteil.

„Hatte ich nicht gesagt, wie ihr euch verhalten sollt?"

Aus Meara brach die Angst in Sturzbächen heraus. „Wie denn?" weinte sie aufgelöst. „Der Bogen war nicht da, wo er immer war."

Als Anführer eines so angesehenen Ordens oblag ihm auch, für Ruhe und Ordnung zu sorgen. Er musste die Einhaltung aller Regeln durchsetzen und Regelbrüche bestrafen. Nun standen vor ihm zwei junge Schüler, die schon mehr als einmal die Regeln gebrochen hatten. Theoretisch dürfte es für ihn nur eine Entscheidung geben, aber die wäre nicht gerecht gewesen. Er sah ein junges Mädchen, das sich verzweifelt an ihren Freund klammerte, weil sie aus Angst kaum noch auf ihren eigenen Beinen stehen konnte. Wenn sie zwei Unterrichtseinheiten verpasst hatten, mussten sie ewig durch die Gänge geirrt sein. Das war wohl Strafe genug, obwohl sie nicht mal etwas dafür konnten.

Er gab seine strenge Haltung auf. „Meara, weine nicht." Er wischte sich mit der flachen Hand übers ganze Gesicht. „Ich weiß langsam nicht mehr, was ich mit euch machen soll. Meara, stell dich allein vor den Spiegel."

Ihr ängstlicher Blick huschte zu dem Mann, der da im Spiegel stand. Der war ihr nicht geheuer und sie wollte nur ungern näher herangehen. Ungesehen vom Ordensvater übte Jaromir etwas Druck gegen sie aus. Sie solle gehen, wollte er ihr sagen, aber auch, dass er auf sie aufpassen würde. So ging sie mit zitternden Beinen und stellte sich vor den Spiegel. Sie konnte sich selbst sehen, aber daneben stand dieser Mann, der vor dem Spiegel nicht neben ihr stand. Er stand so nah bei ihrem Spiegelbild, dass sie zurückweichen wollte. Er musterte ihr Gesicht und umrundete sie mit prüfendem Blick.

„Sie weiß zu wenig. Sie ist sich selbst zu wenig." lautete das knarzende Urteil.

Der Vater ging nicht darauf ein, ließ sich auch nichts anmerken. „Torgal, stelle du dich nun vor den Spiegel."

Meara war froh, von dem Spiegel wegzukommen. Für sie war es ebenso merkwürdig anzusehen, wie für Jaromir eben. Von der Seite sah sie nämlich nur Torgal im Spiegel, nicht den Mann. Den konnte sie nur hören, als er sein Urteil verkündete.

„Er weiß zu wenig."

„Nun gut." sagte der Vater. „Ihr seid nicht bereit, das Geheimnis der Gänge zu kennen. Geht zu Meisterin Xondra und lasst euch sagen, welche Kapitel ihr nacharbeiten müsst."

„Wie denn?" rief Meara erschrocken. „Jedes Mal, wenn wir durch den Torbogen gehen, landen wir in dem Tunnel."

Langsam hob sich die rechte Augenbraue des Vaters. Auch sie war weiß vom Alter und buschig. „Ihr seid durch den Torbogen am Ende der Treppe gegangen? Ihr gelangtet nicht in den Keller, als ihr durch die Tür zum Gewächshaus gingt?"

„Nein." bestätigte Jaromir hektisch. „Jedes Mal war unser Gang durch den Torbogen der Weg in den Keller. Wie sollen wir denn jemals dort in den Unterricht kommen, wenn uns das Schloss nicht hineinlassen will?"

Meara bekam ein schlechtes Gewissen. Die eine Hand stützte der alte Mann in seine Hüfte, mit der anderen wischte er sich erneut übers Gesicht. Er kam an einen Punkt, an dem er nicht mehr weiterwusste. „Was mache ich nur mit euch?" Sein Blick huschte zum Spiegel. „Weißt du einen Rat? Es hat einen Grund, wieso sie immer wieder dort ankommen."

„Einen Grund in Zukunft." nickte er. „Noch ist sie fern und sie nicht bereit. Das Wissen könnte Gefahren schaffen, die wir zu umschiffen versuchen."

Erneut atmete er schwer auf. „Na schön." An seinem Schreibtisch zog er eine Schublade auf und holte ein kleines Ding heraus. Als er es Jaromir reichte, erkannte er eine Türklinke. „Steht ihr wieder in dem verbotenen Gang, dann haltet sie an die Wand, die direkt neben euch ist. Damit gelangt ihr immer wieder zu dem beschriebenen Bogen. Erwische ich oder ein anderer Lehrer euch dabei, wie ihr nicht den direktesten Weg aus den Gängen heraus nehmt, fahrt ihr mit dem nächsten Sonnenaufgang nach Hause, haben wir uns verstanden?"

„Ja, Vater." nickten sie leise und mit gesenktem Blick. Wofür bekamen sie eigentlich eine Strafpredigt? Sie hatten doch ihres Wissens nach nichts Falsches getan. Was hätten sie denn anders machen sollen?

Mit hängenden Schultern verließen sie das Büro des Vaters. Sobald die Tür ins Schloss gefallen war, hörte man Meara leise schluchzen. Sie hatte sowieso schon keine Chance, das Wissen nachzuholen, wie sollte sie da jetzt auch noch den Stoff aus dem Unterricht nachholen?

„Meara." seufzte Jaromir und legte einen Arm um sie. „Ich werde dir helfen. Gemeinsam werden wir das schaffen."

„Und wie?" schniefte sie todunglücklich. „Es bleibt gar keine Zeit. Wo müssen wir denn jetzt hin?"

„Zu Meister Rastro." stöhnte Jaromir. „Der fehlt mir gerade noch."

„Ob er uns im Unterricht bestraft, weil wir immer wieder in den Gängen waren?"

„Ich glaube nicht." antwortete Jaromir sofort. „Das eine hat doch mit dem anderen nichts zu tun. Außerdem weiß er doch, dass wir nicht freiwillig dort waren."

Ob ihn das interessieren würde, war eine Frage, die sich beide insgeheim stellten, aber nicht auszusprechen wagten. Meister Rastro strahlte immer so eine Unzufriedenheit und Strenge aus. Es war durchaus denkbar, dass er sie für ihre Fehltritte bestrafte, weil der Ordensvater es nicht getan hatte.

Die Klasse war bereits versammelt und wartete auf den Beginn des Unterrichts. Eine Stunde wurde begonnen und beendet, wenn der Lehrer es sagte. Meister Rastro gehörte nicht zu denen, die sich vorher freiwillig im Klassenraum aufgehalten hätten. Er kam und fing an.

„Vergesst als erstes alles, was ihr zu wissen glaubt." lautete seine Einleitung. Am Ende des

Satzes stand er vor ihnen wie ein unheilverkündendes Omen. Sein Blick blieb kurz bei Meara und Jaromir hängen. „Manchen unter euch dürfte das nicht schwerfallen."

Meara senkte verlegen den Blick. Das war wirklich ein Schlag in die Magengegend gewesen. Was konnte sie denn dafür? Sie würde alles geben, um den Rückstand aufzuholen. Was erwartete der denn noch?

„Ich lehre euch nicht, was ihr zu denken und zu tun habt." fuhr Meister Rastro fort. „Von mir bekommt ihr nur das präzise Wissen zur Fauna. Was ihr damit macht in euren Köpfen und eurem weiteren Leben, liegt außerhalb meiner Verantwortung. Seite Drei im Buch. Meara, ließ den ersten Absatz vor."

Sie hatte ja geahnt, dass er sie nicht verschonen würde. Aber lesen konnte sie, konnte es auch gut. Nur mit den Fachwörtern hatte sie so ihre Probleme und das war vermutlich auch so gewollt. Sie hatte von keinem der genannten Tiere ein Bild im Kopf, weil sie mit fremdzüngigen Namen genannt wurden. Vielleicht kannte sie das ein oder andere auch, obwohl selbst das unwahrscheinlich war.

Meister Rastro erlöste sie nicht. Sie musste den gesamten langen Absatz vorlesen und glaubte, einen Knoten in ihre Zunge zu machen. Ständig verbesserte er ihre Aussprache und kritisierte ihr schlechtes Lesen. Das einzige, das sie ein wenig beruhigte, war die Tatsache, dass sie nicht allein dastand. Meister Rastro demütigte zwar niemanden so sehr wie sie, aber bei der Aussprache hatten die meisten so ihre liebe Not.

Am Ende der Stunde gab es noch Hausaufgaben. „Bis zur nächsten Stunde stellt ihr jedes heute genannten Tier mit Bild zusammen auf ein Pergament. Schreibt eure Namen dazu, sofern ihr des Schreibens mächtiger seid als des Lesens."

Mit diesen Worten hatte er den Raum durchschritten und verschwand zur Tür hinaus. Die Stunde war beendet und hatte bei Meara das Gefühl hinterlassen, es sei die bisher längste gewesen. Von einer Doppelstunde stand jedoch nichts in ihrem Stundenplan.

„Oh man." stöhnte Jaromir. Worauf hatte er sich da eigentlich eingelassen? Nicht dass er seinem Freund Torgal diese Knechtschaft gewünscht hätte, aber er hätte es sich vielleicht bezahlen lassen sollen.

Fürs erste lag seine Hauptaufgabe aber im Aufbau von Mearas Selbstbewusstsein. Sie hatte schwer gelitten in dieser einen Stunde. Schon während der Pause redete er auf sie ein, dass sie sich Meister Rastros Worte nicht zu sehr zu Herzen nehmen sollte. Er versuchte sie abzulenken, indem er ihr schon mal das weitergab, das er wusste. Einige der Tiere in seiner Heimat kannte er auch mit dem fremden Namen. Meara schrieb sie gleich unter den jeweilig fremden Begriff, um es sich später noch mal anzusehen. Sie würde alles geben, um auch Meister Rastro zu beweisen, dass sie es schaffen konnte!

Der Unterrichtstag endete kurz vorm Abendessen. Es war wirklich sehr viel für einen Tag, aber dafür gab es nur vier Tage Unterricht am Stück und dann drei Tage zur fast freien Verfügung. Man konnte natürlich auch drei Tage schlafen oder faulenzen, aber eigentlich war diese Zeit zum Nacharbeiten, Lernen und Hausaufgaben machen gedacht.

Am Ende des ersten Tages blieben Jaromir und Meara vorm Speisesaal stehen, um Meisterin Xondra abzufangen, denn da war auf jeden Fall noch eine Erklärung und eine Entschuldigung nötig.

Die kleine Frau staunte nicht schlecht, als sie ausgerechnet diese beiden Schüler vor der großen Tür stehen sah. Sie blickten ihr direkt in die Augen, als würden sie nur auf sie warten.

„Guten Abend, Meisterin." sagten sie leise.

„Ihr seid wohlauf, wie ich sehe." antwortete sie streng. „Und doch versäumet ihr meinen Unterricht. Gerade von dir, Meara, hätte ich es nicht gedacht."

Die enttäuschte Anklage in der Stimme der Frau trieben Meara neuerliche Tränen in die Augen. „Meisterin, es tut uns wirklich leid. Wir kamen nicht zum Unterricht. Das Schloss wollte uns nicht zu euch lassen."

Die Augen wurden ihr immer weiter und sie trat einen Schritt zurück. „Wie bitte?!"

„Ehrlich." beteuerte Jaromir hektisch. „Wir gingen immer wieder durch den Torbogen und landeten im Keller. Theoretisch hätten wir mehr als einmal bei euch sein müssen, aber wie denn? Wir wissen auch ehrlich nicht, wie wir zur nächsten Stunde zu euch kommen sollen."

Der Gedanke war ihnen im Laufe des Tages

gekommen. Der Vater hatte ihnen ja einen Weg aus dem Labyrinth gezeigt, aber das würde ihnen nicht helfen, in den Floraunterricht zu kommen.

„Herje." seufzte Xondra. Sie hatte doch gewusst, dass hier irgendwas passiert sein musste. Gerade diesen beiden Schülern - Meara allen voran - hätte sie nicht zugetraut, einfach den Unterricht zu schwänzen.

„Folgt mir." bat sie wieder mit einem liebevollen Lächeln. Sie konnte den Kindern ja nicht zum Vorwurf machen, was sie nicht beeinflussen konnten. Sie waren nicht freiwillig ferngeblieben und machten sich selbst genug Vorwürfe deshalb.

Sie führte sie zum großen Tisch der Lehrkörper und trat an den Ordensvater an der Stirnseite heran. „Vater."

„Xondra." lächelte er. „Schönen guten Abend."

„Guten Abend. Ihr wisst sicherlich von den Problemen der beiden?"

Sein Blick trug etwas Verzweifeltes, als er über die beiden Schüler huschte. „Neue Probleme?"

Die beiden schüttelten nur den Kopf und Meisterin Xondra übernahm die weitere Klärung. „Vater, wie soll das weitergehen? Wie sollen sie meinen Kurs absolvieren, wenn sie nicht zum Unterricht kommen können?"

„Das ist eine sehr gute Frage, die ich mir auch schon stellte. Für die heutige Stunde bleibt euch beiden nichts anderes übrig, als den Stoff selbst nachzuarbeiten. Das gleiche wird euch für die Zukunft drohen. Xondra wird euch den Lehrplan geben. Die Prüfungen werdet ihr ebenso schreiben wie alle anderen. Und ich bin mir sicher, wenn ihr Fragen zum Lehrstoff habt, steht euch Meisterin Xondra nach dem Unterricht zur Verfügung."

„Selbstverständlich." lächelte sie auch sofort zu den beiden Trauergestalten. „Wir können aber auch immer am ersten freien Tag nachholen, was ihr verpasst. Auf dem Hof zum Beispiel."

„Ihr werdet euch sicher einig." sagte der Vater. „Von den Prüfungen werdet ihr nicht ausgeschlossen, so viel steht fest. Und für den heutigen Teil lasst ihr euch das Thema geben."

Sie nickten wieder nur und Jaromir schrieb mit, was Meisterin Xondra ansagte. Sie nannte netterweise auch die Kapitel im Buch und die Aufgaben im Anhang, die sie im Unterricht gelöst hatten. Das stand dann wohl für die drei freien Tage auch noch auf dem Programm. Als hätten sie sonst nichts zu tun gehabt...

„Wie sollen wir das denn schaffen?" seufzte Meara, als sie sich endlich zum Abendessen setzten. Sie hatten schon so viele Hausaufgaben aufbekommen, Meara musste noch so viel aufholen - und das war erst der erste von vier Tagen.

„Wir machen das schon." versuchte Jaromir sie aufzubauen. „Wir werden vielleicht nicht bis Mittag schlafen können, aber ich bin immer noch überzeugt davon, dass wir das zusammen auf jeden Fall schaffen werden."

Diese Überzeugung teilte Meara ganz und gar nicht. Und so sehr sich Jaromir auch anstrengte, blieb Meara nicht verborgen, dass auch seine Überzeugung im Laufe der nächsten Tage immer weiter sank. Ihnen wurden so viele Hausaufgaben mitgegeben, dass sie allein dafür die drei Tage bräuchten. Wie sollten sie denn da alles andere noch schaffen?

Jeden Abend saßen sie noch lange zusammen in einem der beiden Zimmer und arbeiteten nach, soweit es eben ging. Alles, was sie schon während der Woche erledigten, würde ihnen an den freien Tagen die Zeit geben, Mearas Lücken zu füllen.

Meara stand dennoch jeden Morgen mit den ersten Sonnenstrahlen auf und ging in die Küche zum Schneiden der Kräuter. Zum Frühstück traf sie den Prinzen wieder und verbrachte den ganzen Tag mit ihm, bis das ganze Spiel von vorn begann.

Am Ende der ersten Woche war sie dann aber auch schon an einem Punkt angelangt, an dem sie die Freude fühlen konnte, mit der sie hier angekommen war. Ihr wurden so viele Türen zu Wissen in allen Bereichen geöffnet, dass es ihr das Herz erwärmte. Vieles vom Unterricht verstand sie nicht gleich, aber das würde sich ändern. Schon an den gemeinsamen Abenden mit Torgal hatte sie viel gelernt und im Nachhinein den Unterricht verstanden. Das freute sie natürlich, vor allem wenn sie in der folgenden Stunde besser dem Gesagten folgen konnte.

Gleich nach dem Frühstück des ersten freien Tages verzogen sie sich gemeinsam in die Bibliothek. Jaromir hatte alles dabei, was sie brauchen würden. Die Bücher, Pergamente und Tinte. Sie besetzten einen Tisch in der hintersten Ecke, wo es hoffentlich niemanden stören würde, wenn sie sich leise unterhielten.

Um nicht den Überblick zu verlieren, fingen sie am ersten Tag mit dem ersten Fach an. Meister Fagul und die vielen Länder der Erde. Sie hatten viel dazu gehört und sollten als Hausaufgabe alle Länder mit ihren Eigenschaften in einer Tabelle zusammenfassen. Es ging um die Besonderheiten der Bürger dieser Länder, aber auch um die Flaggen oder die besondere Länderfarbe.

Torgal und Meara mussten natürlich jeder eine eigene Tabelle anfertigen, aber erarbeiten konnten sie Jaromir und Meara zusammen. Mit dieser Aufgabe war Meara natürlich auch geholfen, weil sie die Tabelle im weiteren Verlauf des Lernens unterstützen würde. Sie hätte alles Wissen übersichtlich zusammengestellt.

Die Informationen zu sammeln, gestaltete sich jedoch als schwieriger als erwartet. Diese Art der Tabelle gab es ja nirgends, sie mussten sie selbst erstellen und sich alles aus dutzenden Büchern zusammensuchen. In einem Buch fanden sie zum Glück erst mal eine Liste aller Länder. Damit war immerhin sichergestellt, dass sie keines vergessen würden.

Für ihre eigenen beiden Länder war die Zeile schnell ausgefüllt, obwohl Meara wieder schmunzeln musste, als sie die nicht vorhandenen Musikkenntnisse aufschrieb. Es war ihr ein Rätsel, wie man ganz und gar ohne Musik zurechtkam.

In einem Buch fanden sie auch die Flaggen zu fast allen Ländern und konnten sie nacheinander abzeichnen. Aber dann ging die Einzelarbeit los. Hier und da suchten sie das jeweilige Land und sammelten Besonderheiten. Ehe sie die Liste abgearbeitet hatten, war der erste freie Tag so gut wie vorbei und ihre Köpfe voll.

Wie die Prüfungen wurden auch die Hausaufgaben in den Körbchen vor ihren Zimmertüren abgegeben. Spätestens am dritten freien Tag um Mitternacht musste das letzte Pergament im Körbchen liegen. Meister Fagul konnten sie am ersten Abend schon bedienen und taten es auch.

Am Abend des ersten Tages blieb nicht mehr so viel Zeit, dass es sich gelohnt hätte, noch eine umfangreiche Arbeit anzufangen. Da bot es sich an, Meisterin Xondras Aufgaben zu machen. Die konnten sie nach dem Abendessen in ihren Zimmern erledigen. Die Bibliothek brauchten sie dafür nicht. Sie saßen gemütlich am Tisch in Mearas Zimmer und sie erzählte alles, was sie wusste. Mehr als gefordert wurde, wie sich herausstellte. Sie überflog die Kapitel, die sie im Unterricht verpasst hatten, und gab Jaromir das Wissen mit ihren eigenen Worten weiter. Die Aufgaben zu lösen, stellte für sie keine Herausforderung dar. Das war natürlich praktisch...

Sie arbeiteten jeden Tag von frühmorgens bis tief in die Nacht hinein. Jaromir gab sich nicht nur

Mühe, selbst alles zu lernen, das auf dem Plan stand, sondern auch, Meara nicht zu verlieren und sie aufzubauen. Zu jeder Mahlzeit zählte er auf, was sie bereits gelernt und aufgeholt hatte. Im Laufe der Arbeit fiel ihr das gar nicht so auf, aber wenn Torgal es auflistete, dann konnte sie getrost in den Spiegel schauen, ohne sich vor sich selbst schämen zu müssen. Sie gab jede freie Minute und jederzeit alles.

Das blieb nicht verborgen. Mearas Aufnahme in Zyranian, trotz ihrer mangelhaften Vorbildung, hatte in dem Orden selbst für ziemliches Aufsehen gesorgt. Nicht jeder sah das wie Fagul oder Xondra, die ihr Vetorecht für diese junge Dame eingesetzt hatten. Rastro war ganz klar dagegen gewesen und würde jetzt auch nichts anderes sagen, aber immerhin sich selbst gegenüber musste er zugeben, er hatte ihr nicht so viel Ehrgeiz zugetraut. Die Hausaufgabe entsprach einer erstklassigen Arbeit. Von dem Fehlen der Fehler mal abgesehen, hatte sie sich auch sehr viel Mühe damit gegeben. Sie hatte ordentlich und strukturiert geschrieben, nicht wie die meisten, die einfach irgendwie in grauenhafter Form die Aufgabe bewältigten. Laut Achandra, der Hüterin der Bücher und Geheimnisse von Zyranian, hatten Meara und Torgal die ganzen freien Tage in der Bibliothek verbracht und ohne Pause gearbeitet. Das verdiente immerhin Respekt hinter vorgehaltener Hand.

Offen zeigte er es jedoch nicht. Er blieb bei seiner Meinung, sie hätte nicht aufgenommen werden sollen, und zeigte ihr das auch in den folgenden

Wochen.

Dabei war es keinesfalls eine Ausnahme gewesen. Meara und Torgal entwickelten sich zu den absoluten Musterschülern. Beim ersten Mal waren sie ziemlich nervös zu dem Aushang der Punkte gegangen, an dem sie die Saumfarbe ihrer Gewänder für die folgende Woche ablesen mussten. Grün mit einem Wert, der alle anderen sprengte. Grün stand für Fleiß und dahingehend hatten sie von allen Meistern viele Punkte bekommen.

Auch das änderte sich nicht in den folgenden Wochen. Sie blieben bei grünen Säumen und Gürteln, denn das war die einzige Möglichkeit, Mearas Lücken zu füllen. So, wie es im Moment aussah, würden sie wohl im folgenden Jahr auch grüne Gewänder tragen...

Aus den Listen gingen aber auch die Punkte für die anderen Bereiche hervor. Im Bereich der Sozialfähigkeit waren sie weit abgeschlagen hinter den anderen. Nicht ganz die letzten, denn Kyrlua war auch nicht besser dran, aber es zeichnete sich deutlich die Tendenz ab, dass sie das Studium zu zweit absolvierten. Es blieb ja auch keine Zeit, in der sie hätten mit anderen etwas unternehmen können. Maximal noch zu den Mahlzeiten, wo sie sich mit Ande unterhielten.

Der picklige Junge saß noch immer mit ihnen am Tisch und schien zu genießen, überhaupt mit jemandem reden zu können. An einem Abend gestand er Jaromir sein schlechtes Gewissen. Er war Torgals Pate, hatte damit aber nicht viel zu tun.

Seitdem nutzen die beiden Freunde jede Gelegenheit, ihn etwas zu fragen oder um Hilfe zu bitten. Sei es wegen dem Weg zu einem Raum, in dem sie noch nicht gewesen waren, oder zum Lehrstoff oder oder oder … Und jedes Mal freute sich Ande so sehr darüber, dass seine Augen zu glänzen begannen. Ab diesem Zeitpunkt holten sie immerhin ein paar Punkte der Sozialfähigkeit.

Trotz der holprigen Anfänge schlich sich ein gewisser Alltag ein. Freizeit nutzten Meara und Jaromir zum lernen, während die meisten anderen die Sonne oder das Leben genossen. Das spiegelte sich auch in den Punkten für ihre Aufgaben und Tests wieder. Meara hatte keinen Grund, sich zu verstecken, und wurde von Tag zu Tag selbstsicherer.

An einem Abend, als sie schon auf dem Weg zum Essen waren, sprach sie Ziendul, ihr Pate, an. „Hey." lächelte er.

„Guten Abend." antwortete sie etwas verwirrt. Sie war nun schon eine Weile hier, aber gesprochen hatte sie noch nie mit ihm.

„Brauchst du was?" lachte er in sich hinein. „Du verlangst nicht gerade viel von deinem Paten."

„Tut mir leid." schmunzelte sie verlegen. Erst Ande, jetzt Ziendul. Sie hatten ihre Paten wohl vernachlässigt.

„Also? Kann ich dir irgendwie helfen?"

„Nein, im Moment nicht, aber danke." Das war ihr vielleicht unangenehm. Ihr fiel aber auf Anhieb auch nichts ein, das sie von ihm hätte erbitten können. Sie nahm sich allerdings vor, auch ihm seine Aufgabe etwas leichter zu machen. Wie auch immer sie das anstellen sollte...

„Schade eigentlich." lachte er ausgelassen. „Dabei hatte ich gehofft, dir helfen zu können, damit du mir hilfst."

„Und wobei?" fragte sie skeptisch. Wie sollte sie als Anfängerin ohne Vorbildung denn jemandem aus dem vierten Lehrjahr helfen?

„Ich hörte, du seist ein Ass, wenn es um Pflanzen geht." Er reckte ihr ein Pergament mit seinen Hausaufgaben entgegen. „Ich versteh nicht mal die Frage, von der Lösung bin ich ganz weit entfernt."

Dabei war es ganz einfach, dachte Meara. Er sollte zwei fast identische Pflanzen in einem Aufsatz unterscheiden. Für sie waren die beiden nicht mal annähernd identisch, aber sie sah Pflanzen auch mit anderen Augen.

„Wir könnten es nach dem Essen angehen." schlug sie vor.

„Du bist die Größte!" freute er sich voller Überschwang. „Bis nachher."

Er winkte ihr noch mal und ging zu seinem Tisch. Meara sah ihm etwas verstört hinterher, während Jaromir einerseits nicht aufhören konnte, vor sich hin zu kichern, aber andererseits auch der Meinung war, sie hatte keine Zeit, die Aufgaben für andere zu machen.

„Lach nicht!" lachte sie selbst.

„Hoffentlich kommen nicht noch mehr auf die

Idee." schnaufte er. „Himmel, ich kann nicht mehr. Vielleicht solltest du schon die Abschlussprüfungen bei Meisterin Xondra schreiben, dann kannst du dieses Fach für den Rest der Schulzeit vergessen."

„Und du?" lächelte sie herzlich. „Ich lass dich doch nicht auf dem Weg hängen. Und schon gar nicht, wenn du mir so viel hilfst."

Kyrlua zuckte zusammen bei den Worten. Sie hatte es ja geahnt. Nach den Mahlzeiten und nach dem Unterricht verschwand der Prinz mit diesem Bettelmädchen und tauchte nicht wieder auf. Kyrlua hatte schon geahnt, dass sie die Zeit zusammen verbrachten, aber es bestätigt zu hören, schockte sie jedes Mal aufs Neue. Zumal der Prinz sie keines Blickes würdigte...

An diesem Abend wartete Meara auf Ziendul in ihrem Zimmer. Nach dem Essen hatte sie ihn nicht mehr gesehen und mit Torgal noch eine Weile gewartet, dass Ziendul wiederkäme, doch er kam nicht. Die beiden waren dann doch in ihre Zimmer gegangen. Das gemeinsame Lernen hatten sie in den Speisesaal verlegt, während sie gewartet hatten, doch dann gingen sie jeder in ihr eigenes Zimmer. Es war inzwischen spät genug zum Schlafen.

Meara stand in ihrem Zimmer und hielt Zienduls Pergament in der Hand. Ob ihm etwas passiert war? Er würde sicherlich Ärger kriegen, wenn er die Aufgabe nicht abgeben würde.

Ob sie ihm damit wirklich einen Gefallen tat, wusste sie nicht, aber sie schrieb seinen Aufsatz. Für sie war es keine wirkliche Anstrengung, sie musste auch nirgends nachlesen oder auch nur mal darüber nachdenken. Im Handumdrehen war das ganze Pergament fein säuberlich beschrieben.

Da war es kurz vor Mitternacht und Meara hätte beinahe noch vergessen, ihre eigenen Pergamente ins Körbchen vor der Tür zu legen. Sie ging noch mal zurück und erledigte das, bevor sie zu Zienduls Zimmer ging und ihm sein Pergament als Nachricht hineinlegte. Er würde es am Morgen finden wie einen Brief. Meara hatte noch nie einen Brief erhalten. Alles, was sie in ihrem Körbchen fand, waren die bewerteten Hausaufgaben und Prüfungen.

Am nächsten Morgen auf dem Weg zum Frühstück kam Ziendul zu ihr gehetzt. „Es tut mir leid!" hechelte er schon von weitem.

„Guten Morgen." lächelte Meara. „Tief durchatmen."

Er raufte sich kurz die Haare. „Es tut mir leid, ich schaffte es gestern nicht. Ich danke dir. Du rettetest mir den Hals."

„Kein Problem."

Er dankte ihr noch mal und ging schon wieder. Jaromir war mit ihr stehengeblieben, hatte mit Zienduls Verschwinden die Arme verschränkt und blickte böse auf Meara hinab. Die hatte doch nicht wirklich die Aufgabe eines anderen gemacht! Als hätten sie sonst nichts zu tun, war das auch nicht sonderlich fair! Weder dem Orden, noch Ziendul gegenüber. Wie sollte er denn etwas lernen, wenn ein anderer seine Aufgaben erledigte?

„Warum siehst du mich so an?" fragte Meara mit

eingezogenem Kopf. Womit hatte sie denn so einen finsteren Blick verdient?

„Du schriebst nicht wirklich seinen Aufsatz, oder?"

„Na ja, ich dachte, ihm kam sicher etwas dazwischen. Ich wollte nicht, dass er Ärger bekommt. War das so falsch?"

Vielleicht nicht, aber vielleicht auch schon, dachte Jaromir. Schon im Laufe der nächsten Wochen bestätigte sich seine Befürchtung. Ziendul fand immer wieder irgendwas, wobei er Mearas Hilfe brauchte. Und dann, kurz bevor sie sich treffen konnten, kam ihm immer irgendwas ganz besonders Wichtiges dazwischen. Seine Erklärungen waren jedes Mal gut und überzeugten Meara von seiner aufrichtigen Aufopferung für die Ausbildung, aber Jaromir hörte nichts als Ausreden. Der ließ sich die Arbeit abnehmen!

Er als Freund redete auf Meara ein, sie solle sich das nicht gefallen lassen. Sie hatte selbst genug Arbeit und eigentlich keine Zeit, Zienduls auch noch zu machen. Außerdem kam es Betrug gleich. Ziendul kassierte eine gute Beurteilung nach der nächsten für Mearas Arbeit. Das ging doch so nicht weiter!

Als Meara nach dem Essen eines Tages auf der Toilette war, ging Jaromir zu Ziendul. „Du solltest aufhören, Meara auszunutzen."

„Sonst?!" lachte er schallend. „Was willst du denn tun? Mich verpfeifen? Dann ist sie ebenso dran, also überlege dir das gut. Ich kann dafür sorgen, dass deine restlichen Jahre hier der Horror werden."

Zum Ende hin war er so leise geworden, dass selbst Jaromir es kaum verstehen konnte. Bevor er sich aber richtig mit diesem Kerl anlegen würde, bedurfte es ein paar mehr Informationen, deshalb schnappte er sich Ande, der gerade seinen Teller wegbrachte.

„Ande!"

„Torgal." strahlte er. „Kann ich was für dich tun?"

Der freute sich immer, wenn Jaromir etwas von ihm wollte, es war unbegreiflich...

„Ja. Was weißt du über Ziendul?"

Ande verzog einen Moment das Gesicht, bevor er seufzte. Er winkte den Prinzen mit sich in eine Ecke, in der sie hoffentlich niemand belauschen würde. Bevor er sprach, sah er sich aber noch mal schnell um.

„Also … Ziendul kommt aus Turoveh."

Dort beherrschte man die Fauna wie in Ul-Bairamok die Flora, das hatte Jaromir schon gelernt, bevor er in Zyranian angekommen war. Torgal hatte ihm davon erzählt, nachdem er auf einer königlichen Reise dort gewesen war. Sie hatten das Königshaus von Turoveh besucht.

„Leg dich nicht mit ihm an." riet Ande und in seiner Stimme, seiner Haltung, seinem Gesichtsausdruck fand Jaromir nur die nackte Angst. „Der hetzt dir sämtliche Tiere aus Zyranian auf den Hals, wenn du ihn reizt."

„Oh." keuchte Jaromir mit großen Augen.

„Angeblich..." flüsterte Ande aufgeregt. „Ich weiß es nicht, aber angeblich ließ er im ersten Jahr seinen Klassenkameraden bei Meisterin Xondra von Ameisen so attackieren, dass er drei Wochen im Krankenzimmer lag."

„Oh je." stöhnte Jaromir mit hängenden Schultern. Was sollte er denn machen? Würde er Meara raten, Ziendul fernzubleiben und nicht mehr zu unterstützen, könnte das offenbar gefährlich für sie werden.

„Er ist ein reicher Sohn." erzählte Ande. „Seit seiner Geburt bekommt er alles, was er will. Soweit ich weiß, schaffte es der Orden bisher nicht, ihm das auszutreiben, weil sie von seinen meisten Machenschaften nicht mal etwas ahnen und sich niemand traut, ihn anzuzeigen."

Jaromir nickte gedankenverloren. Für ihn als Freund schied es aus, dass er Meara in Gefahr bringen würde. Ebenso wenig wollte er, dass sie wegen Ziendul Ärger bekam oder auch nur ihre eigenen Arbeiten nicht mehr schaffte. Sie wollte doch lernen, um ihren Horizont zu erweitern, da half es ihr nicht, das aufzuschreiben, was sie bereits wusste, wenn es nicht Bestandteil ihres eigenen Unterrichts wäre.

Es fiel ihm schwer, aber vor Meara ließ er sich nichts von seinen Sorgen anmerken, von denen er bald noch ein paar mehr hätte. Für diesen und auch die nächsten Tage bestand seine Hauptaufgabe eigentlich darin, Meara von Ziendul fernzuhalten.

Wenn er ihr keine Aufgaben geben könnte, würde sie sie auch nicht machen können - das war der Plan.

Fürs erste ging das auch gut, aber es gab noch jemanden, der gegen Meara vorgehen wollte. Kyrlua. Sie waren nun schon einige Zeit hier und Meara immer noch da - das passte ihr nicht. Und sie gehörte - genau wie Ziendul - nicht zu den Menschen, die nicht früher oder später das kriegen, was sie wollen. Ziendul wollte Mearas Wissen für seine Beurteilungen. Und Kyrlua wollte Meara loswerden, damit sie selbst endlich dem Prinzen näher käme. Im Gegensatz zu Ziendul ging sie dafür Wege, die weit über die Manipulation des Geistes oder Erpressung hinausgingen.

Nachdem sie dieses Bettelmädchen nun schon mehrere Wochen ertragen hatte, platzte ihr der Kragen. Von Tag zu Tag musste sie mit ansehen, wie diese Schnepfe mit dem Prinzen umging, als ständen sie auf einer Stufe! Sie verbrachten jede freie Minute miteinander und ignorierten Kyrlua trotz ihres Vermögens sogar, wenn sie bei ihr am Tisch saßen. Es war für die reiche Tochter einfach unbegreiflich!

Ihre eigenen Arbeiten litten immer mehr, weil sich in ihrem Herzen nur noch Zorn befand, der sich einzig und allein auf Meara ausrichtete. Sie hatte es zu verantworten, dass Kyrlua ihrem Ziel kein Stück näher kam. Wenn sie allein war, dann träumte sie von der Zukunft, in der sie definitiv an der Seite des Prinzen stehen würde. Aber solange diese Dienstmagd ihn einspannen würde, käme Kyrlua nicht weiter.

An einem Morgen wartete Jaromir wie immer beim Frühstück auf Meara. Sie kam immer noch jeden Morgen aus der Küche, wenn er schon da war. Er sorgte schon für ihr Lieblingsfrühstück - es hatte sich so eingeschlichen und sie freute sich jedes Mal darüber.

An diesem Morgen kam sie aber nicht. Kyrlua versuchte jeden Tag, mit ihm in ein Gespräch zu kommen, aber die ging ihm einfach nur auf die Nerven. Dieses hochgeborene Geschwätz konnte sie sich sonst wohin stecken. Sie sprach ihn auch generell mit *Prinz* Torgal an, obwohl sie doch nun mal begriffen haben müsste, dass der Stand innerhalb von Zyranian überhaupt nichts zählte. Dafür war ihr ihr eigener Stand aber zu wichtig und so oft Jaromir es ihr auch sagte, blieb sie bei der förmlichen Anrede. Sollte sie machen...

„Wollen wir gehen?" fuhr sie in seine Gedanken hinein. Das Frühstück war vorbei, der Unterricht würde gleich beginnen und von Meara fehlte jede Spur.

Jaromir beachtete Kyrlua nicht, brachte seinen Teller und auch den unbenutzten von Meara weg und steuerte den Unterrichtsraum an. Auf dem Weg dorthin überlegte er, wo Meara sein könnte. Ob sie wieder die halbe Nacht für Ziendul gearbeitet hatte? Hatte er sie in ihrem Zimmer besucht, nachdem Jaromir schon geschlafen hatte? Hatte Meara deshalb verschlafen? Das passte doch nicht zu ihr. Sie liebte den Morgen und das neue Erwachen der Welt - sie hatte es ihm erzählt. Wieso also war sie nicht da?

Zum Glück für Jaromir begann der Tag mit Meister Fagul. Er war schon da und malte gerade eine Skizze an die Tafel, die er wohl im Laufe des Unterrichts erklären würde.

Jaromir ging zu ihm. „Guten Morgen."

„Guten Morgen." lächelte sein Meister. „Allein heute?"

„Ja. Meara war nicht beim Frühstück. Ich mache mir Sorgen um sie und würde gern nachsehen, ob ihr etwas fehlt."

Fagul verlor ebenso sein Lächeln. „Du sahst sie heut noch nicht?" Es war niemandem im Orden entgangen, dass die beiden unzertrennlich waren. Ebenso wenig, dass Meara jeden Morgen in der Küche half.

„Nein. Gestern Abend zuletzt."

„War sie krank?"

„Nicht dass ich wüsste." musste Jaromir leider sagen. „Bitte. Darf ich nachsehen?"

Fagul sah hier aufrichtige Sorge, deshalb ließ er Torgal gehen und entschuldigte ihn für diese Stunde. Er bat ihn aber auch, noch Bescheid zu geben. Jaromir versprach es und rannte aus dem Zimmer.

Kyrluas Finger krallten sich vor Wut in ihr Heft. Aber das würde das letzte Mal sein, dass diese dämliche Meara zwischen ihr und dem Prinzen stand. Mit diesem Gedanken entkrampften ihre Finger und ein gefährliches Glitzern lag in ihren Augen.

Jaromir hatte Probleme, Mearas Schlafgemach zu

erreichen. In seinem Kopf wirbelten die verrücktesten Theorien durcheinander und verbanden sich zu abstrusen Abläufen eines möglichen Grundes für Mearas Verschwinden. Sinn ergab nichts so richtig. Selbst wenn sie die ganze Nacht an Zienduls Aufgaben gearbeitet hatte, wäre sie nie und nimmer freiwillig dem Unterricht ferngeblieben. Halbtot hätte sie sich noch zum Klassenraum geschleppt und wenn sie gekrochen wäre! Jaromir war sich absolut sicher, dass irgendwas mit ihr passiert war. Vielleicht war sie gestolpert und mit dem Kopf gegen den Schrank gefallen? Vielleicht hatte Ziendul ihr irgendwelche Tiere geschickt, die sie verletzt hatten? Das konnte er sich eher vorstellen, als die begeisterte und eifrige Schülerin, die einfach keine Lust mehr hatte. Nicht Meara!

Er kam keuchend und hechelnd an ihrem Zimmer an und klopfte laut. „Meara!" rief er.

Einige Sekunden verstrichen in absoluter Stille. Die Schüler waren alle im Unterricht. Jaromir stand allein auf dem Gang und hörte nichts als seinen schnellen Atem. Meara antwortete nicht, er hörte auch keine Schritte oder Schmerzenslaute.

Er klopfte wieder. „Meara, bist du da?!"

Wieder wartete er, doch als immer noch keine Antwort kam, öffnete er die Tür einen Spalt. „Meara?" fragte er diesmal leiser.

Das Ergebnis blieb das gleiche und er entschied sich, doch hineinzugehen.

Und da lag sie. Eingekuschelt zwischen den

Kissen und Decken lag Meara und schlief. Sie lächelte friedlich. Anscheinend war sie doch einfach vor Erschöpfung nicht zum Sonnenaufgang aufgewacht. Verständlich war es ja, sie hatten wirklich viel zu lernen und aufzuholen, aber Meara freute sich über jede Unterrichtsstunde. Sie sog neues Wissen auf wie ein ausgetrockneter Schwamm. Wie konnte sie da jetzt einfach verschlafen?

Irgendwas in Jaromirs Innerem schrie ihn an, dass hier etwas nicht stimmte. Er näherte sich langsam und unsicher dem Bett. Es war, als würde dort eine Fremde liegen.

Schritte näherten sich über den langen Gang. Wer konnte das denn sein? Jaromir drehte sich um und sah ausgerechnet in das runzlige Gesicht des Ordensvaters, dessen Blick zu Meara huschte und sich verfinsterte.

„Was machst du hier?" fragte er Jaromir.

„Ich sorgte mich um Meara. Meister Fagul ließ mich gehen."

Das würde er später überprüfen. Er selbst war hier, weil ihn das Küchenpersonal gebeten hatte, nach Meara zu sehen. Nach dem Mädchen konnte man die Uhr stellen. Sie tauchte jeden Morgen zur gleichen Zeit in der Küche auf. An diesem Morgen war sie gar nicht gekommen und die Leute hatten sich ebenso Sorgen gemacht. Nun stand er in ihrem Zimmer und durfte eigentlich nur eine Strafe zulassen. Wer einmal zu spät zum Unterricht kommt, ohne wichtige Entschuldigung wie Krankheit, wurde aus Zyranian ausgeschlossen. So war es seit Jahrhunderten und nie war die Tradition gebrochen worden. Dem Vater tat es in der Seele weh, ausgerechnet diesem Mädchen das antun zu müssen, aber es konnte für ihn keine andere Entscheidung geben.

Er ging näher zu dem Bett. „Meara." sagte er laut und gespickt mit Härte, die Jaromir ihm gern ausgetrieben hätte. Auch ihm war bewusst, was das hieß.

Nicht nur seine Sorgen wuchsen, auch die des Vaters, denn Meara wachte nicht auf. Selbst als der Vater sie berührte und sanft rüttelte, regte sie sich nicht. Kein verschlafenes Knurren oder eine Bewegung. Sie schien es nicht mal zu bemerken.

„Was ist denn los mit ihr?" fragte Jaromir aufgeregt.

„Schnell. Geh zu Meisterin Xondra. Erzähl ihr davon."

„Wie denn?" piepste Jaromir und zog schon mal den Kopf ein. Meisterin Xondra müsste inzwischen im Unterricht sein und den konnten Jaromir und Meara noch immer nicht betreten. Während die anderen Schüler im Garten lernten, mussten die beiden im Speisesaal oder der Bibliothek die Theorie selbst erarbeiten. Meisterin Xondra traf sich jede Woche einmal mit ihnen und beantwortete alle möglichen Fragen, die sich ergeben hatten. Dann saßen sie meist auf dem Hof und sie zeigte ihnen auch, was es zu lernen gab, soweit es eben ging.

„Stimmt." erkannte der Vater. Er hatte es fast

vergessen. „Dann gehe ich zu ihr. Bring Meara auf die Krankenstation. Sag ihnen, ich bin schon auf dem Weg mit dem Kraut."

„Wurde sie vergiftet?" fragte Jaromir kaum hörbar.

„Im Moment sieht es so aus, ja. Nahm sie irgendwas zu sich? Gestern Abend, bevor sie zu Bett ging?"

„Nichts Ungewöhnliches. Wir aßen zusammen zu Abend, dann waren wir noch hier zum Lernen. Da ging es ihr gut."

„Das müssen wir klären. Geh jetzt."

Jaromir schwang die immer noch schlafende Meara auf die Arme und lief los. Hoffentlich träumte sie wenigstens schön, dachte er, während er ihr blasses Gesicht betrachtete. Es sah zumindest nach schönen Träumen aus. Ob man sie wecken könnte? Wie denn? Sie würde nichts trinken können, also wie sollte das Gegengift in ihren Körper gelangen?

Im Krankenflügel erwartete man immer mal Neuankömmlinge. Hin und wieder kam es zu Unfällen oder Verletzungen bei den Pflanzen und Tieren im Unterricht. Sie waren darauf vorbereitet, Ausschlag zu behandeln, Wunden zu reinigen und zu verbinden, vielleicht auch mal einen gebrochenen Arm zu schienen. Vergiftet worden war hier jedoch noch niemand. Zum Glück wusste der Vater offenbar schon Bescheid und würde sie unterstützen.

„Wie ist das denn passiert?" fragte Meisterin Xondra. Sie kam mit dem Vater angerannt und betrachtete einen Moment eine ihrer

Lieblingsschülerinnen. Trotz allen Stresses war Meara immer mit vollem Einsatz dabei. Sie ließ sich nicht von äußeren Einflüssen ablenken. Und wenn um sie herum die große Feier tobte, sie konzentrierte sich auf das, was sie lernen sollte. Beziehungsweise durfte, denn bei ihr hatte man immer das Gefühl, man tat ihr einen Gefallen, nur weil man ihr die Möglichkeit gab, etwas zu lernen.

„Weißt du, was sie zu sich nahm?" fragte der Vater.

„Es gibt viele Möglichkeiten. Wie gelangte es denn in ihren Körper?"

„Keine Ahnung." musste Jaromir sagen. „Gestern Abend ging es ihr noch gut."

„Geh wieder in den Unterricht." legte der Vater fest und Jaromir gingen die Augen über! Er wollte bei seiner Freundin bleiben.

„Du kannst hier nichts für sie tun." lächelte Meisterin Xondra verständnisvoll. „Wir werden unser Bestes geben, sie wieder aufzuwecken. Und du tust ihr den größten Gefallen, wenn du den Lehrstoff nicht versäumst und ihr dann weitergibst."

Da hatte sie natürlich Recht, erkannte Jaromir und ging wieder zum Unterricht. Zum ersten für diesen Tag, wenn es auch schon die zweite Stunde war.

Der Vater ließ Meara im Krankenzimmer zurück und versuchte mit Xondra im Zimmer des Mädchens den Ursprung der Vergiftung zu finden. Wenn sie wüssten, was sie eingenommen hatte, könnten sie vielleicht auch dagegenwirken. Hoffentlich.

„Vater." flüsterte Xondra aufgeregt, als sie endlich allein waren. „Wer würde hier so etwas tun?"

„Das ist eine gute Frage. Wir sollten denjenigen schnell finden, sonst fürchte ich ernsthaft um Mearas Sicherheit."

„Die Kleine tut mir unglaublich leid." Nebenher ging Xondra zum Nachtschrank. Dort stand ein halbvolles Wasserglas. Unauffällig, ohne Anzeichen einer zusätzlichen Zutat. „Sie hat es sowieso schon so viel schwerer und jetzt das."

„Du hast Recht." nickte der alte Mann, während er sich am Waschtisch umsah. „Sie hat es deutlich schwerer. Bisher kann ich auch keinen Grund finden, die Entscheidung, sie aufgenommen zu haben, zu bereuen. Aber mir war von Anfang an klar, dass sie keine normale Schülerin werden würde. Ob zum Guten oder zum Schlechten, Meara wird hier mehr lernen als ihr lieb ist."

„Woher wisst ihr das?"

„Ich hab da so meine Quellen. Im Moment glaube ich aus tiefstem Herzen, es wäre besser für uns, sie zu unterstützen. Und das schließt ihren leiblichen Schutz mit ein, wie mir scheint. Rieche mal."

Er reckte ihr ein Fläschchen entgegen. Ein sehr schöner Flacon aus rosa gefärbtem Glas. Darin war Parfum für eine ungeübte Nase. Das waren die beiden jedoch nicht. Es hing eine Note darin, die Xondra kannte.

„Du meine Güte." keuchte sie. „Wie kommt das Fläschchen hierher?"

Meara war nicht der Typ für Parfum. Außerdem hätte sie es sich nicht kaufen können. Wovon denn? Sie besaß ja keinen Silberling.

„Das ist eine gute Frage." nickte der Vater bedächtig. „Ich werde sie ihr stellen, sobald sie zu sich kommt. Nun, da wir wissen, wogegen wir antreten."

Er ging wieder in sein Büro und überließ es Xondra und den Schwestern der Krankenstation, das Gegenmittel herzustellen und zu verabreichen. Dann hieß es nur noch warten.

Meara dämmerte aus einem sehr langen Traum zurück in die Wirklichkeit. Die Handlung des Traumes umriss etwa vier Wochen und sie hatte das Gefühl, sie hätte tatsächlich so lange geschlafen. Es war so echt gewesen, als hätte sie es tatsächlich erlebt. Und doch war sie sich sicher, es war nur ein Traum. Ein sehr schöner Traum, aber eben keine Wirklichkeit, die sie einzuholen schien.

Die war für sie keineswegs unschön. An diesem Tag stand eine Zwischenprüfung in Rechnen an und schon beim Aufwachen rief sie sich ins Gedächtnis, was Torgal ihr erklärt hatte. Sie fand es immer noch logisch und würde mit einem guten Gefühl in die Prüfung gehen, wenn auch sehr nervös.

Bevor sie die Augen öffnete, reckte sie sich ein wenig und blinzelte vorsichtig. Normalerweise war sie dann umgeben von schummrigem Dämmerlicht, manchmal auch einem golddurchflutetem Raum, wenn die Sonne schon am Morgen direkt in ihr Fenster schien. An diesem besonderen Tag herrschten um sie herum jedoch Lichtverhältnisse wie in der Blütezeit eines Tages, gegen Mittag.

Erschrocken richtete sie sich auf. Was war passiert?

Noch ehe sie sich fragen konnte, wo sie war und was der Vater vor ihrem Bett machte, schlugen hämmernde Kopfschmerzen zu. Unwillkürlich griff sie sich an die Schläfe und zog die Brauen zusammen.

„Wo bin ich?" Ihre Stimme klang kratzig. Fast als hätte sie zu wenig getrunken.

„Im Krankenzimmer." lächelte der Vater und setzte sich vorsichtig auf ihre Bettkante. „Meara, du schliefst drei Tage."

Ihre Augen wurden weit. Wie war das denn passiert? „Das würde den Hunger erklären, aber wieso schlief ich so lange?"

Auf ihrem Nachtschrank stand schon ein Tablett mit Wasser und Brot. Sie sollte ihren Magen füllen, aber nicht mit Fettigem oder Süßem, so hatten es Xondra und die Schwester angeordnet.

„Du wurdest vergiftet."

„Ver..." Sie wollte das letzte Wort schreiend wiederholen und spuckte dem Vater beinahe das Wasser ins Gesicht! „Wer sollte mich denn vergiften?!"

„Das wissen wir leider immer noch nicht. Meara, bitte. Reg dich nicht auf. Du musst dich beruhigen. Das Gift war in dem Parfum. Wo kam das her?"

Meara senkte den Blick auf ihre Bettdecke. Sie

hatte doch gewusst, das konnte nur ein Hinterhalt sein. Wieso war sie überhaupt darauf hereingefallen? Vermutlich weil sie so etwas nicht mal diesem Biest zugetraut hatte.

Sanft hob der Vater ihren hängenden Kopf. „Meara. Wer war es? Von wem bekamst du das Parfum?"

„Ich weiß es nicht." flüsterte sie und hatte sich damit entschieden, Kyrlua nicht zu verpetzen. Sie wäre vermutlich rausgeschmissen worden und ihr Vater wäre geplatzt vor Zorn.

Tja, was sollte der Führer des Ordens tun? Er wusste es natürlich oder ahnte es zumindest, aber solange Meara nicht sagen würde, von wem sie den Flacon bekommen hatte, würde der Übeltäter straffrei ausgehen. Er redete auf Meara ein, dass ein solches Verhalten nicht geduldet werden könne, dass dem Übeltäter eine Strafe gebührte, dass es weitere Anschläge geben könnte, auch auf andere Schüler und und und … Meara wusste jedoch mit absoluter Sicherheit, dass Kyrlua gegen niemanden etwas hatte außer Meara selbst. Es drohte niemandem eine Gefahr und sie würde ganz sicher nichts mehr von ihr annehmen.

Dabei hatte sie sich toll gefühlt. Sie hatte noch nie zuvor Parfum getragen, weswegen ihr das Gift auch nicht aufgefallen war. Kyrlua hatte gemeint, das würde Torgal gefallen. Wie hatte sie nur so dumm sein können?

Jaromir kam jeden Tag zu ihr. Selbst in der Mittagspause und vorm Frühstück zog es ihn in den

Krankenflügel. Er wollte mit seinen eigenen Augen sehen, dass sie noch lebte. Und er wollte zu jedem Besuch aufs Neue wissen, ob es ihr gutginge und ob sie wieder aufwachen würde. Es hatte keine Komplikationen gegeben und nach drei endlos langen Tagen war sie nun endlich aufgewacht.

In den vergangenen Tagen hatte sich Jaromir ganz furchtbar einsam gefühlt. Mit Ande hatte er viel Zeit verbracht. Sie hatten gemeinsam Hausaufgaben gemacht und zum Lernen zusammengesessen, damit Jaromir neben der Einsamkeit nicht auch noch das Gefühl hatte, allein zu sein.

Kyrlua hätte sich ihm auch gern angeschlossen. Sie war wie sein Schatten. Immer da und nicht abzuschütteln. Allerdings war Jaromir nicht auf den Kopf gefallen. Auch er verdächtigte sie und fand sie nicht mehr nur lästig, er entwickelte eine ungesunde Wut auf sie.

Auch Ande fiel das Spiel auf, das sie hier anfing. Seit Meara fehlte, rückte Kyrluas Stuhl im Speisesaal zu jeder Mahlzeit näher an Torgal heran, bis sie schließlich so dicht neben ihm saß, dass sie sich ebenso hätte auf seinen Schoß setzen können. Ihr Augenaufschlag war eindeutig. Ihre Mimik, ihre Haltung, ihre ganze Ausstrahlung sagten jedem, der sie sah, dass sie so gut wie alles getan hätte, um dem Prinzen näher zu kommen. Nicht Torgal, dem Menschen, sondern dem Prinzen.

An einem Abend lief sie neben ihm her zu den Schlafräumen. Er versuchte sie zu ignorieren, aber wie bei einer lästigen Fliege, die einem um den Kopf schwirrt, wurde ihre Anwesenheit immer präsenter in seinem Kopf. Ihre Schritte schienen mit jeder Sekunde lauter zu werden. Ihre Atemzüge glaubte er als Pfeifen der Lungen hören zu können. Und ihre Haut strahlte eine Kälte aus, die ihm Gänsehaut brachte.

Aber er hatte sich angewöhnt, sie zu ignorieren. Er ging auf kein Wort aus ihrem Munde ein, sah sie nicht mal an. Genauso machte er es an diesem Abend und schwenkte ab in sein Zimmer, ohne sich nach ihr umzusehen. Bevor er die Tür schließen konnte, stand sie so dicht hinter ihm, dass er ihr wohl die Nase mit der Tür gebrochen hätte.

„Was soll das?" fuhr er sie an.

Und Kyrlua lächelte tatsächlich immer noch wie zwischen einem verliebten Pärchen. „Ich hatte dich eben um Hilfe bei den Hausaufgaben gebeten."

Ach wirklich, dachte er. Da zeigte sich, dass er ihr nicht mal zuhörte. Seine Gedanken waren bei Meara gewesen. Die Schwester, die sie pflegte, hatte gemeint, die Chancen stünden gut, dass sie am nächsten Tag erwachen würde. Jaromir hatte überlegt, wie er ihr ein paar Blumen mitbringen könnte. In den Gartenteil der Schule kam er nicht und verlassen durfte er sie auch nicht. Er wollte Meisterin Xondra bitten, ihm ein paar mitzubringen. Mit der verstanden sie sich prächtig und sie würde seine Bitte wohl erhören, hoffte er.

„Such dir jemanden anders." sagte er kalt zu Kyrlua. „Ich habe selbst noch zu tun und keine Zeit. Gute Nacht."

Mit diesen Worten schloss er nun doch die Tür. Kyrlua machte instinktiv einen Schritt zurück, schon hatte er seine Ruhe und verdrehte als erstes die Augen. Die war so nervig! Er konnte sich nicht erinnern, dass Torgal ihm jemals von einem Mädchen erzählt hatte, dass so an ihm geklebt hätte.

Am darauffolgenden Tag war es sogar noch schlimmer. Zum Mittag kam Meisterin Xondra zu Torgal und sagte ihm, Meara wäre gerade aufgewacht. Am liebsten wäre Jaromir aufgesprungen und zu ihr gegangen, aber sie hielt ihn auf. Meara bräuchte noch ein bisschen Ruhe und müsste langsam aufwachen. Außerdem wollte der Vater noch mit ihr reden. Torgal sollte nach dem Unterricht erst zu ihr gehen.

Bei dieser Gelegenheit brachte er auch vorsichtig seine Bitte hervor, die natürlich erhört wurde. Xondra ahnte nicht allein, dass sich zwischen den beiden etwas anbahnen könnte, deshalb überreichte sie ihm mit einem Schmunzeln einen wunderschönen Blumenstrauß, als er aus dem letzten Unterricht kam.

Das unterstellte Gefühl hatte allerdings keiner der beiden. Sie fühlten sich eher wie Bruder und Schwester oder eben eine sehr tiefe Freundschaft. Meara wusste zwar immer noch nicht, wer er wirklich war, aber er spielte einen Prinzen, also musste sie sich auch gar nicht erst einbilden, mit ihm auf einer Stufe zu stehen. Sie war einfach nichts. Und selbst wenn … Liebe kam in ihr in Bezug auf Torgal nur platonisch auf.

Und nun stand er mit einem Blumenstrauß vor ihrem Bett. „Wie geht es dir?" fragte er besorgt.

„Schon besser, danke."

Er ließ sie erst an dem Strauß riechen, bevor er ihn in der Vase auf den kleinen Tisch neben ihr stellte. „Ich bin froh, dass du wieder wach bist."

„Ich auch, glaub mir." seufzte sie. Eigentlich wollte sie nicht mehr darüber nachdenken. Der Ordensvater hatte sie noch mit vielen Fragen gelöchert. Er hatte versucht, ihr den Namen zu entlocken, und sie war sich absolut sicher, Torgal würde gleich damit fortfahren.

Er setzte sich auf die Bettkante und nahm vorsichtig ihre Hand. Seine Freundin sah schwach aus. „Wie konnte das nur passieren?"

„Ist nicht mehr zu ändern. Ich werde übrigens nicht rausgeschmissen, weil ich nicht zum Unterricht kam."

„Das wäre ja auch noch schöner."

Noch während er Luft holte, sprach sie schnell, bevor er die Frage nach dem Täter stellen konnte. „Kann ich mir deine Aufzeichnungen ansehen? Ich verpasste eine Menge."

„Das hat Zeit. Komm erst mal wieder richtig auf die Beine. Dann werde ich dir alles weitergeben."

Wieder erhob sie das Wort, wo er doch endlich wissen wollte, wer ihr das angetan hatte. „Ich muss eh noch hier liegen. Die Zeit kann ich sinnvoller nutzen, als die Wand da drüben anzustarren."

„Stimmt." bemerkte er ärgerlich. „Du könntest

aufhören, mir ausweichen zu wollen. Wer war das, Meara?"

„Ich will nicht darüber reden." entgegnete sie leise und wich seinem Blick aus. Er konnte tun, was er wollte, eine Runde um ihr ganzes Bett gehen, sie sah immer von ihm weg.

„Meara, bitte." flehte er. „Du schwebst in Gefahr, wenn du es nicht sagst."

„Und wenn ich es sage, ebenso. Und dazu du auch noch, weil du es weißt. Das werde ich nicht tun. Der Vater versuchte es schon und ich gebe dir die gleiche Antwort: Ich weiß nicht, wer mich vergiftete."

Das war nicht zu glauben, dachte Jaromir. Seine Freundin ließ den Täter tatsächlich davonkommen. „Du weißt also nicht, wer dich vergiftete?"

„Nein."

„Aber du weißt, dass dir das Gift über das Parfum verabreicht wurde. Von wem hast du es?"

„Es stand an dem Abend vor meiner Zimmertür."

„Mehr nicht?" fragte er skeptisch.

„Nein. Mehr nicht. Ich nahm es mit rein und fertig. Es war leichtsinnig von mir, das gebe ich zu. Ich verspreche, das wird mir nicht wieder passieren. Alles andere wären Spekulationen, wozu mich niemand hinreißen kann."

So wie sie das sagte, musste er es wohl oder übel akzeptieren. Zumal ihn die Schwester darauf hinwies, ihre Patientin solle sich nicht aufregen. Irgendwann würde er das Thema wieder aufgreifen.

Fürs erste wandten sie sich aber wieder den Schulaufgaben zu.

Meara musste noch drei Tage im Bett bleiben, so hatten es die Verantwortlichen dieser Abteilung beschlossen. Der Vater widersetzte sich nicht und Meara wurde gar nicht erst gefragt. Ihr Körper müsse langsam wieder aufnehmen, was sie in den Tagen des Schlafs verpasst hatte - so lautete die Erklärung. Immerhin gönnte man es ihr, Bücher zu lesen und Texte auszuarbeiten.

Jaromir war der einzige, der sie besuchen durfte. Er überbrachte Genesungswünsche von vielen. Vor allem Ande machte sich Sorgen und hätte sie auch gern besucht. Er wurde vor der Tür abgewimmelt und gab die Blumen eben Torgal mit. Am nächsten Morgen bekam er dann die Antwort. Meara hatte sich riesig gefreut und entschuldigte sich, dass sie ihm nicht persönlich danken konnte.

Nach der Schonzeit sollte sie es immer noch langsam angehen lassen. Wer so viele Tage nur im Bett gelegen hatte, musste eine gewisse Startphase seines Körpers einrechnen. So brauchte sie zum Beispiel länger für die Treppen hinauf. Der Sportunterricht war noch für eine weitere Woche gestrichen worden. Zumindest für sie. Sie saß auf einer Bank und sah den anderen zu. Die Tests musste sie später schließlich wiederholen, aber nicht alle auf einmal.

An dem Abend, an dem Meara das Krankenbett gegen ihr eigenes eintauschte, fand sie diverse Pergamente in ihrem Körbchen vor der Tür. Das meiste waren Tests, die sie bewertet zurückbekam. Eines jedoch nicht. Es war nur der Zipfel einer Pergamentseite. Jemand hatte nur eine Ecke für diese Nachricht abgerissen.

Tu das Richtige oder du bereust es.

Meara saß schon an ihrem Schreibtisch und las die Zeilen immer und immer wieder. Wer ihr das geschickt hatte, war klar. Was ihr das sagen sollte, wusste sie auch. Die Nachricht kam von Kyrlua und forderte sie auf, sich von Torgal fernzuhalten. Das konnte und wollte Meara jedoch nicht. Er war ihr Freund und würde nicht verstehen, wieso sie sich von ihm zurückziehen würde.

Sie warf den Schnipsel in den brennenden Kamin und wünschte sich, die Erinnerung daran ebenso leicht auslöschen zu können. Sie lag noch lange wach und überlegte, wie sie die Freundschaft aufrechterhalten könnte, ohne Kyrlua noch mehr gegen sich aufzubringen. Beides ging nicht.

Beim ersten gemeinsamen Frühstück fiel ihr die neue Sitzordnung auf. Kyrluas Stuhl stand deutlich näher bei Torgal, während ihr eigener sich entfernt hatte. Natürlich kam Meara wieder aus der Küche vom Kräuterschneiden. Die anderen waren schon da und Kyrlua redete mal wieder auf Torgal ein, der wiederum nur darauf wartete, erlöst zu werden.

Meara ging direkt zu dem Tisch, ohne sich etwas anmerken zu lassen. „Guten Morgen."

„Meara!" strahlte Ande begeistert. „Wie geht es

dir?"

„Bestens, danke. Und vielen Dank für die Blumen."

Ande lief knallrot an und sah verlegen auf seinen Teller. „Gern geschehen. Du magst Pflanzen so, da dachte ich, sie würden dir in dem öden Zimmer gefallen."

„Das haben sie wirklich. Warst du auch schon dort?"

„Ich brach mir im ersten Jahr das Bein und lag eine Weile dort."

Meara hatte ihren Stuhl nicht verrückt. Der Platz, den Kyrlua ihr zugewiesen hatte, lag eben näher bei Ande als an Torgal. Der wiederum wollte nichts so sehr wie Kyrlua zu entkommen, deshalb schob er seinen Teller näher zu Meara und rückte mit seinem Stuhl auf. Die drei Freunde nahmen gemeinsam eine Hälfte des Tisches ein, während Kyrlua allein an der anderen Hälfte saß und kurz vor einem Amoklauf stand.

Da ihr das durchaus zuzutrauen wäre, hatte Meara ihren Stuhl auch nicht selbst verrückt. Torgal hatte ihr durch die Blume schon mal gesagt, dass ihm Kyrluas Gehabe auf die Nerven fiel. Meara wusste, er würde näher kommen, und trotzdem konnte Kyrlua ihr nichts vorwerfen. Sie hatte ja nichts getan, außer sich mit Ande zu unterhalten. Torgal ging auf das Gespräch ein und schon war Kyrlua wieder außen vor.

Kyrlua fühlte sich von diesem Bettelmädchen so angegriffen, dass sie sie umso mehr loswerden wollte. Zwei Tage später wurde Meara ausgerechnet von Meister Rastro gerügt. Sie hatten eine Ausarbeitung zur Bewertung und Korrektur abgeben müssen. Am folgenden Tag stauchte er Meara vor der gesamten Klasse zusammen, weil sie ihre Arbeit nicht abgegeben hatte. Dabei war sie sich sicher, sie ins Körbchen gelegt zu haben. Sie war eigentlich sehr stolz darauf gewesen, weil sie kaum hatte recherchieren müssen. Zum eigentlichen Thema natürlich schon, aber ihr hatte kaum Hintergrundwissen gefehlt. Und nun war sie verschwunden.

„Meister Rastro." unterbrach Jaromir die Standpauke und stand auf. „Ich sah selbst mit an, wie Meara die Arbeit schrieb. Ich saß neben ihr."

„Sie gab sie nicht ab." belehrte ihn Meister Rastro erhaben. „Nur darauf kommt es an."

Und zur Strafe musste sie neben der fehlenden Arbeit eine zusätzliche schreiben. Woher sie die Zeit nehmen sollte, fragte der Meister nicht. Er wollte es auch gar nicht wissen. Seine Abneigung gegen die eine, die ohne jegliche Vorkenntnis gekommen war, trug er noch immer nur zu gern zur Schau. Bei jeder Gelegenheit sagte er ihr, wie ungebildet und ungeeignet sie doch sei. Das allein hätte Meara verkraftet, aber er bewies es ihr auch regelmäßig. Aus keinem anderen Fach kam sie kleiner als sie hineinging. Jaromir musste sie nach jeder Stunde wieder aufbauen.

Die folgenden Tage verliefen ähnlich. Leider in jeglicher Hinsicht. Mearas Arbeiten verschwanden spurlos, ihre Aufzeichnungen wurden von Tinte verschmiert und völlig unleserlich, jemand schlich sich in ihr Zimmer und schlitzte ihre Gewänder in Streifen … Sie verbrachte viel kostbare Zeit damit, die Arbeiten ein zweites Mal zu schreiben, die Aufzeichnungen von Torgal abzuschreiben, ihre Gewänder zu nähen und und und...

Eines Abends beim Essen bekam sie dann die Nachricht, der Vater wolle sie noch am gleichen Abend in seinem Büro sehen. Meara senkte den Blick und spürte Tränen in ihre Augen steigen. Der Traum schien zu Ende geträumt zu sein.

Jaromir fing im Augenwinkel Kyrlua ein. Sie gab sich Mühe, es zu verbergen und unwissend zu wirken, aber ihm machte sie nichts vor. Ein gefährliches Glitzern lag in ihren Augen und für einen Augenaufschlag huschte ein Grinsen über ihre Lippen. Sie fühlte sich des Sieges sicher. Sie hatte es fast geschafft, den Störfaktor zu beseitigen.

„Ich begleite dich." sagte Jaromir leise.

„Nein. Ich gehe allein." entschied Meara.

Da ließ sie auch nicht mit sich reden, weil sie fürchtete, nach dem Gespräch zusammenzubrechen. Genau das sollte Torgal aber nicht mitkriegen, dabei war es der Grund, warum er sie begleiten wollte. Er wollte ihr gern beistehen, aber sie ließ ihn nicht und er folgte ihr heimlich.

Zumindest ein Stück, denn Meara wurde es nicht so leicht gemacht. Kurz vor der großen, beeindruckenden Tür zum Büro des Vaters durchquerte sie einen wunderschön gestalteten

Durchbruch. Er hob sich optisch deutlich vom Rest des Ganges ab, damit jeder Schüler wusste, hier hatten sie nur auf persönliche Einladung Zugang. In dem Gewölbe gingen die Türen zu den privaten Räumen der Ordensmitglieder ab, zur Zeremonienhalle und auch zum großen Büro des Vaters, in dem Meara schon mehr Zeit verbracht hatte als manch anderer Schüler während der gesamten Lehrzeit.

Als sie nun durch diesen Durchbruch trat, landete sie mal wieder in dem dunklen Kellergewölbe. An sich war das nichts Neues mehr, sie regte sich nicht mehr darüber auf, hatte auch keine Angst mehr. Es war eben eine Tatsache, dass sie hin und wieder von dem Gebäude in den Keller geschickt wurde. Das Problem im Moment lag nur darin, dass Torgal die Klinke einstecken hatte, mit der sie hätte zurück zum beschriebenen Bogen kommen können. Sie musste den ganzen Weg gehen und hoffen, das Schloss würde sie auch dort ankommen lassen.

Sie hatte Glück im Unglück und kam an dem beschriebenen Bogen an, doch von dort aus war es weit. Sie rannte die Treppen hinauf und Gänge entlang, um noch rechtzeitig anzukommen, und landete wieder in dem Kellergang. Das durfte doch wirklich nicht wahr sein! Kyrlua wollte dafür sorgen, dass sie rausgeschmissen werden würde, und das Schloss machte offenbar gemeinsame Sache mit ihr. Wie sollte sie denn jemals jemanden von ihrer Zuverlässigkeit überzeugen können, wenn man sie nicht ließ?

Von ihrem Glück ahnte sie noch nichts. Jaromir

war ihr ja gefolgt und hatte gesehen, wie sie sich in dem Durchgang in Luft aufgelöst hatte. Das war das erste Mal, dass er sich nicht selbst in Luft auflöste, sondern es nur mit ansah. Meara machte nur einen Schritt und war verschwunden. Einfach nicht mehr da.

Ihm war natürlich klar, wo sie ankommen würde, und klopfte nach dem zweiten Mal beim Vater. Er wollte nicht, dass Meara erfuhr, dass er sie verfolgt hatte. Aber er wollte dem Orden unbedingt deutlich machen, dass sie keine Schuld traf.

„Torgal." staunte der Vater. Mit ihm *und* Meara hätte er ja noch gerechnet, aber nicht mit ihm allein.

„Entschuldigung." stammelte er los. „Meara ist unterwegs. Sie ist … Na ja..."

Der Vater ließ die Schultern hängen und schüttelte den Kopf. „Lass mich raten: Das Schloss hält sie auf?"

„Sieht so aus, ja. Ich wollte nur Bescheid geben. Bitte sagt ihr nicht, dass ich hier war."

„Sie wollte nicht, dass du sie begleitest?" fragte der Vater verdutzt. Das war mal was Neues. Bisher konnte man meinen, die beiden wären zusammengewachsen.

„Nein." seufzte Jaromir niedergeschlagen. „Vater, was soll ich tun? Irgendjemand sabotiert sie, aber sie will nicht mit mir darüber reden."

„Ich weiß das, Torgal. Mir musst du das nicht erklären, deshalb wollte ich mit ihr reden. Ich werde ihr entgegengehen und hoffen, das Gemäuer lässt uns heute noch zusammenkommen."

180

„Was hat das Haus gegen uns? Es sperrt uns vom Unterricht aus und lässt Meara jetzt wieder nicht zu euch. Wieso arbeitet es gegen uns?"

„Ich glaube, das tut es nicht. Es wirkt auf euch nur so. Was meinst du, wieso es euch ausgerechnet bei Meisterin Xondra aussperrt?"

Jaromir stutzte einen Moment. „Soll das heißen, es gibt uns die Chance, die Zeit anderweitig zu nutzen?"

„Vielleicht. Gib es zu. Ihr braucht weniger Zeit für den Stoff, als wenn ihr im Unterricht sitzen würdet, hab ich Recht?"

„Meistens schon, ja. Meara weiß so viel über Pflanzen, dass sie es mir erklärt und wir meistens noch etwas anderes schaffen."

„Also behaupte nicht wieder, das Schloss würde gegen euch arbeiten."

„Aber jetzt tut es das." beharrte Jaromir.

„Vielleicht auf den ersten Blick und der sollte niemals dein letzter sein."

Der Vater hatte hinter sich die große Tür geschlossen und war mit dem jungen Schüler langsam Richtung Hauptgebäude gelaufen. Jetzt öffnete er eine Tür und ließ Torgal eintreten. Sehr zu seiner Verwunderung war es ein direkter Zugang zu seinem Schlafzimmer. Wie auch immer das hier funktionierte, konnte es praktisch sein, wenn man das steuern konnte.

Meara hechtete zum inzwischen dritten Mal die Treppe hinauf und stolperte völlig außer Atem dem

Vater in die Arme. Vor Verzweiflung hatte sie schon lange Tränen vergossen, doch jetzt, da eine liebevolle Schulter sie aufnahm, brachen die letzten Wochen aus ihr heraus.

„Meara." lächelte der alte Mann liebevoll. In seinen Armen hielt er eine zarte, junge Frau und drückte ihren Kopf sanft gegen seine Brust. „Rede mit mir." bat er.

„Es tut mir so leid." schluchzte sie und verlor unter dem Weinen noch mehr der kontrollierten Atmung.

„Tief durchatmen. Du kamst wieder im Keller an?"

„Ja!" nickte sie aufgeregt. „Immer wieder. Vater, wie kann ich das denn ändern?"

„Im Moment gar nicht." sagte er sanft und öffnete die Tür, durch die Torgal eben gegangen war, nur dass er mit Meara in der Küche ankam. Dort war um die Uhrzeit natürlich niemand mehr. Er ließ Meara an dem großen Tisch setzen und brühte ihr einen Tee auf. Das Mädchen war völlig fertig und er hoffte, dies wäre der eine Auslöser, der dafür sorgen würde, dass sie alles ausspräche, das ihr auf der Seele lastete. Sie wollte noch immer hier sein, das war deutlich, sonst hätte sie sich ja nicht so aufgeregt.

Er trug die beiden dampfenden Becher zum Tisch und setzte sich zu ihr. „Meara, was ist los?"

„Ich kam nicht zu euch, Vater."

„Das meine ich nicht. Ich kann dir keinen Vorwurf aus etwas machen, das du nicht kontrollieren kannst. Aber in letzter Zeit höre ich immer wieder, dass du Arbeiten nicht abgibst. Und was ist mit deinem Gewand passiert?"

Er deutete auf die langen Nähte, die da eigentlich nichts zu suchen hatten. Sie waren sehr ordentlich und sorgfältig genäht worden, man sah, dass sich derjenige große Mühe gegeben hatte, aber der Stoff hatte anscheinend nur noch aus Streifen bestanden. Wieso?

Meara wusste nicht, wie sie ihm das erklären sollte, so schwieg sie und suchte in dem Dampf über ihrer Tasse eine Antwort.

Der Vater lehnte sich zurück und begann in gemütlichem Plauderton seinen Versuch, sie zu überzeugen. „Bei der Aufnahmezeremonie sagten wir euch, was auf euch zukommt. Wir sagten euch, dass neben dem Lehrplan auch andere Dinge gelehrt werden. Hilfsbereitschaft zum Beispiel. Ehrlichkeit und gegenseitiger Respekt. Dazu zählt auch Gerechtigkeit, Meara."

Sie nickte nur leicht und kaute auf ihrer Lippe herum. Anscheinend wollte er ihr erklären, wieso sie gehen müsste. Sie hatte schon zu viele Ausnahmen genehmigt bekommen. Das war nicht mehr gerecht den anderen Schülern gegenüber.

„Weißt du noch, was der Spiegel zu dir sagte?"

Unsicher hob sie den Kopf. „Ich weiß zu wenig."

„Es war mir klar, dass nur das hängenblieb. Du weißt *noch* zu wenig, Meara. Und das bezog sich auf das, was im Keller ist. Der Spiegel sagte außerdem, du seist dir selbst zu wenig. Ich hatte gehofft, der Hinweis würde dir helfen, dem entgegenzuwirken."

„Inwiefern?"

„Was denkst du von dir selbst? Wie würdest du dich charakterisieren?"

Das hatte bisher noch niemand von ihr verlangt und sie musste kurz nachdenken. „Mh … Ich weiß nicht genau. Eigentlich bin ich zuverlässig, aber..."

„Kein Aber." betonte der Vater. „Hältst du dich für zuverlässig? Kann man sich auf deine Zusagen verlassen?"

„Eigentlich schon." antwortete sie leise, weil sie das nach den letzten Tagen niemandem mehr glaubhaft machen konnte. Sie selbst sah sich allerdings immer noch so.

„Wie würdest du dich noch beschreiben?"

„Na ja, ich kann arbeiten und bin eigentlich fleißig."

„Wieso *eigentlich*? Änderte sich daran etwas?"

„Nein, aber..."

„Kein Aber." unterbrach er erneut. „Bekommst du eine Aufgabe zugewiesen, erfüllst du sie nach allen Kräften?"

„Ja."

„Also bist du fleißig, sonst würdest du in diesem Punkt nicht so weit vor den anderen liegen. Und das war ein Hauptgrund, weswegen wir uns dazu entschieden, dich aufzunehmen. Ich sehe deinen Fleiß noch immer. Und trotzdem gibst du deine Arbeiten nicht ab. Wieso nicht?"

„Na ja..." fing sie an und suchte erneut nach einer Ausrede.

„Du bist dir noch immer selbst zu wenig. Meara, hier in diesem Haus stehst du auf der gleichen Stufe wie alle anderen. Du nennst einen Prinz deinen Freund und stellst dich doch unter die anderen Schüler. Wieso?"

„Tue ich ja gar nicht." beharrte sie energisch. Sie wusste es zumindest im Kopf. Ihr Herz war diesem Wissen allerdings noch nicht gefolgt.

„Ach nicht? Wieso brichst du dann mit dem Grundsatz der Gerechtigkeit? Denkst du, ich weiß nicht, was passiert? Glaubst du, es bleibt mir verborgen, wer dich vergiftete, wer deine Arbeiten aus deinem Körbchen klaut und wer dein Gewand zerschnitt?"

Meara schluckte trocken und sah wieder auf den Tee hinab. „Woher wisst ihr das?"

„Ich weiß alles, was hier passiert. Das einzige, das ich nicht verstehe, ist, wieso du dir das gefallen lässt. Du hast so viel nachzuholen. Du hast eigentlich keine Zeit, deine Arbeiten doppelt zu schreiben oder die Arbeit für andere."

Bei den letzten Worten zuckte sie zusammen. Auch darüber schien der Vater bestens im Bilde zu sein. Torgal hatte sie gewarnt, es wäre Betrug, wenn sie es tun würde.

„Er tat mir so leid." erklärte sie leise.

„Wer?" bohrte der Vater und wollte endlich einen Namen aus ihrem Mund hören! Sie sollte Gerechtigkeit auch für sich fordern!

„Ihr wisst es."

„Sag es mir, Meara."

„Ziendul." flüsterte sie. „Ich dachte, er würde Ärger bekommen, wenn er die Arbeit nicht schafft."

„Das ist noch lange kein Grund, dass du sie machst. Weißt du eigentlich, was du in der Zeit hättest für dein eigenes Studium tun können?"

Als sie nun endlich den Blick hob und ihn ansah, rann eine Träne ihre Wange hinab. „Vater, was soll ich tun? Ich verbrachte mein ganzes Leben mit Arbeit nach Anweisung."

„Lerne endlich, Nein zu sagen. Du bist ein Schüler wie jeder andere. Würdest du dich über gute Beurteilungen freuen, wenn ein anderer die Arbeit dafür machte?"

Sie lächelte unsicher und schüttelte leicht den Kopf. Von der Seite her betrachtet, war es logisch, aber sie war in der Hinsicht auch etwas anders gestrickt als die meisten Schüler. Ihr ging es in erster Linie nicht darum, den Abschluss zu schaffen, sondern sich Wissen anzueignen.

„Na wunderbar." freute sich der Vater. „Ich hoffe, meine Botschaft kam nun an. Ich gebe dir zwei Wochen Zeit, mich zu überzeugen. Bis dahin will ich, dass du sämtliche Arbeiten abgibst, die gefordert werden. Ich werde dich ganz genau im Auge behalten und wenn du es nicht schaffst, auch der Gerechtigkeit unter diesem Dach deine Aufmerksamkeit zu schenken, wird mir keine andere Wahl bleiben, als dich nach Hause zu schicken, denn dann kannst du die kommenden Jahre hier unter keinen Umständen bestehen. Verstehst du das?"

Sie nickte wieder kaum wahrnehmbar. „Ich bin es nicht gewohnt, Nein zu sagen. Wenn mir jemand sagt, was ich tun soll, dann tue ich das."

„Ich weiß. Am letzten Abend vor den Ferien stelle ich dich erneut vor den Spiegel. Sieht er keine Änderung, kann ich dir nicht mehr helfen. Gehe aufrecht, Meara." Sanft hob er ihren hängenden Kopf, bis sie ihn ansah. „Richte dich auf, sieh jedem in die Augen und zeige mir, dass ich mein Vetorecht nicht vergeudete."

Ein eiskalter Blitz schoss in Mearas Körper. „Ihr auch?" Inzwischen wusste sie schon von vielen, dass sie ihr Vetorecht eingesetzt hatten, nur um sie aufzunehmen. Das schmeichelte ihr natürlich. Vor allem, wenn man bedachte, dass auch der Führer des Ordens dieses Recht für sie gefordert hatte.

„Ich auch. Also enttäusche mich nicht."

„Ich verspreche, ich werde mein Bestes geben, dieser Ehre würdig zu sein."

„Würdig bist du schon, du stufst dich nur selbst hinab. Willst du hier bleiben?"

„Ja." sagte sie leise und hoffte, sie würde ihren Worten Taten folgen lassen können. Im Moment wusste sie nämlich noch nicht, wie sie ihre Arbeiten abgeben sollte, wenn sie nachts aus ihrem Körbchen geklaut wurden. Sollte sie danebenstehen und warten, bis die Lehrer sie abholten? Dann würde sie wirklich irgendwann den Morgen verschlafen.

Der Vater atmete sichtbar tief durch. „Meara." knurrte er. „Willst du hier bleiben?"

Endlich! Er hatte schon geglaubt, sie nie zu

erreichen. Doch jetzt richtete sie sich auf, straffte sich und rief ein „Ja!" mit solcher Inbrunst und Überzeugung, dass er die Hoffnung doch noch nicht aufgab. Sie könnte das schaffen, sie musste nur lernen, sich durchzusetzen. Und dafür wiederum musste sie akzeptieren, dass sie kein Fußabtreter war. Sie musste sich selbst als junge Frau sehen und nicht mehr als Lakai, mit dem man machen konnte, was man wollte. Der Vater hatte ja nicht vor, eine Petze aus ihr zu machen. Das eigenverantwortliche Lösen von Problemen stand vielleicht nicht direkt auf dem Lehrplan, aber es wurde den Schülern beigebracht. Das hieß aber nicht, dass die Meister des Ordens den Schülern nicht zur Seite stehen würden. Für Meara würde dies wohl die schwerste Lektion von allen werden.

Der Ehrgeiz hatte sie gepackt. Der Vater hatte eine Tür geöffnet und sie damit direkt in ihr Zimmer gebracht. Ihr blieb ein ellenlanger Fußmarsch erspart, nachdem sie sich schon so abgehetzt hatte, ihn überhaupt zu erreichen. Nun war sie wieder allein und nahm sich vor, alles aus sich herauszuholen. Nicht nur in Bezug auf den Lehrstoff, sondern auch im Umgang mit den anderen Schülern. So viele Lehrer hatten ihr Vetorecht für sie geopfert, die wollte sie nicht enttäuschen. Und sich selbst auch nicht. Vielleicht war sie noch nie zuvor in einer Schule gewesen. Vielleicht fehlte ihr so gut wie alles, das andere als Grundwissen ansehen. Das hieß aber noch lange nicht, dass sie weniger Mensch war. Von Geburt an hatte sie in den heiligen Gärten gearbeitet. Im Gegensatz zu den meisten anderen hier wusste sie, was harte Arbeit ist. In diesem Punkt hatte sie der gesamten Schülerschaft so einiges voraus. Das musste doch auch etwas wert sein. Nein, sie würde sich nicht mehr benutzen lassen. Das hieß nicht, dass sie jetzt sämtliche Bitten um Hilfe ablehnen würde. Ande fragte sie zur Flora zum Beispiel auch gern, obwohl er schon weiter in der Ausbildung war als Meara. Diese Hilfe würde sie immer geben, aber sie würde Zienduls Arbeiten nicht mehr schreiben. Sie könnte ihm helfen, sie zu schreiben - mehr nicht.

Aber was sollte sie gegen die Sabotage tun? Auch an diesem Abend musste sie wieder eine Aufgabe für Meister Rastro abgeben. Irgendwie musste sie sicherstellen, dass sie auch ankäme.

Es war kurz vor Mitternacht, als sie sich aus ihrem Zimmer stahl. Gegenüber ging die Tür auch gerade auf.

„Geschafft?" lächelte Jaromir.

„Gerade so." Meara schickte einen raschen, prüfenden Blick in beide Richtungen des langen Ganges. Sie waren allein. „Kann ich mich bei dir einschmuggeln?"

„Aber sicher." grinste er zufrieden, nahm ihr die Papiere ab und steckte sie mit in sein eigenes Körbchen. „Was sagte der Vater?"

„Erzähle ich dir morgen. Ich bin wirklich geschafft. Dreimal stand ich im Keller, weil mich das Haus nicht zu seinem Büro lassen wollte. Ich will nur noch schlafen."

Das konnte er sehr gut verstehen. „Kein Problem.

Dann gute Nacht."

„Schlaf gut." lächelte sie. Dass er kein wahrer Prinz war, wusste sie ja inzwischen ziemlich sicher. Das änderte nichts an ihrer Freundschaft. Im Unterbewusstsein dachte sie natürlich schon darüber nach. Wäre der Prinz des Landes vermisst worden oder tot aufgefunden worden, wäre die Neuigkeit sicherlich schon bis nach Zyranian gekommen und der falsche Prinz wäre enttarnt worden. Da das nicht passiert war, nahm Meara mehr und mehr an, dass er über den Komplott Bescheid wusste.

Wie auch immer … Sie selbst sah sich keineswegs dem falschen Prinzen untergeordnet. Selbst wenn er der wahre Prinz wäre und die Freundschaft entstanden wäre, hätte sie sich ihm nicht unterworfen, denn hier waren sie gleich. Wieso fiel ihr das dann bei anderen so schwer? Gerade Kyrlua war nun eine Frau, unter die sie sich noch nie gestellt hatte, weil sie keine Moral besaß. Das gab ihr zu denken und im Schlafe baute sich die Überzeugung zu dem auf, was ihr der Vater gesagt hatte. Sie war mit den anderen Schülern gleichberechtigt. Ende.

Schon am folgenden Morgen fing sie damit an. Als sie aus der Küche trat, war ihr Tisch bereits voll besetzt. Kyrlua saß nahe bei Torgal und rückte immer näher. Er wich ihr aus und Mearas Platz wurde immer schmaler. Meara lächelte Ande und Torgal an und wünschte ihnen einen guten Morgen, während sie sich setzte.

„Gut geschlafen?" fragte Jaromir.

„Besser als gedacht." nickte sie und wandte sich an Kyrlua. Nebenbei nahm sie sich eine Scheibe Brot wie bei einem gemütlichen Frühstück in Familie. „Kyrlua, wie schliefst du?"

„Gut." antwortete sie nur und wandte sich wieder an den Prinzen.

„Ich verriet dich nicht." fuhr Meara gelassen fort. „Aber ich werde es nachholen, wenn du mich weiterhin sabotierst. Damit ist jetzt endgültig Schluss. Verstanden?"

Kyrlua war zur Salzsäule erstarrt. So hatte noch nie zuvor jemand mit ihr geredet. Die Predigt des Ordensvaters bei der Aufnahmezeremonie war schon eine Premiere gewesen. Was sich dieses Weib herausnahm, sprengte jedoch den Rahmen.

„Was bildest du dir eigentlich ein? Du bist eine Dienstmagd und solltest in der Küche bleiben, wo du hingehörst!"

Jaromir sog so schnell die Luft ein, dass er eine laute und ungezügelte Antwort ankündigte. Meara streifte nur ganz sacht seinen Arm, berührte ihn kaum, aber sie wollte diesen Kampf allein ausfechten und hoffte, der Vater würde es erfahren.

„In dieser Schule bin ich ebenso Schüler wie du, das solltest du inzwischen gelernt haben. Ich zähle Prinz Torgal zu meinen Freunden, ebenso wie Ande. Und das obwohl sie beide wissen, dass ich einfach gar nichts habe. Ich besitze nicht mehr als eine Decke, in der ich als Säugling eingewickelt war. Die beiden stört das nicht, während du nicht mal eine Prinzessin bist und dich trotzdem über alle andere erhebst, ohne auch nur zu merken, dass du niemanden hier deinen Freund nennen kannst."

„Das kann ich sehr wohl!" fauchte Kyrlua entsetzt.

„Wen denn?" fragte Jaromir gelassen und hatte sich damit entschlossen, auf Mearas Brise der höflichen Gelassenheit aufzuspringen. „Ich kenne niemanden, der dich gern bei sich hätte, sonst würdest du bei deinen Freunden zum Essen sitzen und nicht hier." Mittlerweile hatte sie nämlich auch ihre Patin vergrault.

Auch diese Schmach ließ sie an ihrem unerschütterlichen Selbstbewusstsein abprallen und lächelte ihn an. Immerhin redete er mit ihr. „Ihr seid mein Freund, Prinz Torgal."

„Wie Meara eben sagte, bin ich kein Prinz in diesem Haus. Dich interessiert auch nicht, wer ich bin, du willst nur die Bekanntschaft zum Prinzen von Winderlorn. Glaub mir, da findest du hier andere Prinzen, die sich mehr darauf einbilden. Mir gehst du nur auf die Nerven. Und solange du kein Interesse an mir als Mensch zeigst, wird sich nie eine Freundschaft entwickeln können."

Kyrlua hatte die Erklärungen kaum vernommen. Die waren eh alle nicht wahr. Das einzige, das in ihrem Bewusstsein wirklich verarbeitet wurde, war die Aussage, dass der Prinz nicht ihr Freund sein wollte. Und dafür machte sie ausschließlich Meara verantwortlich.

„Das wirst du büßen." zischte sie zu der ihrer Meinung nach minderen Lebensform und stolzierte davon.

„Kyrlua!" rief Meara ihr nach und sie wandte sich mit zornfunkelnden Augen nach ihr um. „Im Übrigen ist es für eine Bürgerin Ul-Bairamoks schon erbärmlich, wenn man den Weißdornlattich nicht dosieren kann."

Ein zerstörerischer Wutanfall bauschte sich in Kyrlua auf. Ihre Hände waren zu strammen Fäusten geballt und ein Wutzittern erschütterte beinahe den halben Saal. Hier, in Anwesenheit des Ordens, sollte sie dem besser nicht nachgeben. Ihre Mutter hatte ihr beigebracht, ein Ziel mit allen Mitteln zu erreichen. Sie hatte sie aber auch Diplomatie gelehrt. Niemand durfte schließlich wissen, was sie tat, sonst würde sie noch aus Zyranian verbannt und käme gar nicht mehr an den Prinzen heran. Nicht provozieren lassen, sagte sie sich und stapfte aus dem Saal.

Sobald sie sich abgewandt hatte, verlor Meara ihre ganze Spannung und sackte in sich zusammen. Das war doch schwerer gewesen, als sie gedacht hatte. Die ganze Zeit hatte ihr Herz heftig und beinahe hörbar geklopft. Jetzt, da es vorerst überstanden war, fühlte sie sich erschöpft, aber auch, als wäre sie ein Stück gewachsen.

„Weißdornlattich?" grinste Jaromir. In ihm tobte kein Wutanfall, sondern ein Lachanfall, den er unter allen Umständen schlucken musste. Ablenkung war gut.

„Hätte sie die Dosis geringer gemacht, wäre ich von allein aufgewacht und dennoch zu spät gekommen. Vermutlich hätte ich nicht mal bemerkt, was sie tat. Und hätte sie die Dosis höher angesetzt, wäre ich tot gewesen, bevor jemandem aufgefallen wäre, dass ich fehle. Das hätte sie wissen müssen."

„Ich bin sehr stolz auf dich." lächelte Jaromir zufrieden. Vielleicht würde es jetzt sogar Kyrlua verstehen. Zweifelhaft, aber nicht unmöglich.

Den gleichen Stolz empfand der Ordensvater. Er hatte die Szene aus der Ferne beobachtet. Gehört hatte er es nicht, aber das war auch nicht nötig. So sehr wie an diesem Morgen war Kyrlua noch nie in das Gespräch eingebunden worden. Sie hatte immer gesprochen, bis Meara aus der Küche kam. Danach hatte sie schweigend zugehört. Ihrem stolzen Abgang nach zu urteilen, hatte Meara endlich wahre Größe bewiesen und stand zu sich und ihren Fehlern.

Dem Vater entging allerdings auch die folgende Entspannung nicht. Für Meara war das wie eine schwer zu bewältigende Prüfung gewesen. Wichtig war jedoch nur, dass sie sie bestanden hatte. Sie sollte nur so weitermachen, dachte der Vater, dann würden sie von dem Mädchen noch viel erwarten können.

Er behielt sie im Auge. Ihm war nicht verborgen geblieben, dass Torgal alles tat, um Ziendul von Meara fernzuhalten. In diesem jungen Mann steckte ein gerechtes Herz und er hätte ein großartiger König werden können, wenn er denn wirklich ein Prinz gewesen wäre...

Der Vater empfand es als äußerst spannend, die beiden jungen Schüler zu beobachten. Seine Botschaft war angekommen und Meara würde sich auch Ziendul stellen, doch dafür müsste sie sich auch ihrem Freund noch stellen. Im Theater hätte man mit der Aufführung wohl ein Vermögen verdienen können. In Zyranian blieb es den meisten verborgen. Sie verpassten etwas seiner Meinung nach. Allein an diesem einen Tag hätten viele lernen können, was es heißt, für ein Ziel über sich hinauszuwachsen. Im Moment sah es so aus, als würde Meara es als Erste schaffen, mit dem Abschluss des Lehrstoffes auch den höchsten Char zu erreichen. Nach so kurzer Zeit war das noch keine Garantie, aber sie hätte das Zeug dazu. Ebenso wie Torgal.

In den vorangegangenen Wochen war Meara das gar nicht so richtig aufgefallen. Sobald Ziendul in ihrer Nähe war und auf sie zusteuerte, führte Torgal sie unter einem Vorwand weg. Unauffällig und glaubwürdig. Hätte sie nicht selbst versucht, mit Ziendul zu reden, wäre ihr das nie bewusst geworden.

Auf dem Weg zum Abendessen sprach sie es an. „Torgal, wieso hältst du Ziendul fern von mir?"

Er kniff schmunzelnd die Augen zusammen. „Woher weißt du das?"

„Ich versuche den ganzen Tag, mit ihm zu reden, aber du lässt mich nicht in seine Nähe."

„Du willst mit ihm reden?" staunte Jaromir. Was hatte er denn jetzt verpasst? Wieso wollte sie das?

„Ja, weil ich ihm sagen will, dass ich keine Arbeiten mehr für ihn schreiben werde."

Jaromir hätte sich gern gesetzt im Angesicht

dieser Neuigkeit, aber ein Stuhl war gerade nicht in der Nähe. „Wieso auf einmal?"

„Der Vater riet mir gestern Abend dazu. Und jetzt bist du dran. Was ist passiert, dass du ihn so aggressiv von mir trennst?"

„Na schön." entschied er, musste aber auch für beider Sicherheit sorgen. „Aber versprich mir, es nicht zu sagen und ihm aus den Weg zu gehen."

„Ich versuche es. Was ist los?"

„Ande erzählte mir von ihm. Er beherrsch die Fauna und hat kein Problem damit, sie auf Mitschüler loszulassen."

„Oh." hauchte Meara entsetzt. Was würde ihr das Studium in Zyranian wohl noch alles abverlangen? „Drohte er dir?"

„Unter anderem, ja. Außerdem drohte er damit, dass du ebenso gehen müsstest, wenn ich etwas sage."

„Unsinn. Der Vater weiß es schon lange."

„Ach ja?" staunte Jaromir. Wieso ließ er das überhaupt zu? Und woher wusste er es?

„Torgal, lass uns zusammen bleiben." bat sie. „Wir können uns gegenseitig vor allem beschützen."

Da musste sie ihn nicht lange bitten. Er mochte sie wirklich und würde alles geben, das Unheil von ihr fernzuhalten. Nebenbei lernten sie auch viel voneinander. Durch Mearas intensiveren Lernbedarf festigte sich vieles auch bei Jaromir wesentlich besser. Er hätte es nicht für möglich gehalten, als er so Hals über Kopf hierher aufgebrochen war, aber er hatte Spaß am Wissen. Und an Entdeckungen, denn viele Erkenntnisse mussten die Schüler selbst finden. In Experimenten oder auch nur Recherchen in der Bibliothek sollten sie die Lösungen auf Fragen selbst finden. Die Dokumentation ihrer Herangehensweise und das Ergebnis wurden dann benotet. Da gab es eben nicht nur Punkte für das fachliche Wissen, sondern auch für Fleiß, Ehrgeiz und Sorgfalt. Wurden Ergebnisse überprüft oder einfach aus dem ersten Buch abgeschrieben, in dem man etwas dazu fand? Die Ausbildung in Zyranian lehrte nicht nur nacktes Wissen, sondern auch, damit umzugehen.

Für Meara hieß das, sie musste sich Ziendul stellen. Und sie wollte es. Torgal erzählte sie von dem Hinweis des Vaters bezüglich der Gerechtigkeit, deshalb stimmte er zu, vor der Tür zu warten, als sie Ziendul abfing. Beziehungsweise ließen sie es so aussehen, dass er sie abfing, als sie endlich mal allein war. Jaromir stand neben der offenen Tür, wollte eigentlich nicht lauschen, aber er würde eingreifen, wenn Meara Probleme kriegen würde.

„Meara." lächelte Ziendul. „Hast du einen Moment?"

„Sicher."

„Kannst du mir bei einem Aufsatz helfen? Die Anwendungsbereiche der Wurzelgewächse."

„Sicher. Wollen wir uns heute nach dem Abendessen daran setzen?"

„Danke." strahlte er und ging.

Jaromir war ein wenig enttäuscht, dass sie ihm nicht direkt gesagt hatte, dass sie die Arbeit nicht schreiben würde. Sie schmunzelte nur und sagte nichts.

Es war nicht anders zu erwarten. Ziendul kam nicht zu dem vereinbarten Treffen, sondern erst am Morgen nach dem Frühstück. Sonst folgte an diesem Punkt ein Dank und eine fadenscheinige Ausrede, warum er nicht gekommen war. Diesmal hatte sie seine Arbeit jedoch nicht geschrieben und in sein Körbchen gelegt. Einen Zeugen konnte er nicht gebrauchen und wartete auf die nächste Gelegenheit, Meara allein zu sprechen. Eine wahre Gelegenheit war es jedoch nicht, denn Jaromir stand wieder vor der Tür und hätte sich vor Lachen beinahe verraten.

„Was soll das?" fragte Ziendul verletzt. „Wieso reitest du mich so rein?"

„Ich wartete auf dich." erklärte Meara unschuldig. „Du kamst nicht."

„Ich wurde aufgehalten. Heute muss ich die Arbeit abgeben."

„Dann können wir uns zum Mittag noch mal darüber unterhalten."

Schmerzlich wurde ihm bewusst, dass die nette Schiene keinen Erfolg mehr brachte. „Du wirst mir die Arbeit schreiben." legte er bedrohlich fest.

„Tut mir leid, dafür habe ich keine Zeit, wie du vielleicht weißt."

„Das ist mir verdammt egal. Wenn du es nicht machst, bist du die längste Zeit hier gewesen."

Meara blieb trotz Drohung bei unschuldiger Naivität. Ihr Herz raste und sie hatte wirklich Angst.

Torgal gab ihr Sicherheit. Er würde keinen Angriff geschehen lassen. „Wie kommst du denn darauf?"

„Der Vater wird wissen wollen, wie du betrügst."

Sie lachte, als hätte er einen guten Witz erzählt. „Wie kommst du zu der irrsinnigen Annahme, er wüsste es nicht längst?"

„Dann wärst du nicht mehr hier."

„Aber du?"

„Allerdings. Ich bin ein wichtiges Mitglied der Gesellschaft. Du bist gar nichts."

„Da magst du vielleicht ein bisschen Recht haben, aber hier sind wir zwei Schüler. Nicht mehr und nicht weniger. Dein Ansehen und dein Geld werden dir nicht helfen, den Abschluss zu schaffen. Du solltest anfangen, den Lehrstoff selbst zu lernen."

Was bildete die sich denn eigentlich ein?! „Du wirst bereuen, wenn du es nicht tust."

„Und wie? Was willst du denn tun?"

Sie stand vor ihm wie das Kaninchen vor der Schlange. Sein ganzer Körper war angespannt und seine Hände zu strammen Fäusten geballt. Es sah für Meara aus, als würde er vor Wut gleich platzen. Genauso hatte Kyrlua vor nicht allzu langer Zeit ausgesehen.

Sie glaubte, er suche eine neue Drohung. Er fixierte sie und schien augenscheinlich nachzudenken. Einen Moment später flogen drei Krähen durch das offene Fenster herein und setzten sich auf eine Stuhllehne neben Ziendul.

„Wirst du mir die Arbeit schreiben?" knurrte er.

Meara ignorierte ihn und ging zu den Krähen. „Guten Tag, ihr Schönen." Sie näherte ihre Hand langsam der ersten Krähe und strich ihr sanft über die Brust. „Solltet ihr nicht draußen frei unter dem Himmel fliegen? Was wollt ihr denn hier drinnen?"

Das war der Punkt, an dem Jaromir vor Lachen beinahe umkippte. Seit er die Rufe und Flügelschläge der Krähen gehört hatte, wollte er sich nicht mehr nur auf sein Gehör verlassen. Er hatte um den Türrahmen geschielt und sah das entgeistertste Gesicht, das er je gesehen hatte. Die Krähen hoben von den Stühlen ab und flogen aus dem Fenster zurück in die Freiheit. Ziendul machte ein Gesicht, als hätte er eben einen Geist gesehen. Seine Augen folgten den Krähen und er versuchte, sie zurückzurufen, doch sie kamen nicht. Meara folgte ihnen ebenso mit dem Blick und wünschte sich, auch fliegen zu können, aber dafür waren Menschen einfach nicht gemacht, sonst hätten sie Flügel gehabt.

Dann sah sie lächelnd wieder zu Ziendul. „Es ist schon erbärmlich, dass du solche Unterstützung brauchst. Schönen Tag noch."

Sie drehte um und sah Jaromir in der Tür halb ersticken. Er tapste neben ihr her den Gang entlang, doch nach einigen Schritten musste das Lachen einfach raus. Es schallte dutzendfach als Echo durch die ganze Schule. Sein Körper schickte Tränen, die das Lachen noch deutlicher machen sollten.

„Ist jetzt gut?" lachte Meara neben ihm. Die

anderen Schüler drehten sich schon nach ihnen um, aber von Beherrschung war Torgal ganz weit entfernt.

Das änderte sich auch nicht so schnell. Beim Essen erzählte er Ande davon, der sich dann genauso kringelte vor Lachen. Wie Torgal zuvor wollte auch er wissen, wie sie das gemacht hatte, doch diese Frage konnte sie nicht beantworten. Sie wusste es nicht genau zu beschreiben. In den Gärten aufzuwachsen, bedeutet auch immer, sich mit Tieren zu verbrüdern. Die Kartoffelkäfer zum Beispiel, die die Pflanzen in Ruhe ließen. Oder die Krähen, die in ihrem Garten sehr stolze und eitle Tiere waren. Sie hatte sie aus den Beeten komplementiert und ihnen abseits ein kleines Feld mit Früchten angelegt. Dort konnten sie sich satt fressen, ohne den richtigen Garten zu verunstalten. Wie genau sie allerdings die Tiere überzeugte, das zu tun, was sie wollte, hatten nicht mal die Eremet beantworten können.

Am Nachmittag stand eine besondere Stunde an. Meister Rastro war bei den beiden Neulingen immer noch nicht sonderlich hoch angesehen. Immerhin konnten sie sagen, er beurteilte fair. Nur weil er der Meinung war, Meara hätte nichts in Zyranian zu suchen, gab er ihr dennoch gute Noten für ihre Arbeiten. Wenn sie sie denn ablieferte...

Nun kam es zum ersten Besuch in den Ställen. Der nördliche Flügel des ganzen Baus war für die Schüler nur in Begleitung von einem Lehrer zugänglich. In einem Turm, der alle anderen Anbauten weit überragte, lebten die Vögel, die die Post aller Schüler verteilten oder herbrachten. Die meisten standen in Kontakt mit ihren Familien.

Etwas weiter links gab es auch Pferde, wie Meister Rastro ihnen erklärte. Meara fragte sich, wie die denn an Land kämen. Schwimmen? Oder wurden sie ebenfalls mit Booten übers Wasser getragen? In Erinnerung an das Gespräch mit dem Vater überwand sie die Scham ihrer eigenen Unwissenheit und auch die Angst vor Meister Rastro, und stellte ihre Frage. Sie empfing zwar einen giftigen Blick, aber auch die Antwort auf ihre Frage. Die meisten Pferde lebten in Ställen außerhalb der Insel. Hier wurden nur kranke, verletzte oder alte Tiere gepflegt. Und ja, die kamen mit Booten zur Insel.

Vermutlich unbeabsichtigt hatte er Meara allein mit der Antwort gestärkt. Wenn sie sich für ihr Unwissen schämte und keine Fragen stellte, würde sich am Umfang ihres Wissens auch nicht viel ändern.

Am nördlichsten Ende des begehbaren Landes führte eine Treppe hinab unter das Wasser. Genau da hin sollten sie Rastro alle folgen. Schon von weitem hörten sie Schreien und Fauchen von wilden Tieren. Umso näher sie kamen, desto lauter und offenbar wahnsinniger wurden die Rufe. Rastro blieb mitten im Gang stehen und hob seine rechte Hand nur ganz wenig von seinem Körper weg. Sein ausgestreckter Zeigefinger gebot den Schülern, innezuhalten. Viele hielten die Luft an. Angst lag in der Luft, wenn sogar ein Meister des Ordens so beunruhigt aussah. Normalerweise sah man dem Man überhaupt keine Mimik an und wenn, dann nur herablassende. Solche

Sorgen hatte da noch niemand gesehen.

„Igeya." flüsterte er. Sie kam aus Dunstfelsen wie Ande und zitterte schon, bevor sie wusste, was Rastro von ihr wollte. „Geh zum Vater des Ordens und sag ihm, er soll herkommen."

Sie nickte und rannte davon.

„Uthendar, hörtest du schon jemals solche Rufe?" fragte er weiter. Uthendar kam aus Turoveh wie Ziendul und hatte vermutlich schon die wildesten Kreaturen gesehen, die auf der Erde lebten. Die Bewohner dieses zentralen Landstriches geboten über alle Tiere.

„Nein, Meister." flüsterte er. „Noch nie. Sie scheinen sich über irgendwas aufzuregen."

Meister Rastros Kopf drehte sich langsam, bis er Meara direkt im Blick hatte. „Oder über jemanden."

Sicht- und hörbar schluckte sie trocken. Was hatten die Tiere denn gegen sie? Bisher hatte sie noch nie Probleme irgendeiner Art mit Tieren gehabt. Eigentlich fiel ihr nur eine Erklärung ein: Ziendul. Er musste die Tiere gegen sie aufgebracht haben oder es einem anderen befohlen haben. Uthendar zum Beispiel.

Der Meister sah schon wieder nach vorn und Meara holte tief Luft. Nein, sie würde sich nicht von ihrer Angst lähmen lassen. Sie war ein Freund aller Lebewesen. Nur weil sie in Ul-Bairamok aufgewachsen war, hieß das nicht, dass sie anderes Leben weniger schätzte. Ihrer Erfahrung nach spürten die Tiere das, wenn sie die Chance bekäme, sich ihnen vorzustellen.

Sie schob sich an Rastro vorbei, der sie gerade noch am Handgelenk zu fassen bekam. „Du gehst nicht da rein."

„Wenn sie wirklich wegen mir so aufgebracht sind, hilft es nicht, wenn ich in ihrer Nähe stehe, sie aber nicht sehe."

Er gab einen leisen Zischlaut von sich. „Du bist zwischen Blumen aufgewachsen. Hier unten leben wilde Kreaturen, die du nicht mit Marienkäfern vergleichen kannst."

„Dessen bin ich mir bewusst. Ich möchte dennoch zu ihnen gehen."

Sie hielt seinem überraschten Blick stand. Er bohrte sich in sie hinein und suchte tief in ihrem Inneren nach der Antwort, wieso sie das unbedingt tun wollte. Was genau er fand, blieb Meara ein Rätsel. Rastro war tatsächlich sehr verblüfft. Er fand aber auch die Sicherheit, sie hatte weder den Verstand verloren, noch wurde sie leichtsinnig, um sich zu beweisen. Sie zeigte nur Entschlossenheit. Er hatte nicht daran geglaubt, dass der Vater ihr das noch eintrichtern würde.

„Na schön." sagte er langsam. „Ihr anderen geht auf direktem Wege hinaus und kommt nicht wieder rein. Egal was passiert und egal was ihr hört."

Das passte vor allem Jaromir natürlich gar nicht. Kurz zuvor hatten sie sich versprochen, sich nicht allein zu lassen, jetzt sollte er sie auch noch ausgerechnet mit diesem finsteren Kerl allein lassen. Für den falschen Prinzen lag es durchaus im Bereich der Möglichkeiten, dass der Meister Meara etwas antun und es auf die Tiere schieben würde.

Mit einem lächelnden Nicken bat sie ihn jedoch, sie allein bei Meister Rastro zurückzulassen. Sie musste das jetzt tun!

Rastro achtete genau darauf, dass kein anderer zurückblieb. Nur das merkwürdige Mädchen stand noch bei ihm. Der Vater war überzeugt davon, dass es die richtige Entscheidung gewesen sei, sie aufzunehmen. Rastro vertraute diesem Mann blind, das war der einzige Grund, weshalb er sie akzeptierte und sie auch unterstützen würde.

„Du tust genau, was ich sage." legte er fest. „Keine deiner Alleingänge, haben wir uns verstanden?"

„Ja, Meister." lächelte sie. „Ich möchte nur wissen, weshalb sie so auf mich reagieren sollten. Das scheint mir absurd."

„Ich verbringe sehr viel Zeit hier unten und erlebte sie noch nie so aufgeregt."

Ein ganz kleines bisschen zog sie den Kopf ein. „Was erwartet uns eigentlich?"

Er konnte es nicht aufhalten. Ein Grinsen zeichnete sich ab und er ergötzte sich schon an ihrem Schreck, bevor er überhaupt geantwortet hatte. „Drachen."

„Drachen?!" japste Meara und bereute gerade, wozu sie sich entschieden hatte. Genau das hatte er vorhergesehen.

„Allerdings. Erddrachen, um genau zu sein. Und glaub mir, das sind keine Schmusetiere. Wir bleiben direkt am Eingang zu ihrer Höhle stehen, verstanden?"

„Wieso?" nickte sie.

„Weil Drachen sehr stolz sind. Mit einer Verbeugung bitten wir um Einlass. Ich werde erkennen, ob sie uns empfangen oder nicht. Wenn nicht, dann gebe ich dir ein Zeichen und du rennst so schnell du kannst hinaus. Ist das klar?" bohrte er erneut mit einem so intensiven Blick, dass Meara glaubte, ihn als Blitz in ihren Körper fahren zu spüren. Er wollte sie ausnahmsweise nicht tadeln oder vorführen oder sonstiges. Ihm ging es im Moment einzig und allein um ihre Sicherheit und er musste sich ihres Gehorsams versichern.

„Versprochen." lächelte sie.

Ob das eine gute Idee war, fragte sich Rastro. Eigentlich konnte er nicht glauben, solchen Unsinn mitzumachen. Andererseits hatte sie zum ersten Mal sein aufrichtiges Interesse gewonnen. Nicht nur, weil sie sich dem unbedingt stellen wollte, sondern weil sie den Eindruck machte, wahres Interesse zu haben. Trotz dessen, dass er ihr Drachen angekündigt hatte, die die meisten Menschen nie im Leben zu Gesicht bekommen, machte sie keinen Rückzieher. Sie wollte unbedingt zu ihnen. Im Hintergrund war ihr Angst einflößendes Gebrüll zu hören. In dem Tunnel traf es als Echo von allen Seiten auf die beiden Menschen. Und doch schien das Mädchen keine wirkliche Angst zu haben. So offen gehen die wenigsten durchs Leben, daher hatte sie den ersten Funken seines Respekts verdient, denn er hatte sich schon immer für die Fauna begeistern können. Als Kind aus Turoveh war er vorprogrammiert und hatte diese Leidenschaft so weit gesteigert, dass der Vater ihn gebeten hatte, als Meister im Orden zu bleiben.

Er ging voran und ließ nicht zu, dass Meara auf einer Höhe mit ihm lief. Immer wieder drängte er sie ab, dass sie wenigstens einen halben Schritt hinter ihm blieb.

Die Drachen lebten in einer gigantischen Höhle, die den halben See und einen beträchtlichen Anteil des angrenzenden Waldes über sich trug. Sieben mächtige Körper und gefährliche Waffen sahen ihnen entgegen. Rastro kannten sie. Der Gang war zu schmal für die Drachen. Sie mussten warten, bis die Menschen bei ihnen wären.

Drachen waren vielleicht keine Schmusetiere, aber sie waren auch nicht blindwütig und blutrünstig. Sie griffen nur an, wenn sie sich bedroht fühlten oder Hunger hatten. Letzteres schied aus, denn im Wald fanden sie genügend Nahrung und konnten durch einen Ausgang in den Bergen hinaus gelangen. Jetzt stand also nur noch die Frage im Raum, ob sie sich so sehr bedroht fühlten, dass sie angreifen würden.

Meister Rastro zog Meara langsam neben sich, als sie die Öffnung in den großen Raum erreicht hatten. Er diente ihr als Vorbild. Wie er sich verbeugte, so tat sie es auch, obwohl sie mit dem Anblick noch lange nicht abgeschlossen hatte. Die Tiere waren hundertfach so groß wie sie selbst. Ihre Körper wiesen eine herrlich angenehm rote Farbe auf. Zwischen den einzelnen Schuppen konnte man Feuer erkennen, wenn sie sich bewegten. Meara erkannte jedoch nichts Gefährliches in ihnen. Sie mochten mächtige Waffen an den Körpern tragen, doch ihre Herzen waren gerecht.

Die Drachen taten etwas, das Rastro noch nie zuvor erlebt hatte. Rechts standen drei männliche Drachen und links vier weibliche. Es war eine Familie und sie reihten sich der hierarchischen Ordnung entsprechend auf. Am nächsten standen ihnen die beiden Ältesten. Sie hatten schon weit mehr als ein Menschenleben überdauert und waren die Eltern der folgenden. Deren Hierarchie konnte sich durch Kämpfe durchaus ändern, nur die Stellung des höchsten Paares wurde nicht angegriffen. Das war typisch für alle Drachen. Wer einen Familienverband gründet, bleibt bis zu seinem Tod der Anführer.

Wenn Rastro zu ihnen kam, hatten sie sich noch nie so aufgestellt. Meist lagen sie in ihren Ecken oder die Jüngsten kabbelten sich um einen höheren Rang. Zum ersten Mal erlebte er, wie sie sich nicht hinlegten, sondern aufrecht saßen und nur die Köpfe zum Gang zwischen ihnen neigten. Als würden sie die Zweibeiner ehrenvoll willkommen heißen.

„Tust du irgendwas?" flüsterte Rastro zu Meara.

„Was denn?" flüsterte sie zurück. Noch immer sah sie auf den Boden bei der Verbeugung.

„Das ist kein normales Verhalten für Drachen. Bleib dicht bei mir und lauf, wenn ich es dir sage."

„Versprochen. Aber ich glaube nicht, dass sie uns

etwas tun wollen."

„Sondern? Sag mir, was du fühlst."

„Ich weiß nicht genau. Es fühlt sich an wie bei den Spatzen in den Gärten zu Hause. Wenn ich morgens aufstehe und zu ihnen gehe, begrüßen sie mich und schwirren um mich herum. Meine Hände kribbeln und ich hab das Gefühl, der Drachen Hitze in meinem Herzen zu spüren."

„Das ist höchst ungewöhnlich. Halte dich an dein Versprechen. Entferne dich nicht von mir."

Mit solch einem Verhalten der Tiere kannte sich Rastro auch nicht aus. Aber genau wie seine Schülerin war er nicht bereit, einfach zu gehen. Von jeher wollte er die Tierwelt verstehen und ihre Bedürfnisse nach bestem Gewissen decken.

Er erhob sich langsam. Er schielte zu den Drachen, um jede Regung zu beobachten und gegebenenfalls darauf zu reagieren. Das Neigen ihrer Köpfe hatte er als Einladung verstanden. Und tatsächlich griffen sie nicht an. Als Meara sich erhoben hatte, hoben auch die Drachen die Köpfe wieder.

„Seid gegrüßt!" rief Meister Rastro. Die Augen standen hoch über ihnen und doch war er sich sicher, keinen einzigen Blick von ihnen einzufangen. Sie fixierten nur Meara, die halb hinter ihm stand.

„Darf ich mich nähern?" flüsterte sie. Auch ihre Augen klebten an den Drachen.

„Aber langsam." ordnete Rastro an. „Sie können sehr gefährlich sein, also achte auf jede ihrer Bewegungen."

Ein halbherziges Nicken schenkte sie ihm noch und trat aus seinem Schatten. „Ich grüße euch." sagte sie leise. Seit sie hier waren, hatte das Gebrüll aufgehört, so hing ihr leiser Gruß laut in dem Gewölbe.

Der erste Drache rechts, also der höchste Mann dieser Familie senkte langsam seinen Kopf zu ihr und sie wusste mit absoluter Gewissheit, dass er sich nur so langsam bewegte, weil er ihre Angst spürte. Er wollte ihr nichts Böses, deshalb hob sie auch leicht den Finger zu Meister Rastro, der gerade etwas sagen wollte.

Meara war für einen Menschen recht klein, aber neben diesen Tieren fühlte sie sich winzig. Der Drache musste seinen Kopf auf den Boden legen, nur damit sein Auge auf einer Höhe mit ihren war. Er sah ihr so tief in die Augen, dass er ihre Seele erreichte. Als würde er sich ihr Leben noch einmal ansehen, sah sie es vor ihrem geistigen Auge vorbeiziehen, bis er an einer Stelle innehielt. Wie ein Standbild sah Meara es vor sich und erinnerte sich an einen der schrecklichsten Momente ihres Lebens.

In einem der Priestergemächer war eine Kerze umgefallen und hatte einen verheerenden Brand entfacht. Sie hatten Monate gebraucht, alles wieder aufzubauen. Vieles blieb jedoch für immer zerstört. Unter anderem eine Kette, die ein alter Priester auf seinem Sterbebett an Meara weitergegeben hatte. Sie hatte natürlich mitgeholfen, das Feuer zu bändigen, und hatte die Kette dabei verloren. Sie war nie wieder aufgetaucht und Meara war der Überzeugung, sie war mit verbrannt. Genauso überzeugt war sie, dass der Priester, der ihr die Kette schenkte, ihr deshalb nicht böse war, denn sie hatte sie verloren, als sie einer alten Küchenhilfe das Leben rettete.

Als das Feuer endlich gelöscht war und sie sich alle etwas gestärkt hatten, war aufgefallen, dass die Frau, die Meara aufgezogen hatte, nicht mit bei ihnen war. Sie suchten nach ihr und fanden ihren verbrannten Leib. In ihren Armen hielt sie die Decke, die Meara als einziges von ihren Eltern geblieben war. Sie hatte sich auf die Decke gelegt und ihr Leben für dieses Stück Stoff gegeben. Seither ließ Meara diese Decke mit den verkohlten Ecken niemals irgendwo zurück. Selbst jetzt trug sie sie in ihrer Schultasche mit sich, weil sie damit nicht nur ihre Eltern ein Stück weit bei sich hatte, sondern auch die Frau, die sie wie eine Mutter aufgezogen und gelehrt hatte.

Nun sah sie sie wieder vor sich, wie sie am Boden gelegen hatte. Ihre Kleider waren nahezu vollkommen verbrannt, ebenso das Fleisch an ihrem Körper. Es war ein entsetzlicher Anblick und Meara hatte Monate lang kein Wort mehr gesprochen.

Eine Träne rann über ihre Wange, als sie an die brennende Nacht dachte. Überall hatten Flammen um sich geschlagen und die Schreie brachten ihr noch heute Gänsehaut.

Rastro hatte nicht mal eine Ahnung von dem, was Meara passierte. Er sah ihnen nur minutenlang zu, wie sie sich augenscheinlich nur ansahen. Was danach kam, hätten die Weisesten der

Ordensgeschichte nicht vorhersehen können. Es ging so schnell, dass er nicht mal den Hauch einer Chance hatte, dem Mädchen zu helfen. Binnen Bruchteilen von Sekunden stand sie in Flammen.

Doch verbrannte sie nicht. Sie regte sich nicht mal, schrie nicht und versuchte gar nicht erst, dem Feuer zu entkommen. Sie stand wie eine Statue vor dem Drachen und sah ihm in das große Auge. Das war auch der einzige Grund, wieso auch Rastro sich dazu entschloss, nichts zu tun. In den Flammen konnte er nichts erkennen, das durch das Feuer zerstört wurde. Mearas Haare und Kleider blieben völlig unversehrt.

„Was ist das denn?" flüsterte er fasziniert. Er hatte nicht mal bemerkt, wie sich der Vater genähert hatte.

„Ich wusste, sie hat etwas an sich." flüsterte er ebenso gefangen in diesem Schauspiel. Er hatte in seinem langen Leben wirklich schon viel gesehen, vor allem natürlich auf der Reise zum Wissen im Orden, aber das hier … Darüber hatte er noch nicht mal gelesen.

„Du hattest Recht." gab Rastro zu. „Es war gut, sie aufzunehmen. Stell dir nur vor, was mit ihr passieren könnte, wenn sie es nicht zu kontrollieren lernen würde."

„Ich weiß. Aber noch ist sie nicht reif für alles."

Nach einigen Minuten erlosch das Feuer um Meara. Langsam senkten sich die Flammen, wurden kleiner und gingen schließlich ganz aus. Mit der letzten Flamme sackte Meara in sich zusammen. Sie blieb reglos vor dem Drachen liegen.

„Meara!" rief der Vater erschrocken und rannte zu ihr, kam jedoch nie an.

Der Drache breitete seinen Flügel aus und verbarg Meara darunter. Den beiden Männern gönnte er nicht mehr als einen bösen Blick und ein bedrohliches Fauchen. Eine deutliche Warnung.

Rastro kreuzte die Arme auf der Brust und neigte sich zu dem Drachen. „Ihr kennt mich. Wir wollen ihr nur helfen. Wir werden ihr kein Leid zufügen."

Wie bei Meara zuvor sah der Drache dem Meister der Fauna tief in die Augen und suchte in seiner Seele nach der Bestätigung für seine Worte. Erst dann hob er den Flügel und gab das bewusstlose Mädchen frei.

Die beiden Männer sanken neben ihr auf die Knie und suchten irgendeinen Grund für diese Ohnmacht. Körperlich war sie vollkommen unversehrt. Das Feuer hatte keinerlei Spuren hinterlassen. Ihre Atmung ging gleichmäßig und ganz ruhig.

„Sie spürte zu viel Magie." erkannte Rastro. „Dem war sie nicht gewachsen."

„Allerdings." bestätigte der Vater. Es war eindeutig. „Sie lernte sie nie zu nutzen, da ist es kein Wunder, dass sie zusammenbricht. Wir müssen sie ins Krankenzimmer bringen."

„Ich glaube, das ist keine gute Idee." Rastros Augen sprangen zwischen den Drachen hin und her. Sie wurden genauestens beobachtet. Er war sich ganz sicher, die Drachen würden sie nicht mit Meara gehen lassen. „Sie werden sie schützen wie ein Ei, solange sie sich nicht selbst von ihnen verabschieden kann." Wieso auch immer das so war...

„Aber sie braucht dringend Wasser."

Rastro erhob sich und wandte sich an den alten Drachen. „Ich werde sie nicht von euch nehmen. Lasst ihr mich sie zu der Quelle tragen? Sie braucht Wasser und Abkühlung."

Eine gesprochene Antwort bekam er nicht, aber die Drachen machten ihm den Weg zu der Quelle frei. Sie wurde von unten gespeist und füllte ein kleines Becken. Von dort aus floss es als Rinnsal weiter, das in hunderten Meilen ein reißender Strom werden würde.

Der zweite Drache der Rangfolge, also die älteste Dame, versperrte den Weg zurück zum Schloss. Sie baute sich vor der Öffnung auf und würde nicht zulassen, das Mädchen hinauszutragen. Das bedeutete leider auch, die beiden Männer hatten keine Chance auf Unterstützung oder wenigstens irgendwelche Ausrüstung. Sie hatten keinen Becher, mussten das Wasser mit den Händen schöpfen und Mearas Gesicht benetzen. Eine ihrer Hände hängten sie ins Becken und hofften, so würde sie das Feuer auch in sich ausklingen lassen.

Es dauerte auch nicht lang, da regte sie sich und fing an zu blinzeln.

„Herzlich Willkommen zurück." schmunzelte der Vater.

„Was ist passiert?"

„Trink etwas." bat er und schöpfte erneut Wasser mit den Händen. Meara konnte nicht mal allein sitzen und brauchte Meister Rastro als Lehne, sie hätte sich kein Wasser selbst nehmen können. In den folgenden Minuten kam sie jedoch wieder zu sich und stand sicher auf ihren eigenen Beinen.

„Du musst dich verabschieden." erklärte Rastro leise. „Sie ließen uns nicht mit dir gehen und würden uns auch jetzt aufhalten, solange du dich nicht in Freundschaft von ihnen verabschiedest. Wie auch immer, du wurdest zu einem Teil ihrer Familie."

„Wie ist das denn passiert?" fragte sie erschrocken.

„Ich weiß es nicht. Aber du ließt dich schon einmal von deinen Gefühlen leiten, also tu das wieder. Verabschiede dich und erkläre ihnen, dass du wiederkommen wirst."

Das klang ja ganz einfach … Sie zweifelte nur daran, dass es auch so einfach ablaufen würde, und wurde überrascht. Sie ging zu dem alten Drachen und erklärte ihm, wieso sie gehen müsse. Sie wollte doch noch so viel lernen. Sie versprach ihnen aber auch, sie würden in ihr immer eine Freundin haben und als solche würde sie wiederkommen. Danach gab die alte Drachendame den Weg frei und sie konnten gehen.

Bevor sie die Treppe hinauf zum Tageslicht stiegen, hielt Meara die beiden Männer noch mal auf. „Meister Rastro, was ist hier geschehen? Den Ablauf kenne ich, aber wieso ist es passiert und wie?"

Sie hätte nicht gedacht, dass er dazu imstande war, aber er konnte tatsächlich lächeln. In der

Schülerschaft ging das Gerücht um, die Muskeln für ein Lächeln wären bei ihm verkümmert.

Zum ersten Mal lächelte er sie herzlich an. „Ich erwarte dich heute Abend nach dem Essen in meinem Büro. Ich muss mehr darüber erfahren, was du dachtest und fühltest."

Sie schmunzelte verlegen. „Ich hoffe, ich komme an. Im Allgemeinen hat das Schloss etwas dagegen, wenn ich erwartet werde."

„Ich werde es merken." nickte er und schickte keine spitze Bemerkung hinterher. Er fühlte sich bestätigt, was der Vater gesagt hatte. Das Mädchen war in irgendeiner Hinsicht besonders und es wäre tatsächlich nicht fair gewesen, ihr einen Vorwurf daraus zu machen, dass das Schloss sie nicht ankommen ließ. Was sollte sie denn machen? Sie hatte keinen Einfluss darauf. Bisher hatte er geglaubt, es seien Ausreden der beiden Schüler gewesen. Da hatte er wohl falsch gelegen.

Der Vater sprach noch die Bitte aus, niemandem von den Geschehnissen zu erzählen. Torgal schloss er hiervon allerdings aus. Eine solch innige Freundschaft, wie sich schon in den ersten Tagen zwischen ihnen abgezeichnet hatte, sollte man nicht mit Geheimnissen belasten. Wer weiß … Vielleicht lag darin der Schlüssel zu den Vorhersehungen seiner Freundin. Sie lebte nur im Keller und war Meara und Jaromir schon begegnet. Die beiden hatten ihr einen wahnsinnigen Schreck eingejagt.

Nachdem sie einen Blick in die Zwei gewagt hatte, war sie aufgeregt zum Vater gekommen und hatte ihm davon erzählt. Auch Torgal sollte in dieser Geschichte noch eine wichtige Rolle spielen. Bisher war aber noch nicht sicher, wo diese Geschichte hinführen würde. Dem Orden oblag es, die Kinder auf das vorzubereiten, was vor ihnen lag. Dahingehend waren die Zeichen eindeutig. Es würde etwas Großes sein, das nicht nur die Leben der Zwei beeinflussen würde, sondern vermutlich die ganze Welt.

Es kam, wie es kommen musste. Meara erzählte ihrem Freund unter vier Augen, was geschehen war und was gesagt worden war. Er war also auf dem gleichen Stand wie sie und entschloss sich, sie zu Meister Rastro zu begleiten. Und sei es nur als moralische Unterstützung.

Das Schloss war jedoch anderer Meinung und ließ sie ein ums andere Mal im Keller anfangen. Nach dem dritten Mal gaben sie auf. Inzwischen wussten sie, dass sie dem Gebäude ihren Willen nicht aufzwingen konnten. Egal wie oft sie es versuchten, sie würden nie ankommen.

Unterwegs baten sie Chendor, Meister Rastro auszurichten, Meara würde ihn in ihr Zimmer einladen. Es ging ja nicht anders. Solange ihnen niemand erklärte, wie sie das steuern konnten, würden sie dem Willen des Baus hoffnungslos ausgeliefert bleiben.

Tatsächlich kam kurz nach ihnen Meister Rastro. Es war schon eine Weile her, seit er in diesem Teil des Schlosses gewesen war. Seit zwanzig Jahren lehrte er nun und hatte das Zimmer seiner eigenen

Schulzeit nicht mehr gesehen. Zufällig kehrte er nun in genau dieses Zimmer zurück. Das weckte Erinnerungen.

Als erstes ging er mit ihr Schritt für Schritt durch, was passiert war, seit sie die Treppe hinab zu den Drachen betreten hatten. Er klopfte jedes Detail ab. Über jeden ihrer Gedanken und jedes noch so kleine, unscheinbare Gefühl wollte er Bescheid wissen. Auf die meisten ihrer Fragen konnte er leider keine Antworten liefern, aber er versprach ihnen beiden, es herauszufinden. Das machte Zyranian schließlich aus. Wussten die Weisen die Antwort nicht, so fanden sie sie. Das würde jedoch noch einiges an Zeit brauchen und er ließ die beiden allein.

Bis zum Ende ihrer Frist hatte Meara sich grundlegend geändert. Es fiel ihr noch immer schwer, sich durchzusetzen, aber sie versteckte sich nicht mehr für sich selbst. Der Vater war überzeugt von ihrem Erfolg und sagte ihr das auch. Dafür musste er allerdings wieder zu ihr gehen, denn ohne Begleitung eines Lehrers kam sie nie in seinem Büro an.

Einen großen Anteil an diesem Erfolg verdankte sie Meister Rastro, dessen war sie sich bewusst. Auch er hatte sich geändert in den Tagen nach dem Vorfall. Er blieb ein brummiger Mann, dem man nie etwas Positives ansah und den die meisten fürchteten. Das gehörte eben einfach zu ihm. Aber die Ereignisse unter Tage hatten Meara geholfen, zu ihren Fehlern zu stehen und sich deren nicht zu schämen. Dass Meister Rastro ihr so offen gegenübergetreten war, sie hatte schützen wollen

218

und ihre Fehler akzeptierte, hatte ihr gezeigt, es gab keinen Grund, sich zu schämen. Sie lief aufrecht durch die Schule und ließ sich von niemandem ärgern. Sie ließ sich nicht schikanieren, sie ließ Zienduls Drohungen und Angriffe abprallen und wies Kyrlua jedes Mal in ihre Schranken, wenn sie mal wieder ihre eigene Überlegenheit ausspielen wollte. Hier war sie keinesfalls überlegen, das sagte Meara ihr jedes Mal und fühlte sich toll dabei.

Durch die schrumpfenden anderen Sorgen ging das Lernen gleich viel leichter und oft unterbrachen sie und Torgal die Arbeit für ein bisschen Spaß. Nur ein paar Minuten über etwas zu lachen, kann wahre Wunder bewirken. Inzwischen sah es auch Jaromir als Geschenk, hier zu sein. Es war keine Bürde mehr, die er seinem Freund abgenommen hatte. Meara machte ein Geschenk daraus.

An einem Vormittag, Ende des Sommers, sollte Meara noch weiter in ihrem Selbstbewusstsein gestärkt werden. Zwei Pferde kamen in schnellem Galopp zum See. Auf einem saß eine Frau und hatte einiges an Gepäck aufgeschnürt. Auf dem zweiten Pferd saß ihr Mann mit ihrem zehnjährigen Sohn. Er war schwerkrank und nirgends konnten sie Hilfe finden. In ihrer größten Not wandten sie sich an die Weisen aus Zyranian.

Chendor hatte ihnen auf die Entfernung angesehen, dass sie Hilfesuchende waren, daher ließ er sie übersetzen und rief den Vater in die Krankenstation.

Dort war man schon auf der Suche nach des

Rätsels Lösung. Eine Vergiftung, das konnten sie feststellen. Der Junge lag im Fieber, er verglühte fast. Und er faselte unzusammenhängende Fetzen zusammen. Er war auf den letzten Meilen in ein Delirium abgeglitten, aus dem seine Eltern ihn nicht befreien konnten.

Meisterin Xondra wurde zu Rate gezogen. War es eine Vergiftung durch eine Pflanze, standen die Chancen gut, dass sie sie erkennen würde. Aus dem Grund wurde auch Meister Rastro hinzugezogen. Hatte das Gift seinen Ursprung in einem Tier, würde er es am ehesten erkennen.

Diesmal war es jedoch eine Pflanze. „Ach du Schreck!" rief Xondra aus. Sie hatte sich seine Augen angesehen und war sich sicher. „Wie schaffte er es, sich mit schwarzen Wiesenfarnen zu vergiften?"

„Ich weiß es nicht." weinte die Mutter des Jungen. „Er ging zum Pilze suchen und kehrte nicht zurück. Wir suchten ihn und fanden ihn bewusstlos im Gras."

„Kennst du eine Heilung?" fragte der Ordensvater leise.

„Nein." musste Xondra leider sagen. „Die schwarzen Wiesenfarne sind nahezu ausgerottet. Der Junge hat nur noch eine Chance."

„Meara." antworteten der Vater und Rastro wie aus einem Munde. „Ich gehe sie holen." fügte Rastro hinzu und rannte aus dem Zimmer. So wie der Junge aussah, hatte er nicht mehr viel Zeit.

Es war ein normaler Schultag, das hieß, Meara

saß im Unterricht. Um sie zu finden, musste Rastro also erst mal den Stundenplan der Erstklässler ansehen. Meister Fagul war eingetragen und Rastro keine Änderungen bekannt.

Er klopfte kurz und stürmte ins Zimmer hinein.

„Rastro." staunte Fagul erschrocken.

„Entschuldige." Sein Blick huschte über die Schüler und blieb bei Meara hängen. „Kennst du ein Heilmittel gegen Vergiftungen durch schwarze Wiesenfarne?"

„Schwarze Wiesenfarne?!" wiederholte sie erschrocken. „Man kann sich an ihnen nur vergiften, wenn sie ihr Sekret in eine offene Wunde geben."

„Egal wie. Kennst du ein Heilmittel?"

Sie nickte und sprang auf. „Torgal, hol aus meinem Zimmer bitte das dicke Buch von meinem Nachtschrank."

Schon während des Sprechens war sie aufgestanden und hatte das Zimmer durchquert. Jaromir folgte ihr auf den Fuß, schlug nur eine andere Richtung ein.

Im Krankenzimmer wurde Meara schon sehnsüchtig erwartet. Zwei der Schwestern standen bei dem Jungen und hielten ihn fest, damit die Dritte ihm kalte Wickel umlegen konnte, um das Fieber zu senken.

„Moment noch!" rief Meara, schob den Vater des Ordens beiseite und begann ihre eigene Untersuchung. „Wir müssen den Ort der Vergiftung finden. Eine Wunde. Eine Kleine würde genügen.

Vielleicht der Kratzer einer Rose oder der Stich einer Mücke."

Nebenbei fing sie schon an, die Hände des Kleinen zu untersuchen. Jeder noch so kleine Kratzer, den man selbst vielleicht gar nicht wahrnahm, konnte bei Kontakt zu schwarzen Wiesenfarnen tödlich sein.

„Trug er eine Hose?" fragte eine Schwester, die seinen anderen Arm absuchte.

„Eine Kurze." antwortete der Vater des Kindes. „Es war warm genug."

„Was wirst du brauchen?" fragte Meisterin Xondra ihre Lieblingsschülerin.

„Auf jeden Fall eine Handvoll Sumpfknöterich, eine Knolle Ingwer und Azaleenkraut. Und mindestens drei Blüten der Himmelswurzel."

Xondra hatte fleißig mitgeschrieben. „Oh je. Ich bringe alles her."

„Einen leeren Kessel, drei Tassen Essig, eine Tasse Ziegenmilch und einen Teelöffel Butter."

Auch der Vater hatte mitgeschrieben. „Besorge ich dir alles."

„Ich hab es!" rief die Schwester gegenüber auf einmal. Am Knie des Jungen hatte sie eine winzig kleine Wunde gefunden. Es sah aus, als hätte er sich beim Hinknien an einem Stein leicht verletzt. Vermutlich hatte es nicht mal geblutet und er gar nichts mitbekommen. Aber die Haut war geöffnet worden und hatte dem Sekret des schwarzen Wiesenfarns damit den Weg in den Körper gegeben.

„Das Knie nicht kühlen." befahl Meara. „Mit warmen Tüchern bedecken, den Rest kalt. Solange sich die Vergiftung nicht ausbreitet, hat er gute Chancen. Wie lange ist es her?" fragte sie die Eltern.

„Wir waren bei einem Heiler, aber der konnte uns nicht helfen. Am nächsten Tag brachen wir hierher auf. Das ist drei Tage her."

„Oh je." seufzte Meara. „Heiße Tücher auf das Knie." wies sie die Schwester an. Um die Verbrennungen könnten sie sich später kümmern, wenn sein Überleben gesichert wäre. „Sie müssen dauerhaft heiß sein."

Jaromir kam hereingerannt und brachte ein Buch an, das Meara nicht so leicht tragen konnte, deshalb hatte sie ihren Freund losgeschickt. Sie legte es auf den Tisch und blätterte zur Himmelswurzel. Wann brauchte man die auch mal für ein Heilmittel? Hier war es aber besonders wichtig, die richtigen Teile der Blüte zu nehmen, sonst würden sie den Jungen töten, ehe sie ihm richtig helfen könnten.

Meara dachte in dem Moment überhaupt nicht nach. Sie kannte das Rezept zur Heilung und handelte einfach. Und sie nahm jeden zur Hilfe ran, der herumstand. Torgal bat sie, ein heißes Feuer im Kamin zu entfachen. Erst als der Kessel so heiß war, dass man ihn selbst mit dem Tuch nicht anfassen konnte, ohne sich Verbrennungen zu holen, gab sie eine Tasse Essig hinein und einen Schluck Milch. Das ganze noch dreimal, bis genügend Flüssigkeit vorhanden war, die restlichen Zutaten zu kochen. Bei der Himmelswurzel sah sie im Buch noch mal ganz genau nach, welche Teile sie wegschneiden musste, und ließ Meisterin Xondra nebenher die anderen Pflanzen zubereiten.

Das Ergebnis war eine übelriechende Brühe. Meara goss sie durch ein Tuch zum Filtern und füllte einen Becher. Mit vereinten Kräften verabreichten sie dem Jungen das ganze Gesöff aus dem Becher.

„Er braucht aller zwei Stunden einen weiteren Becher voll." erklärte Meara nebenher. Sie begutachtete den Jungen schon wieder. Sobald der Becher leer gewesen war, hatte er sich beruhigt. Er wälzte sich nicht mehr hin und her, brabbelte auch kein sinnloses Zeug mehr und atmete gleichmäßig. „Und das Knie muss unbedingt wärmer als der Rest des Körpers gehalten werden."

„Werden wir alles tun." lächelte die kommandierende Schwester. „Vielen Dank."

„Ich denke, spätestens morgen Vormittag wird er erwachen. Ab da an noch drei Becher im Abstand von vier Stunden. Sollte es nicht reichen, mache ich gern noch etwas nach."

Damit war eine kleine Heldin geboren. Xondra bat Meara, das Rezept und die genaue Anwendung aufzuschreiben. Sie würde es in ihren eigenen Unterlagen aufnehmen. Auch die Eltern bedankten sich noch tausendfach, ehe Meara mit Torgal das Krankenzimmer verlassen durfte.

Der Vater begleitete sie ein Stück. „Vielen Dank."

„Ein Eremet verletzte sich in den Rosen und zog dann einen Wiesenfarn heraus." Seither kannte sie dieses Rezept und würde es auch garantiert nie in ihrem Leben vergessen.

Für den Umgang mit Pflanzen und ihr Wissen zur genauen Anwendung der Himmelswurzel bekam sie Extrapunkte von Meisterin Xondra. Nötig hatte sie die in diesem Fach nicht, aber wer freute sich nicht über eine Auszeichnung? Auch die Hilfsbereitschaft wurde mittels Punkten belohnt.

Die Behandlung hatte noch nicht mal richtig begonnen, da war die Geschichte durch die ganze Schule gegangen. Jeder wusste Bescheid und jeder schien auch zu wissen, wer damit zusammenhing. Wo auch immer Meara und Torgal auftauchten, drehte man sich nach ihnen um und tuschelte.

„Wie furchtbar." flüsterte Meara schmunzelnd. Da war ihr die Unsichtbarkeit in den Schülermassen lieber gewesen.

„Du bist eine Heldin." kicherte Jaromir. „Ich fühle mich geehrt, dass ich neben dir laufen darf."

„Die Ehre ist ganz meinerseits, Prinz Torgal."

Sie hatte zwar versucht, ganz vornehm und höflich zu reden, aber sie scheiterte. *Prinz* nannte sie ihn nur, um ihn zu ärgern. Auch jetzt sprang der Schalk aus ihren Augen und sie lachten noch ein bisschen über die Gaffer.

Nur eine fand das gar nicht witzig. Kyrlua hatte neuen Zündstoff bekommen. Der Brief, den sie an diesem Tag ihrem Vater schickte, beinhaltete nur Meara als Hauptthema. Die Ungerechtigkeit, mit der Kyrlua hier gestraft wurde. Wieso war sie nicht gerufen worden? Wieso nicht ein Schüler der höheren Klassen aus Ul-Bairamok? Diese

Dienstmagd wurde von vorn bis hinten bevorzugt. Das konnte doch so nicht weitergehen, deshalb bat Kyrlua ihren Vater, er möge sich doch für seine Tochter einsetzen, die hier so zu leiden hatte...

***

Am letzten Schultag vor den Ferien gönnten sich Meara und Torgal, zeitiger Schluss zu machen und etwas Freizeit und Ruhe zu genießen. Für Meara hieß das, sie las ein Buch, das nichts mit Lehrstoff zu tun hatte, sondern eine schöne Geschichte erzählte. Sonst las sie nicht mehr als eine Seite vorm Einschlafen, jetzt wollte sie sich in der Geschichte versenken und abschalten.

Nach der zweiten Seite klopfte es und zerstörte ihr kleines Paradies. Sie seufzte, wollte ihren Gast aber auch nicht vor der Tür stehen lassen.

„Torgal." staunte sie. Er sah aus, als hätte er schlechte Nachrichten bekommen. Panik hatte sich in seinen Gliedern festgebissen.

„Ich brauch deine Hilfe." legte er fest, ging einfach in ihr Zimmer hinein und schloss die Tür.

„Was ist passiert?"

Das musste jetzt sein, sagte er sich. „Du weißt, dass ich nicht Torgal bin."

So direkt hatte er das noch nie ausgesprochen. Irgendwas Furchtbares musste passiert sein, wusste Meara.

„Was ist los?"

„Torgal ist mein bester Freund und wollte nie hierher. Seine Eltern legten das fest und wir tauschten die Plätze."

So in etwa hatte sie sich das vorgestellt. „So ähnlich dachte ich mir das. Was ist jetzt passiert?"

Er wedelte mit einem Brief vor ihrer Nase herum. „Der ist von Torgal. Sein Vater ist auf dem Weg hierher."

„Mist." hauchte sie mit großen Augen. „Und du musst ihm entkommen?"

„Der bringt uns beide um, wenn er das erfährt. Nicht wirklich!" betonte Jaromir schnell, bevor seine Freundin einen falschen Eindruck seines Königs gewinnen konnte. „Nur im übertragenen Sinn. Der tickt aus."

„Er ist immer noch dein König."

„Das ist er und ich ehre ihn, aber in Bezug auf seinen Sohn bewies er bisher nicht gerade ein gutes Händchen. Selbst mein Vater kennt Torgal besser als der König."

„Ihr seid gute Freunde." erkannte Meara.

„Die besten. Wir kennen uns seit Kindertagen und verbrachten viel Zeit miteinander."

„Was macht er gerade?"

„Er folgte seinem Traum. Er wollte immer zu den Palastwachen und ein Krieger des Königreiches werden. Offiziell nahm er meinen Namen an."

„Ihr seid verrückt." lachte Meara. „Gut, wir müssen dafür sorgen, dass du nicht hier bist, wenn der König kommt, richtig?"

„Wie denn? Ich kann doch nicht einfach abhauen. Dann denkt der König noch, sein Sohn wäre getürmt. Ich kann mit Torgal aber auch nicht wieder tauschen, weil mich hier jeder als Torgal kennt. Meara, was soll ich denn jetzt machen?"

„Dich erst mal setzen." schmunzelte sie und drängte ihn zu einem Stuhl. Ihr Freund war mit den Nerven völlig am Ende. Als erstes nahm sie ihm den Brief ab und warf ihn in ihren Kamin, damit keine sichtbaren Spuren zurückblieben.

„Kommt Torgal auch?" fragte sie, obwohl es merkwürdig klang, denn der Torgal, den sie kannte, saß vor ihr.

„Er nahm sich ein Pferd und reitet voran. Er müsste morgen Abend da sein. Und sein Vater am folgenden Morgen."

„Das Treffen muss außerhalb des Schlosses stattfinden. Irgendwo, wo man euch beide nicht kennt."

„Wie denn? Wie soll ich denn aus dem Schloss kommen?"

„Wir..." Meara kniff die Augen fest zusammen und suchte fieberhaft nach einer Lösung. Es musste doch einen Weg geben, die beiden Freunde zu schützen in ihrem Theater. Die einzige Möglichkeit wäre aber, wenn sie das Schloss verlassen würden. Hier drinnen war das unmöglich durchzuziehen. Also wie kamen sie von der Insel runter?

Plötzlich riss sie die Augen auf. Ein Geistesblitz war durch ihren Kopf geschossen. „Wir könnten versuchen, den Vater zu überreden, uns für

Recherchen gehenzulassen."

„Was für Recherchen?" fragte Jaromir skeptisch.

„Keine Ahnung. Die Gesteine, die Meister Fagul uns beibrachte. Die Pflanzen die wir im Unterricht nicht sehen können, kann ich dir zeigen. Die Tiere des Waldes, die uns Meister Rastro beibrachte. Und nebenbei kannst du singen üben, ohne das Schloss zu belästigen."

Nach den Ferien begann der Kurs des Gesangs. Davor graute es Jaromir mehr als vor den Drachen.

„Und dafür vergraule ich sämtliche Tiere aus Zyranian." kicherte er. „Wir versuchen es. Ich danke dir, Meara."

„Kein Problem."

„Ich heiße übrigens Jaromir."

„Es freut mich, dich kennenzulernen. Halbprinz Jaromir."

„Nicht mal annähernd." sagte er locker und zuckte gelassen die Schultern. Er schämte sich nicht für seine Herkunft. „Mein Vater ist der Pferdewirt des Königs. Torgal reitet genauso gern wie ich, daher war er öfter im Stall als im Thronsaal."

„Zwei Lausbuben wie aus dem Buche." lachte Meara. „Ihr machtet es euren Eltern vermutlich beide nicht leicht."

„Ganz bestimmt nicht. Aber ich weiß in ihm einen Freund, deshalb will ich nicht, dass er Ärger kriegt."

„Und wir werden gemeinsam dafür sorgen." Sie hoffte wenigstens, dass sie den Vater überzeugen könnten. Daran hing ihr ganzer Plan und viel Zeit hatten sie ja nicht gerade zur Verfügung.

Zum Einschlafen las Meara nun doch nicht das Buch, sondern suchte eine Ausweichmöglichkeit. Sie fand keine. Höchstens das Treffen im Schloss fände in einem dunklen Raum statt, wo der König den falschen Prinz nicht sehen würde. Die Stimme würde er aber erkennen.

Gleich am nächsten Morgen nahmen sie es in Angriff. Nach dem Frühstück baten sie den Vater um ein Gespräch unter sechs Augen. Ein wenig verwundert war er natürlich schon. Er wusste im Großen und Ganzen über alles Bescheid, das in Zyranian vor sich ging. Die Privatsphäre der Schüler gehörte jedoch nicht dazu und er hatte nicht vor, daran etwas zu ändern, nur weil zufällig zwei außergewöhnliche Schüler angekommen waren.

Mit ihm gemeinsam kamen sie sogar bis in sein Büro. Das Haus verweigerte ihnen den Zugang nur, wenn sie allein unterwegs waren. Auch das war eine Merkwürdigkeit, die den Mitgliedern des Ordens so einige Rätsel aufgab.

„Dann können wir meine Ankündigung noch nachholen." lächelte der Vater und stellte Meara vor den Mann im Spiegel.

„Mh..." knarzte er und wiegte den Kopf, als er sie eingehend musterte. „Sie wächst, doch noch ist sie zu klein."

„Vielen Dank." lächelte der Vater und wandte sich an Meara. „Du hast es gehört. Du wächst mit deinen Entscheidungen. Mach weiter so. Und nun zum Grund eures Besuches. Was kann ich für euch tun?"

„Ihr habt Recht, Vater." sagte sie. „Ich spüre, wie ich über mich hinaus wachse. Deshalb bitte ich euch, dass wir für die Zeit der Ferien die Insel verlassen dürfen."

„Weshalb?"

„Vieles ist für mich trockene Theorie. Wir würden gern sehen, was wir lernen. Meister Fagul erzählte uns so viel über Steine, die in den Bergen liegen. Meister Rastro erzählte uns von den Tieren, die um den See herum leben. Und ich könnte..." Sie stockte einen Moment. Beinahe hätte sie einen falschen Namen genannt. Das bemerkte natürlich auch Jaromir und war froh, dass sie es noch geschafft hatte. „Ich könnte Torgal die Pflanzen zeigen, die er nur auf Bildern sieht, weil wir nicht zu Meisterin Xondra kommen."

„Mhmh." nickte der Vater und dachte einen Moment nach. Logisch klang ihre Erklärung auf jeden Fall. Es würde ihr vielleicht wirklich helfen, einiges mit eigenen Augen zu sehen und draußen in der Natur zu erleben, was sie hier lernte. Vom Umfang her hatte sie weit mehr in der gleichen Zeit in ihren Kopf zu kriegen als die anderen.

Andererseits barg es auch ein Risiko. Er zweifelte nicht daran, dass sich die beiden wirklich mit der Lehre beschäftigen würden. Manch anderen hätte er nicht gehen lassen können, weil er sich zwei Wochen lang vergnügt hätte und in Schenken herumgelungert wäre. Diesen Verdacht bekam er bei Meara und

Torgal nicht. Aber gerade in Meara steckte mehr als ihr bewusst war. In Ul-Bairamok hatte sie ihr Können nie genutzt, außer sie hatte die Kartoffelkäfer von den Pflanzen ferngehalten. Inzwischen war ihr Geist erweitert worden und es könnte passieren, dass ihre Kräfte aus ihr herausbrechen.

Damit könnte sie umgehen, dachte der Vater. Es wäre vielleicht eine gute Lektion und eine Prüfung des Zwischenstandes.

„Also gut." Aus einem Regal nahm er eine Pergamentrolle und überreichte sie Meara. „Damit wird euch der Fährmann übersetzen und auch wieder hierher zurückbringen. Seid am letzten Tag vor Schulbeginn bis Sonnenuntergang wieder hier. Aber diese Genehmigung entbindet euch nicht von den Pflichten des Unterrichts. Habt ihr noch Aufgaben zu schreiben, dann müssen die bis zum Ende der Ferien fertig sein, haben wir uns verstanden?"

„Ja, Vater." lächelte Meara zufrieden. Das würden sie schaffen. Sie wollten ja nicht lange weg sein. Nur so lange, wie der König in Reichweite wäre.

Der Vater hatte aber noch eine Anforderung zu stellen. „Und ich möchte sehen, was ihr lerntet. Verbindet alle Fächer, die sich anbieten." Torgal überreichte er ein weiteres aufgerolltes Pergament. „Das ist eine Karte von ganz Zyranian. Nutzt die Bezeichnungen von Bergen und Flüssen in eurem Bericht. Wo sind welche Gesteine zu finden und wie lerntet ihr es im Unterricht? Ihr könnt eine gemeinsame Arbeit schreiben, aber sie sollte dem

Zeitaufwand von zwei Wochen gerecht werden. Haltet fest, welche Sternbilder ihr seht und wie sie sich verändern. Aus jedem Fach solltet ihr Verbindungen zu eurem Ausflug finden. Außer Rechnen und Literatur vielleicht."

„Ja, Vater." sagte Jaromir, begann aber langsam zu zweifeln. Von einem kurzen Ausflug über maximal drei Tage waren sie zu zwei Wochen gesprungen. Dass er Meara das aufbürdete, tat ihm leid.

„Normalerweise" fuhr der Vater fort. „sind die Ferien dafür da, euer Studium zu festigen oder Fragen nachzugehen. Auch für Freizeit, Spiel und Spaß, aber auch zum Lernen. Ich kann nicht verantworten, dass gerade ihr euch aus diesem Teil der Ferien herausnehmt."

Das verstanden sie natürlich und versprachen, sich alle Mühe mit dem Bericht zu geben. Mearas Begründung für den Ausflug war ja auch nicht ganz falsch. Oft saß sie mit Jaromir in der Bibliothek und suchte nach Bildern zu den Dingen, die sie im Unterricht behandelt hatten. Mehr als die heiligen Gärten und einen kleinen Teil der Stadt Bairamok hatte Meara zuvor ja nie gesehen. Hunde und Katzen gab es bei den Priestern nicht, nur in den umliegenden Dörfern und Höfen. Wenn sie nun den ein oder anderen Vogel oder Käfer mal leibhaftig vor sich sehen und sie beobachten könnte, würde ihr das vielleicht wirklich einen Vorteil bieten.

Das änderte nur nichts an Jaromirs schlechtem Gewissen. Seine Freundin hatte die zwei Wochen eigentlich nutzen wollen, um dem Lehrplan ein wenig vorauszuarbeiten. Dann hätte sie dem Unterricht gleich besser folgen können.

„Mach dir keine Gedanken." lächelte sie auf dem Weg in ihre Schlafräume. „Der Vater hat doch Recht. Wir können die Fächer verbinden und in der Praxis das vertiefen, was wir in der Theorie lernten. Das wird mir nach den Ferien ganz sicher helfen."

„Danke."

„Kein Problem. Wann wollen wir los?"

„Am besten gleich. Dann können wir uns vom See entfernen und einen geeigneten Platz suchen."

„Gut, dann gib mir ein paar Minuten."

Sie musste schließlich ihr Bündel packen. Ein bisschen was wollten sie ja doch mitnehmen. Eine Decke für die Nacht zum Beispiel.

Kurz darauf standen sie vor der großen Pforte der Schule und stiegen in das Boot, das sie vor einigen Wochen gebracht hatte. Nicht nur Schüler sahen ihnen staunend nach. Während eines Lehrjahres durften eigentlich nur die Abschlussjahrgänge das Gebäude verlassen. Auch einige der Meister sahen ihnen unschlüssig nach. Sogar der Fährmann war überrascht und las das Dokument des Vaters sehr sorgfältig, bevor er die beiden übersetzte.

Meara musste zugeben, es war eine kleine Befreiung, am Ufer zu stehen. Sie fühlte sich wohl in Zyranian und war glücklich mit all dem neuen Wissen, das sich ihr öffnete. Aber als Tochter der Gärten genoss sie einen freien Wind im Wald mehr als sie gedacht hätte.

„In welche Richtung müssen wir?" fragte sie.

Jaromir hielt die Karte in der Hand. „Von dort werden sie kommen. Wir sollten ihnen entgegengehen und sie abfangen."

„Dann mal los. Und sieh dich um, damit wir nachher schon was schreiben können. Und könnten wir bitte bitte bei deinem falschen Namen bleiben?" bat sie lachend. „Ich werde noch kirre und verrate euch, ohne es zu wollen."

„Frag mich mal. Anfangs reagierte ich gar nicht auf den Namen."

„Glaub ich. Und die Soldaten, die deine Kutsche begleiteten, kennen den Prinzen?"

„Ja. Ich durfte mich vor ihnen nicht zeigen."

Jetzt sah sie das ganze Geschehen doch etwas klarer. Und während sie gemütlich zwischen den Bäumen verschwanden, unterhielten sie sich über den richtigen Prinzen und den Sohn des Pferdewirts. Ganz offen und ehrlich. Meara erfuhr so einige Dinge über den Prinzen, die der König wohl besser nicht wüsste.

Bis zum Dämmerlicht liefen sie immer weiter in die Richtung, aus der ihnen Torgal bald begegnen müsste. Als es immer dunkler wurde, schlugen sie ihr Lager auf und Jaromir begann zu fürchten, Torgal würde nicht rechtzeitig kommen.

„Denke jetzt noch nicht daran." sagte Meara. „Lass uns aufschreiben, was wir heute schon sahen. Das lenkt dich ab. Unser Feuer ist groß genug, damit er es von weitem sehen kann. Ist Torgal morgen Früh immer noch nicht da, lassen wir uns was einfallen."

Im Moment blieb ihnen ja auch keine große Wahl. Mitten in der finstersten Nacht konnten sie ja schlecht nach dem Prinzen suchen. Sie mussten den Sonnenaufgang abwarten und dann weiter überlegen.

Bis dahin fertigten sie den Tagesbericht an. Unterwegs hatte Meara schon alle möglichen Pflanzen gezeigt und erklärt. Viele hatte Jaromir von Meisterin Xondra schon gehört oder in Büchern gelesen. Sie in ihrem natürlichen Lebensraum zu sehen, war noch mal was anderes. Meara wusste so viel über die meisten, dass sie Dinge erzählen konnte, die Unterscheidungen ganz leicht machten. Mit diesem Wissen würde es Jaromir bei der nächsten Prüfung leichter fallen, die Fragen der Unterscheidung zu beantworten und typische Merkmale aufzulisten.

Sie hatten auch schon diverse Tiere beobachtet. Unweit ihres Nachtlagers hatten sich Ameisen einen hohen Hügel gebaut. Sie beobachteten sie eine Weile und schrieben dann auf, was sie sahen. Sie bezeugten die Theorie des Unterrichts und entdeckten noch einige andere Auffälligkeiten. Sie zeichneten auch eine Ameise, die gerade ein Blattstück zum Hügel trug, um die Größenverhältnisse aufzuzeigen. Meister Rastro hatte ihnen erzählt, dass Ameisen das mehrfache ihres eigenen Körpergewichts tragen konnten. Die Ränder ihres Berichts waren mit vielen Skizzen ausgeschmückt. Schon am Ende dieses ersten Tages waren sie sich einig, dass sie das Gesamtwerk gemeinsam noch einmal abschreiben würden, damit am Ende jeder ein Exemplar für sich behalten könnte.

Geweckt wurden sie von donnernden Hufschlägen, als die Nacht sich gerade dem Ende neigte. Da hatte es jemand verdammt eilig und sie ahnten, wer das war. Wäre Meara nicht gerade beim Aufwachen gewesen und hätte die dröhnenden Schritte schon von weitem gehört, hätte sie vermutlich einen Herzstillstand vor Schreck erlitten.

„Dem Himmel sei Dank!" keuchte der Reiter, als er das Lager erreichte. Offenbar hatte er es noch vor dem König geschafft.

„Guten Morgen." schmunzelte Meara.

Torgal sah sie skeptisch an. „Äh..." Er hatte nicht mit einer Fremden gerechnet.

„Keine Panik." gähnte Jaromir. „Darf ich vorstellen: Torgal. Und das ist Meara."

„Du hast es ihr erzählt?" piepste Torgal. Wenn das herauskäme...

„Keine Sorge. Ohne sie wäre ich gar nicht weggekommen und ich würde meine Hand für sie ins Feuer legen."

Endlich sprang er von seinem Pferd und reichte ihr die Hand. „Bitte verzeih mir."

„Nicht nötig. Soll ich euch mit Prinz ansprechen oder Jaromir nennen?"

„Die gefällt mir." lachte Torgal zu seinem Freund. Jetzt war auch klar, wieso sich sein Freund ausgerechnet diese junge Dame zur Vertrauten gesucht hatte.

„Ich weiß." feixte Jaromir. „Wo ist dein Vater?"

„Kurz hinter mir. Mein Pferd verletzte sich und ich musste zum nächsten Ort laufen, deshalb bin ich zu spät. Ich überholte ihn heute Nacht. Er ist schon auf dem Weg."

„Schnell." hetzte Meara. „Ihr müsst die Kleider tauschen. Und lass dir von To..." Nein, das war der falsche Name. „ … von Jaromir was erzählen, das du deinem Vater weitererzählen kannst. Ich halte ihn auf, solange ich kann."

Euphorisch griff Torgal nach ihrer Hand und küsste sie auf den Handrücken. „Danke." strahlte er.

„Los jetzt." drängelte sie amüsiert und rannte Richtung Straße.

Was für ein Theater, dachte sie und lachte leise. Ihre Wangen glühten, denn noch nie zuvor war sie von den Lippen eines Mannes berührt worden. Und so ein Duo wie den Prinzen und seinen Pferdewirt hatte es wohl auch noch nirgends gegeben. Sie konnte sich richtig vorstellen, was für Streiche die beiden getrieben hatten. Jetzt wusste sie aber auch, wieso sie sich so gut verstanden. Freunde in dick und dünn. Davon hatte sie auch immer geträumt, aber mit ihr hatte nie jemand etwas zu tun haben wollen, deshalb genoss sie To … Nein, sie genoss Jaromirs Nähe. Torgal kannte sie ja eigentlich nicht. Also die Sache mit den Namen machte ihr ernsthaft zu schaffen.

Torgal sah Meara noch nach, wie sie in dem langen Gewand versuchte, durch das dichte Unterholz zu rennen. Die war irgendwie anders als alle Mädchen, die er bisher kennengelernt hatte. Von denen hätte ihn keine unterstützt. Von denen hätte sich aber auch keine gewagt, ihn so zu verspotten wie Meara gleich im ersten Augenblick.

Jaromir stieß ihn unsanft an. „Komm zu dir." gluckste er und reckte seinem Freund das Gewand des Ordens entgegen. „Zieh dich um."

„Ist die immer so?"

„Meistens schon, ja. Und glaub mir, ich hätte es ihr nicht erzählt, wenn ich ihr nicht hundertprozentig vertrauen würde."

„Ich weiß." antwortete Torgal gelassen. Wenn Jaromir dem Mädchen sein Vertrauen schenkte, dann hatte sie es auch verdient - ohne jeglichen Zweifel. „Und jetzt erzähl mir was." bat er, während er nebenher seine eigenen Kleider abgab. „Was kann ich meinem Vater erzählen?"

„Ich werde ganz in deiner Nähe sein und flüstern, wenn du in Schwierigkeiten kommst. Wichtig sind vielleicht die Namen der Meister. Und das Oberhaupt des Ordens nennt sich selbst Vater."

So redete er und redete. Dabei wurde er immer schneller und wusste am Ende doch, dass Torgal nie und nimmer alles behielt. Aber einige Fetzen sollten hängenbleiben, hoffte er. Genug, um durch das Gespräch mit seinem Vater zu kommen. Jaromir erklärte auch, wie sie es geschafft hatten, überhaupt hier im Wald zu sein. Der König war auch ein Absolvent von Zyranian und kannte die Gepflogenheiten. Torgal nicht. Das durfte man ihm nur nicht anmerken.

Meara erreichte schnaufend die Straße, die der König nehmen müsste. Sie wollte ihn jedoch nicht zu direkt ansprechen. Sie lief einfach am Wegesrand in Richtung See. Sollte man ihr keine Aufmerksamkeit schenken, würde sie einfach bitten, dass man sie mitnähme. Dann könnte sie ganz rein zufällig erwähnen, dass sich Torgal im Wald aufhielt und nicht im Schloss.

Sie zitterte am ganzen Leib. Seit Wochen verbrachte sie die meiste Zeit des Tages mit einem jungen Mann, der einen Prinzen spielte. Ganz am Anfang hatte sie noch geglaubt, er sei wirklich der Prinz. Da hatte sie schon nicht gewusst, wie sie sich verhalten sollte, nun stand sie vor der Begegnung mit einem König. Wenn das Kyrlua wüsste...

Es dauerte nicht lange, da näherte sich eine Kutsche von hinten und das Beben in Mearas Körper beschleunigte sich so heftig, dass sie schon Muskelkater bekam.

„Guten Morgen, die Dame!" rief ihr der Kutscher herunter.

„Guten Morgen, der Herr." antwortete sie höflich.

Neugierig streckte der König den Kopf aus dem Fenster. Wer war denn hier zu so früher Stunde schon unterwegs?

„Guten Morgen, die Dame."

Meara tat überrascht, als sie die Krone sah, dabei war dieser Umstand ja nun nicht neu für sie. „Guten Morgen, Majestät." sagte sie und machte einen ordentlichen Knicks.

Der König öffnete die Tür der Kutsche und stieg

240

aus. „Du bist eine Schülerin von Zyranian, nicht wahr?"

„Ja." nickte sie.

„Kennst du zufällig Torgal?"

Das ging ja einfacher als erwartet, dachte sie. „Sehr gut sogar. Wir haben gemeinsamen Unterricht und lernen meist zusammen."

„Ah ja." schmunzelte der König. Ob sein Sohn dabei wirklich ans Lernen dachte? Er stand einer hübschen jungen Frau gegenüber, die offenbar auch noch mit besten Manieren ausgestattet war. „Hast du ein paar Minuten Zeit?"

„Natürlich, Majestät." Das war doch alles, was sie wollte!

Er lief gemütlich neben ihr her, Richtung See. Die Kutsche folgte ihnen in einiger Entfernung. Auch die Soldaten zu Pferde wahrten ausreichend Abstand zum König und seiner Gesprächspartnerin.

„Wie macht sich mein Sohn?" informierte sich der König.

„Sehr gut. Er ist sehr fleißig und hilft mir sehr viel."

„Habt ihr Meister Mackin schon kennengelernt?"

Meara dachte einen Moment nach, aber der Name war ihr noch nie untergekommen. „Nein, bisher nicht. Was unterrichtet der denn?"

„Gesang." schmunzelte der König.

„Oh." Meara räusperte sich, um nicht schon wieder darüber zu lachen. Das fand sie jedes Mal witzig, wenn die Sprache darauf kam. „Damit fangen wir nach den Ferien an und ich bin mit Torgal hier, um ihm die ersten Lieder langsam beizubringen."

Abrupt blieb der König stehen. „Hier?"

„Ja. Wir sind über die Ferien im Gebiet von Zyranian unterwegs, um unser angelerntes Wissen in der Natur wiederzufinden. Wir nahmen uns vor, das Singen weit weg der anderen Schüler zu üben."

„Au weh." lachte der König nun richtig. „Ich hoffe, du weißt, auf was du dich einließt?"

„Er erzählte mir davon, ja. Soll ich euch zu ihm bringen?"

„Was machst du denn allein hier, wenn ihr zusammen unterwegs seid?"

„Ein paar Kräuter sammeln." erklärte sie und öffnete die Taschen ihres Gewandes weit genug, dass er einen Blick hineinwerfen konnte. Auf dem Weg zur Straße und bei dem offenkundig gemütlichen Spaziergang hatte sie sich was in die Taschen gestopft, weil sie geahnt hatte, dass er das fragen würde.

„Ist es weit von hier?" wollte der König wissen. Er konnte sich ja nicht tagelang aus dem Staub machen.

„Nein. Ein paar Minuten zu Fuß. Ich fürchte, eure Kutsche wird nicht hinkommen."

„Kein Problem. Es ist zwar schon eine Weile her, aber ich war auch mal jung."

„Ich glaube, jung zu sein ist keine Frage der Zeit, sondern des Herzens. Fühlt man sich jung, wirkt man auch nach außen so."

„Weise gesagt."

Sie hoffte inständig, die Zeit hatte den beiden Kerlen gereicht. Sie machte auch besonders langsam und unterhielt sich gemütlich mit dem König. Das fiel ihr leichter als gedacht. Der benahm sich weniger wie ein König als Kyrluas Vater. Er war so bodenständig und scheute den Kontakt zu einer gemeinen Bürgerlichen nicht. Gut, davon wusste er zwar nichts, aber sie deutete es an und es schien ihn nicht zu stören. Auch nicht, dass sein Sohn so viel Zeit mit ihr verbrachte. Was er ja nicht tat...

Torgal fühlte sich furchtbar. Er saß neben dem Feuer, das Meara und Jaromir sich gemacht hatten. An seinem Körper hing keine Rüstung mehr und die fehlenden Waffen nahmen ihm Gewicht, dafür trug er ein Kleid. Wie ungewohnt. Er konnte kaum darin laufen, deshalb hatte er sich entschlossen, am Feuer zu sitzen und dann aufzustehen. Hoffentlich ohne Probleme, aber sein Vater sollte sich nicht einbilden, einen Spaziergang mit ihm machen zu wollen.

„Vater." staunte er, als die beiden ankamen. Ein Schauspieler steckte in ihm, erkannte Meara. Sie hätte ihm fast geglaubt.

„Torgal." freute sich der König.

„Du kennst Meara bereits?"

„Wir haben uns vorgestellt, ja. Ich wollte dich in der Schule überraschen."

„Das ist dir gelungen. Aber wir wollen erst zum Ende der Ferien zurückkehren."

„Ich hörte schon. Eigentlich bin ich auch nur auf der Durchreise und dachte, ich sehe mal vorbei, wie es dir geht."

„Bestens." antwortete Torgal und versuchte angespannt etwas von dem zu erzählen, das Jaromir ihm berichtet hatte. Zum Glück stand Meara daneben und schaltete sich ein, wenn sie merkte, der Prinz kam nicht weiter. So zum Beispiel mit den Namen. In zehn Minuten kann man die unmöglich alle auseinanderhalten. Zumal er die Gesichter zu den Namen ja noch nie gesehen hatte.

Jaromir saß im Gebüsch schräg hinter Torgal und amüsierte sich köstlich. So in Bedrängnis hatte er seinen Freund noch nie gesehen. Für ihn als Beobachter war es ein Rätsel, dass dem König noch nicht aufgefallen war, wie sich Torgal durch das Gespräch kämpfte.

Und statt nach ein paar Minuten wieder zu gehen, entschied er sich auch noch, bis zum Mittag zu bleiben. Für Meara artete das in echten Hochleistungssport aus. Fragte der König nach dem Stand im Fach der Fauna, ließ Meara den Prinzen eine kurze Antwort geben und begann ihren eigenen Satz dann als erstes mit dem Namen des Lehrers. Sie hoffte, Torgal würde damit etwas Sicherheit bekommen. Ihr war es absolut schleierhaft, wie sie die folgenden Stunden überstehen konnten.

Torgal selbst merkte natürlich, wie sie ihm half. Wenn man es mal schematisch betrachtete, half sie dabei, den König zu betrügen. Sie tat es dennoch und sein Respekt vor dieser Frau wuchs in Sphären, die nie ein Mensch zuvor erreicht hatte. Er stand tief in ihrer Schuld.

Sobald der König mit seinen beiden Wachmännern außer Sichtweite war, fiel die Spannung von Meara und Torgal. Meara ließ sich nach hinten ins Gras fallen und schnaufte erst mal durch.

„Danke." kicherte Torgal. „Ich weiß nicht, wie ich dir das jemals danken kann."

„Halte ihn von einem zweiten Besuch ab." lachte sie und griff nach dem Wasserschlauch. Sie hatte sich nicht mal getraut, etwas zu trinken, weil sie befürchtet hatte, den Prinzen damit allein mit den Fragen zu lassen.

„Ich gebe mein Bestes. Versprochen. Ich erfuhr ja auch nur zufällig davon, da war er schon fast unterwegs."

Endlich konnte auch Jaromir aus seinem Versteck kommen. „Verlangt ihr eigentlich Eintritt für die Vorstellung?"

„Du bist so blöd!" lachte Torgal und warf eine Handvoll herumliegender Blätter nach ihm.

Meara fühlte sich in Gegenwart des echten Prinzen wohl genug, ihn weiterhin zu verspotten. „Sollen wir den Besuch eines Königs eigentlich in unserem Bericht erwähnen?"

„Bloß nicht!" rief Torgal lachend. „Es tut mir wirklich leid, dass ihr wegen mir so einen Aufwand habt."

„Kein Problem." lächelte Jaromir und klopfte ihm

brüderlich auf die Schulter. „Erzähl doch mal. Lohnt es sich für dich wenigstens?"

„Und wie. Ich wollte das schon immer machen, das weißt du, und ich bereue es nicht."

„Wirst du deinen Vater nicht irgendwann aufklären müssen?" fragte Meara ernsthaft. „Du wirst dich nicht dein ganzes Leben als Absolvent von Zyranian ausgeben können. Früher oder später fällt jemandem etwas auf."

„Schon möglich." grinste er ganz und gar nicht standesgemäß. „Solange das erst nach der Ausbildung ist, ist mir das egal."

„Darf ich fragen, wieso dich dein Vater hierher schickt, wenn du das partout nicht willst?"

Die Frage kam aus echtem Interesse, das gefiel Torgal. Sie fragte nicht, um etwas über den Prinzen zu erfahren, sondern über den Menschen. „Er kennt mich nicht. Er kennt den Prinzen, aber nicht seinen Sohn. Er will es auch nicht wissen. Mein Leben plante er zu meiner Geburt schon bis ins kleinste Detail. Ob ich das will, stellt sich da nicht als Frage." Ein träumerischer Blick traf Jaromir. „Da ist es gut, wahre Freunde zu haben."

„Wie geht es meinem Vater?"

„Bestens. Weißt du, was deine Mutter sagte? Offiziell bin ich ja jetzt du und wohne bei ihnen."

„Lass mich raten: Sie war unentschlossen, ob sie einen Tobsuchtsanfall kriegen oder lachen soll?"

„Du sagst es. Zum Glück kennt sie mich nicht anders." sagte er zu Meara. „Wenn ich keine Lust hatte, den perfekten Prinzen zu spielen, verkroch ich mich unter Jaros Bett."

„Bitte." unterbrach sie und kniff die Augen zusammen. Sie musste Ordnung in ihren Kopf kriegen. „Nenne ihn nicht Jaro. Ich geriet gestern schon ins Stolpern."

Torgal fand den Anblick zu niedlich. Sie wollte sie wirklich nicht verraten, aber sie fürchtete, mit den Namen so durcheinander zu geraten, dass es ihr versehentlich passieren könnte.

„Tut mir leid. Wie soll ich denn heißen, wenn er Torgal ist?"

„Dann bist du Jaromir. Macht mich nicht fertig. Der Torgal, mit dem ich seit Wochen zusammen lerne, trägt auf einmal eine Uniform. In meinem Kopf herrscht absolutes Chaos."

„Das können wir natürlich nicht verantworten." antwortete Torgal mit einem glühenden Blick in ihre Augen. Dann erhob er sich. „Lass uns umziehen. Ich will aus diesem Kleid raus."

„Gewand." betonte Jaromir belustigt. „Das ist *kein* Kleid."

„Fühlt sich aber so an."

„Ging mir anfangs auch so."

Nebenbei hatten sie sich einfach ausgezogen, was in der Priesterstadt Bairamok in Anwesenheit einer Frau eine Unmöglichkeit darstellte. Sie war knallrot angelaufen und hatte sich gleich abgewandt.

„So schlimm sehen wir nun auch nicht aus." bemerkte Jaromir.

„Mag sein, aber eine Frau mit Anstand in Bairamok sollte keinem Mann beim Umziehen zusehen."

„Jetzt brachten wir dich auch noch in Verlegenheit." erkannte Torgal und hockte sich voll bekleidet neben sie. „Entschuldige. Du hast schon genug Probleme wegen mir. Es tut mir wirklich leid."

Jaromir stand daneben und musste einsehen, die Probleme nahmen gerade zu. Torgal war ihrem Gesicht ganz nah gewesen, als er leise um Vergebung gebeten hatte. Sein Atem hatte sie gekitzelt und ein Prickeln in ihrem Körper hervorgerufen, das als Gänsehaut an ihren Armen sichtbar wurde.

Der Höflichkeit wegen wollte sie ihn ansehen bei ihrer Antwort. „Es sei vergeben." flüsterte sie. Seine Augen waren beinahe schwarz und hielten sie fest. Wie bei dem Drachen hatte sie plötzlich das Gefühl, er würde einen Teil von ihr berühren, den noch niemand zuvor erreicht hatte.

„Vielen Dank." lächelte er. So schüchtern hatte er sich noch nie gefühlt. Er wusste nicht so recht, was er sagen oder tun sollte. Sicher war nur, ihre blauen Augen hatten sich in sein Herz gebrannt.

Das durfte doch nicht wahr sein, dachte Jaromir. Torgal hatte ein echtes Talent dafür, sich in Schwierigkeiten zu bringen. Sie war eine Bürgerliche. Nicht mal ein ganz kleines bisschen adlig. Wie wollte er seinem Vater das denn beibringen? Gar nicht, vermutlich.

Jaromir räusperte sich auffällig. „Wagt es euch ja nicht."

Während Meara verlegen den Blick senkte, schielte Torgal schmunzelnd zu ihm auf. „Sagtest du was?"

„Ja." lachte er und stieß ihn von Meara weg. „Immer suchst du dir den größten Schlamassel, den du finden kannst, und ziehst mich mit rein."

„Nenne Meara nie wieder Schlamassel, sonst lernst du mich kennen."

Wenn Torgal nicht ebenso gelacht hätte, wäre sie besorgt über den weiteren Verlauf des Gesprächs gewesen. So fühlte sie sich zutiefst geschmeichelt. Sie als Mündel war noch nie in der Lage gewesen, dass jemand für sie das Wort erhoben hätte. Jaromir hatte das während der letzten Wochen auch schon getan, aber da fühlte es sich anders an.

„Wann musst du zurück?" fragte Jaromir ausweichend. Er hoffte aber auch, die Botschaft wäre angekommen.

„Ich hab noch ein bisschen Zeit und will mein Pferd auf jeden Fall noch ausruhen lassen. Was habt ihr vor?"

„Die Berge." seufzte Jaromir und fing an, ihre Sachen zu packen. „Kommst du mit? Wir müssen weiter, sonst bringt uns der Vater noch um."

„Der Bericht?"

„Mhmh. Wir müssen den schreiben und dafür müssen wir etwas sehen, über das wir schreiben können."

„Habt ihr was dagegen, wenn ich euch ein Stück begleite?" fragte Torgal verunsichert. Zum einen wusste er nicht, was sein Freund davon hielt, aber auch Mearas Meinung war wichtig für ihn. Im Moment schwieg sie.

„Von mir aus." antwortete Jaromir. Nebenher packte er schon sein Bündel zusammen und schnürte es fest. „Wenn Meara Zwei von unserer Sorte vertragen kann."

Dahingehend war sie sich sicher. „Vermutlich nicht, ohne ein paar Nerven zu lassen. Aber du bist herzlich willkommen, wenn du nicht vermisst wirst."

„Nein, noch nicht. Vielen Dank."

„Dann lernst du doch noch was."

„Ich bin gespannt. Irgendwas, auf das ich achten sollte?"

Sie konnte es sich einfach nicht verkneifen. Der Prinz machte es ihr zu leicht, sich auf freundschaftlicher Ebene zu unterhalten. „Alles, was du schon lerntest in den letzten Wochen."

Er bedachte sie mit einem frechen, aber verlegenen Schmunzeln. Nicht viele in ihrer Situation wären so über ihn hergezogen. Das gefiel ihm dafür umso mehr.

„Wenn du Jaro mal besuchen kommst, sag mir Bescheid. Dann sollte ich mich fernhalten, sonst kriegt seine Mutter wirklich noch einen Herzanfall."

„Wer sagt, dass ich nur ihn besuchen würde?"

Nur einen Wimpernschlag sah sie ihm noch in die

Augen, dann lief sie los zu den Bergen. Sie und der falsche Torgal hatten sich überlegt, dort anzufangen und unterwegs schon so viel wie möglich aufzunehmen. Auf den Bergen hofften sie auf verschiedene Steine, die Meister Fagul ihnen gezeigt und erklärt hatte.

Torgal blieb wie eine Statue stehen. Dann schob er sich die Faust in den Mund, biss darauf und erstickte einen euphorischen Freudenschrei. Ihm war so was von heiß! Und wie die Welt plötzlich strahlte! Die Sonne flutete den Wald mit goldenem Licht und brachte jede Farbe einzeln intensiv zum leuchten. Sein Atem beschleunigte sich von ganz allein und sein Herz raste im Angesicht dieser Frau.

„Beeindruckt?" grinste Jaromir. Er musste es nicht abstreiten, als Freund sah man das ganz deutlich.

„Und wie. Man!" Er musste tief durchatmen. „Wie kannst du überhaupt an Lernen denken?"

„Sie ist eine wahnsinnig gute Freundin geworden. Du hast also freie Bahn, aber wenn du ihr wehtust, vergesse ich die Freundschaft zu dir."

„Im Ernst?" fragte Torgal leise. „Du hast nichts dagegen?"

„Nein. Aber dein Vater ganz sicher, vergiss das nicht. Bring sie nicht in Schwierigkeiten." Sie waren ebenfalls langsam losgelaufen. Jaromir blieb noch mal stehen und hielt Torgal fest. „Ich meine es ernst. Ich brauchte Wochen, bis sie richtig aus sich herauskam. Sie ist die dritte Gesandte und weniger als eine Bürgerliche. Sie ist eine Bettlerin. Wenn du dich deinem Vater nicht stellen willst, dann lass es gleich. Versprich es mir."

„Du solltest mich besser kennen, Jaro." lächelte Torgal warm. „Ich machte da noch nie die Unterschiede wie mein Vater. Vielleicht ist es an der Zeit, Winderlorn zu revolutionieren."

„Das kannst du aber nur, wenn du auf dem Thron sitzt und nicht, wenn dich dein Vater enterbt. Denke an alle Folgen, bevor du irgendeinen Schritt gehst. Ich mag sie wirklich und liebe sie wie eine Schwester."

„Versprochen. Ich will sie ja auch nicht auf meinen Sattel zerren und einfach mitnehmen. Aber wie viele Frauen lerntest du unter meinem Namen kennen, die so offen in das Gespräch gehen?"

„Nur diese eine." durfte Jaromir antworten. „Ich frage mich, wie du das aushältst."

„Gar nicht. Ich hasse es. Und Meara … Boah!" quiekte Torgal und schickte ein Knurren hinterher. „Sie ist das schönste Mädchen, das ich je ansehen durfte. Und sie ist so offen und..." Ihm fehlten die Worte. Keines schien ihm passend, sie zu beschreiben. Weder äußerlich noch die inneren Werte, die er bisher in den wenigen Stunden hatte sehen dürfen. Sie allein war ein Grund, seine Entscheidung gegen Zyranian zu bereuen.

„Ganz ruhig." gluckste Jaromir. Was war denn nur in diesen Kerl gefahren? „Atme tief durch und bleib ruhig."

„Ist ja gut." feixte Torgal. Wie peinlich … So umnebelt fühlte er sich sonst nicht.

„Und versuche einen klaren Gedanken zu fassen und dir über alle Konsequenzen bewusst zu sein, bevor du ihr in dieser Richtung gegenübertrittst."

„Was ist passiert? Du scheinst sie mehr zu beschützen als jemals jemanden zuvor."

„Wenn wir darauf kommen und sie sich offenbaren will, dann wirst du es erfahren."

Da gab es für Jaromir auch keine Kompromisse. Er selbst schämte sich nicht dafür, sich auf eine der Ärmsten in ganz Zyranian eingelassen zu haben, die auch noch in arge Bedrängnis geraten war. Auch Torgal hätte sich davon nicht aufhalten lassen. Aber es war Mearas Leben und ihre Entscheidung. Das sah Torgal ein und sie holten schnell zu ihr auf.

Das Gute war, sie konnten den weiteren Weg bequemer zurücklegen, indem sie Torgals Pferd den Ballast aufluden. Viel war es ja nicht, aber ohne Bündel auf dem Rücken lief es sich gleich besser.

Noch war das Gelände auch eben, stieg nur sanft an. Schon am gleichen Abend wurde der Aufstieg jedoch anstrengender und es zeigte sich, dass Torgal im Training eines Soldaten stand. Jaromir war früher auch fitter gewesen. Sehr zu seinem eigenen Entsetzen und sehr zu Torgals Belustigung hatte ihn das viele Stillsitzen Kondition gekostet. Und Meara kannte vielleicht harte Arbeit im Garten, aber richtigen Sport hatte sie nie gemacht. Auch sie fing bald an zu schwitzen und schwerer zu atmen.

„Wir sollten hier lagern." schmunzelte Torgal. Nein, er würde jetzt nicht schon wieder Spott loslassen. Vermutlich würde nicht mal eine Antwort kommen. Seine beiden Begleiter waren mit Atmen vollends ausgelastet.

„Kann...“ keuchte Meara und ließ sich auf einem Moosbett fallen. „es sein … dass die Luft … hier dünner ist?“ Noch einmal atmete sie tief durch, aber es fühlte sich anders an. „Ich hab das Gefühl, ich brauche zwei Atemzüge, wo ich unten nur einen brauchte.“

„Das ist im Erolgebirge auch so.“ erzählte Torgal und reichte ihr den Wasserschlauch. „Umso höher man steigt, desto schlechter kann man atmen.“

„Und was tut man dagegen? Ich glaube, ich ersticke gleich.“

„Das wirst du nicht. Dein Körper wird sich daran gewöhnen. Wir müssen nur langsamer machen. Keine falsche Scheu. Wenn du eine Pause brauchst, dann sag es. Ich könnte nicht verantworten, wenn du ohnmächtig wirst.“

„So schnell hoffentlich nicht.“ Solange keine Drachen in der Nähe sind, dachte sie. Oder eine Kutsche, die mit ihr die Böschung hinabrollt. Oder ein Gift im Parfum...

„Ich mache uns ein Feuer.“ feixte Torgal.

„Ich mache das Feuer.“ verbesserte Meara. „Und ihr sorgt für was Essbares. Aber bitte so, dass ich nicht mehr erkenne, wie niedlich es mal war.“

„Wir könnten etwas Hässliches suchen.“ lachte Jaromir. Am Abend zuvor, als sie noch zu zweit gewesen waren, hatte er das kleine Kaninchen auch schon ausnehmen müssen, bevor er zu ihr gekommen war. Der Kopf und die Pfoten hatten ganz gefehlt und das weiche Kuschelfell war auch verschwunden gewesen. Nichts daran hatte nach einem niedlichen Häschen ausgesehen. So in etwa wünschte sie sich das jetzt wieder.

„Ich will es gar nicht wissen." lachte sie zu Jaromir zurück. „Ich besorge die Kräuter. Oder willst du zeigen, dass du gestern zuhörtest?"

„Ich glaube, das würden meine Geschmacksnerven bereuen. Ich werde die nie alle auseinanderhalten."

„Dann wiederholen wir das nachher noch mal. Und danach wird gesungen."

„Um Himmels Willen." Torgal verdrehte die Augen. „Das ist nicht wahr, oder?"

„Oh doch." zickte Jaromir. „Siehst du, was du mir einbrocktest?"

„Bin ich froh, dass du schon zustimmtest. Wie läuft es denn?"

„Noch gar nicht. Nach den Ferien geht es los."

„Viel Spaß."

Das Grinsen hätte er sich schenken können, dachte Jaromir. Andersrum wäre es ihm aber genauso gegangen, deshalb würde er dafür sorgen, dass Torgal mitsang. So gäbe es nichts, worüber er sich lustig machen könnte, ohne sich selbst zu meinen.

Erst mal gingen sie jagen. Mit Pfeil und Bogen war Jaromir der Schütze. Sie kreisten einen Fasan ein und Torgal scheuchte ihn auf. Damit flog er Jaromir quasi direkt in die Arme. Sie waren schon oft gemeinsam jagen gewesen, deshalb klappte das ohne Absprachen. Sie brachten das Tier ausgenommen und ohne Federn zu ihrem Lagerplatz.

Auf einem Stein hatte Meara schon verschiedene Kräuter in eine grüne Masse verarbeitet. Damit rieben sie den Braten ein und hängten ihn übers Feuer. Neben sich hatte sie zu jedem Kraut ein Blatt aufgehoben und wiederholte die Lektion vom Vorabend. Torgal hörte interessiert zu und half auch, den Bericht für ihr Tagebuch zu schreiben. Darin erwähnten sie auch diese Wiederholungen und wie sie das Wissen über Kräuter für die Verfeinerung ihrer eigenen Mahlzeit nutzten. Das sollte dem Vater gefallen.

Und danach wurde es ernst für die beiden Winderlorner. Meara entschied sich für ein recht einfaches Lied zum Einstieg. Der Text war leicht zu merken und die Melodie wiederholte sich in kurzen Intervallen. Bevor sie den Unterricht begannen, sang sie es einmal komplett vor.

„Wunderschön." musste Torgal zugeben, obwohl er mit Musik bisher auch noch nie etwas zu tun gehabt hatte. Bei einem Ausflug mit seinem Vater in ein anderes Land hatten sie mal einen Spielmann gehört - mehr Erfahrung konnte er nicht vorweisen.

„Danke. Und ihr werdet es lernen."

„Muss das sein?" brummte Torgal. Er würde sich gleich zum Volltrottel machen, das war klar. Vor Jaromir allein hätte ihn das nicht so sehr gestört. Meara gegenüber wurde in ihm jedoch das Bedürfnis geweckt, sie zu beeindrucken. Er wollte ihr instinktiv zeigen, dass er ein guter Mann für sie sein könnte. Singen konnte er aber nicht.

„Du machst mit." legte Jaromir lachend fest. „Ich muss das noch mehrere Jahre machen, also wirst du dich jetzt nicht drücken."

„Ist ja gut."

„Wir fangen einfach an." kündigte Meara an. „Könnt ihr pfeifen?"

Immerhin das konnten sie. Allerdings nur den Pfiff, um ihr Pferd zu rufen. Meara fiel es selbst schwer, eine Melodie zu pfeifen. Die zwei Männer saßen vor ihr und fühlten sich so unwohl, dass sie es witzig fand. Ihre Lippen waren kaum imstande, sich zu einem Pfeifen zu formen.

Sie pfiff die Melodie und versuchte dann, ihren Schülern ebenfalls verschiedene Töne auf diese Weise zu entlocken. Die mussten sich natürlich erst mal ausprobieren, aber es ging. Höhen und Tiefen bekamen sie im Wechsel hin. Erste Lektion abgeschlossen.

Danach folgte das Summen. Auch hierbei sollten sie den Ton höher und tiefer stellen, aber auch die erste Abfolge der Melodie summen. Es dauerte eine ganze Weile, aber sie bekamen das hin und die Stimmen wurden hinzugenommen.

Beim ersten Versuch, nur die erste Strophe zu singen, bekam Meara Gänsehaut und sämtliche Härchen ihres Körpers stellten sich auf. So ein Gekreische hatte sie noch nicht gehört. In großem Umkreis erhoben sich sämtliche Vögel aus den

Bäumen und stiebten auseinander.

„Du meine Güte." lachte sie.

„So schlimm?" griente Jaromir verlegen.

„Ziemlich. Sagt mal ein langes A." Das ging einfach. „Sehr gut. Immer weiter. Und nun ändert eure Stimme wie beim Summen eben."

Das war schon etwas besser und sie ließ sie sich eine Weile ausprobieren.

„Es geht doch. Und jetzt ruft eure Nana." Das war ein gängiger Kosename kleiner Kinder für die Großmutter und bot sich an. „Wechselt zwischen dem Summen eines N und dem A."

Sie hätte nicht gedacht, dass sie es wirklich so schwer mit dieser Lektion haben würde. Ihr war auch nicht klar gewesen, wie schwer sich die beiden damit tun würden und dass sie wirklich überhaupt kein Musikgefühl hatten. Wo sich bei anderen die Melodie einfach einprägte und wieder hervorgeholt werden konnte, mussten sie sie Stück für Stück auswendig lernen wie bei einem Theaterstück.

Bis zum Schlafen übten sie einzelne Wörter des Liedes in der richtigen Melodie und Tonlage. Schlussendlich schafften sie immerhin die erste Zeile und waren heißer. Ihre Kehlen waren solche Belastung überhaupt nicht gewöhnt.

„Singst du uns noch eins?" bat Torgal. Seine Stimme klang kratzig und sein Hals schmerzte. Er konnte nicht leugnen, dass es irgendwie Spaß machte, aber anstrengend war es, wie er es sich nicht hatte vorstellen können.

Meara tat ihm und Jaromir den Gefallen. Sie legten sich zum Schlafen ums Feuer herum und sie stimmte ein ruhiges Schlaflied an. Die Frau, die sie aufgezogen hatte, hatte es ihr immer gesungen, wenn sie nicht hatte einschlafen können. Seit ihrem Tod hatte Meara das Lied nicht mehr gesungen und wollte es auch von keinem anderen hören. In dem Moment, da sie mit einem engen Freund und einem faszinierenden Mann am Feuer lag, kam es ihr ganz leicht über die Lippen. Es war der perfekte Augenblick, ihrem Mutterersatz zu gedenken. Sie wäre stolz auf Meara gewesen, das wusste sie ganz sicher.

Sie ließ die letzte Note ausklingen und hing in Gedanken bei der liebenswerten Frau, die sich für ihre Decke geopfert hatte. Ihre beiden Begleiter waren unterdessen schon eingeschlafen. Sie atmeten beide ganz ruhig und schienen schöne Träume zu empfangen. Meara wünschte es beiden gleichermaßen.

Der weitere Weg war zu steil für ein Pferd. Sie bauten ihm ein provisorisches Freigehege. Er hatte genug Platz, kam auch an genügend Frischwasser heran, würde aber nicht abhauen können. Meara stand daneben und musste zugeben, sie war beeindruckt. Sie hätte keinen Stall aus dem Nichts ohne Werkzeug bauen können. Sie kannte aber auch eine einfachere Methode.

Sie ging zu dem Pferd und streichelte es liebevoll. „Na du Schöner." Er hob den Kopf, schnaubte leise und stupste sie an. „Wir verlassen dich für eine Weile. Wirst du hier warten?"

Wieder schnaubte er, doch sah es für Torgal aus, als würde er nicken. Wie ging denn das?!

„Seht ihr?" grinste Meara zu den beiden Kerlen. „Ihr hättet euch die Mühe sparen können. Ist es nicht das, was Meister Rastro uns beibrachte?"

„Dir vielleicht." brummte Jaromir. „Ich mag den Kerl immer noch nicht. Wie der uns anfangs im Keller ansah." Allein die Erinnerung brachte ihm Gänsehaut. „Da dachte ich wirklich, die würden uns rausschmeißen."

„Wehe!" rief Torgal erschrocken. „Das kannst du mir nicht antun!" Sein Vater würde einen Tobsuchtsanfall kriegen.

„Wir konnten doch nichts dafür."

Soweit es die Atmung zuließ, erzählten sie beim weiteren Aufstieg von dem Kellergewölbe und den Problemen, denen sie sich gegenübersahen. Für Torgal klang das in erster Linie nach einer hinterhältigen Verschwörung. Irgendwer wollte sie nicht dort haben.

Daraufhin erzählten sie auch von den diversen Problemen mit Kyrlua und Ziendul. Da wurde Torgal so richtig bewusst, dass sich seine Freunde in ziemlicher Gefahr befanden. Giftanschläge und Sabotage!

„Seid bloß vorsichtig." bat er ernsthaft beunruhigt. „Da hat es jemand eindeutig auf euch abgesehen."

„Nicht nur einer." seufzte Meara.

„Ich glaube nicht daran, dass es Einzeltaten sind."

260

„Wie jetzt?" Ihr fielen beinahe die Augen aus dem Kopf vor Schreck.

„Ich kenne das von meinem Großvater. Seine Frau erzählte mir vom Ende seines Vaters, als mein Großvater noch ganz klein war. Es hatte diverse Unfälle gegeben. Anfangs hatte man sich nichts dabei gedacht. Ein Pferd war durchgegangen und ein Leuchter von der Decke gefallen, als er darunter stand."

„Du meine Güte." flüsterte Meara.

„Es ging so weiter. Quasi täglich entkam er nur knapp dem Tod. Danach folgten Gerüchte über Bestechlichkeit. Angeblich hatte er Geschenke von denen angenommen, die für ihn arbeiten wollten oder von ihm gerichtet werden sollten. Das stimmte aber nicht. Nach und nach hatte es sein Bruder geschafft, sein ganzes Ansehen zu zerstören. Winderlorn stand kurz vor einem Aufstand. Bis die Amme meines Großvaters zufällig den Bruder des Königs sah, wie er einen Schatten bezahlte."

„Einen Schatten?" hakte Jaromir ein. Diese Geschichte hatte er auch noch nicht gehört.

„Mehr konnte sie von dem Kerl nicht sehen. Er stand im Schatten verborgen. Am nächsten Tag erkannte sie jedoch den Beutel, den er bekommen hatte. Darin waren Silberlinge, die ihm für den nächsten Unfall bezahlt worden waren."

„Und wer war es?"

„Die rechte Hand des Königs. Sein engster Vertrauter und Berater. Sie wollten seinen Bruder auf den Thron setzen, bevor mein Großvater erwachsen war, dann wäre auch mein Großvater aus der Thronfolge ausgeschlossen, wenn der amtierende König einen Thronfolger zeugt. Es war ein abgekartetes Spiel und wäre vermutlich nicht mal jemandem aufgefallen, wenn die Amme nicht Alarm geschlagen hätte. Dem Königsbruder und seinen Verbündeten wurde der Prozess gemacht und das Ansehen des Königs wiederhergestellt."

„Wenigstens gibt es ein gutes Ende." lächelte Meara matt.

„Wie man es nimmt. Einen hatte man nämlich übersehen und der schaffte es, den König mit einem Pfeil zu durchlöchern, bevor das Urteil vollstreckt werden konnte."

„Da gefiel mir das erste Ende besser." maulte sie.

„Entschuldige." lächelte Torgal. Mearas beleidigte Schnute fand er zuckersüß. „Keine vollständigen Geschichten mehr, wenn sie nicht gut ausgehen."

„Wie kam dann dein Großvater auf den Thron?" fragte Jaromir. Wenn Torgals Großvater aus der Thronfolge ausgeschieden wäre, dann wäre auch Torgal jetzt kein Prinz und Thronerbe.

„Sein Vater hatte für den Fall vorgesorgt und einen Vertreter ernannt, der seinen Sohn solange vertreten sollte, bis er selbst König sein konnte."

„Und wer war es?" wollte Meara unbedingt wissen. Es klang wie eine spannende Romangeschichte.

„Seine Frau." lächelte Torgal. „Ihr hatte er immer blind vertraut und sie wurde die erste Königin, die ohne einen König herrschte."

„Und das nahmen die Winderlorner Bürger hin?" fragte Jaromir skeptisch. Er konnte sich das kaum vorstellen. Die meisten vertraten die Ansicht, eine Frau müsse nicht mehr als einen Haushalt führen und Kinder kriegen. Er selbst, seine Eltern und auch Torgal sahen das anders, aber die landläufige Meinung ging in diese Richtung.

„Im Großen und Ganzen schon, ja. Nach den ganzen Vorfällen hielten sie loyal zu ihrer Königin. Worauf ich eigentlich hinaus wollte, bevor ich abschweifte: Passt auf euch auf und findet raus, auf wen sie es abgesehen haben."

„Inwiefern?" fragte Meara ängstlich.

„Na ja, ich kenne niemanden, dem ich im Weg wäre. Vielleicht wissen sie auch von dem Tausch und die Anschläge gelten Jaro. Vielleicht auch dir. Findet das Motiv, dann findet ihr auch die Urheber."

„Das ist unlogisch." legte Jaromir fest. „Egal wem die Anschläge gelten, derjenige müsste Einfluss im Orden haben und das Gebäude anstiften, uns zu diskreditieren. Wieso wurden wir dann überhaupt aufgenommen? Meara kam nur über das Veto mehrerer Mitglieder zur Aufnahme. Sie setzten sich dafür ein, dass sie bleiben kann."

„Erst setzen sich alle ein, dass sie bleiben darf, und dann wird sie rausgeekelt?" fasste Torgal zusammen. Das klang wirklich unlogisch. „Vielleicht geht es auch nicht darum, dich auszustoßen."

„Sondern?" fragte sie verängstigt. „Ich kann mir

263

nicht vorstellen, dass das wirklich mir gelten sollte. Kyrlua hegt schon seit Jahren Groll gegen mich. Und Ziendul ist einfach sauer, dass ich ihm seine Arbeiten nicht mehr schreibe. Und der Vater gab uns doch eine Möglichkeit, den Keller zu verlassen. Alle Lehrer wissen Bescheid und geben uns keine Strafen, wenn wir zu einem Treffen nicht kommen können."

„Das schindet Eindruck." erkannte Jaromir plötzlich und blieb unvermittelt stehen. „Seien wir ehrlich: Der Vater half uns oft und wir vertrauen ihm."

„Du meinst, das ist der Plan? Sie stellen uns vor Probleme, helfen uns, sie zu beheben, und erschleichen sich damit unser Vertrauen?"

„Klingt so." nickte Jaromir nachdenklich. Bisher hatte er das noch nie so im Zusammenhang betrachtet. „Wieso wurde Ziendul ausgerechnet dir zugeteilt? Du sagtest, der Vater wüsste von seinen Machenschaften. Und wieso wurde Kyrlua überhaupt aufgenommen? Nach allem, was wir wissen, erfüllt sie zwar die geforderte Vorbildung, hat aber echte Probleme im Charakter. Sie hätten sie doch auch einfach nach Hause schicken können und dich aufnehmen."

„Ich kriege Kopfschmerzen." stellte Meara fest und kniete sich zu einem Bach, der gerade ihren Weg kreuzte. Sie musste etwas trinken und ihren Schlauch auffüllen.

Torgal hockte sich neben ihr zum Bach. „Entschuldige. Ich wollte dir keine Angst machen.

Ich wollte nur, dass ihr vorsichtig seid und auf euch aufpasst."

„Ich weiß, danke. Aber mal ehrlich: Kannst du dir irgendeinen Grund vorstellen, weswegen sie mein Vertrauen bräuchten? Das würde auf dich eher zutreffen, wieso werde ich dann vergiftet? Das ergibt im Zusammenhang nicht viel Sinn."

„Ich weiß nicht." gab Torgal zu und legte sich ins Gras zurück. Sein Blick beobachtete die wippenden Bäume über ihm. „Ich war noch nie in Ul-Bairamok und kenne eure Gepflogenheiten nicht. Bist du irgendwem im Weg, der deinen Platz einnehmen möchte?"

„Ganz sicher nicht." schmunzelte sie. Allein die Vorstellung, ein angesehener Bürger des Landes würde ihren Platz einnehmen wollen, war absurd.

Davon wusste Torgal aber nichts. „Wie kannst du da so sicher sein?"

„Torgal, ich bin ein Nichts. Ein Niemand. Als Säugling tauchte ich in den heiligen Gärten aus dem Nichts auf und wurde seither als ihr Mündel erzogen. Ich besitze einfach gar nichts. Weder materiell, noch irgendein Ansehen."

„Kein Grund, sich zu schämen." lächelte er und hob liebevoll ihren hängenden Kopf wieder an. „Ich weiß etwas, das dich zu einem der reichsten Menschen der Welt macht."

„Und was?"

„Wahre Freundschaft, Anstand, Ehrlichkeit und das Gefühl der Liebe. Ich kenne Kyrlua nicht, aber meinst du, sie läuft Jaro hinterher, weil sie ihn liebt?

Nein. Sie kann gar nicht lieben. Genau wie die meisten Hochgeborenen, die ich kenne."

„Von Liebe allein kann man sich aber nichts kaufen."

„Das mag sein." stimmte Jaromir auf ihrer anderen Seite zu. „Aber du ergriffst deine Chance und arbeitest hart für deinen Abschluss. Ich sehe es jeden Tag. Stufe dich nicht selbst herab, nur weil du ohne alles anfingst."

„Genau!" rief Torgal. „Erhebe dich, weil du trotzdem auf die gleiche Höhe kletterst wie die, die von Anfang an alles haben."

„Ihr seid süß." schniefte Meara. Allein dieses Gespräch baute ihr Selbstbewusstsein auf.

„Also ist Torgal vielleicht das eigentliche Ziel." überlegte Jaromir. „Dann kann es ja nur um irgendeinen politischen Streich gehen, von denen ich keine Ahnung hab."

Sein erwartungsvoller Blick forderte von Torgal eine Antwort, die er unmöglich geben konnte. Das hätte Jaro wissen müssen. „Keine Ahnung. Du weißt, dass mich das nicht interessiert."

„Vielleicht solltest du damit anfangen." schlug Meara vor. „Du könntest deinen Vater fragen, ob es irgendwelche Spannungen gibt, von denen du nichts weißt."

„Und wie soll ich das anstellen? In der Rüstung der Palastwache vor ihn treten, während ich offiziell hier im Kleid sitzen sollte?"

„Gewand!" rief Jaromir empört. „Das ist *kein*

266

Kleid!"

„Jungs!" lachte Meara dazwischen, ehe Torgal antworten konnte. „Ruhig bleiben. Bitte. Ich sagte ja auch nicht, du sollst ihn persönlich fragen. Du könntest ihm von hier aus schreiben."

„Kannst du das noch?" fragte Torgal seinen Freund.

„Klar." grinste Jaromir wie ein frecher Lausebengel. „Ich musste früher schon immer seine Aufsätze schreiben und kann seine Schrift noch."

„Perfekt." freute sich Meara.

„Schreibt ihr mir auch?" bat Torgal schmollend. „Ich würde gern wissen, was ihr wisst und wie es euch geht und was sonst so passiert."

Meara konnte noch immer nicht widerstehen. „Ich soll also Jaromir einen Brief schreiben, obwohl ich ihn noch nie sah? Ich weiß gar nicht, was ich da schreiben soll."

„Du bist ganz schön frech. Ich bin immerhin ein Prinz."

„Dem ich bei einem Betrug des Königs half. Ich könnte dich erpressen."

„Nein." entschied Torgal absolut überzeugt. „Das passt nicht zu dir. Viel zu hinterhältig und selbstsüchtig."

„Ich könnte bei Kyrlua in Lehre gehen."

„Glaub mir, damit verdirbst du dir mehr, als du gewinnen würdest. Mein Vater gab zu meinem letzten Geburtstag einen Ball und lud aus der halben Welt die ledigen Prinzessinnen ein. Es war furchtbar.

Reiten kann von denen keine, weil sie nur in Kutschen reisen. Den Unterschied zwischen Stroh und Heu kennen die auch nicht. Dafür konnten sie mir genauestens erzählen, welche Edelsteine in ihrem Schmuck eingearbeitet waren und wie wertvoll die Stoffe ihrer Kleider waren. Hört endlich auf zu lachen!" befahl er entsetzt. Seine Freunde kugelten sich halb über den Waldboden vor lachen. „Das war nicht witzig! Jedes Gespräch mit denen läuft gleich ab. Sie beteuern die Ehre, mich kennenzulernen, aber kennen wollen sie mich nicht! Und wenn ich dann sage, ich mag Pferde, mögen sie sie plötzlich auch, aber nicht zum Reiten, sondern als Kapital und Reichtumsbarometer! Die kennen sogar den Stammbaum ihrer Rassepferde!"

„Hör auf!" gluckste Meara. Sie hatte schon Bauchschmerzen vom Lachen. „Bitte. Ich kann nicht mehr. Worüber unterhaltet ihr euch denn dann überhaupt?"

„Über nichts. Und das stundenlang. Glaub mir, es ist eine Befreiung, nicht mehr der Prinz zu sein, sondern ein Kadett ohne Privilegien. Da lernt man die Menschen ganz anders kennen. Außer bei dir. Da macht das anscheinend keinen Unterschied."

„Am Anfang sah das anders aus." schmunzelte Jaromir. „Da sah sie mich nicht mal an. Seit diesem Abenteuer weiß ich, wie du dich fühlst, Torgal, und ich möchte nicht ewig mit dir tauschen."

„Schade eigentlich. Aber sagtest du nicht, in Zyranian spielt der Stand keine Rolle?"

„Theoretisch vielleicht. Kyrlua und einige andere

würden dir da widersprechen."

„Oh ja." nickte Meara. „Die meisten dort sind adlig und bilden sich was drauf ein."

„Versprich mir, dass sich nichts ändert." bat Torgal seine neue und jetzt schon liebgewonnene Freundin. „Auch wenn ich irgendwann König bin, kannst du jederzeit einfach vorbeikommen und Späße mit mir machen. Versprich mir, dass du mich nie so behandelst."

„Versprochen." Es würde ihr vermutlich auch schwerfallen, plötzlich die Etikette dem Prinzen gegenüber einzuhalten.

„Das musste ich ihm auch schon versprechen vor ein paar Jahren." lächelte Jaromir. „Und meine Eltern. Aber erst jetzt verstehe ich, wieso dir das so wichtig ist. Und wieso du nie mehr über solche Feste erzähltest."

„Die waren mir nicht so wichtig wie unsere Wettrennen oder die Rangeleien im Stroh."

„Nicht im Heu?" fragte Meara unschuldig.

„Nein, im Stroh. Ich kenne den Unterschied. Wollen wir weiter?"

Sie erhoben sich nach der kurzen Pause und strebten den felsigen Abschnitt des Gebirges an. Schon bald endete der Wald und vor ihnen lag nackter Fels, der sich in den Himmel hinauf türmte. Zu dritt fertigten sie eine grobe Zeichnung des Berges an, schrieben den Namen laut Karte dazu und würden für jede Ebene festhalten, welches Gestein zu finden war, welche Pflanzen und welche Tiere.

Bis zum Abend hatten sie einen kleinen Felsvorsprung erreicht und entfachten ein Feuer. Beute hatten sie noch im Wald gemacht und hinaufgetragen.

Das war die erste Nacht, in der sie freien Blick zu den Sternen hatten. Zu Beginn dieses Kapitels erwähnten sie als Einleitung, dass in den Nächten zuvor der Sternenhimmel von Bäumen verdeckt gewesen war. Das würde der Vater ihnen beim Lesen hoffentlich nachsehen. Sie konnten nichts beschreiben, das sie nicht sehen konnten. Sie zeichneten auch hier die verschiedenen Sternbilder ab und würden Veränderungen in den nächsten Nächten vermerken.

Nach dem Gesangsunterricht fielen sie alle Drei recht schnell in einen sehr tiefen Schlaf. Es war für Meara schon beim Einschlafen ein komisches Gefühl. Sie glaubte, einen Frieden und ungebändigtes Glück in sich zu spüren. Sie fühlte sich stark gegen alle Widersacher. Niemand vermochte ihr oder ihren Freunden etwas anzuhaben. Torgal - der Echte - stand neben ihr und hielt ihre Hand. Sehen konnte sie ihn nicht, aber sie spürte seine Nähe. Er war da. Und schräg hinter ihnen stand Jaromir, der ebenso immer da sein würde. Ein echter Freund und eine Liebe. Noch nie zuvor hatte sie so viel Glück empfunden.

Torgal sah im Traum seinen Vater vor sich. Auch er spürte Mearas Anwesenheit, aber sehen konnte er nur seinen Vater. Er überreichte ihm lächelnd die Urkunde, die ihn zu einem offiziellen Soldaten der Palastwache ernannte. Er war nicht mehr nur Kadett, er hatte die Prüfung bestanden und war in den stärksten Kreis Krieger aufgenommen worden, die Winderlorn zu bieten hatte. Das allein hätte ihm reines Glück beschert, aber dass sein Vater sich mit ihm freute, stolz auf ihn war und seine Entscheidung respektierte und akzeptierte, das rief in ihm ein Gefühl hervor, das er nicht in Worte hätte fassen können.

Auch Jaromir träumte von der Freundschaft, die die Drei geknüpft hatten. Sie alle Drei gegen den Rest der Welt. Sie reisten zusammen umher, erkundeten alle Länder in allen Ecken der Welt und hatten immer Spaß zusammen. Auch im Erwachsenenalter würden sie sich im Stroh lümmeln und rangeln. Sie würden helfen, wo man gerade Hilfe bräuchte. Sei es das Wissen, das sie in Zyranian gewannen oder die Kraft des Soldaten. Für eine warme Mahlzeit halfen sie den Menschen diesseits und jenseits des Erolgebirges. Überall wären sie als *Die Drei Helfenden Wanderer* bekannt. Nicht einen Tag in seinem Leben wollte er diese Bande missen müssen.

Mearas innere Uhr funktionierte immer noch wie in den heiligen Gärten. Die ersten Sonnenstrahlen eines Tages zogen den Schlaf von ihr wie eine leichte Sommerdecke. Sie wollte die Leichtigkeit des Traumes festhalten und wurde jäh zurück in die Wirklichkeit gestoßen wie in einen eiskalten Gletschersee.

Um sie herum herrschte nicht das Licht eines neuen Tages. Eigentlich gar kein Licht. Ihr war nicht bewusst gewesen, dass es einen Ort gab, an dem wirklich überhaupt kein Licht hineinkam. Sie fühlte sich, als hätte man ihr die Augen verbunden. Da es nicht den leichtesten Windzug gab, war auch klar, dass sie nicht mehr am Berghang lag. Selbst wenn es keinen Mond, keine Sterne und kein Feuer gegeben hätte, wäre es mitten in der Nacht nicht so dunkel gewesen. Sie war sich jedoch sicher, dass ein neuer Tag begonnen hatte, beziehungsweise gerade eben erwachte.

Unsicher tastete sie um sich. Sie war nicht gefesselt und hätte sich frei bewegen können, aber wenn sie wirklich noch am oder im Berg war, hätte es neben ihr weit abwärts gehen können. Oder sie wäre noch auf ihre Freunde getreten.

Von denen war nichts auszumachen. Sehen konnte sie sie sowieso nicht, aber sie hörte sie auch nicht atmen. Es war absolut still an dem Ort, an dem sie gerade war. Sie hätte die Schritte einer Maus gehört, doch da war keine. Auch keine Atemgeräusche oder sonstiges Zeichen von ihren Freunden.

„Seid ihr hier?" flüsterte sie zitternd. Ihr behagte es absolut nicht, einem Sinn komplett beraubt zu sein.

Hinter sich und rechts neben sich fühlte sie eine Wand. Sie schien in einer Ecke von irgendwas zu sitzen. Über ihr war auf jeden Fall so viel Platz, wie ihre Arme lang waren. Aufrecht zu gehen, wäre also durchaus möglich, aber zu riskant. Lieber kroch sie auf den Knien umher und tastete sich über den Boden.

Schon bald war sie sich sicher, dass sie nicht auf nacktem Fels lag. Ihr selbst gewähltes Nachtlager war nur von wenig losem Dreck bedeckter Fels des Berges gewesen. Jetzt hatte sie Erde unter sich. Dem Geruch nach wäre es aber keine Erde gewesen, in der Pflanzen hätten gedeihen können. Irgendwas fehlte daran. Meara wusste nicht, was diesem Boden so einen eigenartigen Geruch verlieh. Vielleicht könnte Meister Fagul es beantworten.

Dafür müsste sie allerdings zurück in die Schule. Und vorher musste sie ihre Freunde finden. Ob es ihnen gutging?

Jaromir und Torgal empfanden es also genauso schändlich, sie aus den schönen Träumen zu reißen. Sie waren im Gegensatz zu Meara allerdings in Winderlorn, dem Land der Jäger und Krieger, aufgewachsen. Von Kindesbeinen an hatten sie gelernt, Fährten zu lesen und ihrer Beute nachzujagen. Es steckte ihnen im Blut, ebenso die Kämpfe.

Sie mussten sich nicht erst orientieren oder sonstiges. Sobald sie aufwachten, schraken sie hoch und wussten noch vor dem ersten Blinzeln, dass sie in ziemlichen Schwierigkeiten steckten. Ihre Hände und Füße lagen in schweren Schellen aus hartem Metall. An den Schellen hingen Eisenketten. Die beiden jungen Männer waren in der Mitte eines mit Fackeln erleuchteten Raumes aufgespannt worden wie Wäscheleinen. Ihre Hände ragten zur Decke und die Füße schwebten einige Handbreit über dem Boden. Bewegungen waren ihnen fast vollkommen unmöglich.

„Na ganz toll." brummte Torgal. Wie waren sie denn bitte hierher gekommen? Wieso waren sie nicht aufgewacht, als man sie weggetragen hatte?

„Siehst du Meara?" murmelte Jaromir besonders leise.

„Nein. Meinst du, sie ist entkommen?"

„Ich hoffe es. Die Alternative wäre, dass sie gerade allein irgendwo gefangengehalten wird."

„Dann doch lieber die Freiheit."

„Schön, dass wir uns einig sind." Soweit es seine Bewegungsfreiheit zuließ, sah sich Jaromir ein wenig um. „Irgendeine Idee?"

„Nicht die geringste."

Jaromir hörte ein Schmunzeln. Da sie nebeneinander hingen, konnte er das Gesicht seines Freundes kaum sehen, war sich aber trotzdem sicher. Nur was an ihrer derzeitigen Lage witzig war, wusste er nicht. „Was findest du gerade zum Lachen?"

„Ich kann nicht glauben, dass das passiert ist. Wieso hängen wir in einer Höhle? Was kommt denn als nächstes?"

„Vermutlich nichts, dem wir begegnen wollen. Wir müssen hier raus und Meara suchen."

„Und wie, du Witzbold?"

Die Ketten waren viel zu stark, als dass sie sie hätten zerreißen können. Die Schlösser konnten sie auch nicht knacken, weil sie ja nicht mal hin kamen.

„Sie braucht uns vielleicht." stellte Jaromir fest. „Wir müssen hier weg."

Untätig war Torgal ja auch nicht. Er sah sich um, versuchte die Ketten zu lösen, aus den Verankerungen zu reißen - irgendwas. Er sah sich auch auf der Suche nach einer Idee um. Bisher leider erfolglos.

In der Zwischenzeit hatte Meara eine Tür ertastet. Sie war leider verschlossen und aus Metall. Sie würde noch so oft dagegenlaufen können, auf diesem Wege würde sie sie nie öffnen können.

In einem Roman der beeindruckenden Bibliothek Zyranians hatte sie letztens gelesen, wie ein Detektiv die Schlösser mit irgendwelchen Hilfsmitteln geknackt hatte. Wenn er Informationen brauchte, war er in die Häuser der Menschen eingebrochen und hatte sich gesucht, was er brauchte. Ob das wirklich funktionierte? Meara hatte es bisher noch nicht ausprobiert.

Eine Haarklemme zog sie aus ihrem Haar und stocherte in dem Schloss herum. Ihr blieb nichts anderes übrig, als auf Glück zu hoffen. Nicht mal sie selbst wusste, was sie damit eigentlich bezweckte. Hätte sie gewusst, wie ein Türschloss von innen aussieht, hätte sie wenigstens einen Ansatz gehabt, wie die Lösung aussah. Einbruch bot ihnen ihr Stundenplan allerdings nicht.

Von der anderen Seite der Tür drang auf einmal Tumult in ihre Ohren. Es waren mehrere, die sich unterhielten. Meara konnte verstehen, dass sie etwas sagten. Durch die Tür war es schwer zu verstehen, sie konnte keine Worte erkennen, aber eindeutig die Sprache der Menschen. Die Stimmen klangen merkwürdig verzerrt. Es klang fast, als würde ein Winderlorner versuchen zu singen.

Die Stimmen näherten sich und blieben direkt vor Mearas Tür stehen. Schnell zog sie sich zurück und steckte die Nadel wieder in ihr Haar. Angst kroch in ihre Glieder und lähmte sie. Allein in der Dunkelheit zu sitzen, fühlte sich besser an als die bloße Vorstellung, diese verzerrten und fies klingenden Stimmen würden sich die Dunkelheit mit ihr teilen.

Unsanft stieß sie mit dem Rücken an die Wand, weil sie sie nicht sehen konnte. In der Ecke kauerte sie sich zusammen und wünschte sich, nicht gesehen zu werden. Was hatte sie denn erwartet? Dass sie die Tür aufbrechen und fliehen könnte? Was für ein Blödsinn!

Sie hörte, wie ein Schlüssel ins Schloss gesteckt und gedreht wurde. Vor Angst hörte sie auf zu atmen und merkte, wie ihr schwindlig wurde.

Die Tür ging knarzend auf und drei Gestalten betraten den Raum, die Meara nicht zu benennen wusste. Sie gingen aufrecht auf zwei Beinen wie Menschen, hatten auch zwei Arme mit Händen und Fingern. Allerdings waren sie entsetzlich anzusehen. Ihre Gesichter waren entstellt und von Wülsten überzogen. Ihre Körper schienen auf der einen Seite größer als auf der anderen, weshalb sie gekrümmt liefen. Einer ihrer Arme schleifte fast auf dem Boden. Ihre Haut sah an den freien Stellen so aus, wie Meister Rastro die Haut der Schweine beschrieben hatte. Der größte Teil war jedoch durch festes Leder oder Rüstungsteile verdeckt. Ihre spitzen Waffen hielten sie erhoben und betraten langsam den dunklen Raum. Mit jedem Schritt breitete sich ein übler Gestank von Jauche aus.

Vom Gang her drang kaum Helligkeit hinein. Es mussten unangenehme Lichtverhältnisse vor der Tür herrschen. Sie wären Meara lieber gewesen als diese alles verschlingende Dunkelheit. Gleichzeitig wollte sie nicht, dass Licht in ihr Gefängnis kam und diese Kreaturen sie sehen konnten.

Fackeln schoben sich in den überschaubaren Raum. Er war mit wenigen Schritten zu durchschreiten, wie Meara nun erkannte.

Die Fackeln breiteten genügend Licht im Raum aus, damit die Kerle jeden Winkel sehen konnten. Meara kauerte noch immer in der Ecke und machte sich ganz klein. So genau wollte sie gar nicht wissen, wer die waren und was die wollten.

Ein Schreck huschte über die Gesichter der Gestalten.

„Wo ist sie?!" rief der eine entsetzt. Seine Stimme klang kalt und gefährlich unter der dunklen Verzerrung.

Zu dritt traten sie in den Raum, sahen sich um und hielten die Fackeln in jede Richtung. Meara sahen sie nicht. In der Angst war ihr sowieso keine Bewegung möglich und die Atmung hatte sie auch noch nicht wieder aufgenommen. War sie wirklich so klein, dass sie sie übersahen?

Sie wusste es nicht. Im Vergleich zu anderen Frauen ihres Alters war sie wirklich recht klein, aber doch nicht so einfach zu übersehen. Und doch gingen die finsteren Gestalten und ließen die Tür offen stehen. Meara blieb wie versteinert in der Ecke kauern und suchte wenigstens in ihrem Kopf eine Erklärung für das, was eben geschehen war. Schlief sie vielleicht noch und träumte? Oder bildete sie sich das ein? Hatte ihr Geist in der Dunkelheit etwas aufgebaut, das gar nicht da war? Das war für sie nachvollziehbarer, als dass die sie einfach übersehen hatten.

Aber die Tür stand noch immer offen und der leichte, warme Schein von Feuer drang in ihre Zelle. War es also vielleicht doch kein Traum? Selbst wenn ihr Unterbewusstsein sie in dieses Abenteuer geschickt hatte, wollte sie auch im Traum um das Wohl ihrer Freunde kämpfen. Sie würde sie suchen gehen.

Sie konnte selbst kaum glauben, dass sie das tun wollte. Mut gehörte nicht gerade zu ihren Charaktereigenschaften. Die letzte Zeit in Zyranien hatte ihr mehr Mut zum Durchsetzen abverlangt als ihr ganzes bisheriges Leben, aber die Flucht aus einer Gefangenschaft überstieg ihr eigenes Empfinden von Mut.

Langsam stand sie auf und schlich zur Türöffnung. Von allen Seiten drangen diese merkwürdigen Stimmen bis zu ihr. Es war egal, in welche Richtung sie gehen würde, sie würde nirgends unbemerkt bleiben. Sie brauchte einen Plan. Jaromir und Torgal wäre das bestimmt leichter gefallen. Von Jaromir hatte sie viel erfahren über das Volk von Winderlorn, als sie die Tabelle angefertigt hatten. In den Tagen der Wanderung mit Torgal war ihr Eindruck des Landes vertieft worden. Mutige Männer und Frauen lebten dort, die keine Angst vor körperlichen Auseinandersetzungen hatten. Ul-Bairamok war da anders. Vor allem in der Priesterstadt unter den Eremet wurde Gewalt komplett abgelehnt. Meara war nun mal unter ihnen aufgewachsen. Das hier war ein Albtraum für sie, der lebendig geworden war.

Sie wollte aber auch nicht den Rest ihres Lebens in dieser Zelle verbringen, ohne zu wissen, wie es ihren Freunden ging. Auf leisen Sohlen schlich sie sich hinaus auf den Gang und überlegte, wo sie mit der Suche beginnen sollte. Planlos umherzulaufen, versprach keinen Erfolg. Etwas anderes fiel ihr aber auch nicht ein. Sie musste sich nur merken, wo sie entlangging. Da war es gut, dass sie mit Jaromir das Schloss auf diese Weise erkundet hatte.

An einer Weggabelung versteckte sie sich hinter einigen Fässern. Nicht die Nerven verlieren, befahl sie sich. Sie musste warten, bis sie unbemerkt einen der Wege nehmen könnte. Zufällig bekam sie ein Gespräch zweier Männer mit, die vorbeiliefen.

„Wo ist sie?" fragte der eine.

„Ich weiß es nicht. Wie ihr befahlt, saß sie in der Finsternis. Als wir sie holen sollten, war sie weg. Und die Tür immer noch verschlossen."

„Das ist unmöglich." stellte der Erste wieder fest. „Findet sie und bringt sie zu mir."

„Ja, Herr. Was ist mit den Jungen?"

Der Größere fing an zu grinsen, soweit es sein entstelltes Gesicht möglich machte. „Ich würde sagen, wir feiern ein Fest heute Abend. Bringt sie zum Koch, der kann sie zubereiten."

Meara riss die Augen weit auf und ein Angstschrei drohte, ihre Kehle zu verlassen. Hatten die eben wirklich gesagt, die würden Menschen essen?

Das mitgehörte Gespräch hatte sie in furchtbare Angst versetzt, die sie zu lähmen drohte. Sie widersetzte sich dieser Lähmung, denn das Gespräch war ebenso eine Chance. Wanderer gab es in Zyranian nicht. Man durfte nur mit der Genehmigung des Ordens in diesen Wäldern umherstreifen. Die beiden mussten von Jaromir und Torgal gesprochen haben, da war sich Meara sicher. Wie viele andere Jungen würden denn noch zufällig genau hier landen, wo sie hingebracht worden war?

Unauffällig folgte sie dem, der die Jungen zum Koch bringen sollte. Mit etwas Glück würde er sie direkt zu Torgal und Jaromir führen.

Den Lauten aus verschiedenen Abzweigungen nach zu urteilen, gab es noch dutzende, wenn nicht hunderte dieser Kreaturen. Die meisten waren jedoch mit irgendwas beschäftigt, das nicht in der Nähe von Torgals und Jaromirs Gefängnis lag. Umso weiter sie liefen, desto leiser wurden die Rufe.

Meara suchte sich alles, das sich eignete, um sich dahinter zu verstecken. Sie beobachtete den Kerl, dem sie folgte, und ging ihm erst nach, wenn er ihre nächste Versteckmöglichkeit passiert hatte.

Eine Tür rechts öffnete er und steckte den Kopf hinein. „Geht das Mädchen suchen. Sie ist weg."

Er zog sich gleich wieder zurück und lief weiter. Meara musste warten, bis die fünf Männer aus dem Raum kamen und an ihr vorbei Richtung ihres Verlieses gegangen waren. Die mussten direkt an ihr vorbei. Ihre Tarnung konnte sie diesmal nicht benennen. Sie hatte so etwas noch nie zuvor gesehen. Scheinbar wahllos waren verschiedene Metallstangen mit Schläuchen verbunden. Kurze und lange, breite und dünne Stangen. Dazwischen hingen Zahnräder. Mehrere Dutzend, die perfekt in einander griffen, sich aber nicht drehten. Das Zahnradknäuel schlängelte sich durch die Stäbe, ohne einen offensichtlichen Sinn. Selbst wenn man die ganze Maschinerie in Gang gesetzt hätte, wäre nichts zu sehen gewesen als ein paar drehende Räder. Merkwürdig, dachte Meara.

Dieser Gedanke geriet schnell in den Hintergrund. Die, die nach ihr suchen sollten, liefen so dicht an ihr vorbei, dass sie sie riechen konnte. Wie vorhin in ihrer Zelle breitete sich eine Wolke von gärendem Gestank aus. Der Komposthaufen in ihren geliebten Gärten Bairamoks war das reinste Parfum dagegen.

Sie selbst hielt die Luft an und sprach gedanklich zu irgendwem, der dafür sorgen sollte, dass sie unentdeckt bliebe. Die Männer rechneten nicht mit ihr und sahen sie nicht. Nur durch Geräusche hätte sie sich verraten können, und das wäre ihre eigene Unachtsamkeit. Oder das Klappern ihrer Knochen im Zittern der Furcht...

Sie traute sich kaum, ihre Deckung zu verlassen. Ihr Führer war inzwischen schon außer Sicht. Sie wollte aber auch nicht zu früh aufstehen, sonst hätten die anderen sie noch gesehen. Dann musste sie auch noch schnell sein, um den wiederzufinden, der sie zu ihren Freunden bringen sollte.

An der nächsten Kreuzung schielte sie vorsichtig um die Ecken und sah ihn gerade noch hinter einem Felsvorsprung verschwinden. Er stieg eine lange Wendeltreppe hinab. Meara war sich unsicher, ob es klug war, ihm weiterhin zu folgen. Die Treppe war schmal und in einen Schacht gebaut worden. Würde ihr jemand entgegenkommen, hätte sie keine Möglichkeit, dem zu entgehen. Nirgends könnte sie sich verstecken und jemanden vorbeilassen.

Sie wagte es dennoch. Sie durfte diesen Kerl nicht verlieren. Er war auf direktem Wege zu ihren Freunden. Genau dort wollte sie auch hin. Vermutlich wäre sie noch Jahre in diesem Labyrinth umhergeirrt, ehe sie sie gefunden hätte. Bis dahin würden sie aber schon zerstückelt in einer Suppe schwimmen oder am Spieß über einem Feuer gedreht.

Sie legte ihre Hoffnung in die Höflichkeit. Generell hätte sie diesen Typen keine unterstellt, aber vielleicht würden sie sich grüßen, wenn sie sich auf der Treppe begegneten. Dann hätte sie noch genügend Zeit, sich etwas einfallen zu lassen und notfalls zurück nach oben zu rennen.

Zu ihrem Glück musste sie nicht auf den Notfallplan zurückgreifen. Sie kam ungehindert bis zum Fuß der Treppe. Es war feuchter hier. Allein in der Luft lag eine unangenehme Feuchtigkeit. Von irgendwo stieg Hitze auf, erwärmte den grob behauenen Stein der Tunnel und schuf die Atmosphäre eines Backofens. So ungefähr musste sich ein Laib Brot im Ofen fühlen.

Gleich nach der Treppe verkroch sich Meara hinter einen Kistenstapel und atmete tief durch. Sie hatte nie so recht gewusst, welchen Beruf sie hätte erlernen wollen, wenn man sie gelassen hätte. Sie hätte sich nicht für ein Gebiet entscheiden können, dafür interessierte sie zu vieles. In diesem Moment wusste sie immerhin schon mal ein Fachgebiet ausgeschlossen: Helden und Diebe. Sie fühlte sich ganz und gar nicht wohl in der Situation. Immerfort musste sie auf Geräusche aus allen Richtungen achten, durfte von niemandem gesehen werden, musste aber gleichzeitig aufpassen, ihren unwissenden Führer nicht zu verlieren. Diese Anspannung mochten manche als prickelnd empfinden, sie wäre froh, wenn es endlich vorbei wäre.

Da sie aber ein positives Ende für ihre Freunde und sich wollte, musste sie sich jetzt zusammenreißen und das durchstehen. Dafür würde sie die sichere Insel von Zyranian für den Rest der Lehrzeit aber auch nicht wieder verlassen. Vermutlich würde sie nur noch zwischen den Drachen oder in Jaromirs Bett zu Schlaf kommen.

Jaromir und Torgal ahnten nicht, dass Hilfe auf dem Weg war. Sie hatten verschiedene Ideen probiert, wenigstens einen zu befreien. Ihre Entführer waren anscheinend Meister dieses Fachs. Die wussten, wie man jemanden fesseln musste, damit er sich wirklich nicht befreien kann. Das Material der Schellen und Ketten schien auch kein einfaches Metall zu sein. Irgendwas war anders daran. Stärker und unbesiegbar.

Sie hörten, wie der Riegel vor ihrer Tür zurückgezogen wurde. Die Beschläge der Tür bestanden aus dem gleichen sonderbaren Material wie die Fesseln. Selbst wenn sie die losgeworden wären, hätten sie die Tür unter keinen Umständen aufbrechen oder einreißen können.

Geknebelt waren sie nicht und unterhielten sich über ihre Versuche und Vermutungen. Wer auch immer hinter diesem Anschlag steckte, verstand das Handwerk der Verbrechen. Das wiederum brachte sie zu der großen Frage, wer sie überhaupt in einem Verlies festhalten würde.

Folgten sie der Theorie, jemand hätte es auf den Prinzen von Winderlorn abgesehen, wieso waren sie dann noch am Leben? Offenbar waren sie in dem Schlaf festgehalten worden. Man hätte sie erschlagen können, ohne dass sie sich gewehrt hätten. Und wieso war dann ausgerechnet Meara nicht bei ihnen?

Nahm man nun an, Meara sei das eigentliche Ziel, blieb die Frage nach dem Motiv. Sie konnten von ihr kein Geld oder andere Wertgegenstände fordern. Es war auch sinnlos, darauf zu spekulieren, dass sie ihren Einfluss für irgendwen spielen lassen könnte. Sie hatte ja keinen. Sie hatte auch keine Verwandten, die Lösegeld für sie bezahlt hätten. Das war absurd. Wieso sollte man jemanden entführen, der einem nicht von Nutzen ist?

„Was kommt wohl jetzt?" flüsterte Jaromir zu Torgal. Eigentlich hatte er gar keinen Bedarf daran, es herauszufinden. Sie hätten keine brisanten Geheimnisse des Landes preisgeben können. Folter war ihnen in den Sinn gekommen, aber wofür? Was wollten die wissen?

Die Tür ging auf und ein kleines, grimmiges Etwas kam herein. So was Hässliches hatten sie noch nicht mal auf Bildern gesehen. Und trotz des ganzen verschobenen Gesichtsaufbaus schaffte es der Kerl, hinterhältig und bösartig zu grinsen.

„Oh ja." freute er sich, ging zu Torgal und griff an seine Wade. „Das wird ein Festessen."

Sichtbar schluckte Torgal und schickte einen ungewissen Blick zu Jaromir. Der hatte eben nicht wirklich angedeutet, sie essen zu wollen. Dafür müsste man sie aber immerhin aus dieser unpraktischen Haltung bringen. Die Fesseln müssten gelöst werden und die beiden geübten Kämpfer hätten wenigstens die Chance, sich den Weg frei zu kämpfen.

Der Fremde begann ein furchtbares Lied zu singen. Es sprach davon, einen menschlichen Körper aufzuschlitzen und auszuweiden. Da war den Gefangenen ein Lied wie Mearas lieber. Es besang die Schönheit der Welt und der Liebe. Außerdem klang das nicht so grauenhaft. Im Vergleich mit dem Kerl hätten sogar die Winderlorner als Talent gezählt.

Er verließ das Blickfeld der Freunde und

verschwand hinter ihnen. Nur durch den sogenannten Gesang konnten sie ihn noch lokalisieren, aber sie würden nicht mal sehen, was auf sie zukäme. Vielleicht würde er sie auch von hinten erstechen und tot zum Festessen umarbeiten.

Meara stand mit dem Rücken an die Wand neben der offenen Tür gepresst und überlegte sich im Schnelldurchlauf die nächsten Schritte. Nur ganz kurz wollte sie in den Raum sehen. Nur um die Ecke schielen und hoffen, dass der Mann nicht gerade zur Tür sah. Er hatte sich von ihr entfernt, das konnte sie hören.

Danach konnte sie immerhin sagen, sie hatte ihr Zwischenziel erreicht: Jaromir und Torgal. Sie hatte sie tatsächlich gefunden. Torgal hatte sie gesehen und schwankte zwischen Erleichterung, dass Hilfe in Sicht war, Entsetzen, dass sie mitgefangen worden war, Erstaunen, dass sie sich hatte befreien können, und Anerkennung für die atemberaubendste Frau, die je in sein Leben getreten war. Er wusste aber auch um ihre Angst. Außerdem war sie keine Kämpferin. Sie hatte sich den Weg bis hierher bestimmt nicht freigekämpft. Das würde sie auch jetzt nicht können. Eine direkte Auseinandersetzung mit so einem finsteren Monster hätte sie nicht austragen können.

Sie brauchte einen Plan. Und was half ihr da besser, als die Ablenkung ihres Ziels?

„Hey!" rief Torgal über seine Schulter. „Missgeburt!"

Der Angesprochene wirbelte herum, stapfte in

Torgals Sichtfeld und kehrte der Tür damit den Rücken zu. „Missgeburt?!" regte er sich auf.

Jaromir hätte meinen können, sein Freund hätte den Verstand verloren. Eben wegen der Freundschaft kannten sie sich aber auch gut. Wenn er anfing, ihren Peiniger zu reizen, dann nicht ohne Grund. Den kannte Jaromir nicht, er hatte nach oben zu den Verankerungen der Ketten in der Decke gesehen, als Torgal ihre nahende Hilfe aufgefallen war. Trotzdem unterstützte er ihn in blindem Vertrauen.

„Hast du schon mal in den Spiegel geschaut?"

„So was kennt der gar nicht." antwortete Torgal. „Wer so aussieht, sah vermutlich noch nie einen Spiegel."

Autsch … Ein Knüppel in der Hand des Kerls landete in Torgals Magen. Das hatte wirklich wehgetan.

Es tat Jaromir schon vom Zusehen weh und trotzdem machte er mit, auch auf die Gefahr hin, den gleichen Schmerz zu spüren. „Du hast Recht." nickte er zu Torgal. „Deswegen lebt er unter der Erde. Er traut sich nicht nach draußen."

„Wie auch?" fuhr Torgal fort, obwohl sein Freund einen Schrei des Schmerzes nicht unterdrücken konnte. Ihn hatte der Knüppel am Knie getroffen. „Vermutlich sah er noch nie die Sonne, weil ihn seine Mutter aus Scham schon hier unten versteckte."

„Du meinst, er hat überhaupt eine Mutter?" keuchte Jaromir. Sie sprachen trotz Prügel einfach weiter, denn inzwischen hatte auch er gesehen, wer da noch vor der Tür wartete.

„Wie muss die wohl aussehen, wenn sie so was zur Welt bringt?"

Meara erkannte ihre einmalige Chance. Das Reden der beiden lenkte den Kerl ab und war außerdem laut genug, dass sie von ein paar kleinen Geräuschen nicht verraten würde. Das Zentrum des Spotts regte sich über die Beleidigungen so sehr auf, dass er sie schreiend unterbinden wollte. Perfekt für Meara.

An dem Ding mit den Schläuchen, Stäben und Zahnrädern hatte sich Meara eine lose herumliegende Metallstange mitgenommen. Sie war nicht zu schwer für das zarte Mädchen, aber hoffentlich stabil genug, jemanden niederzuschlagen. Für Jaromir und Torgal eindeutig zu langsam schlich sie sich an den Kerl an. Die beiden hätten das schneller gemacht, den Weg zurückgelegt und ausgeholt. Meara dagegen hatte zu kämpfen, einem anderen Lebewesen überhaupt Leid zuzufügen. Das würde sicherlich gleich wehtun.

Beinahe hätte Torgal über sie gelacht. Sie hob die Stange mit beiden Händen über den Kopf und zog sie voll durch. Ein Quieken kam noch aus dem lippenlosen Mund, dann sank er bewusstlos zu Boden. Und Meara stand kreidebleich daneben, die Stange noch in der Hand und die Augen weit aufgerissen.

„Meara." lächelte Torgal liebevoll. „Schließ die Tür."

Stockend und unbeholfen drehte sie sich um und

schloss die Tür, wie ihr aufgetragen worden war. Die Stange legte sie einfach auf einer Kiste ab.

„Geht es euch gut?"

„Soweit schon." lächelte Jaromir. „Du bist die Größte."

„Schön wäre es. Wie kriege ich euch denn jetzt frei?"

„Das Rad." wusste Torgal und deutete an die Wand neben sich. Ein großes Rad hing dort und sie hatten schon herausgefunden, dass damit die Spannung in die Ketten gebracht wurde. Würde man es weiter drehen, könnte man einen Körper vermutlich auch zerreißen.

Es sah irrwitzig aus. Das Rad hatte einen Durchmesser von mehreren Ellen. Daran lagen zwei schmale, langfingrige Hände. Sie zog und zerrte, schaffte aber nicht die kleinste Bewegung.

„Nimm dir die Stange wieder." riet Torgal. „Klemm sie zwischen die Streben."

„Genau!" rief Jaromir begeistert. „Bau dir einen Hebel!"

Meara schielte schmunzelnd zu ihm auf. „Je länger der Hebel, desto weniger Kraft brauche ich."

„Ganz genau, wir machten die Probe mit einem Stein auf dem Hof."

„Ob wir das in den Bericht schreiben sollten?"

„Auf jeden Fall." lachte Torgal. „Ich hätte vielleicht doch nach Zyranian gehen sollen."

„Wenn du keine Ambitionen dazu hast, ist das nicht sinnvoll." meinte Meara.

Nebenbei hatte sie die Kenntnisse aus dem Unterricht angewandt. Mit der Stange konnte sie den nötigen Kraftaufwand reduzieren. Es war immer noch zu viel für ihren Geschmack, aber sie schaffte es und schon bald standen ihre Freunde neben ihr. Nur die Schellen mit den Ketten mussten noch weg, doch dafür fand sie die Schlüssel in einem Schubfach.

„Du bist eine Heldin." strahlte Torgal begeistert. Er hatte geglaubt, ihr Ansehen vor ihm könne nicht mehr gesteigert werden, doch sie schaffte es immer wieder, ihn wirklich zu beeindrucken.

Er schloss sie mit Jaromir zusammen in die Arme, schon war von dem zierlichen Mädchen nichts mehr zu sehen.

Unsicher sah sie zu ihnen auf. „Und jetzt? Wie kommen wir hier wieder raus? Es sind hunderte von denen."

„Na ganz toll." stöhnte Torgal. „Hast du irgendwo Waffen gesehen?"

„Nein. Nur an den Kerlen selbst."

„Immerhin." seufzte Jaromir und bediente sich an dem Bewusstlosen. Ein Schwert für ihn, einen Säbel für Torgal und einen Dolch für Meara. Damit waren sie wenigstens nicht mehr ganz unbewaffnet unterwegs.

„Und wie kommen wir hier raus?" fragte Meara erneut. Sie begutachtete das Ding in ihrer Hand mit mehr Missfallen, als sie vertragen konnte. Sie wollte keine Waffe. „Das ist ein riesiges Labyrinth."

„Wie entkamst du eigentlich?"

„Keine Ahnung. Erzähl ich euch später. Ich will nur noch hier weg." Sie hätte nicht sagen können, wie sie das geschafft hatte. Wieso die die Tür einfach offen gelassen hatten oder wie sie es tatsächlich bis hierher geschafft hatte … Sie hatte keine Ahnung.

„Dann mal los." sagte Torgal. In einer Ecke lagen ihre Taschen. Seine Waffen waren leider nicht mehr da, aber immerhin ihre Kleider, der Bericht der beiden Schüler und einige andere Kleinigkeiten, die für die Entführer nicht von Bedeutung waren. Mearas Kinderdecke zum Beispiel. Darüber war sie besonders froh und stopfte sie unter ihr Gewand, bevor sie ihr Bündel auf den Rücken schnallte.

Torgal ging als erster zur Tür und lauschte einen Moment. Es war alles ruhig draußen. „Meara, bleib am besten zwischen uns."

„Mit dem größten Vergnügen." schmunzelte sie verlegen. Sie fühlte sich gleich viel besser, nur weil sie nicht mehr allein und dann auch noch in Begleitung zweier Männer war. Sie würde sich also nicht wehren, wenn man sie in der sicheren Mitte halten wollte.

Torgal öffnete die Tür nur einen kleinen Spalt, lauschte und hörte nichts, daher schob er sie ganz auf und huschte hinaus auf den Gang. „Von wo kamst du?"

„Da." Sie zeigte vor der Tür nach links. „Eine Treppe rauf und noch mehr Gänge."

„Treppe nach oben klingt gut. Findest du den Weg zurück?"

„Ich hoffe." musste sie sagen.

„Geh jeden Schritt vorwärts wie vorhin, dann kannst du es auch rückwärts." sagte Jaromir. „Wie beim Rechnen. Wenn du vorwärts rechnen kannst, dann auch rückwärts."

Wie kann man denn rückwärts rechnen, überlegte Torgal, fragte aber nicht danach. Später vielleicht. Im Moment war nur von Bedeutung, dass Jaromir ihr einen Impuls gegeben hatte, der ihr half, den Weg zur Treppe zurück zu finden.

Sie wusste noch ganz genau, wohinter sie sich versteckt hatte. In Gedanken ging sie den Weg vorwärts und wusste damit auch, was vor dem kam, hinter dem sie jetzt gerade stand. So fand sie den Weg tatsächlich.

Torgal lief immer noch voran und stieg gleich die Stufen hinauf. In seinem Kopf kam gar nicht erst der Gedanke auf, dass es eine direkte Begegnung auf der schmalen Treppe geben könnte. Dann wäre es eben so und er würde sich verteidigen. Ganz einfach.

Am Ende der Treppe wusste Meara auch noch, aus welcher Richtung sie gekommen war. Sie bezweifelte allerdings, dass es die richtige Richtung wäre, wenn sie jetzt zu der dunklen Zelle zurückkehren würden. Einen Ausgang hatte sie unterwegs nicht gesehen. Flüsternd sagte sie es Torgal und gemeinsam mit Jaromir entschieden sie, die entgegengesetzte Richtung zu gehen. Von da an hatten sie nicht mal mehr eine Ahnung von dem, was hinter der nächsten Ecke liegen könnte.

An einer Kreuzung hörten sie so laute Gespräche,

dass die Redenden keine fünf Schritte von ihnen entfernt waren. Mindestens Zehn, wusste Torgal. Sie hätten sich nicht durchschlagen können. Solange es möglich war, sollte ihre Flucht unentdeckt bleiben. Wenn alle Bewohner dieser merkwürdigen Höhle auf der Suche nach ihnen wären, wäre es nur eine Frage der Zeit, bis man sie auch finden würde. Sie spazierten hier durch die Gänge derer Heimat.

Meara drückte sich gegen die Wand, kniff die Augen zusammen und wollte ganz schnell hier raus. Der Druck, den ihr Körper gegen die Wand aufbaute, nahm stetig zu. Am liebsten wäre sie mit dem Fels verschmolzen, nur um nicht gesehen zu werden. Und dann erreichte sie eine Stärke, die genügte, den verborgenen Mechanismus zu betätigen. Die Wand hinter ihr war plötzlich weg und sie fiel in diesen Geheimgang hinein. Es war etwas abschüssig. Sie hatte nicht mit dem Verschwinden ihrer Stütze gerechnet, war unvorbereitet getroffen worden, und kullerte wie ein Ball in den offenen Raum hinein.

„Meara." zischte Jaromir und folgte ihr mit Torgal, der die komische Tür gleich noch schloss. Immerhin waren sie dem Pulk entkommen.

Jaromir half Meara auf die Beine. „Bist du verletzt?"

„Nein, ich denke nicht. Nur ein wenig verwirrt. Danke."

„Keine Ursache."

„Wo sind wir hier nur gelandet?"

„Gute Frage." stöhnte Torgal und sah sich etwas um. Sie hatten definitiv einen Raum erreicht, den sie nicht hätten sehen sollen.

Er war rund und ordentlicher bearbeitet und gestaltet als die anderen, die sie schon gesehen hatten. Die Wände waren glatt geschliffen und poliert. Sie glänzten schwarz in dem wenigen Licht einiger Kerzen. Die waren in regelmäßigen Abständen an den Wänden angeordnet. Über den Köpfen der Besucher wölbte sich die Decke zu einer perfekten Halbkugel. Das konnte unmöglich von den missgebildeten Menschen gebaut worden sein. Sogar ihre Waffen waren krumm und unförmig und der Boden der Räume und Gänge wellig. Meara war der felsenfesten Überzeugung, es hätte überhaupt keinem Menschen gelingen dürfen, solch Perfektion zu schaffen. Es gab nicht die kleinsten Risse oder Unebenheiten. Rechts von ihr versuchte eine Spinne an der Wand hinaufzuklettern, fand aber keinen Halt. Nicht das kleinste Staubkorn haftete an der glatten Oberfläche.

In der exakten Mitte des Raums erhob sich eine kreisrunde Plattform aus dem Stein. Darauf lagen ebenfalls in einem perfekten Kreis angeordnet weiße Kristalle. Steine, die auch die beiden Schüler noch in keinem Buch gesehen hatten.

„Vielleicht weiß Meister Fagul, was das ist." vermutete Jaromir. Dann könnten sie im Nachhinein vielleicht noch herausfinden, was es mit diesem sonderbaren Raum auf sich hatte, der so gar nicht in die restliche Umgebung der Unholde passte.

Im Inneren des Kristallkreises war gar nichts. Im Durchmesser etwa drei Schritt breit war nichts als der Boden des Podestes zu sehen. Aber daneben entdeckte Meara eine Apparatur, die Ähnlichkeit mit der hatte, die sie schon gesehen hatte. Verschiedene Stangen, Schläuche und Zahnräder hielten scheinbar wahllos miteinander verbunden. Dieser Apparat war mit einem zweiten verbunden. Torgal fand Antriebsriemen daran, große Räder und merkwürdige Anzeigetafeln.

„Was soll das denn sein?" fragte er verwirrt. Er hatte schon viele Maschinen gesehen, die den Menschen das Leben und die Arbeit erleichterten. Im Training der Palastwachen gab es auch einige. Manche Kadetten mussten auf einem Laufband die Kondition trainieren und trieben damit ebensolche Riemen an, die dann wiederum einen Mechanismus in Gang setzten, der die Übungsgegner für die anderen Kadetten bewegte. Durch die Riemen und Räder hoben sie die Hände mit Schwertern, bewegten sich zu den Seiten und konnten sogar Fausthiebe austeilen. Torgal hatte auch schon einige davon einstecken müssen. Umso schneller derjenige auf dem Band lief, desto schneller bewegte sich der Apparat. Zum Training wirklich gut geeignet, aber auch verdammt gemein für Anfänger.

Eine Maschine wie die in der Höhle kannte er jedoch nicht und wusste trotz dessen, dass er davor stand, nicht mit Gewissheit zu sagen, was die bezweckte.

„Wir sollten verschwinden." flüsterte Meara plötzlich. In ihrer Stimme lag so viel Panik, dass sie die beiden Männer gleich aufschreckte. Sie hatte sich einer Tafel gewidmet, auf der irgendwas geschrieben stand. Es waren die gleichen Schriftzeichen wie an dem beschriebenen Bogen. Sie kannte diese Sprache immer noch nicht und konnte somit auch diese Tafel nicht lesen. Ein bisschen was hatte sie in das Buch abgeschrieben, in dem sie ihren Bericht festhielten, dann hörte sie aufgeregte Stimmen hinter der Wand vorbeilaufen. Nur einige Sekunden später erschallte ein lautes Horn durch alle Gänge und Höhlen.

„Der Alarm." flüsterte Jaromir. Das war gar nicht gut. Ihm wäre lieber gewesen, ihre Flucht wäre noch verborgen geblieben.

„Lasst uns beeilen." forderte Torgal. An der Stelle, an der sie den Raum betreten hatten, tastete er nach dem Ausgang. Er drückte gegen die Wand, doch sie öffnete sich nicht. Man sah nicht mal einen Spalt, wo sie sich hätte öffnen können. Überall die gleiche glänzend polierte Glätte.

Meara merkte an diesem Tag mehr als einmal, wo ihre Grenzen der Belastbarkeit lagen. Solange sie allein in dem Raum gewesen waren, war sie ruhig geblieben und hatte Informationen gesammelt, die ihnen später vielleicht helfen könnten. Rückte die Gefahr, in der sie schwebten, aber wieder in den Vordergrund, spürte sie nichts als Angst. Kein Gedanke wollte sich beenden lassen. Statt eine Lösung zu finden, brachte ihr Kopf Phantasien über das zustande, was die mit ihnen machen würden, wenn sie sie in die Finger kriegen würden. Noch mal gelänge ihr die Flucht sicherlich nicht so leicht.

Wie bei ebenjener Flucht geschah auch hier

wieder etwas Unerklärliches. Ein schwacher Wind kam auf. Sie waren von außen in den Raum gekommen, sonst hätte man meinen können, die Halbkugel war um sie herum gebaut worden. Der Wind konnte durch keine Ritzen kommen, durch kein Fenster und keine Tür. Außerdem kam er zu plötzlich. Von einer Sekunde zur nächsten war er einfach da und blies zielgerichtet sämtliche Kerzen aus. Sie standen in völliger Dunkelheit wie in Mearas Zelle zuvor.

„Was war das?" wimmerte sie.

Torgal hatte ihr am nächsten gestanden und ging zu ihr. Gesehen hatte er den Aufbau der Höhle und wusste theoretisch, wie weit sie entfernt war. Seine Augen konnten ihn jetzt nicht mehr unterstützen und auf einmal war er sich nicht mehr so sicher, wie viele Schritte er bis zu Meara benötigte. Und stand da nicht vielleicht doch eine Kiste im Weg?

Er tastete sich vorsichtig zu ihr. „Bleib stehen." bat er weich. „Ich komme zu dir."

„Gleichfalls." schmunzelte Jaromir, der sich von der anderen Seite näherte. Er kannte sie weit besser als Torgal und wollte sie nicht allein stehenlassen.

Sobald sie bei ihr waren, nahm sie links und rechts eine starke Männerhand und fühlte sich gleich ein bisschen besser.

„Und jetzt?" fragte sie. „Jetzt können wir nicht mal mehr einen Ausweg..."

Sie brach den Satz ab. Dort an der Wand gegenüber … Hatte sie da nicht eben einen Schimmer gesehen? Nur ganz kurz, als wäre davor jemand mit einer Kerze vorbeigelaufen. Der Schein war gleich wieder weg und es war auch kein Kerzenlicht gewesen. Es war weißes Licht wie vom Mond gewesen. Meara wusste nicht, was es war, aber sie fühlte in sich die felsenfeste Überzeugung, dort kämen sie aus der Höhle raus.

„Was ist?" fragte Torgal.

„Folgt mir." bat sie und senkte sich auf ihre Knie. Das war ihr sicherer, als wenn sie irgendwo dagegenlaufen würde. So kroch sie und tastete sich langsam über den Boden um das Podest herum.

Kurz bevor sie gegen die Wand stoßen konnte, sah sie es wieder aufschimmern. Es hatte die Umrisse einer Tür, nur dass sie die vorhin im Licht nicht gesehen hatte.

Vorsichtig stand sie auf. „Irgendwo hier muss es raus gehen."

„Woher weißt du das?" fragte Jaromir, suchte aber mit ihr den Mechanismus, der ihnen die Tür auch noch öffnen würde.

„Ich sah es. Hier!" rief sie erfreut. „Ein Schalter."

„Dann betätige ihn." schmunzelte Torgal. Sie war aufgeregt wie ein Kind beim ersten Schnee des Jahres. Er hatte da - ebenso wie Jaromir - überhaupt nichts gesehen und auch nichts gefühlt. Der Schalter schien nur auf weibliche Hände zu reagieren.

Ängstlich legte Meara den Schalter um und wartete auf ihren Untergang. Oder sie würden die Tür öffnen und in das hässliche Gesicht von einem der Kerle blicken. Egal wie, eigentlich wollte sie es gar nicht wissen. Aber sie wollte mit ihren Freunden in die Freiheit und dafür mussten sie hier raus.

Sobald der Schalter umgelegt war, hörten die Freunde ein Klicken und die Tür schnappte auf. Hätten sie es nicht mit eigenen Augen gesehen, hätten sie es nicht geglaubt. Nur ein paar Minuten zuvor war da keine Tür gewesen.

„Sehr gut." lobte Torgal und schob sich vor sie. „Wie auch immer du die Tür fandest, merk dir, wie es geht."

„Sehr witzig." kicherte sie. „Ich hab keine Ahnung."

„Bleibt dicht hinter mir." flüsterte Torgal und stahl sich aus der Tür. Der Gang war in beide Richtungen vollkommen leer. Im Hintergrund hörten sie noch immer das Horn durch das Labyrinth schallen, aber bei ihnen suchte gerade niemand. Äußerst praktisch. Jetzt müssten sie nur den Weg hinaus finden.

Unschlüssig sahen sie in beide Richtungen. Welches war denn nun der richtige Weg?

„Meara." sagte Jaromir leise. „Folge weiter deinem Gefühl. Welche Richtung ist die richtige?"

Sie zog den Kopf ein und schrumpfte auf die Größe einer Maus. „Woher soll ich das wissen?"

„Du weißt es nicht, aber du fühlst es. Meister Rastro wollte nach dem Vorfall alles zu deinen Gefühlen ganz genau wissen. Darin liegt der Schlüssel. Welche Richtung fühlt sich richtig an?"

Sie glaubte eher daran, ihr Freund habe den Verstand verloren, als dass sie hätte die Richtung erfühlen können. Das war absurd. Enttäuschen wollte sie ihn aber auch nicht und sah in eine der beiden Richtungen. Sie ließ einige Sekunden verstreichen und wandte sich dann um zur anderen Seite. Und trotz des Lichts einiger Fackeln an den Wänden sah sie wieder den mondweißen Schein am Ende des Tunnels. Mit dem Aufglimmen wusste sie auch ganz sicher, dass dort der Ausgang lag. Vielleicht nicht der kürzeste Weg, aber der für sie sicherste.

„Da lang." hauchte sie. Wie machte sie denn das nur? Das hätte ihr mal jemand in Zyranian beibringen können.

„Na dann." schnaufte Torgal und folgte ihrer Eingebung. Sie machte den Eindruck, verwirrt und erschrocken zu sein, aber nicht unsicher. Sie war überzeugt von der Antwort, deshalb folgte er ihr und hoffte, es würde nicht in ihrer aller Verderben enden.

An jeder folgenden Kreuzung oder Abzweigung sollte Meara die Entscheidung treffen. Manchmal sah sie den Schein auch schon am Ende eines Ganges und wusste, dass sie an den vorher kommenden Abzweigungen vorbeigehen musste. Umso mehr Schritte sie durch das verzweigte Labyrinth zurücklegten, desto schneller konnte Meara Entscheidungen treffen. Sie musste keine wertvolle Zeit mehr vergeuden und nachdenken, es kam einfach.

Dass sie damit wirklich auf dem richtigen Weg waren, bestätigte sich für Jaromir und Torgal recht schnell. Sie sagten nichts, weil sie Meara nicht ablenken wollten, aber unter den langjährigen Freunden genügte auch ein Blick. Sie hörten zwar immer mal Geräusche und Stimmen, aber nie zu nahe. Irgendwie schaffte es Meara, sie ohne direkten Kontakt mit dem Feind über mehrere Etagen zu führen, bis sie tatsächlich das Licht der Mittagssonne sehen konnten. Vor ihnen lag nur noch ein langer Tunnel, an dessen Ende die Freiheit wartete.

„Wahnsinn." staunte Torgal beeindruckt. Er musste aber ebenso lachen. „Du könntest dich als Kompass anstellen lassen und jede Menge Geld verdienen."

„Du bist blöd." lachte nun auch Meara, denn ein Ende der Gefangenschaft war in Sicht.

Es gab keinerlei Störungen. Ungehindert kamen sie zum Ausgang und hinaus unter die strahlende Sonne. Es war, als hätte sie Meara zu sich gerufen und dafür ihr Licht durch den Berg geschickt, um ihr den Weg zu weisen. So fühlte es sich für Meara an und in den vergangenen etwa zwei Stunden hatte sie gelernt, ihrem Gefühl zu vertrauen. In Gedanken dankte sie der Sonne für die Hilfe, auch wenn es vielleicht absurd war.

„Da lang." drängte Torgal. Sie waren ziemlich weit oben aus dem Berg gekommen, den sie freiwillig hatten besteigen wollen. Er hatte freien Blick über den Wald und konnte sich orientieren. So wusste er, wo in etwa sein Pferd hoffentlich noch stand. Auf jeden Fall würden sie von dort aus den Weg zurück finden. Die Karte von Zyranian war ihnen nämlich gestohlen worden. Für die Bewohner des Berges hatte sie anscheinend einen Wert, den die Drei nicht kannten.

Der Weg war schwierig. Es ging sehr steil abwärts und vor allem Meara geriet immer wieder ins Rutschen. Sie trug auch nicht so feste Schuhe wie die beiden Männer. In ihrem heimischen Garten und auch in der Schule waren ihre selbstgemachten, dünnen Lederschuhe völlig ausreichend gewesen. Für die Wanderung mit Jaromir hätte sie auch nichts anderes gebraucht. Eine Flucht auf direktem Wege von einem steilen Berghang hinab war aber nicht eingeplant gewesen. Torgal überzeugte sie davon, es sei sicherer, geradeaus hinabzusteigen und nicht in Bögen, die vielleicht die Steigung minimiert hätten, aber die Strecke auch verlängert. Es würde nicht mehr lange dauern, dann würden ihnen die Gestalten aus dem Berg folgen. Ihre größte Chance bestand darin, einen Vorsprung aufzubauen.

Meara sah das vollkommen ein und würde sich dem Vater stellen müssen, wieso ihr Gewand schon wieder zerrissen war. Er hatte ihr eine neue Garderobe gegeben, nachdem sie endlich die Wahrheit gesagt und Größe bewiesen hatte. Hätte er es mal lieber nicht getan...

Torgal lief direkt vor ihr und Jaromir halb hinter, halb neben ihr. Torgal suchte den besten Weg, auf dem sie dem meisten losen Geröll entgehen konnten. Jaromir dagegen hatte nur die Aufgabe, Meara heil nach unten zu bringen. Er ließ sie schon gar nicht mehr los und fing die meisten Stürze, bevor sie richtig rutschen konnte. Oft genug fiel sie aber auch hin und zog Jaromir meistens auch noch mit. Er stand gleich wieder auf und hob auch sie wieder auf die Füße bis zum nächsten Sturz.

Schon bald erreichten sie die obere Grenze des Waldes. Damit verschwanden sie in der Deckung der Bäume und konnten langsam auch wieder ordentlich laufen. Aus den spitzen Felsen mit den herumliegenden Steinen wurde weicher Erdboden.

Ungeachtet dessen wurde Meara immer elender zumute. Der Unterschied der Luft zwischen den Höhen machte ihr zu schaffen. Im Erolgebirge gab es auch hohe Berge und die Winderlorner konnten das besser vertragen. Sie waren daran gewöhnt, Meara nicht.

„Torgal!" rief Jaromir. „Wir müssen eine Pause machen."

„Noch nicht. Wir sind gleich am Fluss, da können wir unsere Fährte verdecken." Er hatte die beiden aufschließen lassen und gesellte sich an Mearas andere Seite. „Wir helfen dir. Hältst du das durch?"

„Ich hoffe." Was hatte sie für eine andere Wahl? Wenn Torgal darauf bestand, obwohl er ihr kreidebleiches Gesicht gesehen hatte, dann wusste sie, es musste sein.

Bis zum Fluss waren es nur ein paar Minuten. Meara wurde schwindlig und sie klammerte sich an ihre beiden Stützen, aber sie gab nicht auf. Sie setzte einen Fuß vor den anderen und lenkte all ihre Gedanken auf die Ausführung der einfachen Bewegungen.

Der Fluss war nicht sonderlich breit, aber tief und

sein Wasser floss schnell. Etwas stromabwärts ragten Felsen heraus und schufen gefährliche Stromschnellen. Dahinein durften sie auf keinen Fall geraten. Die Überquerung des Flusses war die beste Möglichkeit, ihre Verfolger in die Irre zu leiten, aber sie müssten trotz Strömung darauf achten, nicht zu weit abzutreiben. Soweit Torgal sich an die Karte erinnerte, dürfte bald ein Wasserfall warten. Selbst wenn sie die Stromschnellen überleben könnten, wäre der Wasserfall der Sprung in den sicheren Tod.

„Wir müssen da rüber." legte er dennoch fest und zog einen leblosen Baumstamm zum Wasser. „Komm." Er hielt Meara die Hand entgegen und half ihr, nicht gleich abzutreiben. „Halt dich daran fest. Mehr musst du nicht tun."

Jaromir und Torgal klammerten sich links und rechts von ihr an den Baum und strampelten mit den Beinen, um sie ans andere Ufer zu bringen. So gut es ging, stieg Meara mit ein, aber sie musste einsehen, dass sie mit den Kräften am Ende war. Festhalten fiel ihr schon schwer. Das Wasser kam direkt von den Bergen und war eiskalt. Ihre Lippen färbten sich blau und sie zitterte am ganzen Leib. Trotzdem beschwerte sie sich nicht und kitzelte alles aus ihrem Körper heraus, was er aufbringen konnte. Angesichts der nahenden Gefahrenquellen im Wasser, die zwischen den Schnellen auch noch mit Strudeln drohten, brachte sie sogar mehr Kraft auf, als sie selbst geglaubt hätte.

Sie trieben mindestens eine halbe Meile ab. Immer wieder schwappte eine Welle Eiswasser über ihre Köpfe oder sie wurden von einer Strömung

304

unter Wasser gezogen. Ohne den Baum wären sie schon lange ertrunken.

Das Wasser wurde immer schneller und unruhiger. Sie hatten die ersten Felsen erreicht und Jaromir konnte den Zusammenstoß nur knapp verhindern, indem er versuchte, sich und seine Freunde mit den Beinen abzustoßen. So genau hatte Torgal das nicht gesehen, nur dass sie mit einem Schlag dem Strudel zu nahe kamen.

„Jaro!" schrie er aus Leibeskräften gegen das tosende Wasser. „Wir müssen zu dir!"

Wie denn, dachte Jaromir. Neben ihm folgte ein Fels auf den anderen. Nirgends war eine Lücke, durch die sie hätten gelangen können. Die einzigen Abschnitte, die überhaupt breit genug für sie waren, warteten mit einem Sog auf, der sie nach unten ziehen und verschlingen würde.

„Hier ist kein Weg für uns!" rief er Torgal zurück.

Meara war sowieso angeschlagen, aber die Ausweglosigkeit trieb ihr zur bitteren Kälte des Wassers auch noch die Angst durch die Glieder. Sie brauchten eine Lösung. Die immer schneller werdenden Stromschnellen würden sie alle das Leben kosten. Gegen einen Stein geschleudert oder unter Wasser gezogen und ertrunken - einen anderen Weg gab es nicht.

Bis ihnen der Zufall zu Hilfe kam. Nur ein paar Körperlängen vor ihnen fiel plötzlich ein Baum ins Wasser. Ohne erkennbaren Grund hatten seine Wurzeln die sichere Erde losgelassen und den Riesen in den Fluss geworfen. Um Haaresbreite wären sie noch erschlagen worden. Die Welle, die das Auftreffen des Baumes auf dem Wasser auslöste, überrollte sie und Meara fehlte die Kraft, sich an dem leblosen Baum festzuhalten. Ihre Finger rutschten durch die Wucht des Wassers einfach weg. Torgal bekam sie gerade noch zu fassen, musste dafür ebenfalls den Auftrieb aufgeben und packte Jaromir gerade noch am Fuß. Würde der Schuh jetzt nachgeben und von Jaromirs Fuß rutschen, würden Torgal und Meara abgetrieben werden.

An Jaromir hing das Leben aller Drei. Er war dem fallenden Baum am nächsten gewesen und hatte instinktiv nach der festeren Variante gegriffen. Ihr provisorischer Rettungsring würde dem Wasser sicherlich nicht mehr lange standhalten, da kam ihm der schwere und starke Baum gerade recht.

Seine vom Eiswasser betäubten Finger krallten sich in die Rinde, die er zu fassen bekam, und umklammerten mehrere dünnere Äste, in der Hoffnung, so würden sie ihm mehr Halt geben, als ein einzelner. Die mit dichtem Laub behangenen Zweige schlugen ihm wie Peitschen ins Gesicht. Er wusste ehrlich nicht, wie lange er das durchhalten würde.

„Beeilt euch!" brüllte er und bekam prompt einige Blätter in den Mund. Anders hätte Torgal ihn jedoch nicht gehört. Das tosende Rauschen der Wassermassen war unerträglich laut. Sie traten hier gegen die ungebändigte Kraft der Natur an.

Torgal gab einen Aufschrei der Anstrengung von sich, als er Meara einen kräftigen Antrieb Richtung

Ufer gab. Er selbst schnappte nach den Ästen des großen Baumes und hangelte sich mit Jaromir mühsam der Rettung entgegen. Mearas Vorsprung, den ihr Torgal gegeben hatte, reichte ihr nicht, das Ufer allein zu erreichen, aber immerhin waren sie nahe genug, um den Strömungen zu entkommen.

Am rettenden Ufer galt es eine kleine Böschung zu erklimmen. Für Meara unmöglich zu schaffen. Ihre Finger konnten sich an den schmalen Bäumen nicht festhalten. Torgal war vor ihr hinaufgeklettert und griff nach ihren Händen, während Jaromir von hinten schob und dann nachkam. Es war ein Kraftakt über den Fluss gewesen, dem eine zarte junge Frau nicht gewachsen war. Nur in der Gemeinschaft waren sie stark genug, vollzählig anzukommen.

„Entschuldige." sagte Torgal und hockte sich zu Meara. „Du musst das Gewand ausziehen. Ich mache uns ein Feuer."

Was würde diese Reise wohl noch für sie bereithalten? Aber wieder war sie der Überzeugung, es gab keinen anderen Weg, sonst hätte Torgal ihr eine Alternative geboten, deshalb zog sie das Gewand aus.

Jaromir war seines schon losgeworden und stapelte dünne Äste aufeinander, die Torgal zitternd entzündete. Sie rückten nahe an das kleine Feuer heran und hielten die Hände in die Flammen.

„Tut das gut." schnaufte Meara. Obwohl sie im Unterkleid neben zwei Männern hockte, fühlte sich die Wärme unglaublich gut an.

„Du wolltest doch Abenteuer erleben."

schmunzelte Jaromir. In einer Priesterstadt wäre es ein Skandal gewesen, nur in der langen Unterhose bei einer Frau zu sitzen, selbst wenn sie zur Familie gehörte. Das taten sie nicht mal, deshalb blickte Meara auch stur ins Feuer und nicht mal ganz kurz zu den beiden Männern.

„Ich korrigiere mich: Ich will Abenteuer lesen. Meint ihr, die finden uns?"

„Zumindest nicht so schnell." lächelte Torgal und stand schon wieder auf. Aus ein paar Ästen baute er eine Halterung für ihre Kleider über dem Feuer. So würden sie schnell trocknen und aufgewärmt ihren Körpern helfen, nicht noch ganz auszukühlen. Von einem Nadelbaum trennte er besonders breit gewachsene Äste ab und legte sie Meara um die Schultern.

„Stachelt vielleicht ein bisschen, wärmt dich aber auch."

„Ich merke es jetzt schon. Danke."

„Hier." Einige legte er auf den Boden. „Leg dich hin und versuche ein bisschen zu schlafen. Ich halte die erste Wache. Jaro, ich wecke dich dann."

„Geht klar. Gestattest du mir etwas Nähe?" schmunzelte er zu Meara und legte sich neben sie. Er rückte nahe an ihren Rücken heran und schloss die Arme um sie. Torgal bedeckte sie mit Tannenzweigen und hoffte, Meara würde bald nicht mehr frieren. Er hätte Jaromir die erste Wache aufdrücken sollen...

„Benimm dich." flüsterte er zu seinem Freund. Meara war binnen Sekunden eingeschlafen.

Vielleicht hatte ihr Körper die Ohnmacht auch nachgeschickt, nachdem sie endlich der direkten Gefahr entkommen waren.

„Ich würde ja die erste Wache übernehmen, aber ich lasse dich lieber hier liegen, wenn sie aufwacht." feixte Jaromir.

Na gut, das ließ sich Torgal natürlich gefallen. Fürs erste ließ er Meara aber bei seinem Freund und machte sich auf die Suche nach etwas Essbarem. Zur Jagd reichte es nicht. Er selbst fror noch zu sehr, als dass er hätte einen Bogen ruhig halten können. Nicht dass er einen gehabt hätte, aber es wäre auch nicht sinnvoll gewesen. Aber ein paar Pilze und Beeren sammelte er und brachte sie zum Lager. Am anderen Ufer blieb es noch ruhig. Man gönnte ihnen die Nacht zum Ausruhen.

Nach etwa der Hälfte weckte er Jaromir und tauschte mit ihm den Platz. Meara wurde nicht mal ganz kurz wach. Er rückte an sie heran, schloss die Arme um sie und sog ihren Duft in sich auf. Sie roch nie nach Parfum, hatte Jaro gesagt. Woher auch, wenn sie es nicht bezahlen konnte. Das musste aber auch nicht sein. Ein Hauch Rosenduft hing in ihren Haaren, die bei der Flucht und dem Bad zerzaust worden waren. Ihre Haut hatte sich schon deutlich erwärmt und Torgal konnte nicht widerstehen, ihr sanft über den Arm zu streicheln. Harmlos vielleicht, aber sie spürte es auch im Schlafe und drängte ihren Körper weiter in seine Arme hinein.

Keine Frage - er hatte die eine gefunden, die er an seiner Seite haben wollte. Wie Jaromir prophezeit hatte, würde sein Vater durchdrehen, wenn er von ihren Wurzeln erfahren würde. Bei diesem Thema würde Torgal jedoch keine Kompromisse eingehen. Er hatte immer gesagt, ihm sei egal, wen er an sich binden würde, weil die Prinzessinnen, die sein Vater ihm immer vorschlug, sowieso alle gleich waren. Sie unterschieden sich äußerlich vielleicht, allein aufgrund der Unterschiede zwischen den Ländern, aber das Herz war bei allen gleich süchtig: Geld und Macht.

Nun, da er Meara kannte, würde er keinem Bund zustimmen, solange sie nicht neben ihm stehen würde. Er hatte vielleicht schon das ein oder andere getan, nur weil es der König so verlangte. Seine eigene Familie stellte er sich aber selbst zusammen. Und dafür wiederum musste er wissen, wie die Gepflogenheiten in Ul-Bairamok aussahen. Er wollte sich nicht mit falschem Benehmen blamieren und sie wieder in Verlegenheit bringen.

Trotz aller Anstrengungen erwachte Meara mit der Natur zu einem neuen Tag. Gleich als erstes spürte sie einen Körper an ihrem und drehte sich erschrocken um.

„Guten Morgen." lächelte Torgal, den sie mit dem Schreck geweckt hatte. „Wie geht es dir heute?"

„Besser, danke. Und euch?"

„Bestens." feixte er. „Jaro ist gerade bei der Jagd und du bist ganz nah bei mir."

Ein Beben erschütterte ihren ganzen Körper, das nichts mit Kälte zu tun hatte. Was sie darauf antworten sollte, wusste sie auch nicht und schlug die Augen nieder.

Sanft legte sich sein Finger unter ihr Kinn und hob den Kopf, bis sie ihn ansah. „Entschuldige. Ich wollte nur, dass du weißt, was ich denke."

„Kommt es darauf an, was du denkst?"

„Kommt es darauf an, was ich fühle?"

„Ich weiß nicht." Ihr glühender Blick war noch immer auf ihn geheftet.

„Ist es dir egal?" fragte er vorsichtig. So hatte er ihre Worte aufgefasst und lag meilenweit daneben.

„Mir nicht, aber deinem Vater vermutlich."

„Der ist aber nicht hier." flüsterte er an ihre Wange. „Nur du und ich. Also sag mir, wenn ich gehen soll."

Von ihrer Wange waren seine Lippen bis zu ihren gewandert, hielten aber höflichen Abstand. Sie sollte wissen, was er wollte, aber auch, dass er es sich nicht einfach nehmen würde.

Mearas ganzer Körper wurde geflutet von Hitze und Prickeln. Sie hatte keine Erfahrungen mit Männern in diesem Sinne. Die Eremet lebten alle keusch. Das Thema war absolut Tabu in den Gärten und Tempeln. Und doch wusste sie es sofort zuzuordnen, denn bei Jaromir war das Gefühl noch nie aufgekommen. Nicht so jedenfalls. Sie mochte ihn wirklich gern und fühlte sich wohl in seiner Nähe. Bei Torgal ging es weit über Wohlfühlen hinaus, deshalb gab sie sich auch einen Ruck und holte sich den ersten Kuss ihres Lebens.

Jaromir kam von einer erfolgreichen Jagd zurück

und beobachtete die beiden eine kleine Weile. Heimlich natürlich, hinter einem Baum versteckt. Er wusste noch nicht so recht, was er davon halten sollte. Natürlich freute er sich für seinen Freund aus Kindertagen und auch für die schüchterne Meara. Er wusste aber auch, was das für Folgen haben würde. Vom König mal abgesehen, würde Winderlorns Volk wissen wollen, wer die neue Königin werden sollte. Ein Mündel aus der Priesterstadt? Das würde Ärger geben und Torgal schlimmstenfalls den Thron kosten. Dessen musste er sich bewusst sein, nachdem Jaromir ihn direkt darauf aufmerksam gemacht hatte. Entschied er sich also trotzdem für diesen Kuss, dann hatte er die Entscheidung ganz bestimmt nicht leichtfertig getroffen. So einer war Torgal nicht. Er war ganz schön verrückt und aufgedreht. Er suchte Abenteuer und Aufregung. Aber niemals hätte er mit den Gefühlen eines anderen Menschen gespielt.

Jaromir ließ die beiden in dem Glauben, er habe nichts mitbekommen. Er schlich sich noch mal vom Lager weg und kehrte geräuschvoll zurück, um sich anzukündigen. So fand er sie auch nur beim Anziehen ihrer aufgewärmten Oberbekleidung. Er selbst hatte sie zu Beginn seiner Wachzeit schon übergezogen.

Nach dem Frühstück traten sie den weiteren Weg an und kehrten gegen Mittag zu dem Platz zurück, an dem sie das Pferd gelassen hatten. Und das bedeutete einen Abschied.

„Der Vorsprung ist groß genug." sagte Torgal. „Ihr könnt direkt zurück zum See kehren. Erzählt denen, was wir sahen."

„Und du?" fragte Meara.

„Ich werde meinen Vater informieren."

„Wie denn?" fiel Jaromir ein. „Wie willst du ihm erklären, dass du vor ihm davon erfuhrst? Und wie willst du ihm die Nachricht übermitteln? Persönlich?"

„Nein, ich werde ihm einen Brief schreiben."

„Zu auffällig." legte Meara fest. „Wenn der Brief schneller bei deinem Vater ist, als wir am See ankommen, hast du ein Problem. Lass Jaromir den Brief schreiben."

„Auch wieder wahr. Na schön. Ich werde zurückkehren und warten, was passiert." Er umarmte seinen Freund zum Abschied. „Mach´s gut. Und passt auf euch auf."

„Machen wir." lächelte Jaromir, gab Torgal frei und lief schon mal langsam los, denn hier störte er gerade.

Auch Meara wurde von dem Prinzen zum Abschied umarmt. „Pass auf dich auf, hörst du?" flüsterte er.

„So gut ich kann. Und du? Was ist, wenn die dir folgen?"

„Mit dem Pferd bin ich schnell genug. Und ihr seid auch so gut wie am Ziel. Ich meinte, du sollst in der Schule wegen dem Komplott aufpassen. Am liebsten würde ich mitkommen. Schreib mir. Bitte."

„Ich verspreche es." wisperte sie. Ihre Beine waren ganz weich, weil er ihr so nah war.

Seine Hände legten sich an ihre Wangen und hielten sie fest. „Ich komme wieder, Meara. Ich verspreche dir, ab sofort wirst du kein Mündel mehr sein."

Das klang nach Musik in ihren Ohren, aber so einfach war es ja nicht. „Überdenke das, bevor du eine Wahl triffst."

„Das muss ich nicht. Am Ende des Lehrjahres kehrt Jaro zurück nach Hause und wir tauschen wieder bis zum Beginn des neuen Jahres. Wenn du es dir nicht anders überlegst, dann begleite ihn. Ich würde mich freuen, dich so bald wie möglich wiederzusehen."

„Mal sehen, was noch so passiert. Wenn nichts dazwischenkommt, werde ich ihn begleiten und um Audienz bei dir bitten."

Torgal lachte leise und küsste sie auf die Stirn. „Das musst du nicht. Du gabst mir ein Versprechen."

„Ich weiß." zwinkerte sie und gönnte sich einen letzten Kuss unter Liebenden für viele Monate. Erst im kommenden Sommer würde sie ihn für einige Wochen besuchen können, wenn er es sich bis dahin nicht selbst noch anders überlegen würde. Sie hatte blaue Augen, aber blauäugig war sie nicht. So gut sie sich auch mit dem König unterhalten hatte, würde er dieser Bindung wohl nie zustimmen.

„Ich werde dir schreiben." versprach Torgal zum Abschied und stieg auf sein Pferd.

„Schick es lieber an Jaromir, solange noch jemand mein Körbchen durchstöbert."

„Werde ich. Und sieh dich vor, hörst du? Ich will

nicht von Jaro einen Brief lesen müssen, der mir sagt, dir ist ein Unglück geschehen. Ich werde unauffällig Informationen suchen und euch schicken. Vielleicht sind wir dann ein bisschen schlauer, was das alles soll."

„Sei vorsichtig."

In Torgals Ohren kam ein Flehen an, das er nicht geglaubt hatte, je in Bezug auf sich zu hören. Zog sein Vater in eine schwierige Auseinandersetzung mit einem anderen Land, dann bat Torgals Mutter, er solle auf sich aufpassen. Oder wenn die Soldaten des Reiches in den Kampf zogen … Ihre Frauen forderten auch immer Achtsamkeit. Dann hörte man ein leises Flehen der liebenden Herzen in den Stimmen. Diesen Unterton hörte nun auch Torgal und fühlte sich beflügelt.

Noch einmal beugte er sich zu ihr, küsste sie und ritt dann davon.

Meara sah ihm mit feuchten Augen nach, die Hand noch zum stummen Gruß erhoben. Vielleicht wollte sie ihn auch aufhalten und tat es nicht. „Viel Glück."

Jaromir näherte sich ihr langsam. „Das braucht er nicht. Er ist ein guter Krieger und wird sich zur Wehr setzen, sollte er wirklich verfolgt werden."

„Ich hoffe es."

Er legte ihr einen Arm um die Schulter und drängte sie sanft ihrem Ziel entgegen. „Los, wir sollten auch verschwinden."

„Du hast Recht." Sie atmete tief durch und wollte sich beruhigen. Sie würde ihre Aufmerksamkeit noch brauchen. Dabei fühlte sie sich furchtbar und hätte sich gern in einen hohlen Baumstamm verkrochen. Irgendetwas fehlte. Sie fühlte sich leer.

„Meara." lächelte Jaromir. „Es war kein Abschied für immer."

„Ich weiß, tut mir leid."

„Muss es nicht. Meiner Meinung nach hätte er keine bessere Wahl treffen können. Und du auch nicht."

„Na ja, er ist immer noch der Prinz von Winderlorn und ich bin … Lassen wir das."

„Mach dir mal keine Sorgen. Ich warnte ihn, bevor er diese Entscheidung traf. Trifft er sie dennoch, wird er dazu stehen. Also mach dir jetzt noch keinen Kopf über das, was in der Zukunft liegt. Die Gegenwart müssen wir bestreiten."

Dem konnte sie nicht widersprechen und ließ sich auf die Ablenkung ein. Das würde es vielleicht ein bisschen leichter machen. Wenn ihre Gedanken nur nicht immer umkehren würden...

Sie achteten kaum auf ihre Umgebung im Sinne der Ausbildung. Das einzige, das für sie von Bedeutung war, waren ihre eventuellen Verfolger. Sie lauschten nach Schritten oder Rascheln im Gebüsch, auch nach Stimmen. Bisher war da nichts, das sie sorgen müsste. Vermutlich hatten die nicht damit gerechnet, dass sie entkommen könnten und auch noch den Ausgang finden würden. Das war zumindest Jaromirs Überzeugung, während Meara immer unruhiger wurde. Sie glaubte nicht, dass es so leicht werden würde. Irgendwas würde noch passieren, ehe sie den See erreichen könnten.

Jaromir sagte sie nichts von ihren Bedenken, die vermutlich nur in der Angst wurzelten. Wenn ein Krieger keine Gefahr wahrnehmen konnte, bildete sich Meara das sicherlich ein.

In der Nacht mussten sie ein wenig ausruhen. Jaromir übernahm die erste Wache und weckte Meara, ehe er von der Müdigkeit übermannt werden würde.

Mearas Wache wurde zur Tortur für sie. Andauernd hörte sie etwas, das sie veranlassen wollte, Jaromir zu wecken. Meist waren es nachtaktive Tiere, die sich ihr Futter suchten und dabei leise Geräusche verursachten. Die Schatten, die durch die Bäume huschten, bildete sie sich nur ein, weil sie solche Angst in der Dunkelheit hatte. Vor ihr brannte ein kleines Feuer, das sie ein bisschen warm halten sollte - mehr Wohlgefühl gab es nicht. Zum allerersten Mal empfand sie das leise Rauschen der Blätter und das Knarzen der Bäume als unangenehm. Der ganze Wald um sie herum wirkte bedrohlich auf sie, obwohl sie ohne die Angst in der gleichen Nacht an der gleichen Stelle nichts Unschönes hätte finden können.

Kurz vor Sonnenaufgang, Meara spürte ihn, noch bevor sich an den Lichtverhältnissen irgendwas ändern konnte, kam eine schneeweiße Eule direkt auf sie zugeflogen. Meara hob ihren Arm, weil sie glaubte, das Tier mochte etwas Gesellschaft. Hin und wieder passierte es ihr, dass die Vögel in ihren Gärten den direkten Kontakt suchten und eine Weile auf ihrer Schulter oder ihrem Kopf verweilten.

Nicht so diese Eule. Sie landete auf Mearas Arm und gab sich alle Mühe, den Stoff des Ärmels nicht zu beschädigen. Statt ruhig dort zu sitzen und sich von Meara etwas vorsingen zu lassen, schlug sie aufgeregt mit den Flügeln. Sie gab keinen Laut von sich, aber sie hielt auch keine Sekunde inne. Für Meara war es, als würde sie mit ihr abheben wollen. Dem Druck des Flügelschlags standzuhalten, wurde immer anstrengender.

„Was hast du?" flüsterte Meara. „Soll ich dir folgen?"

Die Flügelschläge wurden stärker und hoben Meara tatsächlich beinahe aus den Schuhen. Sie war sich sicher, sie mussten hier weg!

„Flieg vor. Ich wecke Jaromir."

Sie gab dem Tier noch Starthilfe und rüttelte dann aufgeregt an ihrem Freund. „Jaromir." flüsterte sie hektisch. „Jaromir, wach auf."

Er war schon mit der ersten Berührung hochgeschreckt. „Was ist los?" Er sah keine Angreifer, hörte auch nichts und wusste nicht so recht, warum er nicht weiterschlafen durfte.

„Wir müssen hier weg."

Er zweifelte nicht an ihr, sprang gleich auf die Füße und klaubte seine Sachen zusammen. In den letzten Tagen hatte er zu viele Merkwürdigkeiten gesehen, als dass er ihr Gefühl missachtet hätte.

Er wollte aber auch wissen, was sie aufgeschreckt hatte. „Was ist passiert?"

„Ich weiß es nicht." piepste sie verlegen. „Eine Eule warnte mich. Wir müssen hier weg."

Er war ja auch schon fertig, trat das Feuer aus und bedeckte es mit etwas Erde. Dann schnappte er sich Mearas Hand und rannte los. Die Sonne ging gerade erst auf und noch war es in dem dichten Wald stockdunkel. Sie konnten kaum die Schemen der Bäume erkennen, um die sie herumlaufen mussten. Eigentlich stolperten sie nur blind durchs Unterholz.

Ob sie auch Torgal verfolgten, überlegten sie beide unabhängig voneinander. Zum Reden fehlte ihnen weitestgehend die Luft, aber ihre Gedanken waren aktiv wie nie. Torgal war allein, aber immerhin mit Pferd unterwegs. Er dürfte inzwischen einen weit größeren Abstand zur Gefahr gefunden haben.

Meara sollte sich ihren Gefühlen nicht verschließen, hatte Meister Rastro ihr geraten. Und eben jenes Gefühl brannte sich wie Feuer in ihren Rücken. Vor ihr war es eine kalte und klare Nacht in den letzten Atemzügen. Hinter ihr schien jedoch ein Waldbrand zu toben und die beiden Flüchtlinge zu verfolgen.

„Wir müssen uns beeilen." hechelte sie. Schneller laufen war ihr allerdings unmöglich. Sie wollte nur, dass Jaromir wusste, was sie empfing.

Der Wald lichtete sich und sie standen am Rand einer weiten Graslandschaft. Jaromir hatte gewusst, dass sie an diesen Punkt kommen würden, und suchte fieberhaft den richtigen Weg. Über die Ebene, wo sie von weitem zu sehen sein würden? Oder außen herum, wo sie vermutlich einen Tag länger brauchen würden?

„Was denkst du?" keuchte er. „Außen herum oder geradeaus?"

„Keine Ahnung." Woher sollte Meara es denn auch wissen?

„Was fühlst du?"

„Angst." fiel ihr als erstes ein. „Ich glaube, die finden uns sowieso, sonst hätten die uns doch nach zwei Tagen nicht wieder aufgespürt."

Da hatte sie Recht. „Also geradeaus. Kannst du noch?"

„Hab ich eine andere Wahl?" stöhnte sie und setzte sich wieder in Bewegung. Nur einen Moment während der Entscheidung hatten sie durchatmen können, dann ging es weiter im Sprint. Dabei wurde Jaromir zum ersten Mal richtig bewusst, dass lange Kleider äußerst unpraktisch waren. Wieso trugen alle Frauen freiwillig so was?

„Es ist nicht mehr weit." wusste er. Im Kopf hatte er die Karte, die der Vater ihm gegeben hatte. So ungefähr zumindest. Nach der weiten Ebene kam noch ein Streifen Wald und dann schon der See. Es war ein anderer Weg als sie in die andere Richtung genommen hatten, weil sie da ja erst mal zur Straße hatten kommen müssen.

Mit dem Wissen, dass sie ihr Ziel bald erreichen würden, kam in Meara die Frage auf, ob das denn wirklich eine gute Entscheidung sei. Sie würden diese Kreaturen direkt zu den anderen Schülern führen. Das könnte in einem Blutbad enden.

Andererseits hatten die ja keine Boote und der Fährmann würde mit ihnen zur Insel fahren. Baden war in dem See nicht gestattet. Es lebten Schlangen darin, die jeden angreifen würden, der ins Wasser springt. Chendor hatte ihnen davon erzählt, als sie gefragt hatten, ob es denn auch Schwimmunterricht gäbe. Den gab es tatsächlich im Abschlussjahr, allerdings an einem anderen See.

Die weisen Männer und Frauen des Ordens würden hoffentlich wissen, was zu tun sei, dachte Meara. Sie hätten auf jeden Fall bessere Chancen als die beiden Schüler allein.

Auf dem weichen Gras ließ es sich leichter laufen. Der Boden war nicht mit Wurzeln durchzogen, die wie Stolperfallen die beiden Flüchtlinge zu Fall bringen wollten. Außerdem konnten sie weiter sehen und mussten keinen Bäumen ausweichen. Die Orientierung hielt es sich mit freier Sicht auch besser.

Sie hatten die Ebene noch nicht überquert, als hinter ihnen die ersten Verfolger aus dem Wald traten und ihnen schreiend folgten.

„Jaromir." wimmerte Meara ängstlich. Sie hatte den Fehler begangen, über die Schulter zu sehen. Eine Wand aus Dutzenden dieser Menschen folgte ihnen. Sie ritten auf Wölfen, die in ihrer Gestalt ebenso missgebildet waren wie die Menschen. Ihre Rücken waren zu Sätteln aus Fleisch geformt. Man musste sie nicht erst satteln wie ein Pferd, man konnte einfach aufspringen. Hinter dem Reiter erhob sich ein hoher Höcker wie eine Lehne oder ein

Schutzwall, der es unmöglich machte, den Reiter von hinten abzuschießen. Außerdem hatten die Tiere zwei Köpfe. Mit dem Reiter konnten sie in drei Richtungen gleichzeitig angreifen.

„Schnell!" rief Jaromir, nachdem auch er einen Blick zurück riskiert hatte. Die holten schneller auf als er und Meara überhaupt laufen konnten. Sie würden es nie bis zum See schaffen.

Er würde nie einen korrekten Bericht abliefern können, wurde ihm bewusst, als hinter ihnen die Erde zu rumoren begann. Er könnte nicht erklären, nicht mal richtig beschreiben, was ihnen in den letzten Tagen alles geschehen war. Die Erde begann zu beben und aufzureißen. Mehrere berittene Wölfe stürzten zeitgleich in den Erdriss und nicht mehr als ein letzter Schrei des Reiters und ein letztes Heulen des Wolfes blieb zurück. Die anderen Tiere hatten gescheut und waren abgedreht. Damit vergrößerte sich der Abstand wieder.

„Wir können es schaffen." hechelte Jaromir. „Nur nicht aufgeben." Dabei brannte ihm schon die Lunge bei jedem Atemzug, wie musste es da Meara erst gehen?

Meara hatte jedes Beben des Bodens in ihren Körper fahren gemerkt. Als hätten sich die Wellen der Erschütterungen bis zu ihr ausgebreitet. Ihr war in dem Moment nicht bewusst, dass sie es spürte und erst danach tatsächlich im Erdreich das Rumoren begann. Das war zu absurd und ihr Kopf korrigierte ganz von selbst die Ereignisse zu einem sinnvollen Ablauf.

Der Waldstreifen war tatsächlich nur sehr schmal. Innerhalb von zwei Minuten hatten sie ihn durchquert. Die Wölfe folgten ihnen schon wieder. Sobald sie sich gesammelt hatten, waren sie über die Erdspalte gesprungen und hatten die Verfolgung wieder aufgenommen.

So nahe vor dem Ziel mussten sich die Kreaturen etwas einfallen lassen, um sie aufzuhalten. Pfeile schnellten um sie herum und trafen in den Boden oder in Bäume. Einige erreichten auch schon das Wasser. Der Fährmann war auf der Insel und müsste erst zum Steg kommen, ehe er die beiden Schüler übersetzen könnte. Bis dahin wären die Wölfe da und hätten sie in Stücke zerrissen.

„Wohin jetzt?!" kreischte Meara panisch.

„Das muss jetzt sein." legte Jaromir fest, griff nach ihrer Hand und zog sie mit sich den Steg entlang.

„Die Schlangen!" rief Meara erschrocken von seinem Plan.

„Sind unsere einzige Chance." sagte er und rannte mit ihr über den Steg hinaus, direkt ins Wasser hinein.

Kurz vorm Abtauchen hatte Meara noch gesehen, wie Chendor aus dem großen Portal gekommen war. Ihre Ankunft war also bemerkt worden und Hilfe würde ihnen geschickt werden.

Sie versank mit einem Angstschrei tief ins Wasser hinein. Sofort tummelten sich hunderte Schlangen um sie herum, griffen aber nicht an. Große und Kleine schlängelten um die beiden herum und verursachten damit einen Auftrieb, der sie zurück zur Oberfläche brachte.

Gleichzeitig zischten dutzende Pfeile ins Wasser, trafen nicht nur Wellen, sondern auch Schlangen und Menschen. Meara musste mit ansehen, wie sich einer der schwarzen Pfeile in Jaromirs Schulter bohrte und sich eine rote Wolke Blut ausbreitete. Sie wollte gern irgendwas tun können. Sie wünschte sich, irgendeine Lösung zu kennen, die ihrem Freund helfen würde.

Noch immer folgte ihnen ein Pfeilhagel. Einer traf ihren Oberschenkel, einer Jaromirs Arm. Neben Meara wurde eine riesige Schlange in den Kopf getroffen und war sofort tot. Ein unschuldiges Leben war sinnlos einfach beendet worden. Und so wie es schien, würde ihres dazugehören. Sie spürte, wie sie von einem Pfeil in den Rücken getroffen wurde. Ihre Schwimmbewegungen brachen sofort ab und sie trieb leblos zur Wasseroberfläche. Die aufgehende Sonne wies ihr den Weg zur Luft und wurde doch schwächer, umso näher sie kam.

Sobald sie mit dem Gesicht die Luft erreichte, nahm sie die flache Atmung wieder auf, soweit es eben ging. Aber sie spürte das Leben aus ihrem Körper fließen.

Über dem See sah sie sieben riesige Schatten vorbeiziehen. Ihr Blick war verklärt, aber sie konnte deutlich die massigen Körper mit den gigantischen Flügeln erkennen. Ihre Freunde hatten die Erdhöhle verlassen, um ihr zu helfen. Die vielen Gegner wurden von den Feuerstrahlen auseinandergetrieben und schlussendlich auch in die Flucht geschlagen. Die Drachen folgten ihnen noch eine Weile.

Neben Meara brach Jaromir aus dem Wasser. Er regte sich nicht, lag auf dem Rücken einer Schlange und wurde von ihr zur Insel getragen. Auch Meara wurde von einer der großen Schlangen zum Steg gebracht. Chendor hatte schon Alarm geschlagen und gemeinsam mit anderen Lehrern zog er die Schüler aus dem Wasser.

Trotz Warnung vor den Schlangen hatten sie den Weg ins Wasser gewählt, um dem Feind zu entkommen. So, wie sie aussahen, hatten sie furchtbare Tage hinter sich und der Vater stand mit schlechtem Gewissen daneben. Er betrachtete die zwei außergewöhnlichsten Schüler, die er je gesehen hatte, und hätte seine Entscheidung, sie gehen zu lassen, gern rückgängig gemacht. Die Ferien waren noch nicht vorbei, aber einige Tage waren sie fort gewesen und mussten in der Zeit wahnsinnige Angst gefunden haben.

„Schnell." drängelte er. „In die Krankenstation!"

Chendor hatte schon jemanden ausgeschickt, zwei Tragen zu holen. Damit konnten sie die Verwundeten besser transportieren und überließen sie den fähigen Händen der Schwestern.

Xondra kam aus dem Garten gerannt. Eine Schülerin hatte sie gerufen. „Was ist passiert?!"

Der Vater fing sie vor der Tür ab. „Meara und Jaromir sind schwer verletzt. Lass dir sagen, was sie zur Heilung brauchen. Das hat oberste Priorität. Deine Ferienkurse fallen aus, bis die beiden gesund sind."

Sie nickte nur und stürmte zur Tür hinein. Ausgerechnet ihre beiden Lieblingsschüler musste sie in so einem Zustand finden. Meara war auf der Seite liegend transportiert worden und lag noch immer so auf dem Behandlungstisch. Der Pfeil in ihrem Rücken musste sorgsam entfernt werden. Daneben lag Jaromir. Einen Pfeil hatte man schon entfernt und reinigte gerade die Wunde, aber der aus der Schulter musste genauso vorsichtig herausgeholt werden wie der aus Mearas Rücken, sonst könnte es das Ende der beiden bedeuten. Daneben hatten sie diverse Kratzer und Schürfwunden, Jaromir sogar Fesselspuren an Hand- und Fußgelenken und Mearas Zehen sahen aus, als wären sie kurz vorm Abfrieren gewesen.

„Du meine Güte." flüsterte Xondra geschockt. Noch nie hatte sie ein solches Bild der Zerstörung an einem menschlichen Körper gesehen.

„Es sieht schlecht aus." sagte eine der Schwestern aufgeregt. „Xondra, wir brauchen deine Hilfe."

„Was kann ich tun?"

„Nimm dir was zum Schreiben."

Auf einem Tisch in der Ecke lagen ein Pergament und eine Feder. Xondra schrieb alles auf, das die Heiler bräuchten. Die Liste war nicht gerade kurz und Xondra schnappte sich noch zwei Schüler zur Unterstützung. Sowohl zum Ernten der Kräuter, als auch zum Tragen.

Der Vater hatte Meister Rastro zu sich bestellt.

„Vater." sagte er und warf einen besorgten Blick

auf die beiden Blutenden. „Was ist geschehen?"

„Ich weiß es nicht. Sie sind nicht bei Bewusstsein. Hier." Er reckte ihm einen der Pfeile entgegen. Als Rastro den sah, gingen ihm den Augen über.

„Das ist unmöglich!" zischte er.

„Das dachte ich auch, aber damit wurden sie beschossen. Sie schwammen durch den See."

„Also müssen sie Todesangst gelitten haben."

„Du sagst es. Und die Drachen kamen aus den Höhlen und vertrieben die Angreifer."

Das war definitiv eine Information zu viel. Rastro musste sich setzen. „Wieso?"

„Ich weiß es nicht." musste der Vater erneut als Antwort geben. Solange die zwei Schüler nicht reden würden, könnte er auch nichts anderes sagen. „Gehst du zu ihnen und siehst, ob sie verletzt sind? Sie werden auch wissen wollen, wie es Meara geht."

Na da hatte er ja eine tolle Aufgabe bekommen, dachte Rastro. Aber er fühlte sich als Freund der Drachen und wollte sie wissen lassen, dass die Menschen alles taten, um das ungewöhnliche Familienmitglied der Drachen zu retten. Das sollte sie besänftigen und vielleicht könnte er ihnen etwas Gutes tun und sich ihre Wunden ansehen...

Die folgende Nacht und den gesamten folgenden Tag wachten Jaromir und Meara nicht auf. Der Vater hatte angeordnet, es solle immer mindestens einer in dem Zimmer bleiben, und sie wechselten sich ab. Auch er selbst übernahm Wachdienst und kontrollierte regelmäßig die Atmung und den Blutfluss. Sie waren schwach und unterkühlt, doch es wurde besser. Im Kamin brannte dauerhaft ein großes Feuer und die beiden waren in dicke Decken gehüllt.

Rastro überbrachte die gute Nachricht den Drachen, die soweit unverletzt geblieben waren. Die getöteten Schlangen aus dem See hatten sie herausgefischt und dem Feuer übergeben, wie es Brauch war. Den anderen hatten sie besonders gute Fleischstücken als Dank gegeben.

In dem ganzen riesigen Bauwerk herrschte gedrückte Stille. Niemand wusste, was passiert war, aber spekulieren konnten sie alle gut. Mehrmals täglich fragten die Schüler ihre Meister nach dem Befinden der Verletzten. Vor allem Ande kam mehrfach zum Krankenflügel und fragte die Schwestern persönlich. Sogar Kyrlua machte sich auf den Weg dorthin und verlangte, den Prinzen zu sehen, immerhin waren sie befreundet. Der Vater ließ sie allerdings nicht hinein. Frechheit!

Jaromir kam als erstes zu sich. Ihm tat alles weh. Von Kopf bis Fuß zog und ziepte es. Trotzdem war sein erster Gedanke bei Meara. Er hatte noch wahrgenommen, dass sie tödlich getroffen war, danach war sein Bewusstsein abgebrochen.

„Meara." keuchte er und richtete sich hektisch auf. Alles um ihn herum lag in Schleiern.

„Sch..." machte eine beruhigende Stimme und drückte ihn bestimmt zurück ins Kissen. „Ganz ruhig. Ich gebe dir einen Trank, der dir helfen wird.

Er schmeckt scheußlich, aber du musst ihn ganz leeren."

„Wo bin ich?" wollte er erst noch wissen. Im Grunde hätten die Kerle sie ja auch schnappen können und vergiften wollen. Das war absurd, dann hätten sie sie ja auch im Schlaf erdolchen können.

„Ihr seid zurück in der Schule. Hier wird euch nichts passieren. Trink alles leer." forderte sie und hielt ihm den Becher an die Lippen.

Scheußlich war eindeutig ein Kompliment für dieses Zeug. Er brauchte all seine Beherrschung, es nicht quer durch den Raum zu spucken, aber wenn sie meinte, es würde helfen, dann würde es das auch.

„Ich weiß." hörte er sie kichern. „Was hältst du von einem Glas Orangensaft?"

„Dafür würde ich töten." Er schnalzte die Zunge, als hätte das den Geschmack wegwischen können. Nein, er war sich sicher, er hatte noch nie etwas vergleichbar Widerliches geschmeckt.

„Wie geht es Meara?" fragte er leise und wollte vielleicht gar keine Antwort hören. Eigentlich wollte er nur die eine hören, sie sei wohlauf, aber ohne die Frage gestellt zu haben, würde er weder die eine noch die andere kriegen.

„Sie liegt neben dir." seufzte die nette Frauenstimme.

„Ist sie noch nicht wach?"

„Nein. Ihre Wunden waren schwer. Wir versorgten sie, jetzt muss sie nur noch aufwachen."

Kaum zu glauben, aber selbst den Kopf zu

drehen, entsprach einer gewissen Anstrengung. Neben ihm lag sie tatsächlich und sah noch blasser aus als sonst. Ungesund. Er machte sich Sorgen und war in Gedanken schon dabei, Torgal einen Brief zu schreiben. Am Ende dieses Briefes sollte aber bitte stehen, dass Meara aufgewacht und auf den Beinen war.

„Wie stehen ihre Chancen?" flüsterte Jaromir ängstlich. Sie so zu sehen, gefiel ihm ganz und gar nicht.

„Ich weiß es nicht. Sobald sie aufwacht, wird sie leben, aber sie wacht nicht auf. Auch du brauchtest lang."

„Wie lange?"

„Ihr seid vorgestern angekommen. Deshalb solltest du auch etwas essen. Es wird dich anstrengen, aber auch stärken. Dann kannst du weiterschlafen."

Der Anweisung folgte er und aß alles Brot, das man ihm gab. Er leerte auch den ganzen Krug Orangensaft, der mit noch einigen Mittelchen gespickt war, die ihm helfen würden. Die schmeckten aber nicht so widerlich und waren im Saft überhaupt nicht zu erkennen.

Danach schlief er noch einige Stunden und erwachte fast wie neu. Vor allem die Wunde in der Schulter schmerzte noch, sonst war er schmerzfrei und hätte aufstehen können. Man würde ihn nicht lassen, aber er fühlte sich bereit dazu. Deshalb setzte er sich auch auf, als er den Tumult neben ihm bemerkte. Drei Schwestern und der Vater standen bei

Mearas Bett und taten irgendwas Aufgeregtes.

„Was ist mit ihr?!" platzte es aus Jaromir heraus und der Vater kam zu ihm.

„Ruhig bleiben. Eine der Wunden ging wieder auf, als sie erwachte. Sie erschrak so sehr und hatte solche Angst, dass wir sie erst wieder schließen müssen."

„Aber sie ist wach?" Das war doch gut, hatte die Schwester gesagt.

„Ist sie." lächelte der Vater. Er setzte sich auf Jaromirs Bettkante und musste unbedingt ein paar Fragen loswerden. „Torgal, was ist geschehen?"

Zum Glück hatte er den falschen Namen genannt. Jaromir hätte es fast vergessen können bei all den Ereignissen.

„Ich weiß nicht genau, was in den Tagen passierte. Wir waren in den Bergen und wollten die Steine studieren. Und dann waren wir Gefangene im Berg."

„Wie kamt ihr dort rein?"

„Ich weiß es nicht." antwortete Jaromir erneut und fing an zu plappern wie ein Wasserfall. Er wollte so vieles gleichzeitig sagen, dass er drei Sätze anfing und keinen beendete. Verstehen konnte man gar nichts.

„Nein!" fuhr die Schwester dazwischen und schob den Vater von der Bettkante. „Noch nicht! Torgal, bleib ruhig. Atme tief durch. Solche Aufregung gehört nicht ins Krankenzimmer!" Das hatte sie auch schon gesagt, als Meara vergiftet worden war. Anscheinend vergaßen das alle immer wieder.

„Schon gut." meinte der Vater. „Kuriert euch aus, dann wollen wir alles hören."

„Der Bericht." fiel Jaromir ein. „In Mearas Bündel. Vieles steht schon darin."

„Dann werde ich den lesen und wenn ihr genesen seid, schließen wir die restlichen Lücken."

Damit hatte er endlich etwas zu tun und musste nicht mehr tatenlos herumsitzen, während offenbar kaltblütige Verbrecher durch Zyranians Lande spazierten.

Mit dem Buch bewaffnet verschanzte er sich mit Rastro in seinem Büro. Rastros Ferienkurse wurden für diesen restlichen Tag komplett gestrichen und der Vater las die ersten Seiten in Auszügen vor. Auch die Probleme der Atmung beim Aufstieg hatten sie erwähnenswert gefunden. Der Vater kannte ja den Lehrplan und wusste, im kommenden Lehrjahr würden sie die ausführliche, wissenschaftliche Erklärung dazu in Angriff nehmen.

„Eine hervorragende Arbeit." bemerkte er nach einer Weile. Das konnte auch Rastro nicht abstreiten. Wenn die beiden etwas machten, dann zu hundert Prozent exakt, wie auch die Arbeiten bewiesen, die sie im laufenden Unterricht abzugeben hatten. Sie arbeiteten stets gründlich und sorgfältig, steckten so viel Fleiß hinein, wie nötig war, und wurden auch nach mehreren Wochen keinen Deut nachlässig. Abgesehen von Mearas einigen fehlenden Arbeiten, aber da glaubte Rastro inzwischen auch an eine

Intrige und keine Ausrede mehr.

Nach einigen Tagen der akribischen Beschreibung ihrer Beobachtungen fehlte offenbar ein Stück. Ohne Zusammenhang waren Schriftzeichen ins Buch gekritzelt worden. Sie waren auch bei weitem nicht so akkurat geschrieben worden wie die Einträge zuvor. Meara erkannten die beiden Lehrer als Autor und sie schien es eilig gehabt zu haben.

„Was soll das denn sein?" fragte Rastro verwirrt.

„Ich sah das schon einmal, aber das sollte ebenso unmöglich sein wie die Existenz dieser Pfeile." Mit einer schnellen Kopfbewegung deutete der Vater seitlich zu einem freistehenden Tischchen. Die Platte war gerade groß genug, die eingesammelten Pfeile nebeneinander aufzureihen. Sie lagen auf einem weißen Tuch gebettet wie Kostbarkeiten. Das waren sie nur in böser Hinsicht.

„Es ist die Sprache wie auf dem Bogen." erkannte Rastro. „Aber anscheinend eine Abwandlung. Ich kann es nicht übersetzen."

„Das können nur wenige und ich wünschte, es wäre nicht mehr nötig. Schade, dass Meara nicht alles abschrieb."

„Geht der Bericht noch weiter?"

Der Vater blätterte eine Seite weiter und fand tatsächlich noch etwas. Jaromir und Meara hatten nämlich ein schlechtes Gewissen, dass sie zu zeitig zurückkehrten und so wenig geschrieben hatten. Außerdem bot es eine Abwechslung, die sie gern angenommen hatten. Schon am Morgen nach der

Überquerung des Flusses hatten sie etwas hineingeschrieben, das sie beobachtet hatten. Auch an den folgenden Rastpunkten hatten sie wenigstens ein bisschen was geschrieben.

„Sie schilderten weitere Beobachtungen?" fragte Rastro verwirrt. Gingen sie davon aus, die beiden waren irgendwo gefangen worden und geflohen, wieso dann immer noch der Bericht?

„Ich glaube, die Zwei sind die ersten, bei denen ich sage, der Fleiß geht zu weit. Aber immerhin geben sie uns Anhaltspunkte, wo sie waren." Er blätterte zum letzten Eintrag vor der fremden Sprache. „Hier. Sie beobachteten rote Erdkäfer. Das kann nur..." An einer Wand neben dem Schreibtisch, gegenüber des Spiegels, hing eine große Karte von Zyranian. Er suchte die richtige Stelle und markierte sie mit einer Nadel. „Die roten Erdkäfer leben nur hier in dem Gebiet, wie wir wissen."

„Also lagerten sie dort irgendwo und wurden verschleppt. Oder fanden sie die Sprache zufällig?"

„Das glaube ich nicht. Wieso sind dann keine ausführlicheren Beschreibungen ihres Fundes zu finden?" Gerade diese Schüler hätten das Ganze genauer beschrieben, wenn man die vorherigen und auch die folgenden Einträge betrachtete.

„Da habt ihr Recht, Vater. Also wurden sie verschleppt. Aber wohin? Dort ist doch nichts."

„Der erste Eintrag danach spricht von Blauschwanzfarnen. Ausgehend von ihrem Entführungsort, könnte das hier sein."

„Die andere Seite des Berges. Sie müssen im

Berg gewesen sein."

„Scheint mir so." nickte der Vater und betrachtete die Karte. „Von wem die Pfeile kommen, wissen wir zumindest in der Theorie, auch wenn ich noch nicht sagen kann, wo die herkommen. Und diese Kreaturen bevorzugen die Dunkelheit eines Erdlochs. Das würde also passen."

„Und wie kamen sie da raus?" staunte Rastro. „Diese Wesen sollten seit Jahrhunderten von der Erde verschwunden sein. Niemand weiß von ihnen. Alle Aufzeichnungen über sie liegen sicher im Keller. Also wie konnten zwei Schüler aus deren Gefangenschaft entkommen?"

Das war eine durchaus berechtigte Frage, die der Vater unmöglich beantworten konnte. Er würde sie weiterleiten, sobald er die Patienten wieder besuchen dürfte. Fürs erste wurde sogar ihm der Zutritt zum Krankenzimmer verwehrt, weil die Schwestern nur zu gut wussten, er würde die Kranken mit seinen Fragen furchtbar aufregen. Das konnten sie nicht zulassen. Vorerst sollten die beiden trinken und essen, wenn sie wach waren, danach bekamen sie Mittel zum schlafen bis zur nächsten Mahlzeit.

Alle, die Antworten wollten, mussten noch mehr als einen ganzen Tag warten. Die Verantwortlichen schützten das Zimmer wie eine Festung zum Schutz des Heilungsprozesses. Dafür ging es den Patienten hervorragend. Noch etwas schlapp, aber auf den Beinen. Der Vater durfte jedoch erst zu ihnen, nachdem sie schon einige Tests hinter sich gebracht hatten. Laufen, Kniebeuge und noch einiges. Die

Wunden blieben geschlossen und der Kreislauf spielte ebenso mit. Erst dann wurde die Tür aufgeschlossen und der Vater kam herein.

„Es ist nicht so leicht, zu euch zu kommen." schmunzelte er.

„Nur zum Wohl der Schüler." versicherte die kommandierende Schwester.

„Ich weiß. Aber jetzt muss ich unbedingt ein paar Fragen loswerden."

„Das wiederum weiß ich." lachte sie und zeigte auf den Stuhl zwischen den zwei belegten Betten. „Ich war mal so frei."

„Sehr nett, vielen Dank."

Meara und Jaromir sahen sich an und lachten leise in sich hinein. Es kam bestimmt nicht oft vor, dass der Vorsitzende des Ordens vor einer Tür stehengelassen wurde. Und dann auch noch eine Tür in seinem eigenen Haus.

Was diesen Mann für Meara besonders auszeichnete, war sein Herz. Natürlich wollte er alle möglichen Informationen, aber die konnten jetzt auch noch ein paar Minuten länger warten. Das ungeheure Wissen hatte seine Liebenswürdigkeit keinesfalls beeinträchtigt.

Er setzte sich gemütlich. „Wie geht es euch?"

„Ganz gut." lächelte Meara. „Auf jeden Fall besser als noch vor ein paar Tagen."

„Das sieht man euch an und beruhigt mich." Aus seiner Gewandtasche zauberte er zwei Gewänder und reichte sie weiter. „Die Alten bestanden nur noch aus Löchern. Und den Rest hat man von euren Körpern geschnitten." Er sah Meara direkt an, lächelte aber frech. „Ich hoffe, das wird keine Gewohnheit."

„Nicht nur ihr." lachte sie. „Ich würde das gern bis zum Ende tragen."

„Das beruhigt mich. Vielleicht sollte ich schon mal einige in Auftrag geben."

„Bitte nicht. Ich hatte vorerst genug Aufregung."

„Das glaube ich dir gern. Und ich weiß auch, ihr würdet das alles gern ganz vergessen, aber das kann ich nicht zulassen. Ich wüsste gern, wie es sein konnte, dass wir euch in so einem Zustand aus dem See angeln mussten."

„Wie überlebten wir das überhaupt?" fragte Jaromir. „Wieso halfen uns die Schlangen?"

„Nun ja, sie sind ein Schutz für uns hier. Niemand kann sie einfach überwinden, es sei denn, er sucht Hilfe unter Todesangst. Die hattet ihr, nehme ich an?"

„Und wie." Meara schüttelte sich bei der puren Erinnerung. „Deshalb halfen sie uns?"

„Ja. Sie lassen unter diesen Umständen niemanden ertrinken und tragen ihn zur Insel, wenn er selbst es nicht mehr kann. Wie seid ihr überhaupt in die Situation gekommen, dass ihr trotz Warnung ins Wasser sprangt? Was ist passiert?"

„Habt ihr den Bericht gelesen?" fragte Jaromir und der Vater nickte. „Na ja, an dem einen Morgen wachten wir in Gefangenschaft auf."

„Was war am Abend zuvor? Nachdem ihr euch schlafen legtet. Seid ihr angegriffen worden?"

„Nein." sinnierte Meara nachdenklich. „Wir schliefen nur und träumten auch besonders gut."

„Vermutlich vergifteten sie euch irgendwie. Was war dann?"

So ließ er sich die Einzelheiten erzählen, die in dem Buch gefehlt hatten. Das hatten sie ja eigentlich auch für den Unterricht geschrieben. Zum Glück war ihnen eine großzügige Vorlaufzeit gegeben worden, die sie genutzt hatten, sich abzusprechen und Meara wieder an Jaromirs falschen Namen zu gewöhnen. Das würde ihr wohl noch sehr schwer fallen in Zukunft. Während ihren Erzählungen durften sie nur nicht aus Versehen erwähnen, dass sie zu dritt gewesen waren. Sie hatten das ganze Abenteuer offiziell zu zweit überstanden und mussten für erwähnenswerte Punkte, die Torgal betrafen, ihre gemeinsame Geschichte etwas umdichten, ohne die Informationen vorzuenthalten.

Der Vater hörte sich erst mal alles an. Bevor er genauere Fragen stellte, wollte er die gesamte Geschichte hören. Dann ging es ins Detail. Er wollte eine genaue Beschreibung der Kerle, der Wölfe und der Höhlen. Vor allem die mit dem komischen Kreis interessierte ihn. Die Anordnung der Apparate und Kristalle sollten sie sogar skizzieren.

„Was hat das alles zu bedeuten?" fragte Meara zum Abschluss. „Was waren das für Leute und was wollten die von uns?"

„Soweit ich informiert bin, dürft ihr morgen in

eure Zimmer zurückkehren, wenn es keine Komplikationen gibt. Ich werde euch dort eine halbe Stunde später abholen. Wir reden in meinem Büro weiter, aber dort kommt ihr ja ohne Begleitung nicht an."

Zum Glück schmunzelte er immer noch und nahm es ihnen nicht übel. Was sollten sie auch machen? Sie brauchten diese Begleitung.

Sobald der Vater die Tür hinter sich geschlossen hatte, lachten sie wieder leise.

„Oh man." schnaufte Jaromir. „Wie oft er wohl schon bereute, uns aufgenommen zu haben?"

„Hoffentlich nicht so sehr, dass wir wieder gehen müssen."

„Solange wir nicht mehr solche Abenteuer suchen."

„Suchen?!" rief Meara empört. Gesucht hatte sie das ganz sicher nicht! „Ich wäre froh, wenn das jetzt ein Ende hätte."

„Glaubst du wirklich daran?" grinste Jaromir.

Meara holte schon Luft und wollte das bestätigen, aber es fühlte sich schon gelogen an, als sie es noch im Kopf hatte. Nein, sie glaubte kein bisschen daran, dass es das gewesen war und sie ihr Studium in Ruhe beenden könnten. Vielleicht sollten sie sich ihren Stundenplan umschreiben lassen, damit sie jeden Tag eine Stunde Zeit für die Nacharbeit der Abenteuer hätten...

Die anhaltend gute Laune und die gute Verfassung veranlasste die Schwestern dazu, die beiden offiziell aus ihrer Obhut zu entlassen.

„Bis zum nächsten Mal." zwinkerte ihnen die kommandierende Schwester hinterher. Darauf konnten sie getrost verzichten, sprachen es aber nicht aus. Im Notfall wären sie froh, wieder unter so fähigen Händen zur Heilung zu finden.

Sie wuschen sich in ihren Zimmer, zogen das neue Gewand an und standen pünktlich eine halbe Stunde später auf dem Gang. Der Vater kam ihnen schon entgegen und geleitete sie in sein Büro. Bei ihm ging das nur weit schneller. Er öffnete eine Tür, hinter der normalerweise eine Besenkammer war, und war schon am Ziel.

„Wie praktisch." stellte Meara mal wieder fest.

„Das kann es sein, ja. Ihr machtet viel durch, aber ich weiß nicht, ob ihr wirklich bereit für alles seid. Ich fürchte, ihr müsst es wissen, aber ich werde den Schritt nicht vor eurem ersten Char gehen. Zu eurer eigenen Sicherheit."

Wenn er das sagte, dann glaubten sie ihm. Sie waren zwar der Meinung, sie hätten vieles an Wissen schon vor dem Ausflug haben sollen, aber wenn der Vater darin ein Risiko sah, dann war da auch eines, das ihre Unwissenheit aufwog.

„Meara." bat er und deutete auf den Spiegel.

Den mochte sie immer noch nicht, weil sie immer glaubte, ihre Wahrnehmung spiele ihr einen Streich. So oft, wie sie schon davor gestanden hatte, gewöhnte sie sich langsam daran, aber schön fand sie es nicht.

Der Mann im Spiegel warf nur einen Blick auf sie

und war schwer überrascht. „Viel ist geschehen." stellte er fest und sah zum Vater. „Zu viel."

„Hat sie die Reife zur ersten Stufe?" wollte er konkret wissen.

Der Mann sah sich Meara noch mal genau an. Er musterte sie von oben bis unten, während er eine Runde um sie herumlief. Das machte sie wahnsinnig. Im Spiegel sah sie sich und einen Mann, der ihr so nahe war, dass sie seinen Atem hätte spüren müssen, aber da war nichts.

„Das zweite schon." knarzte er. „Zu viel für einen Schritt. Du musst langsamer gehen."

„Wie denn?" fragte sie ratlos. „Zwischendurch stehenbleiben und mich abschießen lassen?"

Der Vater lachte auf. „Nein. Ich erkläre es dir gleich. Komm."

Er winkte sie zu sich und Jaromir sollte ihren Platz einnehmen. Geheuer war ihm das auch nicht. Er hatte Torgal von dem Spiegel erzählt und sie waren sich einig, dass sie jede Begegnung umgehen sollten, aber was sollte er machen? Der Kerl da drin wusste bestimmt schon seit dem ersten Mal, dass er kein Prinz war.

Die Gefahr kannte natürlich auch Meara und bat den Mann im Stillen, Jaromir nicht zu verraten.

„Mmmhhh..." machte er nachdenklich. „Auch zu schnell. Die Ereignisse überschlagen sich."

„Ist er reif für die erste Stufe?" fragte der Vater und auch Jaromir musste sich der Umrundung und kritischen Prüfung stellen.

„Ja, eindeutig. Nicht mehr viel bis zum zweiten."

„Danke."

Der Vater ging zu dem hohen Bücherregal mit den Eulen. Damit drehte er Meara und Jaromir den Rücken zu. Sie kannten sich vielleicht noch keine Jahre, aber auch zwischen ihnen genügte ein Blick für ein ganzes Gespräch. Da waren sie ja gerade noch davongekommen. Außerdem war ihnen in Aussicht gestellt worden, sie würden die Geheimnisse des Kellers kennenlernen, wenn sie das erste Char erreichten. Das hatten sie nun.

Der Vater kam mit einer goldenen Schatulle wieder. Sie war mit kleinen Edelsteinen reich verziert. „Ich erklärte euch bereits, was es mit dem Char auf sich hat. Es ist unabhängig vom Lehrplan. Also denkt nicht, dass ihr jetzt den Rest des Jahres schwänzen könnt."

„Bestimmt nicht." strahlte Meara. „Dann würden wir doch nichts mehr lernen."

„Diese Einstellung ist der einzige Grund, warum ich euch den Chargrad bereits mitten im Jahr verleihe. Normalerweise machen wir das am Ende eines Lehrjahres."

Er hob den Deckel der Schatulle. Darin lagen zwei goldene Anstecker, die sie bei einigen Schülern der höheren Jahre schon gesehen hatten. Auf einem stand eine schwarze Eins, auf dem anderen eine Zwei.

Die Eins steckte er Jaromir an die Brust. „Diese Anstecker stehen nur symbolisch für die Entwicklung eures Geistes. Den Char an sich habt ihr selbst erreicht, ich mache ihn nur sichtbar. Es ist äußerst ungewöhnlich für den Stand eurer Ausbildung, deshalb würde es euch keiner übelnehmen, wenn ihr sie nicht tragt. Aber haltet sie in Ehren, sie sind ein Zeugnis eurer Reife, die manche hier wohl nie erreichen."

„Einige Namen würden mir da einfallen." schmunzelte Jaromir. „Vielen Dank."

„Mir müsst ihr nicht danken." sagte er und steckte auch der vor Freude glucksenden Meara den Pin an. „Ihr verdientet sie euch, nur darauf kommt es an. Herzlichen Glückwunsch."

„Danke." quiekte sie, als würde sie an der Freude gleich ersticken. Genau deshalb würde sie den Anstecker ganz sicher tragen, wusste der Vater. Sie hatte gelernt, zu sich und ihren Fehlern zu stehen, aber auch, sich nicht für ihren Stolz auf gute Leistungen zu verstecken.

Eine kleineres Kästchen gab er jedem von ihnen für die Aufbewahrung der Anstecker. Sie waren nicht größer als eine Ringschatulle. Mearas öffnete der Vater. Darin lag die Eins. „Erreicht hast auch du natürlich die Eins."

„Danke schön." freute sie sich und begutachtete die wunderschönsten Broschen, die sie je gesehen hatte. Bei keiner Edeldame hatte sie je solches Schmuckstück gesehen.

„So … Heute Abend nach dem Essen zieht ihr das über euer Gewand." Er gab jedem einen Umhang in Mitternachtsblau mit glitzernden Sternen übersät. Er war aus feinstem Garn gewebt, recht schwer, aber er floss sanft wie Wasser über die Finger. „Geht damit zum beschriebenen Bogen."

„Wie groß ist die Wahrscheinlichkeit, dass wir ankommen?" feixte Jaromir.

„Ziemlich groß, so oft wie ihr schon da unten ward. Durchquert den Bogen diesmal von der anderen Seite und geht immer geradeaus. Der Gang wird entscheiden, ob er euch ans Ziel bringt. Ich kann nichts gegen seine Entscheidungen tun. Aber ich bin zuversichtlich, dass ihr ankommt, sonst wärt ihr nicht immerfort hinunter geführt worden."

Ein weiteres Geheimnis sollte sich an diesem Tag lüften und Meara war vor Freude und Aufregung zu keinem normalen Gespräch fähig. Jaromir machte sich pausenlos lustig über sie. Ande fand es witzig, sie zu beobachten. Er lachte die ganze Zeit über leise mit. Kyrlua dagegen schäumte vor Wut. Ande hatten sie erzählt, was sie erlebt hatten und wo sie überhaupt gewesen waren in den Tagen. Kyrlua saß ja immer noch mit am Tisch und hatte mithören müssen. Für sie grenzte es an Folter und sie konnte auch nicht verstehen, wieso diesem Bettelmädchen Privilegien zuteil wurden, die ihr versagt wurden. Nicht zum ersten Mal, deshalb hatte sie ihrem Vater auch geschrieben. Er würde sich mit dem Ordensvater in Verbindung setzen, dann würde hier ein anderer Wind wehen!

Noch vom Krankenzimmer aus hatten sie einen Brief an den falschen Jaromir geschrieben. Er sollte wissen, dass sie lebend in der Schule angekommen waren, wenn auch nur sehr knapp. Tag für Tag

344

warteten sie nun auf Nachricht von ihm, dass auch er wohlbehalten seine Heimat erreicht hatte.

Als Meara nun mit Jaromir zum Abendessen gehen wollte, lag ein Brief in seinem Körbchen. Mearas Herz setzte einen Moment aus.

„Ist das...“ hauchte sie.

„Sieht so aus. Na komm.“

Er öffnete seine Tür noch mal, weil er wusste, Meara wollte das sofort lesen. Deshalb gab er ihr auch den Brief. Sollte sie ihn persönlich lesen und einen Teil ihres Geliebten in den Händen halten. Vermutlich standen da auch Dinge drin, die ihn so direkt gar nichts angingen.

Diese Überlegung war überflüssig, denn Torgal hatte durchaus königlichen Stil und die Ehre eines Edelmannes. Meara faltete den Brief schnell auf und ein kleinerer fiel heraus, der direkt an sie adressiert war. Den Großen übergab sie ihrem Freund und las den Kleinen allein für sich.

Liebste Meara,

ich bin zu Hause angekommen. Sie verfolgten mich eine Weile, aber gegen ein gutes Pferd kommen nicht mal ihre komischen Reittiere an.

Ich kann dir gar nicht sagen, wie froh ich war, von euch zu hören. Ich glaubte euch schon verloren, weil es so lange dauerte. Euch beiden schicke ich die besten Genesungswünsche und hoffe, ihr seid wirklich wohlauf.

Dir, meine Liebe, schicke ich mein Herz. Es wird

immer bei dir sein und dich stärken.

In Liebe

Torgal

Meara war zu Tränen gerührt von seinen Worten. Weinend und lachend tanzte sie durchs Zimmer und drückte den Brief an ihr Herz. So fühlte sich wahres Liebesglück an, erkannte sie. Schon oft hatte sie davon gelesen, aber sich nichts darunter vorstellen können. Und nun, da sie selbst vom Fieber gepackt wurde, schien ihr jede Umschreibung untertrieben.

Jaromir beobachtete sie und wusste ebenso bestätigt, diesen Wahnsinn konnte nur die Liebe hervorrufen. Wer kann schon lachen und weinen gleichzeitig? Und wer kann nebenher noch so glückselig herumwirbeln, ohne vor Schwindel umzufallen?

„Na komm." kicherte er. Ob Torgal auch so ausgesehen hatte? In der Uniform der Palastwachen dürfte das äußerst witzig ausgesehen haben. Schade, dass er das verpasst hatte. „Wir müssen los, sonst verpassen wir unsere Verabredung."

Damit schlug die Aufregung wieder zu und wurde von den Gefühlen, die der Brief überbracht hatte, ins Unermessliche gesteigert. Jaromir wusste schon nicht mehr, wo oben und unten war, bevor sie den Speisesaal überhaupt erreicht hatten.

„Was ist denn mit dir passiert?" lachte Ande ihnen entgegen. So hatte er Meara noch nie strahlen sehen. Heller als die Sonne persönlich.

346

„Ist das Leben nicht ein Zuckerkuchen?!" trällerte sie und setzte sich endlich.

„Was stelltest du mit ihr an?" fragte Ande an den vermutlich einzigen gewandt, der ihm eine ordentliche Antwort geben konnte.

„Ich bin unschuldig." beteuerte Jaromir amüsiert. „Aber ich hoffe, sie beruhigt sich wieder, sonst schmeißen sie uns doch noch raus."

Daran zweifelte Ande sehr stark. In der Schülerschaft war es herumgegangen wie ein Lauffeuer, dass die beiden unter besonderem Schutz des Ordensvaters standen und schon oft in seinem Büro gewesen waren. Und auch jetzt hatte sich die Nachricht ihrer Anstecker schneller verbreitet, als sie beim Essen angekommen waren. Unterwegs war ihnen das nicht so aufgefallen, aber als sich Meara langsam beruhigte und nicht mehr die Aufmerksamkeit ihrer Tischgenossen auf sich zog, spürte sie dutzende verstohlene Blicke auf sich ruhen.

„Hab ich irgendeinen Fleck?" murmelte sie zu Jaromir.

„Nein, ich glaube, es geht um den Char."

Erst da fielen Ande und Kyrlua die Anstecker auf. Für Kyrlua war das ein weiterer persönlicher Anschlag durch den Orden gegen sie. Wieso hatte sie das noch nicht bekommen? Sie hatte doch immer nur gute Beurteilungen. Sie war garantiert besser als das Bettelmädchen und stand eher auf einer Stufe mit dem Prinzen als die.

Ande dagegen fielen beinahe die Augen aus dem

Kopf. Auch er trug einen Anstecker mit einer Zwei. „Wie schafftet ihr das denn?" hauchte er entsetzt.

„Wir haben einige harte Tage hinter uns." erklärte Jaromir. „Vorhin verlieh uns der Vater in seinem Büro die Char."

„Wahnsinn." freute sich Ande. Das unterschied ihn so deutlich von Kyrlua. Sie freute sich nicht mal für den Prinzen, an den sie doch herankommen wollte. In ihrem Herzen und ihren Gedanken gab es nur den Hass auf Meara.

„Herzlichen Glückwunsch." lächelte Ande. „Das ist eine Sensation."

„Danke." freute sich Meara schon wieder. Jaromir fragte sich, ob es wirklich eine gute Idee war, sie an diesem Abend in den Keller zu führen.

Neugierig war er allerdings auch. Sie waren so oft da unten gewesen, hatten schon so viele Stunden damit zugebracht, den Weg hinaus zu gehen, dass sie nun endlich wissen wollten, was der Keller für Geheimnisse verbarg.

Dafür zogen sie sich die Umhänge über, die sie hier noch nirgends bisher gesehen hatten. Sie wussten außerdem, wo sie immer herauskamen, wenn sie mal wieder durch den Bogen hatten gehen müssen. Dort suchten sie ihn für die andere Richtung natürlich auch als erstes.

Er war nicht zu übersehen und schien zu leuchten und sie willkommen zu heißen. Das war das erste mal, dass sie freiwillig hinuntergingen. Gruselig war es immer noch und Meara rückte näher an Jaromir heran.

„Keine Angst." lächelte er und legte seine Hand auf ihre, die sich an seinem Ellenbogen festhielt. „Heute sind wir hier ausnahmsweise mal willkommen."

„Hoffentlich sieht der Gang das auch so."

Es war merkwürdig. Sie waren schon oft da unten gewesen und hatten manchmal Meilen um Meilen zurückgelegt, um zu dem Bogen zu kommen. Diesmal waren es keine fünfzig Schritte, bis sich vor ihnen der Gang in eine kleine Höhle öffnete. Sie war der Vorraum zu ihrem eigentlichen Ziel. Mit nur wenigen Schritt Breite und Länge bot er nicht viel Platz für Einrichtung. Das einzige waren seitlich zwei langgezogene Kübel, in denen Feuer brannten und den Raum als Ziel schon von weitem ankündigten.

Der Vater stand am anderen Ende der kleinen Höhle vor einer weiteren Türöffnung und empfing sie freudig. Auch er trug über seinem normalen Gewand noch diesen dunklen Umhang. In dem komplett weißen Gewand und mit seinen weißen Haaren auf dem Kopf und im Bart leuchtete er im Hintergrund des dunklen Umhangs, als wäre er selbst ein Stern am Nachthimmel.

„Herzlich Willkommen." Sein liebevolles Lächeln sah an diesem besonderen Abend noch großväterlicher aus als sonst. Er machte immer den Eindruck eines gutmütigen Großvaters auf die beiden Schüler. Heute wurde das durch Freude gemehrt. Er schien sich darüber zu freuen, dass sie diesen Schritt geschafft hatten. Ein Stolz, den man den eigenen Enkeln gegenüber empfinden würde, wenn sie eine schwere Prüfung bestanden hatten.

„Danke." antworteten sie schüchtern. Sie fühlten sich unwohl in der neuen Situation, weil sie nicht mal den Hauch einer Ahnung hatten, was auf sie zukam. Mussten sie in einer Gefahrensituation spontan und schnell handeln, kam die Unsicherheit in der Hektik nicht auf. Auch im Alltag der Schule hatten sie sich soweit eingefunden, dass sie immer wenigstens eine Möglichkeit im Kopf erarbeiten konnten, was geschehen könnte. Aber was sich hinter dem Vater im nächsten Raum verbarg, vermochten sie mit der größten Phantasie nicht zu erraten.

„Kommt herein." bat er und trat zur Seite. Dahinter öffnete sich der Raum zu einer richtigen Halle, die mit vielen Fackeln und Kerzen an den Wänden erleuchtet wurde.

In der Mitte der Höhle stand ein langer, glänzend polierter Tisch, an dem schon einige Lehrer und auch Schüler saßen. Niemand, den die Neuen gekannt hätten, es waren zwei ältere Schüler. Meister Rastro und Meisterin Xondra waren auch dabei und sahen ihnen entgegen. In Xondras Augen glitzerte die pure Freude, die beiden hier zu sehen.

Ganz am Ende saß eine Frau, die sie ebenfalls schon kannten. Sie hatten ihr einen furchtbaren Schreck eingejagt, als sie mal wieder in dem Gang umhergeirrt waren. Sie trug ihr Haar wieder zu Strähnen gezwirbelt und mit bunten Bändern verziert. Auch sie lächelte zufrieden, die beiden

Schüler hier zu sehen.

„Ihr kennt euch bereits?" staunte Xondra, als sie den Blick ihrer Freundin auffing. Hithranda verließ das Gewölbe nie. Wie hatte es da schon zu einer Begegnung kommen können?

„Allerdings." lächelte die Dürre. „Mein Herz erholte sich immer noch nicht von dem Schreck."

„Sie erschreckten dich?" schmunzelte Rastro, denn das schien ihm schier unmöglich. Sobald Meara und Torgal involviert waren, wurden Unmöglichkeiten jedoch sehr wohl möglich. Nicht zum ersten Mal, wie er selbst wusste.

„Und wie!" lachte Hithranda. „Sie standen plötzlich vor mir."

Für Xondra passte noch nicht alles zusammen. Es war ohne Sinn, mit Hithranda Karten zu spielen. Sie wusste sowieso immer, wer welche Karten auf der Hand hielt und welchen Zug er als nächstes tun würde. Sobald sich Xondra ihr näherte, hob sie den Kopf und sah ihr entgegen, selbst wenn sie von einem spannenden Buch gefesselt war. „Wieso sahst du sie nicht?"

„Moment." unterbrach der Vater. Bevor irgendwer noch zu viel sagen konnte, mussten die zwei Schüler eine Entscheidung treffen, die sie mangels Informationen noch nicht treffen konnten.

„Setzt euch." bat er und deutete auf die einzigen beiden Stühle, die noch nicht besetzt waren. Sie alle hatten sehr hohe Lehnen, die jeden großgewachsenen Mann überragten, und waren mit filigranen Schnitzereien reich verziert. Der Stuhl des

Vaters unterschied sich gar nicht von den anderen, obwohl es auf die Neuankömmlinge doch so wirkte, als hätte er auch hier die Führung übernommen.

Der Vater ging zu einer der Stirnseiten und blieb hinter seinem Stuhl stehen. „Meine Freunde. Heißen wir die neuesten Mitglieder unseres Zirkels willkommen."

Alle, die um den Tisch herum saßen, neigten den Kopf seitlich in Richtung Meara und Jaromir. Sie hätten gern irgendwas erwidert, aber was denn? Sie kannten diese Bräuche und Sitten nicht. War es ihnen überhaupt gestattet, das Wort zu erheben?

„Meara. Torgal." begann der Vater seine Erklärung. „Wir alle, wie wir hier versammelt sind, bilden den geheimen Zirkel Zyranian. Niemand außer der hier Anwesenden weiß von diesem Zirkel und seinen Aufgaben. Mehr dazu kann ich euch erst nach der Einführung erklären, denn dabei schwört ihr auch die Geheimhaltung bei eurem Leben.

Bevor ich euch die wichtige Frage stelle: Im Zirkel geht es um mehr Wissen, als die anderen Menschen je erfahren werden. Es geht weit über alles hinaus, das ihr euch vorstellen könnt. Aber es bedeutet auch, eine Pflicht dem Zirkel gegenüber einzugehen. Treue, Ehrlichkeit und Loyalität in jedem einzelnen Moment. Wir fordern vollen Einsatz von unseren Mitgliedern, auch wenn wir dafür unvorstellbare Anstrengungen auf uns nehmen. Seid ihr bereit dazu? Seid ihr bereit, ein weiteres Studium zu beginnen?"

Bis zum letzten Satz war Meara erfüllt von

Vorfreude. Sie sollte noch mehr lernen und durfte noch mehr wissen! Aber wie denn? Wann denn? Sie kamen ja jetzt schon kaum hinterher mit dem Füllen ihrer Lücken und erledigen ihrer Hausaufgaben. Sie wollte dem Zirkel gern jeden Moment schenken und alles an Einsatz, das sie aufbieten könnte. Darunter würde jedoch das normale Studium leiden.

„Meint ihr, ich schaffe das auch noch?" fragte sie leise, wagte es aber nicht, dem Vater in die Augen zu sehen. Sie musterte die glänzende Tischplatte vor sich. Vor ihr, wie vor allen, stand ein Kelch aus Silber, der jedoch mit nichts als Luft gefüllt war.

„Du *kannst* es schaffen." betonte Meisterin Xondra liebevoll. „Ihr beide könnt es schaffen, sonst hätte euch der Tunnel nicht hierher geführt."

„Ganz meine Meinung." lächelte der Vater. „Wollt ihr es?"

Sie mussten sich nur einen Moment in die Augen sehen und waren sich einig. „Ja!" riefen sie voll Freude und Ehrgeiz. In der Hinsicht unterschieden sie sich kaum. Jaromir hätte sich selbst das nie zugetraut. All das Wissen fesselte ihn. Es machte ihm Freude, sich durch staubige Bücher zu arbeiten und sich einer Antwort Stück für Stück anzunähern. Irgendwann ist sie dann schon zum greifen nahe, aber noch nicht richtig vollendet. Und am Ende steht eine weitere Weisheit, die er nie wieder vergessen würde. Er hatte Torgal gebeten, seinem Vater zu sagen, es sei eine tolle Idee gewesen, die Plätze zu tauschen. Er wollte es nicht anders. Und Meara hatte sowieso nie etwas anderes gewollt als Lernen.

Ein weiterer Grund für ihre Euphorie war der Wunsch, die vergangenen und aktuellen Geschehnisse zu verstehen. Sowohl in der Schule, mit den Drachen beispielsweise, als auch außerhalb mit ihrer Gefangenschaft und Verfolgung. Der Vater hatte gesagt, erst mit dem ersten Char könnte er ihnen erklären, wer die Kerle waren und was sie wollten.

„Dann kommt." lachte der Vater und führte die beiden Neulinge neben den Tisch in den offenen Raum. Dieser war auch viel größer und geräumiger als der Vorraum mit den Feuerschalen. Der Tisch, von dem sie sich erhoben, bildete das Zentrum des Gewölbes und bot doch noch genug Platz in alle Richtungen bis zu den Wänden. Im hinteren Teil stand ein großer, runder Tisch und allerlei Regale an den Wänden. Die meisten waren mit Büchern gefüllt, andere wieder mit skurrilen Dingen wie im Büro des Vaters. In einer Nische, schräg hinter der langen Tafel, lagen einige gewaltige Kissen zwischen zwei Sesseln. Es sah gemütlich aus und lud ein, sich zu setzen, zu lesen und zu entspannen.

Die anderen Mitglieder des Zirkels folgten ihnen. Sie hielten merkwürdige Stäbe in den Händen, die an der Tischkante gelehnt hatten. Seitlich des Vaters lagen zwei weitere dieser langen Holzstäbe. Einer war aus sehr hellem Holz gefertigt, der andere in so dunklem, dass es beinahe schwarz wirkte. An den Spitzen saßen Steine in einer Fassung.

Der Vater hob den Helleren der beiden von der samtenen Ablage und hielt ihn auf beiden Händen Jaromir entgegen. „Torgal, nimmst du diesen, deinen

Chabad, verpflichtest du dich dem Zirkel, seine Gebote zu achten und die Mitglieder als deine erweiterte Familie zu sehen. Dein Ziel sollte von nun an nicht dein Wohl sein, sondern das Wohl aller. Nie darf dir ein Wort des Zirkels über die Lippen kommen, solange ein Nichtmitglied anwesend ist, sonst bist du dem Tode geweiht. Entscheide dich jetzt, aber triff die Entscheidung für immer."

Der Vater verstummte und Jaromir hob langsam die Hände. Was hätte er sonst tun sollen? Wäre es falsch gewesen oder nur eine dramatische Pause in dem Vortrag, hätte der Vater ihm das schon gezeigt.

Seine Hände legten sich unter den Chabad und er spürte eine Macht in sich fahren, die ihn nicht nur im Willen bestärkte, sondern auch körperlich und im Widerstand gegen Erschöpfung. Hätte er vor ein paar Tagen in der Höhle der Verkrüppelten schon solche Kraft verspürt, wäre er vermutlich den leichtsinnigen Weg in den Kampf gegangen.

Während Jaromir noch mit den Eindrücken beschäftigt war, hob der Vater den zweiten Chabad zu Meara und wiederholte den Text. Sie hätte das am liebsten übersprungen und ihm den Stab abgenommen. Sie wollte es, sie wollte es, sie wollte es! Ohne jeden Zweifel griff sie danach, als der Vater geendet hatte.

Mit dieser Reaktion hatte jedoch niemand gerechnet. Meara wurde mit einem gleißend hellen Blitz, der alle bis zur Blindheit blendete, von dem Kristall abgestoßen. Sie wurde mit solcher Wucht von dem Vater weggeschleudert, dass auch er einige

Schritte durch den Raum flog und benommen an der nächsten Wand endete. Meara drehte unzählige Pirouetten und krachte schließlich gegen einen gusseisernen Kerzenleuchter neben dem Eingang.

„Meara!" rief Jaromir erschrocken. Schon am Ende des kurzen Wortes kniete er bei ihr und half ihr beim Aufsetzen.

„Autsch." brummte sie. Der Blitz war wie ein heftiges Kribbeln durch ihren ganzen Körper gefahren. Sie spürte es immer noch. In ihren Händen und Füßen prickelte es so heftig, dass man die Vibrationen sogar noch auf der Haut als kleine Wellen sehen konnte.

„Was war das denn?" fragte Xondra erschrocken. In ihren Blick mischten sich helle Punkte nach dem Blenden. Sie half gerade dem Vater wieder auf die Beine. „Seid ihr verletzt?"

„Es erwischte mich schon schlimmer." lachte der Vater. Er sah ein wenig zerzaust aus. „Meara, was ist mit dir?"

Sie lachte einfach mit ihm. „Sobald meine Füße nicht mehr kitzeln, kann ich wieder laufen."

Auch die anderen entspannten sich ein wenig, nachdem sie sicher waren, den beiden war nichts geschehen. Einer der Schüler füllte zwei Becher aus einem Krug mit kristallklarem Wasser und brachte sie den beiden.

„Danke." lächelte Meara, trank einen Schluck und ließ sich dann von Jaromir auf die Füße ziehen. Sie kribbelten immer noch und jeder Schritt fühlte sich an, als würde sie über Brennnesseln laufen.

„Man lernt nie aus." kicherte eine Schülerin. „Vater, was passierte hier eben?"

Er schüttelte sich einen Moment in der Hoffnung, das unangenehme Gefühl würde aus seinem Körper verschwinden. Dem war nicht so, aber immerhin rutschte sein Gewand wieder in die richtige Stellung. Seine Haare legte er über die Schultern zurück und richtete auch den Bart wieder. „Ich hatte mir schon gedacht, dass es keine normale Einführung werden würden, aber hätte ich das vorausgesehen, hätte ich vorgesorgt. Meara, bist du wirklich wohlauf?"

„Alles noch dran." bestätigte sie amüsiert. „Aber eigentlich wollte ich keine Überraschungen mehr. Zumindest nicht solche. Also was war das? Was machte ich falsch?"

„Gar nichts. Lass mich einen Test machen, bevor wir fortfahren." Aus einer Wandhalterung hob er einen kleinen Blumentopf und machte einige Schritte auf sie zu.

Rastro hielt ihn sofort auf. „Seid ihr sicher, wir sollten mit Pflanzen anfangen?"

„Eben deswegen. Außerdem wäre mir dein Spezialgebiet zu riskant." Er reichte Meara die Pflanze weiter. Sie sah ungesund aus. „Berühre sie und sag mir, was ihr fehlt."

Da brauchte sie keine Berührung. „Wasser."

Xondra lachte so laut über das entsetzte Gesicht des Vaters, dass sie sich an einer Stuhllehne festhalten musste. „Ihr dachtet nicht wirklich, das sei eine Herausforderung." gluckste sie und ihre Augen trieben Tränen des Spaßes auf ihre Wangen.

„Na schön." schmunzelte er und gab den Topf an Xondra weiter, die für ausreichend Wasser sorgen würde, sobald sie nicht mehr lachen würde. „Torgal, verbinde ihr bitte die Augen. Keine Sorge, Meara, dir wird nichts geschehen."

Bis jetzt hatte der Abend doch schon jede Menge Aufregung gebracht. Aber da es nicht gefährlich war, mal von den herzschädigenden Überraschungen abgesehen, würde sie wohl fast alles mitmachen, nur in der Hoffnung, am Ende der Übung stünde eine neue Lehre für sie.

Jaromir band ihr mit einem schwarzen Tuch, das Meister Rastro ihm gegeben hatte, die Augen zu. Der Vater kam mit einer neuen Pflanze, die ebenfalls ungesund aussah, aber anders. Einem geübten Auge, wie es Xondra bereits hatte und Meara noch nicht hätte haben sollen, entging das Problem des zu kleinen Topfes nicht. Jaromir hätte ohne nähere Untersuchung nicht sagen können, was das Problem war.

„Eines noch vorweg." begann der Vater und nahm Mearas Hand in seine. „Dass du den Chabad nehmen wolltest, sehe ich als Zustimmung."

„Ja." feixte sie. Seit sie in Zyranian angefangen hatte, mussten wegen ihr ständig neue Regeln geschaffen werden. Sie war ja froh, dass man sie trotzdem unterrichtete und nicht nach Hause schickte, weil sie sich nicht in die Gemeinschaft integrieren konnte. Trotzdem wucherte das schlechte Gewissen dem Vater gegenüber. Schon die Aufnahme hatte einige Vetos gekostet, dann waren sie auch noch immerfort in dem verbotenen Tunnel angekommen, vom Unterricht ausgeschlossen worden und und und...

„Auch dieser Pflanze fehlt etwas." sagte der Vater und legte ihre Hand an eines der großen Blätter. „Spüre die Pflanze als Lebewesen und finde heraus, was ihr fehlt."

Natürlich wollte sie die zweite Hand hinzunehmen und die Pflanze im Ganzen abtasten. Zum Beispiel ob die Erde trocken oder zu feucht war. Vorher sogar noch, um welche Pflanze es sich überhaupt handelte. Sie brauchte ja irgendeinen Einstieg, die Aufgabe zu lösen. Wann kümmerte sie sich schon mal blind um eine Pflanze?

Der Vater hielt sie jedoch auf. „Nein. Nur dieses eine Blatt. Bewege deine Hand nicht. Du weißt, dass Pflanzen ebenso Lebewesen sind wie wir. Diese Erkenntnis kennst du bereits aus deiner Heimat. Sie ist nicht neu für dich und dir bereits in Fleisch und Blut übergegangen. Nun suche über den Hautkontakt das Leben und frage sie, was ihr fehlt. Lass es dir von ihr sagen."

Wie das denn, dachte Meara verwirrt. Es gab verschiedene fleischfressende Pflanzen, die so etwas wie einen Mund hatten, aber dass sie reden konnten, wäre neu für sie gewesen. Hätte es so etwas wirklich gegeben, hätte sie im Laufe der Jahre irgendwann mal etwas bei den Eremet gehört oder gelesen.

Reden im Sinne von ausgetauschten Worten fiel also aus. Vielleicht sollte sie den ersten Schritt vorm zweiten gehen. Sie sollte das Leben spüren und das war gar nicht so abwegig. Bei Mensch und Tier spürte man die Wärme der Haut oder das regelmäßige Pochen des Pulses. Das gab es bei Pflanzen natürlich nicht, aber von ihr ging eine gewisse Kühle aus und Feuchtigkeit. Wie bei einem Frosch, den ein Mensch im Normalfall auch als kalt empfindet.

Umso mehr sich Meara auf dieses Gefühl konzentrierte, desto deutlicher wurden weitere Empfindungen. Sie konnte in ihren Fingerspitzen fühlen, wie die Pflanze das benötigte Wasser durch kleine Bahnen bis zur Spitze eines jeden Blattes transportierte. Es war ähnlich wie ein Puls, nur nicht so warm. Außerdem fühlte sie sich wohl. Meara wusste nicht so recht, wie diese Gewissheit in ihre Gedanken kam, aber sie war sich sicher, dass das Wohlgefühl nicht von ihr selbst ausging, sondern von der Pflanze.

Und damit hatte sie eine Barriere gebrochen. Plötzlich wusste sie nämlich auch, was es für eine Pflanze war und dass die sich tatsächlich nur in Dunkelheit wohlfühlte. Bei Tageslicht wäre sie binnen zwei Tagen eingegangen. Sie bevorzugte schattige Höhlen oder hohle Baumstämme oder ähnliches. Das einzige, das ihr nicht gefiel war die Enge. Sie fühlte sich eingesperrt und zerdrückt. Sie wollte mehr Freiraum.

„Sie braucht einen größeren Topf." flüsterte Meara unsicher. Bildete sie sich das alles ein? Ihres Kenntnisstandes nach, auch Jaromirs, konnte ein Mensch nicht in sich spüren, was eine Pflanze empfindet. Die hätte nicht mal Gefühle wie ein

Mensch haben sollen!

Daher war sie unsicher und daraus resultierend auch noch nervös. Unbegründet. Ihr wurde die Augenbinde auf ein Zeichen des Vaters genommen und sie sah die anwesenden Schüler mit offenen Mündern staunen.

„Wie machte sie das?" hauchte ein Junge perplex.

„Ganz einfach." lächelte der Vater. „Sie braucht keinen Chabad."

„Und das heißt?" fragte Jaromir.

„Lasst uns setzen." forderte er und scheuchte alle wieder zu ihrem Platz. Er selbst holte erst noch eine Karaffe Wasser von einem Beistelltisch und lief die Runde um den Tisch, um jedem einzugießen. Nebenher erzählte er. „Was den Zirkel hier ausmacht, ist die Lehre und Anwendung von Magie. Zauberei. Niemand in der Welt da draußen weiß überhaupt noch von deren Existenz und das soll auch so bleiben. Mit diesem Geheimnis haben wir immer die Möglichkeit, bei Störungen der öffentlichen Ruhe einzugreifen. Und zwar ohne Aufmerksamkeit."

Er hatte die Runde vollendet, schenkte sich selbst noch ein und setzte sich dann. Er hob den Kopf und sah in zwei völlig entgleiste Gesichter.

„Hä?" machte Jaromir nach einigen Augenblicken, die der Vater ihnen gegönnt hatte. „Das sind doch nur Legenden und Märchen. Nicht echt."

Ganz kurz zuckten die alten Mundwinkel unter dem dichten, weißen Bart. „Gerade nach eurem abenteuerlichen Ausflug solltest du anders darüber denken."

Er nahm seinen Chabad, schwenkte ihn mit dem Kristall einmal um den ganzen Raum herum und löschte damit sämtliche Kerzen. Nur die beiden großen Kübel im Vorraum brannten noch und sorgten dafür, dass sie überhaupt noch etwas erkennen konnte.

Nach einem weiteren Schwenken des Chabad brannten die Kerzen wieder, als wären sie nie gelöscht worden. „Die meisten glauben, Magie sei nur ein Hirngespinst, aber es gibt sie wirklich."

„Allerdings sehr selten." lächelte Xondra. „Seht euch den Chabad genau an."

Bevor sie diese Anweisung in ihren von Staunen erlahmten Köpfen überhaupt verarbeiten und dann in eine Aktion umwandeln konnten, mussten sie dem vorher Gesagten folgen. Es ging weniger um die Worte, denn die waren nur wie ein Hintergrundgeräusch in ihre Ohren gedrungen. Irgendwo hatten sie es im Unterbewusstsein aufgenommen, mehr aber auch nicht. Sie haderten noch mit dem Gesehenen.

Und als Jaromirs Kopf die Arbeit wieder aufnahm, wusste er auch des Vaters Andeutung zu interpretieren. Während ihres Abenteuers mit Torgal hatten sie diverse Erlebnisse als unerklärlich bezeichnet. Zum Beispiel wieso Meara von den Kerlen im Verlies nicht gesehen worden war. Oder wie sie den Ausgang aus der Halbkugelhöhle gefunden hatte. Oder wie sie den Weg zum Ausgang aus dem Berg gefunden hatten, ohne auch nur einem einzigen Feind zu begegnen. Oder die Eule, die sie vor dem herannahenden Angriff gewarnt hatte. Oder oder oder ... Jaromir begann, das mit anderen Augen zu sehen.

Damit schoss Xondras Bitte auch in seinen Kopf und wurde mechanisch umgesetzt. Meara schwenkte auch gerade den Blick zu Jaromirs Chabad, da sie selbst ja keinen bekommen hatte. Bei genauerem Betrachten, erkannten sie die Steine an den Spitzen wieder. Sie waren von der gleichen Art wie die in der Höhle. Sie hatten in einem Kreis gelegen, ohne offensichtlichen Sinn. Sie hatten den Gedanken noch gehabt, Meister Fagul danach zu fragen.

„Oh." hauchte Meara. Ihr Blick klebte auf dem kleinen Stein und baute ringsherum die Höhle mit den anderen Steinen wieder auf. Wie kamen denn Steine, die sie in dieser widerwärtigen Grotte gefunden hatten, an die Chabad in der Schule Zyranians? Gehörten beide Gruppen zusammen?

„Genau." nickte der Vater. Die beiden hatten den Zusammenhang verstanden, auf den er hinauswollte.

„Wieso wurde ich hier von dem Stein abgestoßen, aber in der Höhle nicht?" fragte Meara.

„Vermutlich weil du ihnen dort nicht zu nahe kamst. Wolltest du sie berühren?"

Sie musste einen Moment nachdenken. Nachvollziehbar wäre ihre Neugier wohl gewesen, wenn sie ihn für ihren Bericht hätte genauer untersuchen wollen, aber dafür war ja keine Zeit gewesen. Sie hatte noch die Schriften der Tafel abgeschrieben, dann war das Licht ausgegangen und sie geflohen. „Ich glaube nicht."

„Bevor ihr das versteht, erzähle ich euch eine Geschichte. Die Geschichte zum Untergang der Magie. Einst gab es ein fruchtbares Land im Westen, nahe von Winderlorn, auf der anderen Seite des Erolgebirges. Dort lebten die Menschen, für die die Magie zum Alltag gehörte wie die Pflanzen in Ul-Bairamok. Im Zentrum des Landes stand der Palast der Königin. Chabdaha wurde seit jeher von einer Frau regiert. Ganz im Gegensatz zu Winderlorn, wie Torgal bestätigen kann."

„Bis auf eine Ausnahme." nickte Jaromir. Von der hatte er ja selbst erst vor einigen Tagen erfahren.

„Danke. Der Palast der Königin war auf den größten Kristall aller Weltecken gebaut worden. Angeblich war er vor Jahrtausenden von einem Stern abgebrochen und dort gelandet. Aus ihm bekamen sie all ihre Macht."

Jaromir musste schon wieder einhaken, so leid es ihm auch tat. Er wollte alles verstehen, dafür war es nötig, die Informationen zu erfragen, die ihm fehlten. „Also steckte die Magie in dem Kristall und nicht in den Menschen?"

„Zum Teil, ja. Sie lernten in Jahrhunderten der Entwicklung, dem Kristall seine Kräfte zu entnehmen. Theoretisch könnte vielleicht jeder Mensch Magie betreiben, wenn er weiß, wie der Kristall funktioniert."

„Die Steine auf den Chabad sind also Teile des großen Kristalls?" fragte Meara.

„Ja." seufzte der Vater, nahm noch einen Schluck Wasser und erzählte dann gemütlich weiter. „Es kam zu einem Krieg zwischen verschiedenen Ländern. Die Winderlorner unter der Führung deines Urahns, Torgal, fielen in Chabdaha ein und zerstörten den Kristall."

Jaromir schluckte trocken. Das wäre für den wahren Torgal eine ebenso schockierende Nachricht gewesen. „Wieso?" fragte er heißer. Winderlorner waren das geborene Kriegervolk, dessen war er sich bewusst und da war er hineingeboren. Das Training gehörte zu seinem Leben, seit er laufen gelernt hatte. Kalt- und blindwütige Zerstörung passte jedoch nicht zu ihnen. Eher zu den Kreaturen der Höhlen.

„Es gab einen Streit und die Königin von Chabdaha versagte Winderlorn jegliche Hilfe. Sie hatten mit Magie eingegriffen, wann immer Winderlorn Hilfe brauchte. Zum Stauen von Wasser zum Beispiel. Sie leiteten einen Fluss um ein Dorf herum. Ohne die Hilfe der Magie wurde bei der Schneeschmelze des Erolgebirges das ganze Dorf weggespült. Die Menschen konnten gerettet werden, soweit die Geschichtsschreibung, aber ihre Häuser, ihr Vieh - all ihr Hab und Gut waren für immer zerstört.

Daraufhin erklärte Winderlorn den Krieg und wollte den Kristall in seine Gewalt bringen. Das konnte natürlich nur in einer Katastrophe enden. Die Magier aus Chabdaha wehrten die erste Angriffswelle mit allen magischen Mitteln ab, die sie zur Verfügung hatten, und schossen in gleichem Maße zurück. Dagegen hatte Winderlorn keine

Chance und viele fielen bereits auf dem ersten Schlachtfeld.

Aber ihnen gelang es, einen leisen Trupp hinter die feindlichen Linien zu schleusen. Sie sollten den Kristall stehlen oder zerstören. Stehlen konnten sie ihn nicht, denn dafür war er zu groß. Also zerstörten sie ihn. Dein Vorfahre, Torgal, war schon zuvor im Gefecht gefallen.

Mit dem ersten Riss im Kristall brach auch die meiste Kraft Chabdahas zusammen. Die Angriffe auf Winderlorn verloren an Stärke und es gab kein Halten mehr. Die Eindringlinge brachen durch die Mauern und nahmen den Palast ein.

Einige wenige aus Chabdaha sammelten die abgesplitterten Bruchstücke des Kristalls ein und flohen vor dem Ende. Jeder ging in eine andere Richtung und gab nicht zu erkennen, wer er war."

„So kamen die Kristalle an die Chabad?" fragte Jaromir.

„Allerdings. Der Zirkel suchte sie alle. Und fand sie. Außer in Chabdaha gibt es nur noch hier Teile des großen Kristalls."

„Und in der Höhle." ergänzte Meara. Wenn es die gleichen Kristalle waren, die von dem Großen gebrochen worden waren, musste der Zirkel ja einige übersehen haben.

„Jetzt wird es kompliziert. Eurer Beschreibung nach lagen in der Höhle Kristalle der gleichen Art. Ihr erkanntet sie hier auch wieder. Und das ist nur möglich, wenn sie sie direkt aus Chabdaha nahmen."

„Allerdings..." fiel Rastro dazwischen. „ist der

Zugang zum Palast und damit zum zentralen Kristall nicht für jeden zu erreichen. Nur die wahren Erben der Magie können ihn öffnen und das alte Volk der Chabdani wieder aufleben oder für immer untergehen lassen."

„So lautet zumindest die Legende." schränkte der Vater ein. „Ob es wirklich so ist, weiß niemand so genau, denn die Zerstörung des Kristalls ist über eintausend Jahre her. Die Winderlorner pflegen den Verrat ihres Nachbarn in ihrer Geschichtsschreibung, aber nicht, wie sie selbst das Land auslöschten. Ist es nicht so?" fragte er Jaromir, der langsam aber sicher an das Ende seines Wissens kam. Torgal hatte Unterricht im Palast bekommen, darunter auch detailliertere Geschichte des Landes und des Königsgeschlechtes. Das war ihm immer zu langweilig gewesen und er hatte seinem Freund nichts dazu weitergegeben. Wer konnte denn ahnen, dass er das jetzt brauchen würde?

Aber immerhin glaubte er sich zu erinnern, Torgal hätte da mal was erwähnt. „In der Geschichte des Landes spricht man aber nicht von Magie." Zumindest soweit er wusste. Zauberei wäre doch außergewöhnlich genug, damit Torgal es erzählt hätte, hoffte Jaromir.

„Das ist nicht verwunderlich. Mit dem Aussterben der Magie wurde sie immer mehr zum Mythos und ging in den meisten Geschichtsbüchern verloren. Damals war Magie noch Alltag und viele wandten sich an die Bewohner von Chabdaha. Heute weiß kein Land mehr davon, nur die alten Märchen hielten sich.

Wie dem auch sei. Der Kristall war zerstört und ging mit der Stadt und dem Palast unter. Auch hunderte Winderlorner Soldaten wurden dabei lebendig begraben. Ebenso wie die meisten Bewohner der Stadt. Chabdaha erholte sich nie davon und existiert im Grunde nicht mehr. Die Bürger verstreuten sich in wilden Clans im Land oder baten um dauerhaften Einlass in ein benachbartes Land."

Der Vater ließ eine Pause, bis er sicher war, seine eifrigen Zuhörer hatten verinnerlicht, was es als Grundlage zu lernen galt. Es war kein Unterricht, auch nicht für die Geschichte der Welt, aber sie mussten wissen, wie der Zirkel gegründet worden war. Sie brauchten dieses Wissen, denn dann würden sie auch verstehen, wieso Meara keinen Chabad brauchte, wieso das Land in all den Jahrhunderten unbesetzt geblieben war und welche Rolle genau Meara dabei spielte.

„Hithranda" fuhr er fort und zeigte auf die Dürre zu seiner Linken. „trägt eindeutig das Blut Chabdahas in sich. Ich brauche für jeden Zauber den Chabad, denn in ihm steckt die wahre Magie. Ich lernte nur, sie ihm zu entlocken. Hithranda braucht für allgemeine Zauberei ebenfalls den Chabad, aber sie ist eine geborene Seherin aus Chabdaha. Für Vorhersagen und Weissagungen ist sie nicht auf den Chabad angewiesen."

Damit wurde Meara erleuchtet. „Deshalb sagtet ihr, es sei dreißig Jahre her, seit ihr das letzte Mal erschreckt wurdet."

„Sehr richtig." lachte sie. Zum Glück, so dachte Jaromir, nahm sie es noch immer mit Humor. „Ich bin wahrlich keine schlechte Seherin, aber bei euch stoße ich an meine Grenzen. Ich kann nichts eurer Zukunft sehen, ohne euch zu berühren. Und selbst wenn ich mit meinen Händen sehe, scheint eure Zukunft zu ungewiss, als dass sie sich mir offenbaren würde."

„Und das ist ungewöhnlich?" fragte Jaromir. „Ich meine, die Zukunft hängt doch wenigstens zum Teil davon ab, welche Entscheidung ich fälle."

„Das macht die Hellseherei aus. Ich sehe nicht, was du tun wirst, wenn du dich für diesen oder jenen Weg entscheiden solltest. Ich sehe nur das, wie du dich entscheiden wirst, und die Folgen daraus."

„Also wenn ich mich jetzt zwischen dem Kelch Wasser und einem Kelch Wein entscheiden müsste, wüsstet ihr, was ich nehmen würde, bevor ich es selbst wüsste?"

„Und ob." kicherte Xondra. „Versucht mal, mit ihr Karten zu spielen. Das ist wirklich frustrierend."

„Wahnsinn." staunte Meara beeindruckt. „Jetzt verstehe ich auch, wieso es so verwunderlich ist, dass ihr vor uns erschrocken seid."

„Na schön." fuhr der Vater dazwischen. „Seit dem Tag, an dem ihr die Schule erreichtet, raufe ich mir die Haare. All unsere Regeln, die für Ordnung und Alltag in der Schülerschaft sorgen sollen, haben bei euch beiden keine Wirkung."

Meara und Jaromir senkten schmunzelnd die Blicke. Das gleiche hatten sie selbst ja auch schon gedacht und wurden deshalb wirklich von ihrem Gewissen geplagt. Die Entrüstung und Ratlosigkeit in der Stimme des Vaters amüsierten sie allerdings auch. Zumal Ratlosigkeit nicht unbedingt eine Eigenschaft des Ordensvaters ist. Alle Mitglieder des Ordens stehen schließlich der gesamten Weltbevölkerung zur Seite, wenn sie ans Ende ihres eigenen Wissens gerät. Nun saßen hier zwei halbe Kinder, bei denen Hithranda genauso wenig hilfreich sein konnte wie die meisten Schulregeln. Die Stimme des Vaters nahm damit eine unbeschreibliche Note an, die sie zum kaputtlachen fanden, sich nur aus Anstand zurückhielten.

„Ja ja!" lachte der alte Mann. „Macht euch nur lustig über mich! Aber ich glaube immer noch mit felsenfester Überzeugung daran, dass eure Aufgabe im Leben direkt mit Zyranian in Verbindung steht. Hithranda sieht zwar nicht viel eurer Zukunft, aber es deckt sich mit meinen Ahnungen. Ihr werdet noch eine wichtige Rolle in der Weltgeschichte spielen."

Das hätte er anders formulieren sollen. Für Meara waren das Dimensionen, die sie nie angestrebt hatte und auch jetzt lieber minimieren würde. Ausgerechnet das Mündel der Eremet sollte Einfluss auf die Weltgeschichte haben? Sie hatte keinen Funken Ansehen, den sie für ein Ziel einsetzen könnte. Sie könnte niemanden dazu aufrufen, ihr zu folgen. Sie besaß auch keinen Reichtum, um damit jemanden zu bezahlen, ihr zu folgen. Und allein, beziehungsweise mit Jaromir gemeinsam, konnte sie sowieso nicht viel ausrichten. In ihren Gedanken gab es keinerlei Szenario, bei dem sie irgendetwas für die Welt erreichen könnte.

Ebenso fühlte sich Jaromir selbst. Torgal als Prinz von Winderlorn hätte ein ganzes Heer von Kämpfern aufstellen können. Er hätte über die politischen Beziehungen seines Vaters auf Unterstützung aus anderen Ländern hoffen können. Und aus der Schatzkammer des Königs hätte er Söldner zuhauf beschäftigen können. Oder auch Abenteurer, die mit ihm zu den entlegensten Plätzen reisen und ihn vor Unheil bewahren würden. Ihm standen quasi alle Türen offen, aber Jaromir? Er war der Sohn eines Pferdewirts, nicht ganz mittellos wie Meara, aber bei weitem nicht reich genug, um wirklich Ansehen in der Welt zu haben. Aber davon wusste der Vater ja nichts...

„Habt keine Angst davor." lächelte Hithranda. Ihre knochige Hand legte sich über den Tisch auf Mearas und für einen Moment schloss sie die Augen. „Es ist erfrischend mit euch."

„Inwiefern?" fragte Meara unsicher. Was sie wohl diesmal gesehen hatte? Wollte Meara das überhaupt wissen?

„Ich lebe nur hier unten, denn nur hier hab ich halbwegs Ruhe." erklärte Hithranda geduldig. Sie hielt die bleichen Finger Mearas noch zwischen den Händen und freute sich, nichts zu sehen. „Stellt euch mein Dasein vor. Jede Berührung eines anderen Menschen löst in mir Visionen aus. Alles, was ich sehe, höre, rieche oder denke, löst Visionen aus. Über der Erde strömen zu viele Einflüsse auf mich ein. Ich würde an den vielen Visionen vermutlich zerbrechen. Untertage dagegen fallen viele Dinge von Grund auf weg. Alle Mitglieder des Zirkels wissen, dass sie Berührungen vermeiden. Und bei euch..." Ihr Lächeln wurde träumend und sie nahm auch Jaromirs Hand noch in ihre. „Bei euch kann ich die Nähe eines anderen Menschen spüren, ohne etwas zu sehen. Bitte verzeiht." bat sie und zog die Hände zurück. Wie musste das denn auf die beiden wirken?

„Nicht nötig." sagte Meara fasziniert. „Soll das heißen, ihr seht gar nichts bei uns?"

„Nichts!" lachte sie. „Absolut ganz und gar nichts."

„Aber ihr saht doch schon etwas." erinnerte sich Jaromir. Sie hatte ziemlich wirres Zeug gefaselt. Unter anderem eine Andeutung auf seinen Tausch mit dem Prinzen.

„Jede Vision ist einmalig." erklärte Hithranda und gab eine kleine Vorführung zum Besten. Neugier ist der Grundstein zum Wissen. Außerdem war es völlig normal, wenn sie Beispiele brauchten, um das in ihren Köpfen einzusortieren.

Sie reichte Xondra die Hand, die sich auch lächelnd darauf einließ, obwohl sie manches gar nicht wissen wollte. „Du wirst dein angefangenes Buch heute noch zu Ende lesen."

Lachend nahm Xondra die Hand von ihrer Freundin. „Na toll. Dann werde ich wohl morgen das Frühstück verpassen." Es war noch die Hälfte des Buches übrig, das wäre nicht in einer halben Stunde geschafft.

Hithranda reckte ihr erneut die Hand entgegen und Xondra ließ sich darauf ein. „Oh doch, du wirst zum Frühstück gehen, weil die Ereignisse uns noch dazu verleiten werden, das Frühstück gemeinsam hier zu uns zu nehmen, und du dir das nicht entgehen lassen willst."

„Noch schlimmer." lachte Xondra mit dem halben Tisch. „Dann werde ich morgen also gebraucht und werde todmüde sein."

„Wieso?" kicherte Meara. „Wenn ihr das jetzt schon wisst, dann lest doch nicht ganze Buch."

„Unmöglich." wusste Hithranda. „Es wird genau so passieren. Aus welchen Gründen auch immer, sie wird morgen verschlafen aussehen. Ich wollte euch damit ja auch nur sagen, dass jede neuerliche Berührung eine neue Vision auslöst. Es gibt niemals die gleiche noch einmal."

„Ah ja." nickte Meara langsam. Das hatte sie tatsächlich verstanden. „Vielen Dank."

„Keine Ursache."

„Dann kann ich ja fortfahren." bat der Vater. Die Einführung war ihm bisher noch nie so schwer gemacht worden. Genau deshalb waren aber auch noch alle Zirkelmitglieder anwesend. Normalerweise begrüßten sie gemeinsam den Neuen, dann zerstreuten sie sich und der Vater übernahm die Einführung. Das Kennenlernen folgte dann leger und auf persönlicher Ebene. Diesmal war niemand gegangen, weil er zwei ganz besondere Neulinge angekündigt hatte.

„Der Gang, in dem ihr immer wieder

angekommen seid, steht unter einem Zauber. Er führt die zu uns, die zu uns gehören. Wir trugen ihm auf, uns diejenigen zu offenbaren, die dem Zirkel zugehören wollen und aufgrund des Charakters auch können. Dass ihr schon in den ersten Tagen den Tunnel entdecktet, war absoluter Rekord. So schnell war sich das Schloss noch nie sicher, die Richtigen erwählt zu haben. Auch das ist ein Indiz für meine Ahnung, von euch dürfen wir noch Großes erwarten."

Meara und Jaromir schwiegen. Darüber wollten sie nicht mal mehr nachdenken. Sie hofften natürlich, dass sie das Ziel erreichen würden, das sie noch anvisieren würden, aber bevor ihnen niemand sagen konnte, um was es überhaupt ginge, wollten sie rein gar nichts davon hören und hoffen, es würde anders kommen.

„Was hat es mit Meara und dem Chabad auf sich?" fragte Rastro. „Müsste sie nicht mehr denn je von den Kristallsplittern angezogen werden?"

„Nein." antwortete der Vater relativ überzeugt. Alles, was er vorbringen konnte, waren Vermutungen. „Meara, wir sind der Überzeugung, du hast das reine Blut eines Magiers aus Chabdaha in dir."

Vor Schreck spuckte sie das Wasser beinahe dem Vater ins Gesicht. Sie schaffte gerade noch den Schwenker und spuckte quer in den Raum hinein. „Wie bitte?" hustete sie.

„Du bist eindeutig eine Magierin, daran zweifle ich nicht. Und du bist verdammt stark. Du brauchst keinen Chabad, weil du deine Kräfte aus dem großen Kristall ziehst."

„Moment!" rief Jaromir dazwischen. Am liebsten hätte er die letzten Sätze des Vaters aus Mearas Kopf gestrichen. „Ich denke, der Kristall ist zerstört?"

„Das wurde er, aber wer der wahren Magie fähig ist, bedient sich seiner Kräfte noch immer. Mearas Art, mit Tieren zu kommunizieren zum Beispiel. Oder auch die Aufnahme in die Familie der Erddrachen. Oder auch das spontane Löschen aller Kerzen, kurz bevor Alarm geschlagen wurde."

„Haltet einen Moment ein." forderte Hithranda lächelnd. „Wir sollten einen Schritt zurückgehen. Es gab verschiedene Talente in Chabdaha. Die Seher zum Beispiel, zu denen ich zähle. Es gab jene, die die Pflanzen verstehen konnten." Sie schickte ein freundschaftliches Lächeln zu Xondra und schwenkte dann über zu Rastro. „Es gab jene, die die Tiere über alle Maße verstehen konnten. Manche konnten dem Feuer gebieten, andere dem Wasser und so weiter. Das Wetter war auch ein solches Talent."

„Also sind hier alle so ein Talent?" fragte Jaromir. Bei Xondra und Rastro passte es auf jeden Fall. Aber welches Talent lag in dem Vater?

„Jeder hier Anwesende ist ein Nachfahre aus Chabdaha." nickte Rastro. „Unsere Stammbäume noch auf einen Clan zurückzuverfolgen, ist unmöglich. Aber aufgrund alter Aufzeichnungen stammt jeder von uns von einem der Talente ab."

Für Jaromir ergab das noch immer keinen ganzen

Sinn. Hätte das Schloss den Prinzen eingeladen, hieße das, er hätte ein solches Talent. Das hätte Jaromir definitiv gewusst. Wenn das Schloss also ihn als Sohn des Pferdewirts auserwählt hatte, lag das Talent in ihm und das hätte er sogar noch besser wissen müssen.

„Welches Talent habe ich denn?" fragte er leise. Die Frage hatte schon in seinem Kopf dumm geklungen. Ausgesprochen war es sogar noch schlimmer.

„Da sind wir uns uneinig." sagte Hithranda nachdenklich. „Ich versuchte, es herauszufinden, aber ihr beide seid immer noch in Nebel verhüllt. Wir versuchten auch, den eigentlichen Grund für deine Anwesenheit herauszufinden, falls doch nicht nur die Sprossen Chabdahas eine Bereicherung für den Zirkel wären, aber finden konnten wir nichts."

„Vielleicht bist du auch als moralische Stütze für Meara dabei." schlug der Vater vor. Er hatte es vorsichtig ausdrücken wollen, weil er keinesfalls wollte, dass sich Jaromir irgendwie zurückgesetzt fühlte. Der Gedanke kam in ihm dennoch auf, obwohl er sich auch über die nebensächliche Aufgabe nicht beschwerte.

Er lächelte seine Freundin herzlich an. „Nach deinem Talent brauchen wir nicht zu fragen."

„Das solltet ihr." unterbrach der Vater, ehe Meara antworten konnte. „Es gab nämlich noch eine Gruppe in Chabdaha. Die Magier. Sie beherrschten nicht eine Gabe, sondern die Magie selbst. Damit konnten sie nicht nur das Wasser, die Pflanzen oder

Tiere in ihre Gewalt bringen, sondern grenzenlos alles. Sie hatten Einfluss auf den Geist, das Denken und Fühlen von jedem. Mit einem einzigen Zauber konnten sie einen Fels in Staub zerbröseln."

„Und dazu gehörst du." meinte Xondra mit der gleichen erschlagenden Überzeugung wie der Vater zuvor. „Magier waren auch in der Blütezeit von Chabdaha sehr selten, musst du wissen. Für uns ist es also eine besondere Ehre, eine Magierin in unserer Mitte zu haben."

Meara hatte dem Ganzen schweigend zugehört, wollte nur auf die Nettigkeit von Jaromir eingehen. Aber irgendwann hatte sie aufgehört zu atmen und schnappte nun jäh nach Luft. Aus ihrer Blässe war eine ungesund bleiche Gesichtsfarbe geworden. Um sie herum begannen die Erzählungen in Bildern zu kreisen. Alles verwob sich ineinander und ergab doch kein Gesamtwerk.

„Wie könnt ihr da so sicher sein?" flüsterte sie geistesabwesend. Noch nie hatte es jemand als Ehre bezeichnet, sie in seiner Nähe zu haben. Zyranian hatte ihr ganzes Leben auf den Kopf gestellt.

„Wir vermuten es." sagte der Vater. „Sicherheit können wir nur erlangen, wenn wir dich auf verschiedene Talente testen. Aber mal ehrlich: Dein Talent für Pflanzen stelltest du eben schon unter Beweis. Die Erddrachen und die Eule, die euch warnte, sind eigentlich schon ein Beweis deines Talentes für Tiere. Und was glaubst du, hat den Wind hervorgerufen, der die Kerzen in der runden Höhle ausblies? Wer hat den Boden aufreißen lassen und eure Angreifer in den Tod stürzen lassen? Wie konnten die dich in der Zelle übersehen, obwohl sie doch vor dir standen? Und wie fandest du den richtigen Weg aus dem Berg? Nicht den kürzesten, sondern den, auf dem ihr keinem einzigen Feind begegnetet?"

„Das soll alles ich gewesen sein?"

„Vermutlich schon." musste der Vater antworten. Lieber wäre ihr eine andere Antwort gewesen, eine die nicht ihr ganzes Leben umrempelte. Andererseits würde sie, sobald sie ihre Herkunft und ihre Stellung akzeptierte, eine Menge lernen können, viel Gutes damit verrichten und vielleicht auch einen Hinweis auf ihre Vergangenheit erlangen? Niemand wusste, wo sie hergekommen war oder wer ihre Eltern waren. Hithranda konnte theoretisch auch in die Vergangenheit sehen, aber nicht bei Meara.

„Was waren das überhaupt für Wesen?" fragte ein Schüler der Runde.

„Das ist eine gute Frage, Achtil." nickte Meister Mackin. Er schenkte Jaromir ein vorfreudiges Grinsen. „Mackin ist mein Name und ich freue mich schon, dich dem Gesang näher zu bringen."

„Da habt ihr euch was vorgenommen." lachte Meara. Zur Besänftigung drückte sie sich kurz an Jaromir. „Tut mir leid."

„Unnötig. Schade, dass aus Winderlorn nur ein Gesandter aufgenommen wurde. Dem wäre ich dann vielleicht schon einen Schritt voraus."

„Ihr übtet?" staunte Meister Mackin.

„Unterwegs." nickte Jaromir. Allein der Gedanke

ans Singen schreckte ihn ab. Nicht dass er Meara allein gelassen hätte, aber wenn er vorher von diesem Fach erfahren hätte, wäre er vielleicht gar nicht erst aufgebrochen und hätte Torgal selbst gehen lassen.

„Zurück zum Thema." lachte der Vater verzweifelt. Sie würden die ganze Erklärung wohl erst zum Morgengrauen beenden. „Ihr wisst jetzt, wo die Kristalle herkommen und dass heute eigentlich niemand mehr Zugang hat. Es gibt kaum Aufzeichnungen darüber, wie viele Bruchstücke damals weggetragen wurden."

„Theoretisch könnten sie sie also auch so gesammelt haben wie ihr für den Chabad." erkannte Meara.

„Theoretisch vielleicht. Praktisch ist es ausgeschlossen. Nach jedem, den wir fanden, suchte Hithranda, ob der große Kristall mit den Bruchstücken, die in unserem Besitz sind, wieder vollständig wäre."

„Könnte man ihn wieder zusammenfügen?" fragte Jaromir.

„Moment." schmunzelte der Vater. Erst die eine Frage, dann die andere. „Nach dem letzten konnte uns Hithranda bestätigen, der Urkristall wäre wieder vollständig. Nach eurer Entdeckung in der Höhle befragte Hithranda erneut ihr inneres Auge und fand heraus, dass wir noch immer sämtliche Bruchstücke bei uns haben."

„Hä?!" rutschte Achtil heraus. „Also sind es doch andere in der Höhle gewesen?"

„Vermutlich Imitate. Was auch immer die dort planen, scheint damit nicht erfolgreich gewesen zu sein. Sie brauchen die echten Kristalle. Der Zirkel versuchte schon oft, den Palast in Chabdaha zu erreichen und den Kristall zu finden. Bisher ohne Erfolg. Wie sollten die es also können?"

„Und damit kommen wir zu dir." lächelte Xondra und richtete es auch noch zu Meara aus. Sie wollte sich in Luft auflösen.

„Ich?"

„Ja. Du als Erbin der Magier könntest den Zugang finden."

„Deswegen hielten sie mich getrennt von Torgal in einer Zelle."

„Und sie nahmen dir die Sicht." ergänzte der Vater. „Irgendwoher wissen die von deinem Blut. Magier können keinen Zauber auf etwas anwenden, das sie nicht sehen. Kommt das Kind eines Magiers blind zur Welt, wird es nie Magie betreiben können."

„Und was war mit der Pflanze eben?" fragte Jaromir. Er selbst hatte doch Meara die Augen verbunden - sie hatte die Pflanze also nicht gesehen.

„Dafür braucht es keine direkte Magie. Hätte sie den Topf für die Pflanze vergrößern wollen, hätte sie Magie gebraucht, so genügte die Bindung zur Flora."

„Deshalb der stockdunkle Raum." flüsterte Meara. Soweit ergab das ja Sinn, solange man nicht fragte, woher die etwas wussten, das sie selbst gerade erst erfahren hatte.

„Richtig. Du könntest der Schlüssel zu Chabdahas Palast sein. Und vermutlich könntest du auch den Kristall wieder zusammenfügen und die Kräfte der Magie erneut aufleben lassen."

„Natürlich." murmelte sie sarkastisch. Sie sollte einen seit tausend Jahren verschollenen Palast finden und einen gigantischen Kristall flicken? Wie denn?

„Meara." seufzte Hithranda und nahm das Mädchen in den Arm. So viel Nähe gestattete sie niemandem, wenn es nicht sein musste. Unabhängig davon, dass sie bei Meara keine Visionen empfing, hätte sie sie nicht so sitzen lassen. Verängstigt und überfordert von dem Vertrauen, das wie ein Hammerschlag auf ihre Schultern fiel.

„Verzweifle nicht." flüsterte sie. „Ich sagte bei unserer ersten Begegnung, du sollst für dich lernen und dich nicht von äußeren Einflüssen ablenken lassen. Halte daran fest. Das ist wichtig. Lerne nicht für das, was du eben hörtest, sondern weil du es willst. Das macht dich doch aus. Du wolltest immer nur lernen, wieso ändert sich das?"

„Tut es ja nicht." schniefte sie. „Aber ich glaube nicht, dass ich all das schaffen kann. Ich bin doch nichts. Ein Mündel der Priester - mehr nicht."

„In dir steckt viel mehr." wusste Xondra. „Ebenso in deinem Freund, der sich Torgal nennt."

Er zuckte erschrocken zusammen und schloss einen Moment die Augen. Das hatte die eben nicht wirklich gesagt, oder? Er musste sich verhört haben!

„Ich sagte es dir." lächelte Hithranda über Mearas Kopf hinweg. „Lerne nicht für den, für den du kamst, sondern für dich. Auch du hast die Freude am Lernen entdeckt. Das ist wichtig, denn auch du wirst deinen Teil beitragen müssen."

„Was soll das denn heißen?" fragte Jingo, die einzige Schülerin neben Meara im Zirkel.

„Du gelobtest eben Ehrlichkeit dem Zirkel gegenüber." lächelte der Vater. „Hithranda etwas zu verheimlichen, hat keinen Zweck."

„Wieso bin ich immer noch hier, wenn ihr die Wahrheit kennt?" griente Jaromir verlegen. Er hätte geglaubt, das Enttarnen dieses Geheimnisses im Orden würde den sofortigen Rauswurf bedeuten. Offenbar wussten die aber schon Bescheid.

„Wir nahmen dich auf, weil du den Ehrgeiz und Lernwillen zeigtest, den das Studium zur Voraussetzung hat. Egal wie du dich nennst, den Abschluss wirst du bekommen, nicht der Name, den du annimmst."

„Na schön." Er schluckte und hoffte inständig, niemand der Anwesenden würde das weitergeben. Hoffentlich würden sie das Schweigegelübde wirklich ernst nehmen. „Ich bin nicht der Prinz von Winderlorn, sondern sein bester Freund. Er hatte nie vor, herzukommen. Wir tauschten die Plätze."

„Uoh!" rief Rastro überrascht. „Das ist mal was Neues. Seine Eltern wollten, dass er herkommt, nehme ich an?"

„Allerdings."

„Und wo ist er jetzt?" fragte Jingo irritiert.

„Da, wo er sich wohlfühlt. Er ist zufrieden und

ich bin es auch. Ihr hattet Recht." sagte er zu Hithranda. „Ich habe Freude am Lernen, wie ich es nie gedacht hätte."

„Vielleicht wäre der echte Prinz auch nicht so geeignet gewesen." vermutete sie und sponn die Theorie mal weiter. „Er hätte sich seinen Eltern beugen und kommen können. Er wäre aber nicht mit so viel Freude herangegangen, die wiederum Voraussetzung ist, die Ziele zu erreichen, die der Zirkel anvisiert. Er wäre vielleicht nicht vom Tunnel hergeführt worden, weil ihm die Überzeugung fehlt."

Meara war seit dem Aufkommen dieses Themas näher an ihren Freund heran gerutscht. Sie wollte das mit ihm durchstehen, auch wenn ihnen Wut und Enttäuschung entgegengekommen wäre. Nun brauchte sie seine Nähe auch noch, um nicht gegen Hithranda zu reden. Ihre Worte über Torgal passten Meara nicht. Er war vielleicht nicht so begierig auf neues Wissen wie Meara und inzwischen auch Jaromir. Das machte aus ihm aber keinen schlechteren Menschen.

Völlig ohne Vorankündigung oder wenigstens Grund begann Hithranda plötzlich zu kichern. „Oh. Das wird noch schwierig werden. Entschuldige, Meara. Ich wollte den Prinzen Winderlorns keineswegs herabstufen. Er hätte vielleicht nur nicht in diese Runde gepasst. Vielleicht wird er aber auch an anderer Stelle gebraucht. Ich weiß es nicht."

Das war ihr so peinlich, dass sie schneller knallrot anlief als Hithranda reden konnte.

„Es kann anstrengend mit ihr sein." schmunzelte der Vater. „Ich bleibe bei dem falschen Namen: Torgal, dir macht keiner einen Vorwurf aus dem Tausch. Diese Treue zu deinem Freund ist eine der vielen Eigenschaften, die dich zum ersten Char führten. Selbst mit dem Gesangsunterricht vor Augen hieltst du an eurer Absprache fest. Auch noch, nachdem ihr in Gefahr gerietet. Die meisten wären eingeknickt und hätten die Flucht vorgezogen. Das macht dich aus und ich glaube, diesem loyalen Mut werden wir noch öfter begegnen."

Nun saß auch er knallrot neben Meara, die ja insgeheim froh war, nicht mehr das andere Thema auf dem Tisch zu haben. Das kam jedoch schneller zurück als ihr lieb war.

Der Vater wandte sich an sie. „Und auch deine offenkundige Bindung zum richtigen Prinzen wird sicherlich noch einen anderen Grund haben."

Da war die Scharlachröte wieder da. „Können wir bitte zu den Kreaturen zurückkehren." kicherte sie verlegen. „Was sind die?"

„Na endlich." grinste Achtil zum Vater. Die Frage hatte er ja vor einer ganzen Weile auch schon gestellt gehabt.

„Einst waren sie Menschen wie wir. Sie lebten in Chabdaha und wurden von der Macht der Magie zerfressen. Ihre entstellten Körper zeugen von ihren entstellten Seelen. Sie erlagen dem Bösen. Sie verließen Chabdaha, zogen durch die ganze Welt und nutzten die Magie in ihrer schrecklichsten Form. Sie raubten, sie plünderten, sie zerstörten und sie mordeten. Chabdaha bat Winderlorns Krieger um Hilfe, die verfehlten Chabas zu fangen und zu richten."

„Chabas sind also diejenigen, die den Weg der Bosheit einschlugen?" fragte Jaromir. „Die, die uns gefangen nahmen?"

„So ist es." nickte Xondra. „Die Königin Chabdahas nannte sie so. Die rechtmäßigen Bewohner des Landes sind die Chabdani. Wer sich von ihrem Weg entfernt, ist es nicht mehr wert, Chabdani genannt zu werden, deshalb kürzte sie ihre Bezeichnung und damit ihre Ehre."

Die beiden Neuen nickten als Zeichen, dass sie das verstanden hatten, dann fuhr der Vater fort. „Der König Winderlorns weigerte sich und machte Chabdaha einen Vorwurf daraus. Hätten sie die Magie nicht zu nutzen gelernt, wären diese Kreaturen nie entstanden. Die Königin war darüber so erbost, dass sie Winderlorn ihre Hilfe entzog, um ihnen zu zeigen, wie sie sich doch selbst auf die Magie verließen. Und der Rest ist Geschichte."

„Bis heute." verbesserte Rastro. „Nach der Zerstörung des Kristalls und dem Einbruch der Magie stellte sich ein Weltenheer auf. Aus allen Ländern, die es damals gab, zog man die Fähigsten zum Kampf gegen die Bosheit ein. Soweit mir bisher bekannt war, gab es keine Überlebenden in den Reihen der Verdorbenen. Sie fanden den Tod unter der Wut der Erdenbürger."

„Und wo kamen die dann jetzt wieder her?" fragte Jaromir. „Eine neue Generation, die sich unbemerkt erhob und vermehrte?"

„Ihr erzähltet, es waren Hunderte." sagte der Vater nachdenklich. „Vor der Insel fanden wir dutzende von Drachenflammen verbrannte Leiber. Sie müssen sich lange im Verborgenen gehalten haben, bis sie zu solcher Stärke fanden."

„Sie haben irgendeinen Plan." wusste Rastro ganz sicher. Wer baute schon in reinem Zeitvertreib eine Armee auf, die keine Aufgabe haben sollte?

„Mit Sicherheit." nickte Hithranda. „Aber solange Meara und Torgal eine Rolle spielen, werde ich euch nicht helfen können. Nicht auf diese Weise wenigstens."

„Wieso könnt ihr nichts sehen?" fragte Meara. „Wenn ihr auch bei Meisterin Xondra etwas sehen könnt, hängt es nicht an meinem Blut, von dem Torgal nicht abstammt."

„Das ist wahr. Ich vermute, hier spielen Mächte mit, deren wir uns noch nicht bewusst sind. Ich las vor langer Zeit etwas darüber, dass man die Zukunft in Nebel hüllen kann, solange eine bestimmte Person auch nur den kleinsten Einfluss darauf hat. Vielleicht verbietet mir also jemand, eure Zukunft zu sehen. Oder sie ist tatsächlich noch ungewiss. Auch das kommt vor, dann kann ich nichts sehen. Aber dann müsste ich von euch wenigstens irgendwas empfangen. Und sei es die Frage, ob ihr gut schlafen werdet."

Meara hatte das Gefühl, eine Handvoll Würmer im Kopf zu haben. „Ich fürchte, ich kann nicht mehr folgen."

„Nicht nur du." nickte Achtil. Er war schon seit einem Jahr im Zirkel und hatte trotzdem nicht alle Zusammenhänge verstanden. „Woher wussten die überhaupt, dass sie eine Magierin ist? Und woher wussten die, wessen Zukunft sie verbergen müssen? Sie müssen gewusst haben, dass nicht der Prinz herkommen würde. Sonst wäre doch seine Zukunft nicht vernebelt." Er hatte extra auf Jaromir gezeigt. Seinen richtigen Namen kannte er ja nicht und wollte Verwechslungen vermeiden. Das Thema und die ganze Geschichte ringsherum waren verworren genug.

Leider präsentierte ihm niemand die Antwort. Sogar der Vater hob unwissend die Schultern. Da man Hithrandas allsehendes Auge blendete, blieben ihnen nur Spekulationen. Dafür war es jedoch etwas zu spät. Inzwischen war es mitten in der Nacht und Xondra hätte gezweifelt, dass sie ihr Buch wirklich noch auslesen würde, wenn sie Hithranda nicht so gut gekannt hätte.

„Na gut." sagte der Vater beschwingt und hob den Silberkelch in die Runde. „Genug für heute. Auf eine erholsame Nacht für alle außer Xondra."

Lachend erhob auch sie ihren Kelch. „Und auf ein Wiedersehen zum Frühstück hier."

„Es ist freiwillig, aber ich würde mich über jeden freuen, der uns helfen kann, sofern es nicht mit den Schulaufgaben kollidiert. Außer du, Meara. Dich erwarte ich hier und werde dich einigen Tests unterziehen. Außerdem werden wir in den Aufzeichnungen des Zirkels nach Informationen suchen."

„Es wird mir ein Vergnügen sein." lächelte sie zufrieden. Ja, sie freute sich, noch mehr zu lernen. „Was ist eigentlich mit unserem Bericht?"

„Einwandfrei." lachte Rastro leise. „Ihr gabt eine hervorragende Arbeit ab und für mein Fach trug ich schon Zusatzpunkte ein."

„Ich ebenso." gluckste Xondra. Sie hatte den Bericht gelesen. Er war gewellt von dem Wasser gewesen, aber sonst in tadelloser Form, wie man es von den beiden kannte.

Das richtige Kennenlernen im Zirkel verschoben sie auf den nächsten Tag. Jingo und Achtil gingen natürlich mit Meara und Jaromir, sie mussten schließlich ebenso zu den Schlafräumen der Schüler. Der Vater versprach, für das Frühstück im Keller zu sorgen. Zur gewohnten Zeit, aber es müsse niemand zu zeitig aufstehen. Für Meara machte es keinen Unterschied, aber die anderen würden vielleicht etwas länger schlafen als im Alltag. Ein bisschen Ferien waren ja noch übrig.

Die nutzten sie fast ausschließlich für Recherchen. Noch in der Nacht der Einführung schrieben Meara und Jaromir einen gemeinsamen Brief an Torgal. Aus Angst, er könnte abgefangen werden, umschrieben sie das meiste und mussten hoffen, ihr Freund wüsste damit etwas anzufangen. Chabdaha und seine Geschichte erwähnten sie, damit er in dieser Richtung eventuell weitere Informationen sammeln könnte. Sie wollten aber auch, dass er auf dem gleichen Stand war wie sie selbst. Sie bildeten eine Dreiheit, bei der ein Teil viele Meilen entfernt war und trotzdem vollständig dazuzählte.

Xondra hatte das Buch eigentlich nicht weiterlesen wollen nach Hithrandas Ankündigung. Sie wollte es gar nicht erst in die Hand nehmen. Eben wegen der Ankündigung war die Versuchung aber stetig gestiegen. Wenn Hithranda gesehen hatte, Xondra würde das ganze Buch auslesen, musste es ja fesselnd sein. Die Verlockung war einfach zu groß und Xondra nahm es doch noch in die Hand. Wie Hithranda prophezeit hatte, konnte sie es nicht mehr weglegen und war am Morgen kaum imstande, die Augen aufzuhalten. Trotzdem ging sie zum Frühstück im Zirkel. Sie war ja selbst Schuld, wenn sie zu wenig geschlafen hatte. Für die Schüler war das auch keine Ausrede, zu spät zum Unterricht zu kommen.

Auf dem Plan bis zum regulären Schulbeginn standen auch schon die ersten Lektionen in der Magie. Den Chabad der anderen Mitglieder durfte Meara nur nicht zu nahe kommen. So heftig wie beim ersten Mal wiederholte sich der Blitz nicht, aber es kam immer mal wieder vor. Unbeabsichtigt, weil der Chabad für die anderen einfach dazugehörte. Einmal im Vorbeigehen nicht aufgepasst, schon war es passiert.

Erschrecken würde sie wohl jedes Mal dabei. Beim ersten Mal kam es jedoch so unverhofft, dass sie erschrocken einen Satz zur Seite machte. Meisterin Xondra hatte ihr gerade einige Tricks im Umgang mit Schlingpflanzen beigebracht und

Mearas Magie machte sich im Schreck selbstständig. Jingo hatte selbst einen Zauber, den sie lernen wollte, und war ihr nur ganz kurz mit dem Chabad zu nahe gekommen. Nach dem Blitz wuchs Mearas Schlingpflanze plötzlich zu unglaublicher Größe und griff die verdutzte Schülerin an. Es war die Hilfe vom Vater, Rastro und Xondra nötig, die Arme daraus zu befreien. Die Schlingen hatten sich wie Schellen um den jungen Körper gelegt und drohten, sie zu zerquetschen.

„Es tut mir so leid." jammerte Meara, als Jingo endlich befreit war und auf einem Stuhl saß. Ziemlich zerzaust und außer Atem, weil die Pflanze ihr die Luft abgeschnürt hatte, aber sie lebte und fing als erstes an zu lachen.

„Schon gut. Das gehört hier dazu, glaub mir. Als ich es zum ersten Mal schaffte, eine Kerze ohne Streichholz zu entzünden, freute ich mich so sehr darüber, dass gleich die ganze Kerze Feuer fing."

„Klingt aufregend." schmunzelte Jaromir.

„Ist es hier meistens. Also keine Sorge." lächelte sie zu Meara. „Ich werde dir mit dem Chabad nicht mehr zu nahe kommen, versprochen."

Es war nicht zu glauben, dachte Meara. Nicht mal hier konnte sie sich einfügen und war für Sonderregeln verantwortlich. Es fiel ihr immer schwerer, sich noch an ihr geregeltes Leben in Bairamok zu erinnern. Die Stadt, die Gärten, die Priester, ihre tägliche Arbeit und ihr vertrautes Umfeld schienen ihr immer fremder zu werden. Dort war sie nie so aufgefallen und hatte schon zum

Inventar gezählt.

Nach diesem Vorfall legte der Vater fest, dass ihre erste Lektion nicht der Vereinfachung wegen mit Pflanzen zu tun haben sollte, sondern die innere Disziplin. Dafür war Hithranda die beste Ansprechpartnerin und gab sich mit dem Vater alle Mühe, Meara beizubringen, ihre Magie zu kontrollieren, auch wenn sie überrascht würde. Dass sie sie jetzt aktiv zu nutzen lernte, bedeutete auch ein Risiko, das sie unbedingt bändigen musste. Nicht dass sie irgendwem schaden würde, weil er sie wütend machen würde. Kyrlua würde ihr da als erstes einfallen, aber ihre Emotionen durften nicht die Kontrolle über ihre Macht übernehmen, sondern einzig ihr Verstand und ihre Moral, die auch Voraussetzung waren, dass überhaupt jemand in den Zirkel geführt wurde.

***

Am Nachmittag des letzten Ferientages hatte sich Besuch in Zyranian angekündigt. Gent Borso von Shitanag. Kyrluas Vater. Gent und Genta waren die gebräuchlichen Titel des Adels. Kyrlua war als Genta von Shitanag geboren worden und war damit auch aufgewachsen. In Zyranian hatte nicht mal der Titel eines Prinzen Bedeutung, also ihrer auch nicht. Sie konnte sich noch damit abfinden, dass man sie nicht mit dem Titel ansprach. Aber dass sie überhaupt keine Privilegien genoss, während ein Gossenmädchen andauernd bevorzugt wurde, ging ihr mächtig gegen den Strich. Das war nämlich keineswegs mehr fair.

So hatte sie ihrem Vater immer und immer wieder geschrieben, wie sie hier gedemütigt wurde. Und nun kam er endlich. Wegen der Geschäfte hatte er es nicht eher geschafft.

„Vater!" begrüßte sie ihn freudig. Endlich würde hier mal jemand ein Machtwort sprechen, auf den man hören musste.

„Wie läuft der Unterricht?" wollte er liebevoll wissen.

„Geht so, aber deswegen bat ich nicht um deinen Besuch."

„Ich weiß." seufzte er. Ob er ihr jemals das verzogene Gör austreiben könnte? „Ich werde vom Vater erwartet. Wir sehen uns nachher."

Freudestrahlend ließ sie ihn gehen. Seine Anwesenheit selbst war kein Grund für ihre Freude.

Borso war ebenso reich geboren worden. Sein Vater hatte ihm den Titel des Gent vermacht, wie er nun seiner Tochter. Und wenn Borso selbst in jungen Jahren auch nur ein kleines bisschen gewesen war wie Kyrlua, konnte er verstehen, wieso sein Vater ihn damals nach Zyranian geschickt hatte.

Er kannte den Weg zum Vater und klopfte an die große Tür. Während seiner Ausbildung hatte sie noch beeindruckender auf ihn gewirkt. Allerdings war er selten im Büro des Vaters gewesen und hatte erst mit Anfang Zwanzig einen Wachstumsschub gehabt. Bis dahin war er deutlich kleiner als die anderen Jungen gewesen und schmächtiger als ein

Großteil der Mädchen.

„Borso." freute sich der Vater. Ehemalige Schüler kamen immer mal wieder zu ihm. Manchmal, weil sie Rat brauchten, und manchmal einfach zu Besuch. Sein Erscheinen war also keine Seltenheit, hatte aber keinen der beiden Gründe. Der Vater ahnte schon, um was es wirklich ging.

„Wie geht es euch zwischen den Jungen?" schmunzelte Borso. Schon damals hatte der Vater gewirkt wie ein Großvater aller Schüler. Äußerlich hatte er sich gar nicht verändert.

„Immer noch das gleiche." lachte der Vater. „Die jungen Kräfte und die viele Energie verlangen uns viel ab. Du bist wegen Kyrlua hier, nehme ich an?"

„Ja." seufzte Borso. Er hätte lieber noch ein bisschen geplaudert, ehe er zum ernsten Thema kam. „Wie macht sie sich denn? Sie schreibt nicht vom Unterricht."

„Sie müsste dem Unterricht folgen, um dir etwas zu schreiben." antwortete der alte Mann rundheraus. Er hielt nicht viel davon, die Leistung der Schüler vor den Eltern schönzureden. „Sie ist abgelenkt."

„Von einer anderen Schülerin, schrieb sie mir."

„Sie kam ebenfalls aus Ul-Bairamok und wir nahmen sie beide auf."

„Ich weiß. Ich zweifle die Entscheidung nicht an, aber es nagt an Kyrlua."

„Das ist nicht der Grund, das weißt du selbst."

Er hatte es zumindest geahnt und gehofft, nicht bestätigt zu werden. „Ich will ehrlich sein." fing

Borso an und entschied sich, dem Vater vollkommen offen gegenüberzutreten. Das war sowieso die beste Variante, weil man mit ihm über alles offen reden konnte. Man musste noch lange nicht seiner Meinung sein, um seinen Rat zu bekommen, das gefiel Borso so an ihm. „Ich wunderte mich schon, dass ihr Kyrlua überhaupt aufnahmt."

„Ach..." machte der Vater und lehnte sich gemütlich zurück. „Während der Prüfungen gab sie sich wirklich Mühe und zeigte den Ehrgeiz, den sie braucht."

„Weil ich ihr drohte, wenn sie die Aufnahme nicht schafft, würde sie keinen Silberling mehr kriegen, ohne dafür zu arbeiten."

„Das macht Sinn." nickte der Vater. Während der Tests selbst hatte man in Kyrlua wirklich Potenzial gesehen. Erst bei den schriftlichen Aufgaben hatte sie gemogelt. „Dass wir Meara zusätzlich aufnahmen, macht Kyrlua zu schaffen."

„Ich weiß. Wir kennen uns bereits aus den Gärten Bairamoks. Kyrlua sagte, sie war nie in der Schule. Ich bin neugierig, Vater. Wie konnte es so ein armes Mädchen ohne Vorbildung schaffen, eure Prüfungen zu bestehen?"

„Mit jeder Menge Ehrgeiz und dem Willen zum Lernen. Du hast Recht, sie muss viel nacharbeiten. Aber schon während des Probetages zeigte sich ihr immenser Wille dazu. Erinnerst du dich an die Fragen?"

„An die meisten." Inzwischen waren ja auch einige Jahre vergangen.

„Auf die Frage, was sie von hier mitnehmen wolle, wenn sie nicht bleiben könne, antwortete sie: Die Antworten auf die Prüfungen.“

Borso klappte der Unterkiefer runter. Auf so eine Idee wäre er selbst nie gekommen!

„Ja.“ griente der Vater. „Von Anfang an wollte sie nichts als lernen. Seit kurzem trägt sie ihren zweiten Char. Und ganz ohne Vorbildung kam sie nicht. Ihr Wissen aus den Gärten übersteigt den gesamten Lehrplan aller Jahre.“

„Sie scheint wirklich einzigartig zu sein. Ich wünschte mir damals die Büste vom Schrank.“

„So ähnlich lauten die meisten Wünsche.“ lachte der Vater. Das letzte Pergament der Aufnahmeprüfung war immer am interessantesten. Daraus erfuhr der Orden eine Menge über den jeweiligen Gesandten. „Ich las auch schon, jemand wolle einen Ziegel vom Dach des Schlosses mitnehmen.“ Er schüttelte amüsiert den Kopf. „Mearas Antwort las ich zum ersten Mal.“ Das sollte etwas heißen, so oft wie er diese Prüfung bereits beobachtet hatte.

„Das glaube ich. Ich weiß auch, was Zyranian neben dem Wissen lehrt, und hoffte, Kyrlua würde hier die gleichen Lehren mitnehmen wie ich damals. Sie ist aber auch mein einziges Kind.“

„Ich weiß.“ lächelte der Vater milde. Er machte keinem Vater einen Vorwurf daraus, sein Kind zu lieben und zu verwöhnen. „Aber jeder hier ist Tochter oder Sohn von irgendwem. Die Herkunft ist hier völlig unbedeutend, das solltest du wissen.“

„Weiß ich auch und akzeptiere ich. Aber Kyrlua fühlt sich benachteiligt. All ihre Briefe erzählen davon, dass sie nicht gerecht behandelt wird."

„Du weißt, dass das nicht stimmt. Sie stahl Prüfungen aus dem Körbchen einer Schülerin. Sie kippte Tinte über die Hausaufgaben. Und um dem Ganzen die Krone aufzusetzen: Sie vergiftete eine Schülerin."

Borso schnappte nach Luft. Seine Finger klammerten sich um die Armlehnen des Stuhls, sonst wäre er vermutlich auf dem Boden gelandet. Dass seine Tochter starrsinnig war, von ihrem Titel und Vermögen eingenommen, das wusste er. Dass sie dafür solche Wege einschlug, traf ihn allerdings wirklich unvorbereitet.

„Wie geht es ihr?"

„Sie ist wohlauf. Sie ist die Zweite aus Ul-Bairamok, die wir aufnahmen, und sie freundete sich schon während der Prüfungen mit einem jungen Prinzen an. Kyrlua wollte seine Gunst gewinnen, aber er gönnte ihr nicht die Aufmerksamkeit, die sie sich erhoffte."

„Eifersucht." erkannte Borso. „Deshalb das alles?"

„Ich fürchte schon. Es geht vermutlich weniger um die Gunst des Prinzen, als seine Stellung. Die hat hier nichts zu sagen und er arrangiert sich besser damit als Kyrlua. Darunter leiden ihre Aufgaben und ihre Aufmerksamkeit im Unterricht. Wenn sie sich nicht bald wieder dem Studium zuwendet, wird sie vorzeitig abbrechen müssen. Ich kann solches

Benehmen hier nicht dulden."

Borso nickte langsam. Selbsttätig bewegte sich sein Kopf zur Zustimmung. Er konnte dem Vater nicht widersprechen. Was da in seine Tochter gefahren war, konnte er beim besten Willen nicht nachvollziehen. Zyranian war eine wahnsinnige Chance für jeden. Kyrlua war aufgenommen worden und verdarb sich das wegen eines Jungen! Weniger wegen des Jungen als wegen dem Prinzen, was es eigentlich noch schlimmer machte. Sie hatte sich nicht einfach verliebt, wie man es in ihrem Alter hätte verstehen können. Das hätte eine Ablenkung bedeuten können, doch darum ging es ihr nicht mal.

„Ich rede mit ihr." schnaufte er erschöpft. Hätte er geahnt, dass seine Frau so einen Einfluss auf seine Tochter haben würde, hätte er lieber verzichtet. Er liebte sein Kind - keine Frage. Aber sie konnte besser das Geld ausgeben und sich alles erkaufen, statt sich wirklich etwas zu erarbeiten. Wie ihre Mutter...

Er verabschiedete sich herzlich vom Vater und versprach, dies wäre nicht sein letzter Besuch. In der Tür drehte er sich noch mal um. „Wo finde ich denn dieses Mädchen?"

„Vermutlich in der Bibliothek oder in ihrem Zimmer über den Büchern." Wo sonst hätte man sie finden sollen als beim Lernen … Der Vater hatte ihr aufgetragen, eher angeraten, sich am letzten Ferientag mit dem Lehrplan zu beschäftigen und nicht mit der Magie. Der falsche Torgal dürfte bei ihr sein, deshalb hatte der Vater den ominösen

Prinzen nicht beim Namen genannt. Borso kannte das Königshaus von Winderlorn, soweit der Vater wusste, und wollte niemanden verraten.

Borso wollte zu Meara, bevor er sich mit Kyrlua auseinandersetzte. In der Bibliothek sagte man ihm sie sei gerade weg und wolle ihre Aufzeichnungen mithilfe der Bücher ergänzen. Netterweise sagte ihm Achandra auch noch, welches Zimmer Meara bewohnte. Er als ehemaliger Schüler fand den Weg zum Flügel der Schlafräume und klopfte.

Meara konnte sich kaum vorstellen, wer da an ihre Tür klopfte. Der einzige, der regelmäßig zu ihr kam, war Jaromir, aber der saß neben ihr. Als sie nun die Tür öffnete, stand sie vor einem Mann, den sie kaum erwartet hätte. Gent von Shitanag! Was wollte der denn von ihr? Vermutlich hatte Kyrlua ihn aufgefordert, sie aufzusuchen. Sie erinnerte sich aber gleich daran, dass der hier nichts zu sagen hatte. In Zyranian war Meara keine Bedienstete für den Adel, der in den heiligen Gärten verkehrte, sondern eine Schülerin wie jede andere.

„Meara, nicht wahr?" lächelte er. Ihr erstauntes Gesicht amüsierte ihn.

„Richtig. Und ihr seid Gent von Shitanag. Kyrlua wohnt dort vorn."

„Ich weiß, ich wollte mit dir sprechen. Hast du einen Moment?"

Sie hatte es ja geahnt. Kyrlua hatte ihren Vater um Hilfe gebeten. Sein Lächeln war freundlich, warm und aufgeschlossen. Aber Meara kannte ihn. Da zählte nicht die Wahrheit, sondern Kyrluas Wille.

Ihre Hand lag noch auf der inneren Türklinke, mit der sie die Tür geöffnet hatte. Hoffentlich ungesehen von ihrem Gast machte sie eine Handbewegung zu Jaromir, dass er sich versteckte. Am Tag der Prüfungen vor der Aufnahme hatte Kyrlua erzählt, ihr Vater habe Geschäfte mit dem König von Winderlorn laufen. Er kannte also vermutlich den richtigen Prinzen und würde den Schwindel auffliegen lassen. Sie hatte den Namen Shitanag nicht umsonst ausgesprochen. So war ihr Freund gewarnt und wusste mit ihrer Geste, dass sie ihn hereinbitten müsste. Die Höflichkeit verlangte es. Hinter einem Paravent versteckte er sich. Seine Tarnung würde er dennoch fallen lassen, wenn er merken würde, dass Meara Hilfe bräuchte.

„Bitte." bat sie und machte eine einladende Geste für Borso, nachdem sie im Augenwinkel gesehen hatte, dass Jaromir sich versteckt hatte. Es war gut zu wissen, dass er in der Nähe war.

„Danke." sagte Borso und trat ein.

Im Zimmer bestätigte sich die Aussage des Vaters. Zu Borsos Schulzeit hatte es in seinem Zimmer anders ausgesehen. Bei Meara stapelten sich Bücher und von ihr beschriebene Pergamente. An eine Wand, die von nichts verstellt wurde, hatte sie die einzelnen Fächer aufgelistet und schrieb immer daran, wenn sie ein neues Themengebiet im Unterricht anfingen. Hatte sie es mit Jaromirs Hilfe nachgearbeitet, strich sie es ab. Es gab noch viel zu lernen, aber einige waren bereits weggestrichen und sie sehr stolz darauf. Inzwischen gaben ihr die Lehrer immer schon etwas Vorlauf. Verrieten sie das folgende Thema, schob Meara jeden Tag ein Stück davon ein und hatte mit dem Beginn des Themas nicht mehr solche Probleme, dem Unterricht zu folgen.

Das wusste Borso natürlich nicht alles und war trotzdem positiv überrascht. So viel Lernwille hatte es zu seiner Zeit damals bei niemandem gegeben. Für ihn grenzte es bei so einer Konkurrenz an ein Wunder, dass Kyrlua überhaupt aufgenommen worden war.

„Es geht um Kyrlua." sagte er. Wieso erst drumherum reden? Vermutlich ahnte sie es sowieso schon.

„Das dachte ich mir bereits." seufzte Meara und nahm sich vor, ihm einfach zuzuhören und nicht zu widersprechen. Dann würde er wieder gehen und alles wäre beim Alten.

„Ich weiß, sie macht dir Ärger." lächelte er milde. So hatte der sie noch nie angesehen. Eigentlich hatte er sie überhaupt noch nie angesehen, wenn er in den heiligen Gärten gewesen war. Nicht mal wegen der Bestrafung, denn die hatte er von einem der Eremet gefordert.

„Nicht erst hier." erwiderte Meara stolz.

„Aber hier wird es schlimmer, erzählte der Vater?"

„Bitte." bat sie völlig verstört. „Was genau verlangt ihr von mir?"

Er musste wohl oder übel den Teil überspringen, in dem er sich langsam herantasten wollte. „Meine Tochter ist ein selbstsüchtiges, verzogenes Gör, das weiß ich."

Beinahe hätte sich Jaromir mit einem Lachanfall verraten. Das hatte der eben nicht wirklich über seine eigene Tochter gesagt?!

„Äh..." Meara war genauso vor den Kopf gestoßen und runzelte verständnislos die Stirn. War das eine Taktik? Wollte er sie so aus der Fassung bringen, dass ihr der Rest seiner Aussage kaum im Gedächtnis bleiben würde? „Wie bitte?" fragte sie unsicher.

„Ich weiß das alles." betonte er leichthin. „Ich bin hier, um mich für sie zu entschuldigen. Sie ist als Genta aufgewachsen und kann sich nicht vorstellen, etwas ohne diesen Titel zu erreichen. Ich war früher ähnlich und habe noch Hoffnung, Zyranian wird auch sie noch lehren, was es heißt, sich etwas zu erarbeiten. Du weißt, wo du mich erreichen kannst. Wenn sie weiterhin so über die Stränge schlägt, dann melde dich bei mir. Bitte. Aber ich bitte dich auch, bewahre sie vor einem Rauswurf aus Zyranian. Dann lernt sie es nie."

Meara sah sich außerstande, etwas zu erwidern. Mehr als ihn anzustarren, brachte sie im Moment nicht fertig. Und ehe sie sich gefangen hatte, war er mit einem höflichen Abschiedsgruß aus dem Zimmer gegangen und hatte die Tür geschlossen.

Jaromir war genauso sprachlos und trat langsam aus seinem Versteck. „Was war denn das?"

„Äh..." Meara drehte sich herum zu ihm und sah ihn an, als hätte sie nicht bemerkt, dass er zuvor schon im Raum gewesen war. „Ich bin … Er hat nicht … Oder? Hat er..."

„Tief durchatmen." schmunzelte Jaromir und Meara schüttelte kurz den Kopf. Als hätte das geholfen, ihre Gedanken zu sortieren...

„Jaro, was soll ich denn damit anfangen?"

„Kyrlua aus dem Weg gehen, kann nie ein schlechter Rat sein. Du kennst den doch schon, oder?"

„Ja, aber nicht so. Seine Tochter war immer im Recht und bekam immer, was sie wollte. Er wusste auch seinen Titel einzusetzen und sein Vermögen."

„Du hast einen bösen Hintergedanken." wusste Jaromir. Er sah ihr an, dass sie nicht alles gesagt hatte, was ihr durch den Kopf ging. Aber nicht, weil sie sich ihm nicht anvertrauen wollte, sondern weil sie den Gedanken nicht mal selbst haben wollte.

„Ja, den hatte ich." nickte sie. „Er war offenbar beim Vater. Was ist denn, wenn der Vater ihn einweihte oder er anderweitig von allem erfuhr? So, wie ich die Familie Shitanag kennenlernte, würden sie alles für noch mehr Macht und noch mehr Geld tun."

„Fantastisch." stöhnte Jaromir und ließ sich auf einen Sessel am Tisch fallen, wo sie eigentlich Schulaufgaben bewältigen wollten. „Nehmen wir also an, du würdest den Kristall von Chabdaha zusammenfügen und die Magie würde in allen Magiern wiedererweckt werden, dann würde auch das Land wieder erblühen können und eine Königin kriegen. Ist es für dich vorstellbar, dass der nur so nett zu dir war, weil er auf neue Geschäfte hofft?"

„Auf jeden Fall." nickte sie sofort. „In Ul-Bairamok ist es allgemein bekannt, dass die Shitanags überall Spitzel haben, die Informationen gegen Geld tauschen. Und wie wir wissen, sind Informationen mehr wert als jeder Silberling."

Das hatte der Vater ihnen nach der Einführung in den Zirkel gesagt. Das Wissen, dass es den Zirkel überhaupt gab und deren Erfahrung im Umgang mit Magie, waren ein mächtiger Schatz. Fiele er in die falschen Hände, könnte Zyranian dem Ende geweiht sein.

„Und der Vater?" fragte Jaromir leise. „Samt Zirkel. Wem können wir denn überhaupt noch trauen?"

„Uns." antwortete Meara schüchtern. „Das muss doch etwas wert sein."

„Sehr viel sogar. Und wir können es auf Torgal ausweiten. Er sollte von dem Auftritt eben erfahren."

„Vielleicht ist die Post ja endlich da." griente sie und hätte beinahe ein Quieken hinterhergeschickt. Allein der Gedanke, sie könnte einen Brief von Torgal erhalten haben, beflügelte sie und machte sie neblig im Kopf. Sobald ihre Gedanken und ihr Herz bei ihm ankamen, behielt sie keinen Unterrichtsstoff mehr und konnte sich auf nichts konzentrieren.

„Ich gehe ja schon." lachte Jaromir.

In seinem Körbchen lag tatsächlich etwas. Aber kein Brief, sondern ein kleines Päckchen. Er selbst war der Absender, also kam es von Torgal.

„Mach auf!" rief Meara ihm schon entgegen, als er gerade mal zur Tür hinein war.

„Mach du auf. Ich fürchte, das ist sowieso nicht für mich."

Ihm war noch nie jemand untergekommen, der ein Päckchen so aufgerissen hatte. Das Papier flog in Fetzen davon und segelte um Meara herum zu Boden. Ein Wunder, dass der Brief heil blieb.

Jaromir behielt natürlich Recht. Einen Brief hatte Torgal als Geliebter allein für Meara geschrieben. Einen zweiten Brief richtete er als Freund und Verbündeter an alle beide. In ein seidenes Tuch gewickelt lag noch ein Geschenk für Meara, wie der Zettel daran verriet. Den Faden schnitt sie ab, aber das Tuch wickelte sie ganz vorsichtig auf. Solche Stoffe hatte sie noch nie besessen, nur an den reichen Besuchern der heiligen Gärten gesehen. Dabei ging es ja eigentlich nicht um den Stoff, sondern um das, was er verbarg. Die Seide selbst wäre für Meara eines Geschenkes würdig gewesen, für Torgal war es nur die Schutzhülle für das eigentliche Geschenk.

Zum Vorschein kam eine feine Silberkette, die Meara den Atem verschlug. Der silberne Anhänger stellte ein verschnörkeltes Symbol dar.

„Nicht schlecht." feixte Jaromir leise. Er wollte sich über niemanden lustig machen, aber diese Seite war ihm völlig fremd an seinem Freund. Abenteuer und lustige Streiche - das war Torgal. Andererseits hieß es, seine Mutter sei Romantikerin. Ob da wirklich etwas Wahres dran war, wusste Jaromir nicht. Angeblich hatte der König seine Frau mit allerlei solcher Geschenke erobert. Aber Torgal?

Nein, das passte für Jaromir absolut nicht zusammen und war ein weiterer Beweis, dass er es ernst meinte.

„Na komm." lächelte er zu Meara, nahm ihr die Kette ab und legte sie ihr an. „Das ist das Zeichen des Winderlorner Königshauses. Versuche also, es vor Kyrlua zu verbergen. Steht dir übrigens."

Meara betrachtete sich unsicher im Spiegel. An ihrem Hals glänzte echter Schmuck. Das hatte es noch nie gegeben. Und in ihren Augen glänzte ganz eindeutig das Glück. Das hatte es zuvor schon gegeben, aber nicht so. Ihr Ausdruck sah nicht nur anders aus, das Glück fühlte sich anders an. Glücklich war sie auch, wenn sie lernte oder in der Natur war oder wenn sie die Drachen besuchte oder oder oder. Sie fand in vielen Kleinigkeiten wahres Glück. Torgal schenkte ihr jedoch eine Art Glück, das sie nicht kannte.

Und jetzt hatte er ihr auch noch das Zeichen seines Königshauses verliehen. Das da im Spiegel war nicht mehr das schüchterne Mädchen aus den heiligen Gärten. Sie war nicht mehr das Mündel, das geduldet wurde, weil sie sich so gut um die Pflanzen kümmerte. Sie war nicht mehr die Dienerin der reichen Besucher. Sie war eine vollwertige Schülerin Zyranians und eine richtige Frau. Die Schule hatte sie schon verändert, nicht zuletzt seit der Vater gefordert hatte, sich durchzusetzen. Die Begegnung mit Torgal hatte eine weitere Veränderung in ihr geschaffen. Sie erkannte sich selbst kaum wieder, erkannte aber immer noch ihre Charakterzüge, die sie ausmachten. Fleiß, Ehrlichkeit und Gerechtigkeit zum Beispiel. Sie hob nur den Kopf höher und stellte sich nicht mehr selbst unter einen anderen.

Jaromir hatte ihr einige Augenblicke gelassen, ihr eigenes Spiegelbild zu akzeptieren, dann holte er sie zurück in ihr Zimmer. „Ja ja." seufzte er. „Bald muss ich dich mit Majestät ansprechen und eine Audienz anmelden."

Das war so absurd, dass sie lachend ein Kissen nach ihm warf. „Du bist nicht mehr bei Sinnen!"

„Nein, ich glaube, deine Sinne sind es, die vernebelt wurden."

„Schon möglich. Jaro, ich fühle mich so kribbelig. Alles prickelt und ich habe das Gefühl, die Farben der Welt intensiver zu sehen."

„Du bist verliebt." schmunzelte er. Ihre Stimme klang nach einer Rechtfertigung, die gar nicht nötig war.

Sie ließ sich auf die Bettkante fallen, legte die Hände in den Schoß und atmete schwer durch. „Jaro, ich kann ihm gar nichts bieten."

„Doch." wusste er und setzte sich neben sie. „Du kannst ihm etwas bieten, das ihm sonst keine geben könnte. Nämlich Meara. Die eine Frau, die er liebt und die ihm Liebe gibt."

„Du weißt, was ich meine. Sein Vater wird verrückt, wenn er das erfährt."

„Mag sein." antwortete Jaromir leichthin, obwohl sie von seinem König sprachen, zu dem er loyal stand. Im Moment war er aber nur der Vater eines Freundes. „Das wird Torgal nicht hindern."

„Das ist ja das Schlimme! Ich will keine Schuld

am Bruch mit seinem Vater tragen."

„Der kommt früher oder später sowieso. Meara, Torgal war noch nie der Typ, der sich unterworfen hätte. Wenn der König von seinem Sohn wüsste, was ich alles weiß, würde er nicht mal wütend werden. Er würde vermutlich einen Herzstillstand erleiden. Das ist eben Torgal. Sollte er es noch auf den Thron schaffen, wird er immer ein König sein, der auf sich selbst und keine Außenstehenden hört."

„Sein Vater tut das?"

„Oh ja. Er hat einen ganzen Beraterstab und deren Meinung zählt mehr als die des Königs. Das würde Torgal nicht machen. Sich Rat holen, ja. Aber nicht seine eigene Meinung dafür über Bord werfen. Was denkst du denn, wie ich hierher kam? Die Berater wollten, dass Torgal nach Zyranian geht."

„Warum, wenn er es nicht will?"

„Weil ein Absolvent aus Zyranian immer Ansehen genießt. Für sie ist es selbstverständlich, dass er mit dieser Ausbildung ein beliebter König werden wird. Er und auch ich sind allerdings der Meinung, die Beliebtheit eines Königs hängt nicht an seiner Ausbildung, sondern an seinen Entscheidungen."

„Ich stimme euch schon mal zu." grinste Meara. „Ich fürchte nur, dass er mir das irgendwann vorwerfen könnte."

„Niemals." erwiderte Jaromir vollkommen überzeugt. „Er würde dich nicht für eine Entscheidung verantwortlich machen, die er traf. Nur wenn andere über ihn entscheiden, begehrt er unweigerlich auf, weil nie jemand in seinem Sinne entschied."

„Dann lege ich all meine Hoffnung in dein Wissen über den Prinzen. Was schreibt er denn?"

Sie selbst hielt den Brief ja in der Hand, aber lesen konnte sie nichts. Er schien willkürlich irgendwelche Buchstaben in Zeilen geschrieben zu haben.

„Das nennt sich Furg." erklärte Jaromir und begann, den Brief nach einem bestimmten Muster zu falten. „So werden geheime Botschaften des Königs verschickt, also verrate nicht, dass ich dich einweihe. Das dürfte nicht mal ich wissen. Torgal brachte es mir irgendwann mal bei."

„Versprochen." murmelte Meara abwesend. Sie beobachtete Jaromir, wie er das Pergament akkurat faltete. Eine Ecke hier, eine gerade Kante dort … Als er fertig war, lagen verschiedene Kanten kreuz und quer so zusammen, dass die willkürlichen Buchstaben plötzlich Sinn ergaben. Die überflüssigen waren einfach weggefaltet worden.

„Seid gegrüßt, meine Freunde." las Jaromir vor. „Die Ereignisse überschlagen sich. Ich müsste euch ein halbes Buch senden, deshalb nur die Zusammenfassung. Im Erolgebirge sind Dinge im Gange, die keiner erklären kann. Bäume verschwinden einfach und die Tiere fliehen aus den Wäldern. Eine Gruppe Soldaten sollte dem auf die Spur gehen und kehrte nicht zurück. Von ihnen fehlt jede Spur. Der König aus Dunstfelsen entsandte eine eilige Botschaft zu meinem Vater und bat um Hilfe. In ihren Gebieten streifen wilde Tiere frei durch die

Lande und greifen alles an, das sich bewegt. Ich hörte, die Königin aus Kanden sei vermisst. Meara, es tut mir leid, dass du es auf diesem Wege erfahren musst. In Ul-Bairamok wütete ein schlimmes Feuer. Die Hälfte der ganzen Landschaft liegt in Schutt und Asche. Niemandem gelang es, die Flammen zu stoppen. Selbst Wasser konnte sie nicht aufhalten."

Meara hörte den leiser werdenden Worten zu und Tränen liefen ihr über die Wangen. Ihre geliebte Heimat. Überall in Ul-Bairamok liebte man die Flora, ehrte und schützte sie. Wie kahl musste es jetzt aussehen? Und wie furchtbar mussten sich die Bewohner fühlen?

„Es tut mir leid." flüsterte Jaromir und zog seine Freundin weiter in seine Arme hinein.

„Was schreibt er noch?"

Jaromir räusperte sich. „Die halbe Welt scheint durchzudrehen. Selbst Zyranian ist befallen, wie wir mit eigenen Augen sahen. Über Chabdaha kann ich euch nicht viel mehr sagen als ihr bereits wisst. Laut meinem Geschichtsunterricht wurde Winderlorn von Chabdaha verraten und trat in den Krieg gegen sie, den sie nicht überlebten. Von allem anderen hörte ich mit eurem Brief zum ersten Mal. Seid bitte vorsichtig. Ich las in alten Büchern danach und fand einen Hinweis, dass sich ein Paar aus Chabdaha während des Krieges aufmachte und Zyranian aufsuchte. Angeblich … Das ist allerdings nur eine Legende … Angeblich sollen sie die Führung übernommen haben. Seht euch vor. Ich bitte euch, seid nicht leichtsinnig und geht sparsam mit euren

Informationen um. Bis zur nächsten Nachricht, euer Freund."

„Wie furchtbar." hauchte Meara. Sie hatte sich aufgesetzt und starrte Jaromir mit großen Augen an. „Was ist denn, wenn das wirklich stimmt? Wenn Zyranian von Chabdaha geführt wird? Wenn sie nur darauf warten, den Kristall zu erneuern?"

„Mit welchem Ziel?" Es gab ja schließlich mehr als eine Lösung. „Um das Land wieder zu beleben oder um gegen Winderlorn anzutreten?"

„Ich weiß es nicht." ningelte Meara. „Aber irgendwas müssen wir machen. Was Torgal schreibt, klingt so schrecklich."

Da sagte sie was … Jaromir wusste gar nicht so richtig, wo ihm der Kopf stand. In Lehre hatte er in Zyranian gehen wollen, nicht die Zerstörung der Welt abwenden.

„Nicht sofort können wir alles richten. Lass uns jetzt lernen und morgen in den Unterricht gehen. Torgal sucht nach weiteren Informationen. Wir werden also alles erfahren. Unsere Aufgabe ist als erstes, Verbündete zu finden. Wir müssen wissen, wem wir trauen können."

„Und wie kriegen wir das heraus?" fragte Meara unglücklich. Sie war sich nicht sicher, ob sie die Lüge eines Mannes erkennen würde, der seit langer Zeit an dieses Schauspiel gewohnt war.

„Lass uns den Orden beobachten. Den Vater und die Lehrer."

„Vor allem die im Zirkel." seufzte sie niedergeschlagen. Vor allem bei Meisterin Xondra wollte sie vielleicht gar keine Antwort finden.

„Sehr richtig." nickte Jaromir. „In der Zwischenzeit lassen wir uns in die Kunst der Magie einweihen. Sie könnte uns erheblichen Schutz bieten, falls mal wieder jemand hinter uns her ist."

Meara verdrehte die Augen und stand stöhnend auf. „Sag das nicht, als wäre es verwunderlich, wenn es nicht passierte. Alles was ich wollte, war lernen. Verfolgungen und Gefangenschaft gehörten nicht zu meinen Plänen."

„Ich weiß." lächelte Jaromir verständnisvoll. Ihm ging es ja nicht anders. „Aber wir gehören beide nicht unbedingt zu dem Schlag Mensch, die die Augen verschließen."

„Natürlich nicht. Aber es reizt meine Nerven. Was sollen wir denn nebenbei noch alles machen?"

„Uns an Hithrandas Rat halten: Nicht für die Einflüsse von außen, sondern für uns lernen, weil wir Freude daran haben und es wissen wollen."

Für den Moment hieß das, sie steckten die Nasen in die Bücher und brachten Meara in den kommenden Themengebieten auf Kurs. Das lenkte sie auch ganz gut ab.

Ob sie Hithranda trauen konnten, sprachen sie nicht an. Es hätte ebenso gut sein können, dass sie den Rat gab, um sie von den äußeren Umständen abzulenken. Vielleicht sollten sie auch aktiv eingreifen, um Schlimmeres zu verhindern, beziehungsweise das laufende Böse zu vertreiben? Aber wie denn? Was sollten zwei Schüler gegen so viel böse Brut ausrichten? Der einzige Weg war

Wissen. Umso mehr Wissen in ihren Köpfen ankommen würde, desto sicherer könnten sie beim nächsten Aufeinandertreffen sein, nicht töricht zu handeln. Das Vertrauen zu Hithranda war also weniger der Grund für ihren Lernwillen trotz der äußeren Umstände.

***

Viele Meilen entfernt, noch hinter Winderlorn, war eine Gruppe der entstellten Chabas auf dem Weg durch die letzten Ausläufer des Erolgebirges. Seit einigen Wochen zogen sie durch die weitläufige Berglandschaft und hinterließen eine Schneise der Verwüstung. Es gab nicht eine einzige Blüte im ganzen Erolgebirge mehr, denn die Flora versteckte sich. Selbst die Fauna machte sich aus dem Staub und verließ die bewaldeten Berghänge. Auf der Suche nach Sicherheit stiegen sie immer tiefer in die Ebenen und stießen damit unweigerlich mit den menschlichen Bewohnern zusammen. Wildschweine und Rehe zerstörten großflächige Felder. Wölfe rissen das Vieh der Winderlorner Bauern. Bären wagten sich in die Dörfer und lösten ganze Massenpaniken aus. Sogar Würmer und allerlei Krabbelgetier fielen über die sichereren Gebiete her und fraßen sich durch Kornspeicher und Gemüsefelder. Das ganze Land stand kurz vor einer Hungersnot.

Der König rief zum Zusammenhalt auf, dass jeder mit den Notleidenden teile. Er forderte aber auch

Zurückhaltung. Es konnten keine Großfeste mit üppigen Buffets gegeben werden. Das galt auch für das Schloss. Er öffnete die großen Lager der Königsfamilie und hoffte, sie würden reichen, um sein Volk über die schwere Zeit zu versorgen.

Trotzdem erging es den Hungernden noch tausendmal besser als denen, die den Unholden persönlich begegneten. Für die gab es keine Hilfe mehr. Folter und langsamer Tod wurden als Urteil gefällt, sobald sie gefangen wurden.

Dem Winderlorner Volk lag der Kampf und die Jagd im Blut. Sie lernten beides, sobald sie laufen konnten. Aller Kriegermut half aber nicht, wenn man sich so einer kaltblütigen Übermacht gegenübersieht, die auch noch mit Waffen ausgestattet war, die die Menschen noch nie zuvor gesehen hatten. Maschinen schossen mehrere Pfeile auf einmal. Man konnte ihnen nicht ausweichen, sah sie nicht mal kommen. Irgendwie flogen die Pfeile schneller als aus einem Bogen.

Hinter dem Erolgebirge wartete ein wildes Land auf die Eindringlinge. Chabdaha war von keinem der anderen Länder in all den Jahrhunderten eingenommen worden. Die verlassenen Gehöfte, Dörfer und Städte waren zum größten Teil zerfallen und nur noch Ruinen. Die Natur hatte sich den Raum zurückerobert, den die Menschen nun nicht mehr brauchten. Die Wurzeln großer Bäume waren durchaus in der Lage, den Boden der Häuser aufzubrechen. Durch die Risse wuchsen andere Pflanzen und brachten kleine Lebewesen mit. Auf den ersten Blick war Chabdaha nichts als unberührte

Wildnis. Erst auf den zweiten Blick erkannte man hier und da die menschlichen Einflüsse eines lange vergangenen Jahrhunderts.

Der Spähtrupp war vom Hauptquartier im Berge Zyranians ausgesandt worden. Sie waren an die Hundert und hatten den Auftrag bekommen, den Zugang nach Chabdaha zu finden. Wer nicht auf dem Land geboren worden war, zog den Zorn des Bodens auf sich. Man konnte auch als Fremder das Land durchaus betreten. Aber die Natur richtete sich gnadenlos gegen jeden, der kein gutes Blut aus Chabdaha in sich trug. Jedes einzelne Lebewesen richtete sich gegen die unerwünschten Eindringlinge und selbst die Erde wollte sie vertreiben. Tiere griffen wider ihrer Natur an. Mit dem ersten Schritt auf das Chabdaha-Gebiet wurden die entehrten Chabas von Insektenschwärmen eingekesselt. Es gab kein Entrinnen. Sie wurden gestochen und gebissen, bis sie sich hinter die Ländergrenze zurückzogen.

Das war der Schutz, den die letzte Königin ihrem Land mitgegeben hatte. Sie war eine der mächtigsten Magierinnern gewesen, die es je gegeben hatte. Und wenn die Menschen sich und die Magie zerstören wollten, so sollten sie dies tun, aber nicht auf dem Land der Chabdani, die immer Hilfe gegeben hatten. So ward jeder aus dem Königreich geworfen worden, der nicht im Sinne des Kodex lebte, handelte und fühlte. Damals galt es auch für die einfallenden Soldaten aus Winderlorn. Einige hatten vor der Naturgewalt fliehen können, aber die meisten waren mit dem Königreich untergegangen und es hatten nur die weiterhin dort leben dürfen, die sich an die Gebote der Natur hielten.

Einige wenige Familien hatte es gegeben, aber im Laufe der vielen Dekaden war niemand mehr geblieben. Chabdaha war ein üppig wucherndes, aber verlassenes Land.

Die Chabas schlugen ihr Lager neben der Grenze auf und markierten sie mit Fähnchen. Wer auch nur einen Fuß auf die andere Seite setzte, war selbst Schuld und erntete den Hohn und Spott der Kameraden.

Das Lager so dicht an der Grenze weckte den Wald Chabdahas. Die Bäume spürten die nahe Gefahr und gaben es an alle anderen weiter. Sie machten sich bereit, den letzten Wunsch ihrer Königin auszuführen. Keinen Befehl, sondern den sehnlichsten Wunsch! So scharten sich Raubtiere in der Nähe des Lagers und warteten nur darauf, einen von ihnen zu erwischen. Vögel und Eichhörnchen sammelten sich Vorräte an Nüssen und Eicheln. Sie stapelten es in den kleinen Kuhlen, die entstehen, wenn sich ein Ast aus einem Stamm spreizt. Immer wieder wurde die Erde von Schüben erschüttert. Auch der Boden wartete begierig darauf, die ehrlosen Chabas in sich zu begraben.

Die Gruppe blieb einige Tage an diesem Ort und versuchte auf verschiedene Weisen, das Land einzunehmen. Mithilfe der nachgemachten Kristalle bauten sie ein Tor über der Grenze, durch das sie geschützt hineingelangen sollten. Es verfehlte seinen Nutzen und der Chaba wurde von einem Angriff empfangen, der den anderen wahrlich Angst einjagte. Zeitgleich stürzte sich alles auf ihn, das bereits im Verborgenen gelauert hatte. Von dutzenden verschiedenen Raubtieren gleichzeitig gerissen zu werden, ist schon schlimm genug. Aber dabei auch noch von Schlangen gefesselt zu werden, von Insekten zerstochen und von unten mit spitzen Steinen traktiert zu werden, die wie Blumen aus dem Boden wuchsen, war ein Anblick, den die anderen erst mal verdauen mussten. Es war so schnell gegangen, dass sie dem Versuchskaninchen nicht mal hatten helfen können.

Als nächstes gruben sie einen tiefen Graben, direkt auf der Grenze. Würde Chabdahas Schutz ab einer gewissen Tiefe ausgeschaltet, wäre das ihr Weg hinein. Dem war aber nicht so und drei weitere Chabas wurden lebendig begraben, als der Boden beschloss, sich wieder zu schließen.

Nach zwei Wochen war nur noch eine Handvoll von ihnen übrig und sie machten sich auf den Rückweg bis nach Zyranian, um ihrem Anführer zu berichten. Von jedem Versuch hatten sie genaue Berichte geschrieben und auch die Ergebnisse detailliert geschildert. Damit würden sich Krumb und seine Leute neue Ideen einfallen lassen. Die neuesten Erkenntnisse würden einfließen und bald eine weitere Gruppe aufbrechen.

***

Torgal bekam die Probleme Winderlorns mehr zu spüren als seine beiden Freunde in Zyranian. Als

Sohn des Königs hätte er vermutlich besser speisen können. Auch die Rationen der Krieger waren gekürzt worden und Torgal seufzte leise zu der trockenen Scheibe Brot hinab. Ob seinem Vater bewusst war, dass das nicht mal annähernd satt machte?

Egal, dachte er sich, der Rest des Volkes war auch nicht besser dran. Er nahm die Scheibe mit der harten Kruste und biss sich noch fast einen Zahn aus. Er tunkte das Brot ins Wasser - das war besser.

Nebenher las er einen Brief seiner Liebsten. Er war froh, dass sie so weit weg war. Vorerst waren sie sicher, solange sie die Insel nicht verließen. Davon hätten sie ihm jedoch geschrieben und er war froh, auch in diesem Brief nichts über einen geplanten Ausflug zu lesen.

Trotzdem waren die Worte mit zitternder Hand geschrieben, die Zeilen düster und der Inhalt machte Angst. Unauffällig hatten sie weitere Informationen über Chabdaha und die Chabas gesammelt und teilten sie mit ihm. Was niemand für möglich gehalten hatte, wurde wahr. Die Magie sollte wiedererweckt werden. Und zwar nicht von Chabdaha, sondern vom reinen Bösen. In einem Buch des Zirkels hatten sie gelesen, die Chabas folgten keinem fleischlichen Anführer, sondern dem Bösen persönlich. Er war körperlos und doch immer präsent. Seine Stimme allein sollte so furchteinflößend sein, dass der ehrbarste Mensch eingeknickt wäre und seinen Befehlen folgte.

Für Torgal stand außer Frage, dass sie diesem

Kerl zu Leibe rücken mussten. Es würde niemandem helfen, die Chabas zu bekämpfen. Solange der Ursprung nicht besiegt wäre, würden immer weitere nachkommen.

Jaromir kannte ihn gut. Er wusste, dass das die ersten Gedanken wären, die in seinem Kopf keimen würden. Deshalb begann der folgende Satz von Meara mit den Worten: *Ich soll dir von Jaro sagen, schlag dir das aus dem Kopf. Was auch immer er damit meint.*

Torgal lachte leise und stellte sich das Gespräch der beiden vor. Meara hatte gern schreiben wollen und Jaro hatte Informationen mit hineinpacken wollen. Informationen, die eine Dame aus den heiligen Gärten nicht verstehen konnte. Taktiken und Strategien aus Kriegersicht.

Sie erklärte jedenfalls auch, wieso er sich das aus dem Kopf schlagen sollte. Und zwar mit ihren Worten der Angst. Ihr Feind war körperlos. Es gab keine blutende Hülle, die man zerschlagen könnte. Kein Weltenheer könnte einen Schatten angreifen. So sprach zumindest die Legende, die sie gelesen hatten. Der Schatten sprach durch einen Spiegel mit seinen Anhängern und vor allem den Heerführern. Mehr als zwei rabenschwarze Augen, umrandet von einem glühend roten Schein waren nie im Spiegel zu sehen. In jeder spiegelnden Oberfläche konnte er auftauchen und sein Gift verbreiten. Schon seit sie davon gelesen hatten, träumte Meara von diesen Augen. Sie schlief sehr schlecht seit einigen Tagen und traute sich kaum mehr, sich im Spiegel zu betrachten.

Torgal hatte seine ganze Ration aufgegessen, ohne es zu bemerken. Immerhin ein wenig war sein Hunger gestillt worden. Heute Nacht war er zur Jagd eingeteilt. Einige Bauern hatten gemeldet, dass dutzende Wildschweine seine Felder umgruben. Die Kadetten sollten sie erlegen, den Bauern befreien und gleichzeitig für Nahrung sorgen.

Er nahm sich ein eigenes Pergament, faltete es akribisch und begann seine Antwort zu schreiben. Anfangen sollten seine Briefe nie mit Krieg und Unglück und Angst, sondern mit Worten der Liebe und Sehnsucht. Aus einem von Jaros Briefen wusste er, dass Meara viel Kraft aus diesen Briefen schöpfte. Sie sehnte sich nach ihm und er wusste immer noch nicht, wie er das seinem Vater erklären sollte. Unterm Strich war völlig egal, wie er es sagen würde. Das Ergebnis wäre so oder so das gleiche.

Aber nichts - rein gar nichts, das sein Vater sagen würde - könnte ihn von Meara fernhalten. Er verzehrte sich nach ihr und brannte darauf, ihr leibhaftig gegenüberzustehen. Von Angesicht zu Angesicht ihr in die Augen zu sehen, in denen er versank wie in einem tiefen See. Der Gedanke, dass sie gerade so weit von ihm entfernt war, machte ihm schmerzlich bewusst, dass nicht immer alles so lief, wie man es sich wünschte. Er würde noch lange von seiner Liebsten getrennt bleiben.

„Hey Jaro!" rief ihm einer seiner Zimmernachbarn herüber. Insgesamt waren sie zu fünft. „Was schreibt sie denn?" Er grinste breit.

„Was erwartest du denn? Rosarote Herzchen und

einen Lippenstiftabdruck?"

„Uuuh!" machte ein anderer lachend. „Verdrehtest du ihr so richtig den Kopf?"

„Ich fürchte schon." seufzte er leise und starrte auf Mearas Brief. Was dachte er sich eigentlich dabei, sie so in Verlegenheit zu bringen? Sie waren hunderte Meilen auseinander. Außerdem wusste er sehr gut um ihre Ängste, weil er ein Prinz war und sie nicht mal annähernd adlig. Das war ihr unangenehm und Torgal wusste ehrlich nicht, wie das erste Treffen mit seinen Eltern ausfallen würde. Vermutlich würde es Meara bestärken in dem Gefühl, sie sei nicht gut genug für ihn. Irgendwie musste er das verhindern. Aber wie?

„Fragt sich, wer hier wem den Kopf verdrehte!" prustete einer der jungen Kerle, die alle noch keine Ahnung von dem hatten, das die Alten Liebe nannten. Torgal war auch immer so gewesen, bis da die eine gekommen war … Die eine, die in seinem Herzen saß und in jedem seiner Gedanken war. Selbst beim Training. Bekam er mal einen Hieb ab, konnte er sich vorstellen, wie Meara ihn pflegen würde. Und ging er als Sieger hervor, so wünschte er sich, sie würde neben ihm stehen und sich mit ihm freuen.

Plötzlich krachte die Zimmertür mit solcher Wucht auf, dass alle Fünf zusammenzuckten. „Antreten! Sofort!" befahl Humbga, ihr kommandierender Einheitsleiter. Sein Ton kündigte keinen Besuch von Glühwürmchen an.

Torgal stopfte seinen und Mearas Brief unter sein

Hemd, zog seine Uniform darüber und spurtete mit den anderen hinaus in die kalte Luft der Nacht. Es hingen keine Wolken am Himmel und doch schienen Sterne und Mond merkwürdig verhüllt. Als hätten sie ihre Leuchtkraft gedämpft.

In Quadraten zu zehn mal zehn Kadetten traten sie auf dem Hof an. Sie standen stramm, die Beine leicht auseinander, die Hände vorm Körper übereinander gelegt und die Blicke stur geradeaus gerichtet. Es waren alle Kadetten sämtlicher Lehrjahre aufgerufen worden.

Humbga baute sich vor ihnen auf. „Ihr habt die Ausbildung noch nicht abgeschlossen, aber Winderlorn braucht euch! Ihr trainiert für den Ernstfall, der schneller kam, als ihr auslernen konntet! Das ist die letzte Chance, den Schwanz einzuziehen und zu kneifen! Seid ihr einmal unterwegs, gibt es kein Zurück mehr! Eure Kameraden verlassen sich auf euch! Wer sich dem nicht gewachsen glaubt, geht sofort nach Hause!"

Er ließ einige Sekunden in Stille verstreichen. Niemand meldete sich, das hätte Torgal auch gewundert. Wer sich in der Palastwache meldete, wollte auch dort hin. Und wer - wie er selbst - von seinen Eltern in eine Richtung gedrängt worden war, der hatte schon lange das Handtuch geworfen. In den ersten zwei Wochen hatte es einige gegeben, die sich dafür entschieden hatten, wieder nach Hause zu gehen. Die Ausbildung zum gemeinen Soldat war schon schwer, aber in der Palastwache wurde die Elite ausgebildet. Das Training war beileibe kein Zuckerschlecken. Neben dem Kampf und verschiedensten Einsätzen wurde auch die Disziplin gedrillt. Drei Tage und drei Nächte am Stück hatten sie auf dem Hof in dieser Haltung ausharren müssen. Es hatte gegossen wie aus Eimern, sie durften sich nicht bewegen. Sie waren von Hunger und Durst geschwächt worden, sie durften sich nicht bewegen. Reden war ebenfalls untersagt und auch von allen anderen in der Kaserne waren sie ignoriert worden. Torgal war vor Langeweile und Müdigkeit beinahe im Stehen eingeschlafen, aber er wollte es schaffen! Wer abbrach, war nicht gut genug für die Palastwache und wurde ausgeschlossen.

Torgal hatte durchgehalten und war unglaublich gestärkt aus dieser Übung gegangen. Er hatte keine Taktik und keine neue Waffe zu führen gelernt, sondern nur sich selbst. Die Grenzen seines eigenen Könnens, was er sich selbst zutraute, waren weit gesprengt worden. Selbstsicherheit, Selbstachtung und ehrenhafter Stolz waren in ihm gekeimt. Wäre es nicht so hart gewesen, hätte er Meara zu dieser Lektion angemeldet. Sie hätte die Erkenntnisse ebenso gebrauchen können. Sie schrieb sich selbst viel zu wenig Bedeutung zu. So wenig, dass es Torgal schon fast wütend machte. Wer wagte es sich denn, gegen seine Liebste zu reden?! Sie selbst!

In dieser Nacht ging keiner. Alle, die hier standen, wollten aus freien Stücken und voller Überzeugung hier sein und kämpfen.

„Eine Gruppe ward gesehen!" erklärte Humbga. „Es sind die, die vor zwei Wochen schon hier durch kamen. Diesmal war es nur ein halbes Dutzend. Niemand weiß, wo die anderen blieben. Die

Palastwache bekam vom König persönlich den Auftrag, das Gesindel zu finden und auszuschalten. Eine Gruppe folgt den wenigen und findet ihr Ziel heraus. Die andere Gruppe sucht die Verbliebenen."

Dann fing er an, die Namen derer vorzulesen, die die kleinere Gruppe jagen sollte. Jaromir war auch dabei. Es wäre nicht richtig, Torgal Freude über den Einsatz zu unterstellen. Dass es überhaupt nötig war, gefiel ihm nämlich gar nicht. Aber dass er für seinen König, für sein Land und sein Volk einstehen durfte, das ehrte ihn, erfüllte ihn mit kriegerischem Stolz und gefiel ihm daher in gewisser Weise sehr wohl. Das war immer sein Ziel gewesen. Schon als junger Bursche hatte er davon geträumt, zu den besten Kämpfern des Landes zu gehören.

Jaromirs Familie hatte die Verantwortung für die Pferde des Königshauses. Dazu gehörte auch die Palastwache. Jaromirs Vater hatte sie gesattelt und führte sie mit seiner Frau und seinem Bruder auf den Hof der Kaserne.

Torgal brachte er seinen liebsten Hengst. „Pass auf dich auf, Junge." murmelte er unbemerkt. „Lass mich nicht in der Lage zurück, Jaro und Meara von deinem Tod berichten zu müssen."

Torgal stand ganz nah am Hals seines Hengstes und verbarg daran sein gerührtes Lächeln. Von seinem eigenen Vater hatte er solche Worte noch nie gehört.

„Ich werde wiederkommen." versprach er leise. Nach einem raschen Blick über seine Schulter gab er den Brief an Meara weiter. „Bitte schick ihn ab für mich. Und schreib bitte dazu, dass ich aufbrechen musste."

Schnell stopfte er den Brief unter seine Weste. „Bist du sicher, dass sie das wissen sollen?"

„Ganz sicher. Sie müssen es wissen. Bitte."

„Ich werde es tun. Ich verspreche es dir."

Mehr als ein fester und liebevoller Druck seiner Hand auf Torgals Schulter blieb ihm nicht. Er kannte den Jungen fast sein ganzes Leben. Jaromir und Torgal waren eine dicke Freundschaft eingegangen, demzufolge kannte die ganze Familie den Prinzen. Er war so etwas wie ein Bruder für Jaromir. Ihn in die Schlacht und die Gefahr ziehen zu lassen, fiel dem liebenden Vater genauso schwer wie es ihm bei Jaromir gegangen wäre.

Torgals Bitte würde er sofort erfüllen. Wüsste der König, welch lockeren Umgang sein Pferdewirt mit dem Prinzen pflegte, wäre die Familie vermutlich verbannt worden. Aber sie alle wussten in Torgal weniger einen Prinzen statt einen guten Freund. Er wollte nicht als Prinz empfangen und behandelt werden, sondern als Mensch. Das war ihm schon immer wichtig gewesen und im Laufe der Jahre fiel es ihnen manchmal schwer, die Etikette noch zu wahren, wenn der König danebenstand.

Humbga wusste vom König, wo genau die Unholde gesehen worden waren. Er führte den Zug bis zu dem Gehöft, das überfallen worden war. Der Bauer und seine Frau waren geflohen, während ihr Heim niedergebrannt wurde. Im Moment fanden sie Asyl nahe des Palastes bei der Schwester des Bauern und ihrem Mann.

Die Palastwachen erreichten das Ziel noch bevor die Sonne den Himmel ganz hinaufgestiegen war. Dort trennten sie sich wie bereits in der Kaserne bekanntgegeben. Die einen folgten den Kerlen weiter, die anderen gingen die Spur rückwärts zum Ursprung. Unterwegs sollten sie herausfinden, ob die sich irgendwo geteilt hatten oder wo die Restlichen geblieben waren.

Torgal ritt mittig außen der Einheit. Er sah sich genauer um als seine Kameraden. Ein unangenehmes Gefühl kroch seine Kehle hinauf. Es war etwas Kaltes und Gefährliches. Er war sich ganz sicher, sie liefen direkt in ihren Untergang. Irgendwas stimmte hier nicht. Flucht kam für ihn nicht in Frage, aber er beobachtete die Umgebung genauer. Jedes kleine Rascheln und jeden Schatten betrachtete er so lange, bis er den Ursprung kannte.

Eine Krähe saß über ihnen und beobachtete sie. Torgal war sich sicher, sie war nicht aus freien Stücken genau auf diesem Ast gelandet. Sie schickte ihren Blick den Zug hinauf und hinunter, als zähle sie die Reiter. Als sie Torgal erblickte, hielt sie inne, sah ihm direkt in die Augen und für einen Moment sah er einen Schimmer darin, der nicht natürlich für Krähen war.

Er verhielt sich ruhig, ritt weiter und tat, als hätte er nichts bemerkt. Doch als er hörte, dass die Krähe ihren Wachtposten verlassen hatte, gab er seinem Hengst die Sporen und überholte die anderen. An der Spitze zügelte er sich neben Humbga.

„Kadett." staunte er. „Warum bist du nicht auf deinem Posten?"

„Wir werden beobachtet." murmelte Torgal. Er bewegte die Lippen nicht und sah stur geradeaus. Wer wusste schon, ob nicht noch mehr Tiere im Dienst des Bösen standen?

„Beobachtet?" flüsterte Humbga. „Wo? Von wem?"

„Augen gibt es viele hier. Und irgendjemand bedient sich ihrer."

„Wie bitte?" fragte Humbga verstört. „Geh zurück in die Formation und warte auf einen Befehl."

„Ihr führt uns in unser aller Verderben." mahnte Torgal leise. „Die Spur führt geradewegs Richtung Zyranian."

Sein Hauptmann war so vor den Kopf gestoßen, dass er beinahe vom Pferd stürzte. „Dieser Pfad führt in viele Richtungen. Zyranian ist eines davon."

„Zyranian ist *das* eine." betonte Torgal. Wann würde man ihm endlich zuhören? „Es wäre ideal für jene, die nicht gesehen werden wollen. Niemand streift durch das wilde Land des Ordens, weil sie es unberührt brauchen. Aber nur selten sind sie dort unterwegs."

Hoffentlich war das eine zufriedenstellende Erklärung, dachte er. Natürlich hätte er berichten können, dass er schon dort gewesen war und ihr Quartier gesehen hatte, aber wie hätte er das erklären sollen? Und ganz falsch war seine Argumentation ja nicht.

Humbga hatte dennoch etwas einzuwenden. „Wo sollten sie sich dort verstecken? Es sind so viele schon gesehen worden, sie bräuchten eine Festung. Das wäre den Weisen des Ordens nicht entgangen, hätte man sie auf ihrem Grund gebaut."

„Und wenn man sie nicht baute? Es gibt viele Berge in Zyranian, die von uralten Höhlen durchzogen sind."

Humbga atmete tief durch. Nein, er würde den Kadetten jetzt nicht rügen für seine blühende Phantasie. Er war einer der wenigen, denen er zutraute, wirklich zur Elite zu gehören. Sobald er seine Ausbildung beendet hätte und gelernt hätte, was Gehorsam ist.

„Dein Einsatz ehrt dich, Kadett. Aber es ist niemand in der Nähe, der uns beobachtet, und das Ziel ist noch völlig offen. Also geh zurück in die Formation."

Torgal hörte eine einzigartige Mischung aus Befehl, Drohung und Bitte. Er war bei den Ausbildern hoch angesehen. Sie sahen seinen Einsatz, sein Engagement, seinen Willen und seinen Ehrgeiz. Er kämpfte und trainierte härter und stärker als die meisten. Aufgeben kam für ihn nicht in Frage und hinter vorgehaltener Hand gab man ihm Chancen auf eine Führungsposition. Dennoch hatte er sich mit dem Eintritt in die Palastwache dem Gehorsam verpflichtet. Das fiel ihm bisher leichter als bei seinem Vater, aber auch das hatte nun ein Ende. Er würde nicht zusehen, wie hundert Männer in den Tod ritten.

„Es sind hunderte dieser Kreaturen." zischte er leise. „Wir können sie dort nicht angreifen."

„Woher weißt du das?" fragte Humbga skeptisch. Irgendwas verschwieg der Kerl doch.

Es musste sein, dachte Torgal. Er verzichtete auf den Thron, auf sein Erbe, die Gunst seines Vaters, aber nicht auf seine Ehre. „Schenkt ihr mir nun mehr Vertrauen?" fragte er und zog eine Kette unter seinem Hemd hervor. Sie war identisch mit der, die er Meara geschickt hatte. Das königliche Siegel.

Humbga gingen die Augen über und erneut stürzte er beinahe vom Pferd. „Das Königshaus." hauchte er entsetzt.

„Ich bin Torgal." flüsterte er und konnte nur noch hoffen, dass es kein anderer hörte. „Und ich war schon dort. In dem Berg der Kreaturen. Sie nahmen mich gefangen und ich entkam nur mit Hilfe von außen, auf die wir diesmal nicht hoffen können."

Endlose Sekunden starrte Humbga dem Prinzen ins Gesicht. Die Kette hatte er wieder vor neugierigen Blicken verborgen und wartete auf eine Entscheidung. Fiele sie für ihn aus, würde Humbga schweigen und weiterhin Jaromir, den Kadetten, ausbilden. Entschiede er sich aber gegen die Geheimhaltung, würde Torgal gleich von einigen anderen zurück in den Palast eskortiert werden und die restlichen Männer würden Humbga in den Tod folgen. Torgal konnte also nur hoffen, dass er die richtige Entscheidung träfe. Nicht dass er sich so einfach hätte in den Palast verfrachten lassen...

Eben jene Entschlossenheit schätzte Humbga an

dem Kadetten und erkannte er jetzt im Blick des Prinzen. Es war egal was Humbga sagen würde. Auf seinen eigenen Schutz verschwendete der Prinz keine Gedanken. Er ließ seine Tarnung fallen, weil er sich um die ganze Gemeinschaft sorgte.

Mit einem Handzeichen übernahm sein zweiter Mann die Führung und Humbga ließ sich mit dem Prinzen zurückfallen. Etwas abseits des Zuges blieben sie stehen und sahen sie vorbeiziehen.

„Mein Prinz, was verlangt ihr von mir? Ich sollte euch auf schnellstem Wege zurück zu eurem Vater bringen."

„Ich würde nicht gehen." entschied er sofort. „Mein Vater ist ein edler Herrscher, aber ein schwacher Vater. Meine Wünsche waren für ihn noch nie von Bedeutung."

„Aber euer Wohl und eure Gesundheit."

„Um jeden Preis? Er wusste, ich wollte immer zu den Palastwachen und ein noch besserer Kämpfer werden."

„Ihr solltet in Zyranian sein. Woher wisst ihr von dem Versteck der Kerle?"

„Das ist etwas kompliziert und nicht leicht zu erklären." schmunzelte Torgal. „Aber glaubt mir, dass ich dort war. Es ist ein Labyrinth im Berg mit hunderten dieser Kreaturen. Wenn sie es bis dorthin schaffen, sind wir verloren. Ich werde nicht zulassen, dass die Männer in den sicheren Untergang gehen."

Humbga begann verträumt zu lächeln. „Ihr seid schon jetzt ein wahrlich ehrenhafter König, mein

Prinz."

Das hatte ihm auch noch keiner gesagt. „Danke. Also nehmt meine Worte ernst. Wir werden von Tieren beobachtet, die irgendwem berichten, was sie sehen."

„Tiere? Also sind es Angreifer aus Turoveh?"

„Nein. Noch ist nicht gewiss, woher sie sind, aber sie entspringen keinem Volk, das wir beide kennen. Hauptmann, ich bitte euch: Lasst mich weiterhin als Jaromir euer Kadett sein."

Er atmete schwer durch, denn diese Entscheidung fiel ihm ganz und gar nicht leicht. „Ihr verlangt viel von mir, mein Prinz. Ich soll meinen König hintergehen?"

„Eines Tages wird er die Wahrheit erfahren. Ich kann euch die Entscheidung nicht abnehmen, nur zusichern, dass ihr die Gunst eures zukünftigen Königs nicht nur durch blinden Gehorsam verdient."

„Erlaubt ihr mir ein freies Wort?" griente Humbga. Nein, so hatte der König noch nie mit ihm gesprochen.

„Ich bin euer Kadett."

Er nahm das mal als Zustimmung. „Euch zu erziehen, dürfte dem König schwergefallen sein."

Torgal winkte gelassen ab. „Dafür hätte er selbst die Erziehung übernehmen müssen. Er hatte zu viel Angst, einen Weichling aus mir zu machen, der kein Land führen könnte, wenn er mir zu viel Zuwendung geschenkt hätte. Ich liebe meinen Vater und ich ehre meinen König, aber ich muss nicht mit allem seiner

Meinung sein."

„Und was wäre des Prinzen Rat für die Mission?"

„Wir müssen schneller aufholen und sie noch vor Zyranian erwischen. Sind die Grenzen nahe, müssen wir umkehren und um Unterstützung ersuchen."

„Dann werden wir das tun."

„Halt." Torgal führte sein Pferd vor Humbga, um ihn aufzuhalten, die Stellung wieder einzunehmen. „Es war kein Befehl, sondern ein Rat. Ihr seid mir viel Erfahrung voraus, also entscheidet nicht allein nach meinen Maßstäben."

Keine Frage - diesem König würde das ganze Land folgen. Humbga war schon jetzt stolz, diesem zukünftigen König dienen zu dürfen. „Es ist eine kluge Strategie, Kadett. Und jetzt zurück in die Formation."

Er zwinkerte Torgal zu und beschleunigte, um die Spitze des Zuges wieder einzunehmen. Er hatte sich entschlossen, dem Prinzen zu helfen und seine Tarnung nicht aufzudecken. Hoffentlich würde das gutgehen, sonst wollte er seinem König nicht unter die Augen treten müssen...

Einen Moment schielte Torgal nach oben in die Baumkronen und atmete erleichtert auf. Das war doch gerade noch mal gutgegangen, hoffte er. Sollte er irgendwann noch den Thron besteigen dürfen, würde er Humbga wohl zum obersten Berater in strategischen Dingen ernennen. Wenn er es denn wollen würde. Torgal würde es nicht festlegen, sondern ihm anbieten. Na ja … Das waren Zukunftsvisionen.

Fürs erste zogen sie das Tempo an und holten schnell zu der kleinen Gruppe der Chabas auf. Auch Humbga schenkte der Umgebung nun mehr Aufmerksamkeit und achtete auf Dinge, die ihm zuvor entgangen waren. Tatsächlich wurden es immer mehr Vögel, die sich entgegen ihrer Natur immer in der Nähe des Trupps aufhielten und sie beobachteten. Hauptsächlich Krähen und das war nie ein gutes Zeichen. Wo Krähen warten, ist Blut geflossen oder wird noch Blut fließen.

Sie kamen an ein Lager der Fliehenden. Den Spuren nach hatten sie eine Weile gerastet und Humbga entschied, sie würden sich etwas genauer umsehen, was die hier getrieben hatten. Es waren merkwürdige Abdrücke im Boden. Sein Befehl an die Kadetten: „Lest die Zeichen."

Torgal beteiligte sich nicht daran. Gehorsam hin oder her, aber irgendwer musste auf das jetzige Geschehen achten, statt das vergangene zu erkunden. Und dank Meara und Jaro war er ja auf dem besseren Wissensstand als sein Hauptmann, was ihren Feind anging. Sie hatten es mit vermeintlichen Magiern zu tun. Die konnten vermutlich alles gegen die Gruppe wenden, das es in der Umgebung gab. Sie hatten ihm von Magie auf das Wetter geschrieben, deshalb ließ er auch den Himmel nicht unbeobachtet. Jedes tierische Auge suchte er nach dem merkwürdigen Schimmer des Bösen ab. Jede Bewegung der Äste an den Bäumen prüfte er auf fremde Einflüsse oder ob nur der Wind Schuld war.

„Es ist so still." flüsterte er. Seine Mitstreiter unterhielten sich leise und auch ihre Schritte verursachten Geräusche, aber darüber hinaus war es gespenstisch still. Kein Vogel sang, nicht mal das Laub der Bäume rauschte, obwohl sie sich bewegten. Angst lag in der Luft. Sie kam von den Tieren, die sich verkrochen hatten, und von den Pflanzen, die sich nicht verstecken konnten und so ausharrten, bis die Gefahr vorüber wäre.

Nur welcher Art diese Gefahr war, aus welcher Richtung sie kam und auf wem sie sich entladen würde, das blieb Torgal verborgen. Bis plötzlich neben ihm ein Mann zu Boden ging. Er war von mehreren Pfeilen gleichzeitig getroffen worden. Sie waren so schnell gekommen, dass Torgal nicht mal die Richtung bestimmen konnte. Ungefähr konnte er sie eingrenzen, weil sie seinen Kameraden im Rücken getroffen hatten und die Schützen nicht vor ihm gestanden haben konnten.

„Deckung!" rief er schnell und verbarg sich hinter einem Baum. Neben ihm lag der Junge, mit dem er trainiert hatte. Er hatte seiner Mutter versprochen, immer vorsichtig zu sein, und sie hatte ihn schweren Herzens ziehen lassen, seinen Traum zu leben. Sie hatte ihn nicht aufgehalten und würde es für immer bereuen. Unvorsichtig war er wirklich nicht gewesen, das hatte ihm aber nicht das Leben gerettet.

Selbst im Tod gab er einen Hinweis preis. Die Pfeile in seinem Rücken waren in einem Muster angeordnet. Sie bildeten ein Quadrat von vier mal vier Pfeilen. Das konnte unmöglich Zufall sein. Es hätten sechzehn Bogenschützen so exakt schießen müssen, wie es einem lebenden Wesen gar nicht möglich wäre. Außerdem bezeugte die Spur, dass sie nur Fünfen folgten.

Dafür konnte es nur eine Erklärung geben: Eine Maschine. In der Höhle hatten sie merkwürdige Apparate gesehen, deren Nutzen ihnen verborgen geblieben war. Auch Meara und Jaro waren mithilfe des Ordens nicht dahintergekommen. Eine davon musste Pfeile verschießen können. Sechzehn auf einmal. Ein Schütze, der gleichzeitig sechzehn Schüsse abgeben könnte. Dieser Übermacht müssten sie etwas gegenübertreten lassen, mit dem sie nicht rechneten. Selbst wenn es zahlenmäßig ausgeglichen wäre, würde man die Soldaten um Torgal vernichtend schlagen.

Er wagte einen gefährlichen Sprung über die freie Fläche. Sofort hagelten Pfeile auf ihn nieder, verfehlten ihn jedoch und er kam unbeschadet bei Humbga an.

„Seid ihr des Wahnsinns." zischte er.

„Seht euch die Pfeile an. Sie trafen absolut symmetrisch. Es muss eine Maschine sein. Hauptmann, gegen solches Wirken kommen wir nicht an. Nicht mit unseren Mitteln."

„Was schlagt ihr vor?"

Hektisch sah sich Torgal mit Humbga um. Sie brauchten einen Plan. Eine Idee! Aber wie denn? Ihre eigenen Bogenschützen waren bereit zum Schuss, es gab nur nichts, auf das sie hätten schießen können. Sie konnten niemanden sehen und die Quelle demzufolge auch nicht anvisieren.

Andersherum wurden sie genauestens beobachtet.

Eine Regung und man würde sie erschießen. Egal ob zum Angriff oder zur Flucht, ihr erster Schritt wäre ihr letzter und Torgal wünschte sich, in Mearas Augen sehen zu können. Sie wollte er als letztes sehen. Dieser Wunsch wurde immer stärker. Seine Sehnsucht nach ihr wuchs in ungesunde Sphären, denn seine Konzentration nahm ab.

Zu diesem Zeitpunkt saßen Meara und Jaromir im Unterricht bei Meister Rastro. Seit der Einführung in den Zirkel waren zwei Wochen vergangen und sie hatten schon viel neben dem allgemeinen Lehrplan gelernt. Das Beste von allem war für Meara jedoch das veränderte Verhältnis zu Meister Rastro. Auch im Zirkel sah man ihn selten fröhlich oder ausgelassen, immer ruhig und brummig. Aber im normalen Schulleben griff er sie nicht mehr immerfort an. Sie war auch in seinem Unterricht eine Schülerin wie jede andere. Ja, das gefiel ihr.

Und jetzt musste sie seine Gunst wegwerfen. Röchelnd sog sie die Luft in ihre Lunge, während sie ein unbekannter Schmerz traf. In ihr wallte eine Angst auf, die sie sich nicht erklären konnte, weil sie nicht ihrem eigenen Herzen entsprang. Das Wissen genügte jedoch nicht, die Angst zu bändigen. Sie wurde innerlich zerrissen und verzweifelte an etwas, das sie nicht mal kannte.

„Meara!" rief Jaromir erschrocken. Sonst hatte es noch keiner mitbekommen, doch mit seinem Ausruf drehten sich alle nach Meara um. Auch Meister Rastro.

„Alle raus hier!" rief er und eilte zu ihr. „Leg sie flach auf den Boden."

Jaromir schob einfach alle Pulte beiseite, die ihm im Weg standen. Dann wollte er Meara der Anordnung entsprechend hinlegen, kam jedoch nicht dazu. Seine erste Berührung sorgte für Mearas Erwachen wie aus einer Trance.

„Ich muss weg." keuchte sie, warf beim Aufstehen ihren Stuhl krachend zu Boden und stolperte benommen zur Tür. Ihr war so schwindlig, dass ihr die Beine weich wurden und sie sich orientierungslos in einem unendlichen See fühlte.

Rastro griff hart nach ihrem Arm und zog sie zurück. „Wo willst du hin?"

„Zu den Drachen."

„Ich komme mit euch." Dass der falsche Prinz mitkäme, stellte sich für Rastro gar nicht erst als Frage. Niemals hätte er Meara allein gehen lassen. „Hol deinen Chabad." forderte er noch von dem Schüler und stürmte selbst hinaus, seinen eigenen zu holen. Und dem Vater Bescheid zu geben. Sie konnten nicht einfach verschwinden, ohne ihn wenigstens einzuweihen. Der Zirkel war sich aber dahingehend einig, dass man Meara nicht aufhalten sollte. Was auch immer geschehe, ihren Eingebungen sollten sie folgen. Was auch immer sie aufgeschreckt hatte, dürfte auch für den Zirkel von Bedeutung sein.

Torgal und sein Trupp waren in arge Bedrängnis geraten. Unbemerkt hatte sich ihr Feind um sie herum verteilt, sie in einen Kessel getrieben und einige weitere Kadetten erschossen. Und den zweiten Mann hinter Humbga. Überall fand man die quadratisch angeordneten Pfeile. Die meisten steckten in leblosen Körpern, manche auch im Boden oder an Bäumen.

Es schien aussichtslos. Sie konnten nicht ausmachen, wo die Pfeile herkamen. Es war schier unmöglich für sie, einen Sieg zu erringen. Die sinkende Moral und Zuversicht sah man den Männern an. Da gab es keinen Unterschied zwischen Kadett und Soldat - wer einem Unsichtbaren gegenübertritt, gerät in Panik. Ziellos schickten sie Pfeile zurück. Bisher ohne jeglichen Erfolg. Ihr Feind schien nicht nur unsichtbar, auch körperlos. Sie konnten sie nicht treffen und waren deren Treiben hilflos ausgeliefert.

„Wir müssen hier weg!" rief Torgal zu seinem Hauptmann.

An der Wurzel des Baumes einige Schritte von ihm entfernt kauerte ein Junge, kaum zehn Jahre alt. Er war von seinem Vater zum Training geschickt worden, obwohl er keine Ambitionen dazu hatte. Er traute sich nur nicht, sich seinem Vater zu widersetzen. Gleiches galt für die Ausbilder. Der Junge tat alles nach bestem Gewissen, was man ihm auftrug. Nicht unbedingt die schlechteste Eigenschaft für einen Soldaten, deshalb hatte man bisher auch noch keinen Grund gesehen, ihn auszuschließen.

Allerdings fehlte ihm für ein wahrhaftiges

Schlachtfeld das Rückgrat. In fingierten Kämpfen das Training zu absolvieren, fiel ihm relativ leicht. Aber jetzt wurde echtes Blut vergossen und der endgültige Tod wartete auf ihn. Da hatte er sich ganz klein zusammengekauert, hielt sich die Ohren zu und wünschte sich zurück an den Rockzipfel seiner Mutter.

Torgal hatte ihn angewiesen, sich ganz klein zu machen, nachdem er gesehen hatte, dass er sich gar nicht rührte. Er hatte neben dem ersten Toten gestanden, ihn angestarrt und sich nicht bewegt. Torgal hatte ihm noch Mut zugesprochen, jetzt wollte er ihn auch in Sicherheit bringen.

Auch Humbga war schon getroffen worden, hatte aber Glück gehabt. Nur ein Pfeil, die Ecke dieses Quadrats, hatte seinen Arm getroffen. Er würde es überleben.

Humbga überlegte ja schon fieberhaft, wo die Lösung lag. Sie waren eingekreist und konnten in keine Richtung fliehen, ohne abgeschlachtet zu werden. Er hätte gleich auf den Prinzen hören sollen. Er hatte seine Männer in den Untergang geführt.

Doch plötzlich, als die Hoffnung schon restlos vertrieben war, wurde ihnen Hilfe geschickt. Anfangs glaubten sie an einen neuen Angriff mit Monstern, die aus irgendeiner Tiefe gekrochen waren. Riesige Schatten zogen über ihnen hinweg wie vom Wind angetriebene Wolkenschleier.

„Hauptmann!" schrie ein Kadett. „Was ist das?!" Wurden sie jetzt auch noch von oben angegriffen? Dann läge ihr einzig freier Weg im Boden, aber

Schaufeln hatten sie keine dabei.

„Hilfe." lächelte Torgal erleichtert nach oben und fand den Mut in der Hoffnung. „Wir müssen sie unterstützen."

„Wen?" fragte Humbga erschrocken.

„Die Drachen. Hier sind zu viele Bäume. Wir müssen sie auf offenes Terrain locken."

Das war gar nicht nötig, wie sich herausstellte, noch während Humbga am Verstand seines Prinzen zweifelte. Ohne sich die Flügel zu brechen, manövrierten sich die Drachen zwischen den Bäumen entlang direkt in den Kessel hinein. Erst mal nur einer. Der Größte. Meara war von nackter Angst um Torgal ergriffen gewesen. Das hatte der Drache gespürt und ihrem Wunsch entsprechend das Tempo angezogen. Sie kam mit einigem Abstand vor den anderen an.

Sie landete als erste mitten im Kessel und sprang gleich von ihrem Freund, dem ältesten Drachenmann. „Danke. Bringt euch in Sicherheit."

Die Überraschung der Angreifer währte nur wenige Augenblicke, dann wurde sie zum Ziel erklärt. Dem Drachen konnten die Pfeile nichts anhaben, aber einem menschlichen Körper, und steckte die Seele eines Magiers darin, konnte jeder Pfeil gefährlich werden.

Meistens nutzte Meara ihre Magie, wenn sie es nicht steuerte. Sie machte sich selbstständig, was man ihr ja eigentlich austreiben wollte, wirkte aber immer mit ihrer Moral. Drei Quadrate aus Pfeilen sollten sie zeitgleich treffen. Nur wenige Schritte, bevor sie durchlöchert werden konnte, wurden die Pfeile ihrer gesamten Geschwindigkeit beraubt als wären sie an eine Wand geprallt. Keine Wand aus hartem Stein, an der sie zersplittert wären, sondern eine eigentlich nicht vorhandene Wand. Eine Barriere. Mearas Schutzschild. Binnen eines Augenblicks flogen die Waffen einfach nicht weiter und klirrten schadlos zu Boden.

„Schluss damit!" rief sie laut. Nicht nur die Tiere und Pflanzen hielten die Luft an, auch Winderlorns Soldaten. Außer einer natürlich.

Meara sah in sich selbst nicht gerade eine mutige Kämpferin. Sie wäre wohl auch nie zu diesem Auftritt fähig gewesen, wenn Torgal nicht in ihr Leben getreten wäre.

Auch Rastro und Jaromir landeten neben ihr. Rastro war ein Freund der Drachen und gern geduldeter Gast in ihrer Höhle. Geflogen war er jedoch noch nie auf einem. Meara hatte ihm an diesem Tag ein ganz wunderbares Geschenk gemacht.

Die Drachen hoben wieder ab. Aber nicht ohne ihrer Freundin einen Gefallen zu tun. Mit kräftigen Flügelschlägen riefen sie solchen Wind hervor, dass sich die Menschen zu Boden drückten und die Chabas aus den Bäumen fielen wie überreife Äpfel. Immer noch unsichtbar, aber verraten durch Geräusche.

Rastro stand in der Mitte des Kessels schlug den Stiel des Chabad auf den Boden und sprach einen Zauber, der die Kreaturen sichtbar machte. Es waren nur so wenige, die der geballten Wut aus Winderlorn nichts entgegenzusetzen hatten. An die zwanzig Soldaten traten gegen einen Chaba an. Mit allen Waffen, Techniken und Taktiken, die sie aufbieten konnten. Auf diesem Niveau war die Schlacht schnell geschlagen.

„Meara." strahlte Torgal und nahm sie nur zu gern in seinen Armen auf. Auch er hatte gekämpft und war mit Blut beschmiert, das nun ihr schönes Gewand befleckte.

Nun, da die Gefahr gebannt war, fing Meara weinend und zitternd an, Verletzungen an ihrem Liebsten zu suchen. „Bist du schwer verletzt?"

Seine Hände schlossen sich wie Schellen um ihre schmalen Handgelenke und er lächelte sie liebevoll an. „Was machst du hier?"

„Keine Ahnung." schmunzelte sie. „Ich spürte deinen Hilferuf und bat die Drachen, mich zu dir zu bringen. Und irgendwie wussten sie, wo du warst."

„Sie ist also der Grund." schmunzelte Humbga und reichte Meara die Hand. „Es freut mich, euch kennenzulernen."

„Die Freude ist auf meiner Seite. Aber sagt, wofür bin ich der Grund?"

„Für den Glanz in seinen Augen, wenn er eure Briefe liest."

„Den hat sie auch." lachte Jaromir. „Tanzt er auch dazu?"

„Bisher nicht." feixte Torgal zu Meara, die schon wieder knallrot angelaufen war. Er zog sie in seine

Arme und küsste ihr sanft die Stirn. Sie hatte keinen Grund, sich zu schämen.

„Ist es nicht schön." seufzte Jaromir und ging für eine Umarmung zu seinem Freund. „Bist du wohlauf?" flüsterte er.

„Alles noch dran. Dank euch."

„Ruht euch aus!" befahl Humbga, schloss einen seiner Kadetten jedoch aus. „Wir sollten uns unterhalten." murmelte er zu Torgal.

„Sie wissen Bescheid." grinste er. „Das ist übrigens der echte Jaromir. Aber ich gebe euch Recht, wir sollten reden."

Mit einer Kopfbewegung lud Humbga den Prinzen und seine Freunde ein, etwas abseits offen zu sprechen. Bevor Meara der Einladung folgte, kam ihr eine andere Idee. Über ihnen saßen noch immer Krähen in den Bäumen und beobachteten sie. Einer sah sie in die Augen und bat sie gedanklich, zu ihr zu kommen. Sofort hob die Krähe ab und landete federleicht auf ihrem Arm.

„Ich weiß, du wirst gelenkt." flüsterte sie. „Ihr müsst Bericht erstatten, sonst droht euch Strafe. Aber bitte … Ich flehe euch an, berichtet nicht von unserem Eingreifen. Sie dürfen es nicht wissen. Nicht, was wir taten, und nicht, wo wir sind."

Humbga gingen die Augen über, als er die Szene erfasste und die Krähe nicken sah. Sie gab nur einen kleinen Laut von sich und hob dann wieder ab, ohne der Frau auch nur einen Kratzer zugefügt zu haben. Mit der einen Krähe erhoben sich auch alle anderen und verschwanden als Schwarm am Himmel.

Torgal stellte sich vor Humbga und schirmte ihn damit von dem unerklärlichen Geschehen ab. „Hauptmann. Wir brauchen eure Erfahrung."

Nur kurz musste er die Lider fallen lassen, erinnerte sich daran, wie man den Mund schließt und straffte sich dann. „Ich fürchte, meine Erfahrung wird euch in dieser Art Krieg nicht helfen."

„Das sehe ich anders." meinte Rastro. „Mein Name ist Rastro, ich bin ein Mitglied des Ordens Zyranian. Bitte. Gebt uns eine Erklärung, wie es zu dieser ausweglosen Situation kam. Wieso griffen sie euch an?"

So erzählte der Hauptmann in groben Zügen, wie sie in die missliche Lage geraten waren, mehrere menschliche Überreste dem Feuer übergeben zu müssen. Für ihn war auch von Bedeutung, dass die Kerle vor etwa zwei Wochen in die andere Richtung gezogen waren und was das für Folgen für das Land hatte. Für Meara klang das persönlich ausgesprochene Leid sogar noch schlimmer als die Briefe von Torgal. Sie suchte seine Nähe, Jaromir auf der anderen Seite, und versuchte zu begreifen, was mit ihrer Welt geschah. Leid und Tod - nichts anderes schien es noch zu geben.

„Sie zogen über das Erolgebirge hinweg?" fragte Rastro nach.

„Ja, der Herr. Wir versuchten, sie zu vertreiben, aber sie waren uns immer einen Schritt voraus. Zwei Wochen konnten wir sie nicht finden, nun zogen sie zurück, aber in weit geringerer Zahl. Ein anderer Trupp ist auf der Suche nach den Restlichen."

„Wir müssen sie aufhalten. Habt ihr Nachrichtentauben bei euch?"

„Nein. Warum? Was werden sie finden?"

„Den Tod, wenn wir sie nicht erreichen."

„Chabdaha." erkannte Meara flüsternd. „Sie versuchen, in Chabdaha einzufallen." Inzwischen hatte man ihr und Jaromir im Zirkel erzählt, wieso das Land von niemandem eingenommen wurde.

„Ja. Die Chabas versuchen hineinzugelangen und wenn es Winderlorns Soldaten ebenfalls tun, kehren sie nicht zurück."

„Wie sollen wir sie denn einholen?" regte sich Meara auf. „Ich schickte die Drachen weg."

„Ihr könntet mit uns reiten." bot Humbga an. „Solange mein Prinz mich nicht zurückschickt, bleibe ich bei euch."

„Das würde ich mir nie wagen." lachte Jaromir leise und hatte einige Verwirrung zu verantworten. Meara hatte sich beinahe daran gewöhnt, aber weder Rastro noch Humbga.

„Wie irritierend." stellte Humbga fest. Er hatte zwar vor kurzem erst erfahren, dass er den Prinzen des Landes trainierte, aber seither hatte sich dieses Wissen genug gefestigt, um ihn zu verwirren.

„Hilft es, wenn ich sage, man gewöhnt sich daran?" neckte Meara. Leicht hatten es die beiden Kerle für niemanden gemacht mit dem Tausch. Dass es nun zu solchen Vermischungen der beiden getauschten Leben kam, war aber auch nicht geplant gewesen.

„Kein bisschen." sagte Rastro und schickte einen Falken mit einer Nachricht zum Vater. Er hatte versprochen, sich regelmäßig zu melden, auch falls sie Hilfe nötig hätten.

Meara saß natürlich vor Torgal und lehnte sich genüsslich in seine Arme. Wären die Umstände nicht gerade so grausam, hätte sie es genossen.

„Es ist schön, dich hier zu haben." flüsterte er in ihr Haar hinein. „Ich glaubte nicht an ein so schnelles Wiedersehen."

„Hast du deine Meinung noch immer nicht geändert?"

„Warte nicht darauf, dass das noch geschieht. Ich schickte dir die Kette nicht ohne Grund. Jeder meiner Familie trägt solch ein Siegel. Und ich wünsche mir, dass du meine Familie bist."

„Und dein Vater?"

„Hat das nicht zu entscheiden."

„Wirst du mir irgendwann vorwerfen, Schuld an dem Bruch zu sein, wenn es so kommt?"

„Dir?" fragte Torgal ehrlich überrascht. „Wieso sollte ich dir die Konsequenzen meiner Entscheidungen vorwerfen? Wenn das gerecht sein soll, wäre ich kein gerechter König und sollte auf den Thron von vornherein verzichten. Liebste Meara, mach dir keine Gedanken darüber. Mein Vater verlor mich schon vor Jahren. Aber Jaros Familie freut sich schon auf dich."

„Du erzähltest ihnen von mir?" staunte sie fassungslos. Wieso hatte er das getan?

„Natürlich. Sie sind wie meine zweiten Eltern, nur dass ich ihnen erstens alles anvertraue und zweitens nichts vormachen kann. Sie wussten es in dem Moment, da ich aus Zyranian zurückkehrte." Sie hatten ihn bei seinem Ausflug ja auch gedeckt. Offiziell hatte er als Jaromir mit Fieber im Bett gelegen und damit entschuldigt dem Training gefehlt.

Meara hob die Hand und legte sie sanft an seine Wange. Erst seit sie wieder bei ihm war, fühlte sie sich komplett. Zuvor hatte ein Teil gefehlt. Ihre Seele war mit dem Abschied auseinandergerissen worden, nun ward sie vereint. Sie wollte es niemals mehr anders.

„Wir reiten los!" durchbrach Humbga die Stille und leider auch die Romantik eines langsam aufkeimenden Kusses. Die beiden Lippenpaare hatten sich noch nicht mal leicht berührt, da war es schon vorbei mit der Zweisamkeit.

„Vertrau mir." schmunzelte Torgal und ritt los, als hätte er drei Pferde in einem. Meara schnappte noch nach Luft, dann blieb ihr nichts als sich festzukrallen.

„Ganz ruhig." lachte er leise. „Ich lasse nicht zu, dass du stürzt."

„Ich weiß." hechelte sie. „Aber die Bäume ziehen so schnell vorbei."

„Wir müssen den anderen Trupp einholen, bevor sie die Grenze Chabdahas erreichen."

„Ich weiß." wiederholte sie atemlos. Die Einsicht würde ihrem Magen aber kein Befehl sein, den

Inhalt bei sich zu behalten.

Ohne Rast für Pferd und Mann - und eine kleine Frau - ritten sie den ganzen restlichen Tag bei vollem Tempo, das ihnen möglich war. An einem schmalen Steg mussten sie langsamer machen, weil nicht mehr als ein Pferd mit Reiter auf einmal den Fluss überqueren konnte, dann ging der Ritt weiter.

Der Wald wurde dichter und dunkler, die Bäume größer. Irgendwann hatten die beeindruckenden Gewächse eine Höhe erreicht, dass kein Funken Tageslicht mehr bis zum Boden drang. Die Kronen der Bäume waren weit gefächert. Darunter herrschte kaum Leben. Pilze sah Meara vorbeifliegen, aber keine üppigen Sträucher und Farne, nicht mal Moos. Um sie herum gab es nur noch kahle Baumstämme von unbeschreiblicher Größe. Sie hatten den Nordhang des Erolgebirges erreicht. Meister Fagul hatte ihnen von dem kahlen Dunkelwald erzählt. Der Boden bestand zum größten Teil aus Gestein, das von den höheren Lagen des Erolgebirges gebrochen und als Lawine hinabgerollt war. Sehen konnte man nicht einen einzigen Stein, denn sie waren übersät mit einem Teppich aus abgestorbenen Blättern und Nadeln.

Dieser Wald war uralt, wusste Meara. Sie spürte es als drückende Macht um sich herum. Langsam fiel ihr das Atmen so schwer wie beim Besteigen des Berges in Zyranian. Es war stickig und heiß und ein modriger Geruch hing als Wolke unter dem undurchdringlichen Blätterdach. Außerdem glaubte sie, ein Flüstern zu hören. Es war nicht nur eine Stimme, sondern mehrere. Aber es war niemand da, der flüsterte.

„Hörst du das?" wimmerte sie leise an Torgals Brust.

„Was? Was hörst du?"

„Leises Reden."

„Was sagen sie denn?"

„Ich kann es nicht verstehen. Als würden Bäume in fremder Sprache flüstern."

Na ganz toll, dachte Torgal. Als wären spähende Tiere und unsichtbare Angreifer noch nicht genug, kamen jetzt auch noch sprechende Bäume hinzu.

„Spürst du eine Gefahr für uns?"

„Ich fürchte mich vor den Stimmen, aber ich glaube nicht, dass sie uns böse gesinnt sind."

Liebevoll nahm er ihre Hand in seine. „Du kannst dich jederzeit an mir festhalten, wenn du Angst hast." Und er nahm sich vor, immer stark für sie zu sein. Sie war so klein, zierlich und zerbrechlich. Er wollte ihr ein starker Mann sein, der alles Unheil von ihr fernhielte.

Das begann schon damit, dass er ihr eine neue Angst nehmen musste. Sie hörten ein Horn erschallen. Ein kurzer und recht leichter Stoß als Ankündigung.

„Kein Grund zur Aufregung. Wir erreichen den anderen Trupp. Das ist ein Horn aus Winderlorn."

Meara stutzte einen Moment. „Erkennst du das so einfach?"

„Allerdings. Jedes Land hat eigene Hörner mit

eigenen Klängen. Darüber werden Befehle erteilt. Wie soll ich dem richtigen folgen, wenn ich nicht weiß, welcher mir gilt?"

Na gut, dachte sie, das klang nachvollziehbar, wenn man den Krieg mal außer Acht ließ.

Direkt nach der hörbaren Ankündigung kamen ihnen drei Reiter entgegen, die vor dem Hauptmann stehenblieben.

„Sprecht." forderte er. Eigentlich hatte er ja eine Botschaft überbringen wollen, aber die Gesichter vor ihm wollten etwas loswerden.

„Es war nicht leicht, den Spuren zu folgen, Hauptmann. An einigen Abschnitten waren sie so verwischt, dass wir sie nicht erkennen konnten. Wir verloren sie wieder und suchen gerade den weiteren Verlauf."

„Was noch?"

Er fühlte sich ertappt. „Na ja..." fing er unsicher an. „Hauptmann, was sind das für Wesen? Sie scheinen Zehen nach vorn und hinten zu haben. Aber nicht bei jedem Schritt."

Humbga wäre danach gewesen, sich die Haare zu raufen. Unter dem Helm war das jedoch nicht möglich. „Führt uns zu den Spuren."

Mit dem Aufschließen dieser Gruppe hatte natürlich niemand gerechnet, deshalb waren die drei Wachtposten ja so erstaunt gewesen und hatten sich angekündigt. Zumal sie auch noch solch merkwürdige Gäste mitbrachten. Eine Frau war auch dabei...

Humbga wurde zu den befremdlichen Abdrücken im Boden geführt. Auch Torgal, Jaromir, Meara und Rastro sahen sich das genauer an.

„Chabas." murmelte Rastro. „In alten Legenden heißt es, sie haben Zehen in beide Richtungen, damit man sie nicht so einfach umstoßen kann. Sie wachsen nicht natürlich."

„Zauberei?" hauchte Meara geschockt. „Sie werden mittels Zauberei noch mehr entstellt?"

„So war es damals, ja. Die Grenze ist nah. Wie geht es dir?"

„Ich weiß nicht so genau." murrte sie, unwillig, überhaupt zu antworten. In ihrem Inneren gab es ein Knäuel aus Gefühlen, dass sie nicht mal selbst so genau wusste, was sie zuerst fühlen sollte.

„Konzentriere dich." forderte Rastro streng. „Blende die Umwelt aus und konzentriere dich nur auf dein Innerstes. Der Vater übte es mit dir und Hithranda."

„Meister Rastro, ich habe viel zu viel Angst vor dem Unbekannten, um mich konzentrieren zu können."

„In seinen Armen hast du keine." lächelte er und zeigte direkt auf Torgal. „Dann suche seine Nähe."

Nichts lieber als das … Wo wollte eine Frau lieber sein als in den Armen des Mannes, den sie liebte?

„Hier geht es weiter." rief ihnen ein Kadett zu. Die Spuren führten auf einem alten, zugewachsenen Pfad entlang. Etwas weiter im Dickicht des Pfades hatten sie die eigenartigen Abdrücke der Chabas gefunden.

„Chabdaha." nickte Humbga. „Ihr hattet Recht. Was wollen die denn dort? Jeder weiß, dass der Ort verflucht ist."

„Das ist er nicht." wusste Rastro. „Zumindest nicht für jeden. Meara, wir gehen näher heran, aber überschreite die Grenze nicht."

„Und wie erkenne ich sie?" fragte sie erschrocken. Es würde ja wohl kaum ein roter Strich auf dem Boden erscheinen wie auf den Landkarten im Unterricht.

„Bleib hinter mir. Ich erkenne sie." Er wandte sich mit ernstem Blick an Humbga. „Das gilt auch für euch. Wer von euch einen Schritt über die Grenze setzt, ist so gut wie tot. Und glaubt mir, es ist ein Tod, den ihr nicht mal eurem Feind wünscht."

Humbga schickte einen unsicheren Blick zu Torgal, der ihm mit einem Nicken versicherte, es gehe in Ordnung. Dieses Nicken kam jedoch nur, weil sich Meara und Jaromir nicht gegen die Anweisung wehrten. Er kannte Rastro nur aus den Erzählungen seiner Freunde und hätte ihm kein Vertrauen geschenkt. Schon allein wegen der Erzählungen Mearas, wie er sie gedemütigt hatte.

Rastro folgte ebenfalls dem alten Pfad, brauchte dafür jedoch keine sichtbaren Spuren am Boden. Er kannte den Weg, denn er war ihn bereits mit Xondra gegangen. Damals war er neu in den Zirkel gekommen und hatte wie jedes andere Mitglied versuchen sollen, den Weg zum Palast zu finden. Ins

Land war er eingelassen worden, aber den Palast hatte er nicht gefunden.

Am Ende des Pfades trennte eine Schneise im Wald das Erolgebirge von Chabdaha. Das Gebirge war neutrales Gebiet und diente Winderlorn und anderen zur Jagd und Holzbeschaffung. Allerdings gab es ein Abkommen aller angrenzender Länder, dass das Gebirge nicht überjagt wurde und auch nicht sämtliche Bäume gefällt wurden.

Ein Streifen von kaum einem Schritt Breite trennte den einen Wald vom nächsten. Ödnis, mehr war die Schneise nicht. Kein winziges Pflänzchen war zu finden und nicht mal Ameisen.

„Das ist seltsam." sagte Humbga. Er war vom Pferd gestiegen und versuchte, aus dem aufgewühlten Boden den Hergang zu erkennen. „Es sieht nach einem Kampf aus. Hier ist Blut überall. Auch auf der anderen Seite. Aber was ist geschehen, das den Boden umgrub?"

„Der Schutz Chabdahas." erklärte Rastro. „Nicht jedem wird Einlass gewährt. Wer unberechtigt das Land betritt, kommt zu Tode. Auf die unterschiedlichsten Weisen." Er deutete auf die Reste eines entstellten Körpers, der zwischen Dornenhecken hing. Die Pflanze hatte sich um ihn gewunden und nicht mehr hergegeben. Er war zu Tode gequetscht worden und hing noch immer dort.

Auch Torgal war abgestiegen und hatte Meara vom Pferd geholfen. Sie schien ihn kaum wahrzunehmen.

„Meara?" fragte er leise. Sie sah an ihm vorbei

als wäre er gar nicht da. Ihre Lippen waren leicht geöffnet und der starre Blick gen Grenze gerichtet.

„Es ruft mich zu sich." säuselte sie benommen. Von der Grenze, beziehungsweise vom dahinterliegenden Land, ging eine Anziehung aus, der sie kaum widerstehen konnte. Meister Rastros Worte hatte sie nicht vergessen, aber die Anziehung war viel stärker als sie.

„Meister Rastro!" rief Torgal verzweifelt. Was er auch sagte, was er auch tat, er war nicht imstande, Meara aus der Trance zu holen. Hielte er sie nicht fest, wäre sie schon längst über die Schneise hinweggetreten.

„Was hat sie denn?" fragte Humbga. Ihm war mittlerweile natürlich klar, dass hier Mächte mitspielten, von denen er nichts wusste, die er nicht kannte und absolut nicht einzuschätzen wusste.

„Sie wird gerufen." staunte Rastro. „Sie ist es tatsächlich."

„Wer ist sie?" fragte Jaromir.

„Eine Erbin der Magier. Wie es der Vater dachte, wird sie den Zugang finden." Er trat nahe neben sie. „Meara, hörst du mich?"

Wie von fremder Hand geführt nickte sie ansatzweise. Sie konnte ihn hören und wollte ihm das auch mitteilen. Mehr Kommunikation war ihr jedoch nicht möglich. Sie hörte liebliche Stimmen singen und Lockrufe von Sicherheit für all ihre Lieben. Ein Ort, an dem keine Angst herrschte, weil niemand dort einfallen könnte. Es gäbe keinen Schmerz und kein Leid, nur Liebe und Frohsinn.

„Meara." sagte Rastro eindringlich. „Überquere die Grenze langsam und horche in dich. Macht dir irgendetwas Angst, dann kehre um. Hast du verstanden? Egal wie stark der Ruf ist, widersetze dich ihm und bleib Herrin deiner Sinne."

Wieder nickte sie nur, gab keine gesprochene Antwort, und Torgal zweifelte, ob das der richtige Weg wäre.

„Seid ihr sicher?"

„Zu hundert Prozent. Sorge dich nicht. Wir übten mit ihr, die Kontrolle über ihren Geist zu behalten. Sobald sie etwas abschreckt, wird sie stehenbleiben."

Auch er nickte nur, allerdings weil seine Stimme von einer Angst gefressen wurde, die er bisher noch nie erlebt hatte. Die Angst um sein Leben schien ihm kaum nennenswert gegen die Angst um Mearas Leben.

Langsam löste er seinen Griff von ihr. Jaro stand nah bei ihnen und sie liefen mit ihr. Sollte sie von irgendwem oder irgendwas attackiert werden, würden sie eingreifen.

Rastro schob die beiden etwas von ihr weg. „Ihr könnt sie nicht begleiten. Sie muss den Schritt allein gehen."

„Niemals." legte Torgal fest und drückte sich an ihm vorbei.

„Jaromir." bat er besänftigend. „Bitte. Du bist kein Nachkomme Chabdahas. Das Land würde dich angreifen und vermutlich Meara mit dir."

„Was ist mit mir?" fragte der echte Jaromir und bohrte zur stummen Unterhaltung seinen Blick in den seines Meisters. Jaromir war im Zirkel aufgenommen worden und hatte vielleicht etwas Blut aus Chabdaha in sich. Vielleicht auch genug, um ihn einzulassen.

„Nein." legte Rastro fest. „Ich bin mir sicher, ihr wird nichts geschehen."

Meara hatte nur ganz kleine Schritte gemacht, als könnte sie vor Glück kein Bein mehr heben. Sie spürte die Grenze, ehe sie sie übertrat. Eine Wand stand auf dem Streifen Ödnis. Eine Wand aus reiner Wärme und Liebe. Sie durchquerte diese Wand und wurde willkommengeheißen. Schwärme von Schmetterlingen zu hunderten stiegen auf. In schillernden Farben tanzten sie um die Heimkehrerin herum. Gleichzeitig wurde sie von den Bäumen mit einem Blütenregen begrüßt. Ihr erster Schritt in das verwilderte Land erhellte die Sonne und tauchte Meara in ein goldenes Licht.

Solches Glück hatte sie noch nie empfunden. Sie breitete die Arme aus, strahlte gen Himmel und begann jauchzend zu tanzen. Wo auch immer ihr Fuß den Boden berührte, sprossen Blumen empor. Die zur Disziplin erzogenen Soldaten Winderlorns starrten mit offenen Mündern, unfähig zu irgendeiner Regung, über die Grenze hinweg.

„So ungefähr sieht es aus, wenn sie deine Briefe liest." spottete Jaromir.

„Ihm steht der Wunsch dazu im Gesicht." lachte Humbga über seinen Prinzen, der das vermutlich nicht mal wahrnahm. Er beobachtete die schönste Frau, die es auf Erden gab. Ihre Haut war so rein und weich und hatte die Farbe von Alabaster. Nur ihre Wangen waren von rosa Rosenblüten hauchzart gestreift worden. Ihre Lippen so sinnlich und rot, ihre Augen so blau wie ein in der Sonne glitzernder See ... Ihr goldenes Haar wellte sich zu ihren Hüften wie ein Umhang. Sie hatte das Deckhaar nach hinten geflochten und mit einfachen Bändern verwoben. Wertlose Stoffreste, doch an ihr wurde es der Kopfschmuck einer Königin.

Sogar der unnahbare Rastro hatte bei dem Anblick feuchte Augen bekommen. Ganz leicht natürlich nur und er hatte sich gleich wieder unter Kontrolle. Er fühlte sich geehrt, dass er durch die Umstände dazu gekommen war, diesen Augenblick wahrhaftig mitzuerleben. Chabdaha hieß die erste Magierin seit über eintausend Jahren willkommen.

„Torgal." sagte er und wurde gleich von zwei jungen Männern erwartungsvoll angesehen. „Der Falsche." betonte er amüsiert. „Versuch es langsam."

Jaromir näherte sich langsam der Grenze, wie angeordnet. Er wollte nicht in einem Dornenbusch enden oder zerrissen von wildem Getier.

Auch er spürte die Wärme der Wand, hielt die Luft an und trat hindurch. So einen Empfang wie Meara erhielt er nicht, aber immerhin wurde er nicht angegriffen und ging zu Meara für eine fröhliche Umarmung.

„Ich bin stolz auf dich." flüsterte er.

„Das passt mir nicht." knurrte Torgal und wagte

ebenfalls einen Schritt zur Grenze.

„Bitte nicht!" rief Meara aufgeschreckt aus ihrem Glück. „Bitte gehe kein Risiko ein."

„Für dich ist mir kein Risiko zu groß." lächelte er und tat es, bevor ihn jemand aufhalten konnte. Meara selbst, aber auch Rastro und Humbga schafften nicht mehr als einen Schritt, dann war es schon geschehen. Und auch er wurde nicht angegriffen.

„Sagtet ihr nicht, uns droht der Tod?" fragte Humbga.

„Nur jene, die Chabdahas Blut in sich tragen und nach Chabdahas Kodex leben und fühlen, werden aufgenommen." erklärte Rastro. „Vielleicht wurde diese Regel von Meara durchbrochen."

„Von mir?" piepste sie. „Wie denn? Und wie können wir das Land dann schützen?"

Diese Antwort musste noch ein wenig warten. Zeitgleich richteten sich alle Blicke weiter westlich ins Landesinnere aus. Sie hörten Hufe auf dem Boden aufschlagen. Irgendwer war noch im Land, der nun zu ihnen kam.

„Das ist nicht wahr." hauchte ein Kadett, als er ein schneeweißes Einhorn erblickte. Die Mähne war golden und feine Silberketten glitzerten an seiner Stirn. „Meine Augen scheinen betrogen zu werden."

„Das werden sie nicht." lächelte Rastro und tat etwas für Meara völlig Unvorstellbares. Er kniete vor ihr nieder. Und zu allem Überfluss senkte er auch noch den Kopf. „Nur das Königsgeschlecht Chabdahas vermag es, die Einhörner zu wecken."

Das war definitiv eine Information zu viel für Meara. Einen Wimpernschlag lang starrte sie Rastro noch an, dann rutschte sie ohnmächtig zusammen. Torgal war ihr nahe genug, dass er sie trotz seiner eigenen Überraschung fangen konnte.

„Meara." rief er erschrocken. „Liebste, wach auf."

Das Einhorn kam direkt zu ihnen, als kenne es Meara. Es senkte den Kopf zu ihr und stieß sie sanft an. Es war sehr vorsichtig, mit dem langen Horn nicht aus Versehen Torgal zu treffen.

„Bist du echt?" flüsterte er und hob unsicher die Hand zu dem Tier. Es sah aus wie ein Pferd, nur eine lange, spitze Spirale an der Stirn. Lange Wimpern schwangen hoch und in den Augen sah Torgal ein Lachen. Es lachte ihn aus für die Frage.

Meara regte sich und Torgal setzte sie auf seinen Schoß. Sein Körper war ihre Sitzfläche und Lehne zugleich. „Wie geht es dir?"

„Gut." schmunzelte sie. „Solange niemand wiederholt, was ich als letztes hörte."

„Es gibt schlimmeres als eine Königin zu sein." schmunzelte Torgal, durfte aber nicht mal aussprechen. Schon nach der Hälfte des Satzes hielt Meara ihm den Mund zu.

„Nein." legte sie fest und rappelte sich mit seiner Hilfe wieder auf die Beine.

Im halben Land war die Kunde binnen Minuten verbreitet. Die Königin war heimgekehrt. Aus allen Richtungen kamen Tiere zu ihnen. Große und Kleine. Bär, Fuchs und Wolf standen zwischen Hase,

Reh und Igel. Sie sahen zu Meara und neigten sich ebenfalls zum Boden vor ihr. Ebenso das Einhorn. Es beugte sich so tief, dass das Horn den Boden berührte und eine goldene Blume wuchs und innerhalb von Sekunden wunderschön blühte.

Meara war mit den Entwicklungen einfach nur hoffnungslos überfordert. „Nein." schniefte sie. „Bitte. Ich bin keine Königin."

Rastro erhob sich anmutig vor ihr. „Aber du entstammst der Linie der Königinnen."

„Das kann unmöglich sein. Ich bin ein Mündel. Ich bin niemand. Und schon gar keine Königin."

Ein junges Häschen, vermutlich erst einige Wochen alt, hoppelte zu ihr, saß ganz dicht vor ihren Füßen und sah mit großen Kulleraugen zu ihr auf. Vorsichtig hockte sie sich zu ihm und hob es auf ihre Hand.

„Was verlangt ihr von mir?" flüsterte sie. „Was soll ich tun?"

Die Augen des Tieres wurden zu einer spiegelnden Oberfläche, in der sie einen verlassenen Palast sah. Er war groß wie eine ganze Stadt, aus weißem Marmor gebaut, und viele Türmchen bildeten eine Krone auf ihm. Unter ihm schillerte ein Kristall. Er war so gigantisch, dass der Palast darauf klein wirkte. Ein Sonnenstrahl brach sich auf ihm und versprühte einen Regenbogen in alle Richtungen.

„Der Palast?" flüsterte Meara unsicher. „Ich soll zum Palast gehen? Und den Kristall zusammensetzen?"

Das Häschen nickte aufgeregt. Noch immer waren seine Augen weit, voll Erwartung an die Königin und das Erblühen ihres Reiches.

Ein Hirsch trat zwischen den anderen Tieren hervor. Er selbst war beeindruckend groß und majestätisch, da hätte er nicht mal ein solch gewaltiges Geweih gebraucht. Auf fünf Armlängen Breite verästelte es sich in unzähligen starken Zweigen. Neben der Königin legte er sich auf den Boden und irgendwoher wusste Meara, dies war eine Einladung. Sie sollte auf ihn steigen.

Zuvor stellte sie sich vor ihn. „Was ist mit meinen Freunden? Können sie uns begleiten? Hier wäre es sicherer als auf der anderen Seite der Grenze."

Sie öffnete den Mund zum Sprechen, doch sprach eine fremde Stimme aus ihr. „Der Schutz Chabdahas liegt in den Händen der Königin. Wem sie Einlass gewährt, dem wird nichts geschehen." Einen Moment schüttelte sie den Kopf, um wieder klar zu denken. Es war, als hätte ein Fremder einfach die Kontrolle über ihren Körper übernommen und sie selbst hätte nur zugesehen.

„Bitte versucht es vorsichtig." bat sie die Truppen Winderlorns. „Das ist alles neu für mich und ich möchte nicht, dass jemand meinetwegen verletzt wird."

Das ließen sie sich natürlich nicht entgehen. Wann kam man schon mal dazu, solch ein Abenteuer zu erleben? Auch der Junge, der im Kampf noch vor Angst sterben wollte, traute sich mit glänzenden Augen. Er machte den ersten Schritt, sogar noch vor

Humbga. Und auch er wurde in Chabdaha begrüßt. Ein blauer Schmetterling setzte sich auf seine Schulter.

„Wie wunderschön." flüsterte er fasziniert.

Unterdessen bat Torgal den großen Hirsch um Vergebung. „Bitte lasst sie bei mir reiten. Ich möchte sie so nah wie möglich bei mir haben." Der Hirsch senkte kurz den Kopf zur Zustimmung und stand dann auf. „Vielen Dank."

„Werde ich da eigentlich auch noch gefragt?" lachte Meara.

„Nein." antwortete Torgal, zog sie in seine Arme und küsste sie. „Solange ich noch etwas zu sagen habe, lasse ich dich keinen Atemzug zu weit fort von mir. Es ist kalt ohne dich."

„Ich möchte nicht, dass jemand in meinem Land frieren muss."

„Deinem Land." schmunzelte Torgal. „Mal sehen, was mein Vater davon hält."

„Nicht viel vermutlich." seufzte sie. „Wenn der alte Bruch in ihm weiterlebt, wird er gar nicht glücklich sein. Das wäre vermutlich schlimmer als ein Mündel aus Ul-Bairamok."

„Und es ist mir immer noch egal." betonte er und half ihr auf seinen Hengst hinauf. „Wo geht es denn eigentlich hin?"

„Woher soll ich das wissen?"

„Du weißt es." stellte Rastro mal wieder mit einer Überzeugung fest, die Meara erschauern ließ. Was der immerfort von ihr verlangte … Seit sie dem

Zirkel beigetreten waren, stellte er sie immer wieder vor neue Unmöglichkeiten, die ihr dann trotzdem gelangen.

Wie genau sie die Antworten fand, wusste sie diesmal genauso wenig wie die Male zuvor. Der Hirsch und das Einhorn rannten ohne ersichtlichen Grund Seite an Seite los.

„Wir folgen ihnen." bestimmte Meara. Ob es die richtige Entscheidung war? Sie wusste es nicht, sie glaubte es nur.

Torgal führte seinen Hengst hinter den beiden ungewöhnlichen Gestalten her. Auch er hatte schon einiges Wild erlegt, auch schon Hirsche. Jedoch nie so einen gewaltigen. Er hätte vermutlich nicht mal schießen können bei dem Anblick.

Chabdaha bestand eigentlich nur noch aus Urwald. Es gab keine Wege, nicht mal ausgetrampelte Pfade. Schon bald war das Unterholz so dicht, dass kaum ein Durchkommen war. Der Hirsch und das Einhorn sprangen über umgestürzte Bäume und schlüpften durch Risse in den Teppichen der Hängepflanzen. Überall lebten auch Spinnen und hatten ihre weitläufigen Netze in den Weg der Reisenden gebaut. Die Sträucher bildeten teilweise ganze Mauern. Waren sie zu hoch, mussten sie außen herum gehen.

Der ganze Trupp wurde begleitet von Tieren. Es machte den Eindruck, als hätte sich die gesamte Fauna Chabdahas bei ihnen versammelt. Vögel umschwirrten sie mit den Insekten. Einige setzten sich auch auf die Reisenden. Ein Rotkehlchen landete auf Torgals Helm und kuschelte sich zwischen den silbernen Büschel. Er schielte kichernd nach oben und gab sich besonders Mühe, den Kopf nicht zu bewegen. Die Schmetterlinge scharten sich um den Jungen unter den Kadetten. Sein Pferd lief zügellos mit den anderen mit, während er von den vielen fliegenden Farben abgelenkt war. Ein Eichhörnchen sprang vom Ast direkt in Jaromirs Schoß und blieb dort sitzen. Es ließ sich streicheln und gab gleiches mit buschigem Schwanz zurück, der Jaromir in der Nase kitzelte.

Sie glichen einem Festzug, den es nirgends sonst auf der Welt gegeben hätte. Wo auch immer sie an blühenden Blumen vorbeikamen, drehten sich die Blüten mit der Königin. Ohne Wind rauschten die Bäume und sangen ihnen Lieder mit den Vögeln.

Die tierische Parade führte die Neulinge in diesem Landstrich. Hirsch und Einhorn bildeten die Spitze, dicht gefolgt von der Königin und dem Prinzen des Nachbarlandes. Die Nacht war schon angebrochen, ehe sie einen See erreichten. Der Wald reichte bis zu seinem Ufer und auf der anderen Seite erhob sich ein Hügel. Der Hirsch nutzte den See zum Trinken. Das Einhorn neben ihm blieb ebenfalls stehen und wartete.

„Was ist?" fragte Humbga. „Wieso geht es nicht weiter?"

Torgal hatte nur eine Ahnung, weshalb es nicht weiterging. „Ich glaube, wir erreichten unser Ziel. Meara? Was siehst du?"

Sie sah staunend über den See hinweg zu dem

grünen Hügel. Ihr Anblick war nicht anders zu erklären, als dass sie etwas sah, das die anderen nicht sehen konnten.

„Seht ihr ihn nicht? Den Palast? Der weiße Marmor schimmert silbern im Mondlicht. Auf den spitzen Dächern sitzen Sterne und auf den roten Ziegeln sitzen Falken. Das große Tor zeugt von feinster Schmiedekunst. Um die Zinnen winden sich rosa Rosen. Der große Turm ist von unten bis oben mit Efeu umrankt. Das Dach vor dem großen Tor wird von weißen Säulen gehalten. Die Schornsteine sehen aus wie Skulpturen. Noch nie durfte ich etwas so Überwältigendes erblicken."

„Da kann ein Schloss im See nicht mithalten." schmunzelte Jaromir leise. „Meinst du, du kannst ihn für unsere Augen sichtbar machen?"

„Wie denn?" fragte sie unglücklich. Natürlich wollte sie ihnen den traumhaften Anblick nicht vorenthalten, auch die Aussicht auf ein Nachtlager nicht, aber eine Anleitung gab ihr auch niemand.

„Betritt ihn." schlug Rastro vor. „Wir werden dir folgen, solange wir können. Du hast ihn gefunden, also wirst du ihn auch wiederbeleben können."

So einfach sollte immer alles sein. Gut, in den meisten Fällen war es auch so gekommen. Vielleicht sollte sie es einfach versuchen.

Sie nahm Torgal die Zügel ab und führte seinen Hengst um den See herum. Zu Füßen des Hügels blieb sie stehen, stieg ab und legte den Kopf in den Nacken. Da oben … Über dem Tor wehte eine Flagge. Sie war weiß im Grund, mit rotem Saum und zeige als Wappen eine Verflechtung aus Einhorn, Lilie und einer Kristallkrone. Meara kannte dieses Zeichen.

„Das ist nicht möglich." flüsterte sie wie weggetreten.

„Was?" fragte Torgal. Er stand dicht hinter ihr und war bereit, sie zu fangen, falls sie kippen sollte, was definitiv noch geschehen würde, wenn sie sich noch weiter zurücklehnte.

Bei ihrem überstürzten Aufbruch hatte sie ihre Schultasche zurückgelassen. Einen Beweis konnte sie im Moment nicht erbringen, aber sie war sich ganz sicher.

„Über dem Tor weht eine Fahne."

„Nach all den Jahrhunderten immer noch?" staunte Humbga.

„Sie weht, ich kann sie sehen. Als Säugling wurde ich in den heiligen Gärten Bairamoks gefunden. Alles, was ich je besaß, war die Decke, in die ich gewickelt war. Sie ist mir sehr wichtig und durch Zufall fand ich irgendwann heraus, dass sie mit einem Garn bestickt ist, das nur bei Mondlicht sichtbar wird."

„Die Schweifhaare eines Einhorns." wusste Rastro. „Sobald sie vom Körper des Einhorns getrennt werden, sind sie nur noch bei Mondlicht zu sehen. Du fandest die Flagge Chabdahas auf der Decke, nicht wahr?"

„Ja." hauchte sie immer noch gen Himmel. „Es war eben jenes Symbol, das da oben weht."

„Geh hinein. Geh heim." flüsterte ihr Torgal zu.

Sie sollte heimkehren … Sie war in den heiligen Gärten zu Hause, doch ein Heim hatte sie nie gehabt. Zumindest nicht seit sie bei den Priestern aus dem Nichts aufgetaucht war. Jetzt sollte ein Palast ihr Heim sein? Das war verrückt und sie glaubte eher daran, dass sie schlief und träumte als an die Wirklichkeit.

Unsicher machte sie einige Schritte auf das Tor zu. Es war geschlossen. Aus hauchdünnen Silberfäden war es zu wunderschönen Mustern geformt worden und doch glaubte sie nicht, dass es so zerbrechlich war, wie es aussah.

Der Torbogen war etwa zwei Stockwerke hoch und halb so breit. Mit dem ersten Schritt darunter wurde dieser Teil auch für die anderen sichtbar und sie traten instinktiv einen Schritt zurück.

Meara legte die Hand an das Tor, es war angenehm warm, wie von der Mittagssonne erhitzt, und es schwang auf. Ganz leicht. Sie brauchte keinen Schlüssel, auch keine Kraft.

Sie durchquerte das Tor und erweckte den ganzen Palast damit zu neuem Leben. Ihren Zuschauern blieb jedes Staunen im Halse stecken. Der weiße Marmor warf so viel Mondlicht zurück, dass es trotz Dunkelheit der Nacht hell genug war, jede Kleinigkeit zu erkennen.

„Du meine Güte." sagte Jaromir leise neben Torgal. „Wer hätte so etwas erwartet?"

„Meara am wenigsten, fürchte ich."

„Du sagst es, mein Freund. Wir sollten sie

begleiten."

Und das taten sie. Auf der anderen Seite des Tores war Meara stehengeblieben und nahm nicht mal mehr im Unterbewusstsein wahr, was hinter ihr passierte. Sie stand am Rande des Schlosshofes und hatte Gänsehaut von Kopf bis Fuß. Der Boden war aus glatten Steinen in Mosaik gepflastert. Der Brunnen samt Kurbel, die Spaliere, Tore und Türen, Fensterläden und Fackelhalter - alles sah so zart und zerbrechlich aus und strahlte in silber-weißem Mondlicht. Es war hell und bezaubernd zugleich.

Ellenlange Kübel zogen sich um den Hof herum. In ihnen wuchsen die goldenen Lilien, die das Einhorn geschaffen hatte. Links und rechts des Tores standen Töpfe mit üppigen Büschen darin. So eine Pflanze hatte Meara noch nie gesehen. Die Blätter hatten sich zu Trompeten geformt und ließen, unterstützt durch helle Glocken der Blüten, ihren Schall durch ganz Chabdaha erklingen. Die Königin ist heimgekehrt, rief es als Echo und Schall von den Wänden wieder, erhob sich in die Nacht und verbreitete sich über Wälder und Felder, Berge, Seen und Flüsse.

Bei solch einem Schauspiel wusste nicht mal Meister Rastro etwas zu sagen. Zum Glück, so dachte er, hatte sich der Ordensvater durchgesetzt und Meara aufgenommen. Rastro war einer derer gewesen, die sich vehement dagegen gewehrt hatten. Wie sollte sie denn neben dem Lehrplan all den Stoff nachholen, den sie in der Schule zuvor hätte lernen müssen? Er hatte nicht daran geglaubt, dass sie die Disziplin aufbringen würde. Und er war eines

Besseren belehrt worden. Von Anfang an hatte sie nur gelernt und viel Fleiß in ihre Arbeit gesteckt. Und nun war sie auch noch die eine, auf die der Zirkel und Chabdaha so lange gewartet hatten.

„Majestät." sagte Jaromir und verbeugte sich vor seiner Freundin. „Gewährt ihr uns für die Nacht Unterschlupf in eurem Palast?"

„Du bist nicht mehr bei Sinnen, ich hatte es dir gesagt." lachte sie. „Lasst uns sehen, ob wir ein geeignetes Nachtlager finden."

An dem Palast schienen die Jahrhunderte vorübergegangen zu sein. Nirgends lag Staub, obwohl sie ihn in dicker Schicht erwarteten. Im Gegensatz zu den Höfen im Land war der Palast auch nicht von Pflanzen überrannt worden. Sie mussten nicht erst Spinnweben beseitigen oder sonstiges. Sie kamen hinein und fanden Zimmer in tadellosem Zustand.

Die Himmelbetten waren mit hauchdünnen Vorhängen verziert und luden die müden Soldaten ein, sich niederzulegen und auszuruhen. Jeder bekam ein eigenes Zimmer, außer Torgal natürlich. Er legte sich zu Meara und hielt sie fest in seinen Armen.

„Wie geht es dir?" fragte er liebevoll. „Es war ein aufschlussreicher Tag."

„Allerdings. Und ich glaube, beim Aufwachen werde ich annehmen, es wäre ein Traum gewesen."

„Dann wärst du nicht bei mir, also lass es bitte nicht nur einen Traum sein."

„Da ich in einem fremden Bett aufwachen werde,

wird es wohl Wirklichkeit sein." Sie drehte sich in seinen Armen und sah ängstlich in seine Augen. „Torgal, das ist alles zu viel für mich. Mein Kopf und mein Herz weigern sich, das aufzunehmen."

„Das ist verständlich, Liebste. Setz dich selbst keinem Druck aus, der nicht nötig ist. Für heute Nacht kannst du sowieso nichts weiter tun, als dich an mich zu lehnen und zu schlafen. Und alles andere kommt, wenn der Zeitpunkt da ist."

„Schlafen klingt gut." gähnte sie. Ihre Lider waren bleischwer. „Mein Körper fühlt sich an, als hätte ich den Weg von Zyranian hierher zu Fuß überwunden."

„Na ja." feixte er und entschied sich, ihr eine Zusammenfassung der Ereignisse zu geben. „Dein Tag begann beim Sonnenaufgang und mit Unterricht. Dann folgte der Flug auf einem Drachen, worauf ich wirklich neidisch bin, und eine Schlacht gegen die Chabas, die wir ohne dein Eingreifen nicht überlebt hätten. Und zum krönenden Abschluss wartete auch noch dein Empfang in Chabdaha und das Finden des Palastes, den seit Jahrhunderten kein Auge mehr erblickte. Meiner Meinung nach hat dein Körper das Recht, erschöpft zu sein."

Schon während der Aufzählung lachte sie leise vor sich hin. So zusammengefasst passte das gar nicht in einen einzigen Tag. Aber ihr Liebster hatte insofern Recht, dass sie müde sein durfte. Und mit dem Kopf an seiner Brust schlief sie sogar schnell ein und träumte von den freundlichen Farben ihres Landes, dem Gefühl von Frieden und Eintracht und von Torgal.

***

Weit oben im Erolgebirge stand eine einsame Hütte im Wald. Zu der Hütte gehörte etwas weiter oben ein alter Wachturm. Früher war er von Winderlorn genutzt worden, um Feinde schon von weitem sehen zu können. Ehe der Angriff das Land erreicht hatte, stand die Verteidigung bereit.

In der Hütte lebte ein Mann mit seiner Frau und den beiden Töchtern. Sie waren einfache Leute, die von dem lebten, das ihnen der Wald bot. Ein Familienschwur hielt sie in dieser verlassenen Gegend.

Jeden Morgen stieg der Mann von der Hütte den Berg hinauf zum Turm. Die Familie hatte diesen Standpunkt nicht umsonst gewählt, denn nirgends außer hier konnte man so viel von Chabdaha mit einem Blick einfangen. Und an diesem Morgen erfüllte sich ihr Schicksal.

„Tara!" rief er, dass es nur so hallte im aufwachenden Wald. „Tara!" Wieso hörte seine Frau ihn nur nicht? „Tara!"

Sie kam aus der Hütte gestürzt, gefolgt von den beiden Töchtern. „Was ist geschehen?!" fragte sie aufgeregt. Mehr fallend und rollend als laufend kam ihr Mann den Pfad hinab.

„Cha..." hechelte er atemlos. In seinem Alter hätte er solche Anstrengung unterlassen sollen. Der morgendliche Blick nach Chabdaha war für ihn so alltäglich, dass er kaum mehr damit gerechnet hatte, das Land in Blüte zu sehen. „Cha … Cha … Cha...“

„Durchatmen.“ forderte seine älteste Tochter. Sie sahen ihrem Vater erwartungsvoll entgegen, aber was er sagen wollte, war ungreifbar. Dabei schien es wichtig.

„Chabdaha blüht!“ brachte er schließlich hervor. Mehr Artikulation würde er nicht gleich fertigbringen. Er war so aufgeregt, dass die Worte auf seiner Zunge Purzelbäume schlugen.

„Es blüht?!“ quiekte die jüngste Tochter und rannte mit ihrer Schwester den Pfad hinauf. Sie mussten es mit eigenen Augen sehen.

Seit dem Tod der letzten Königin hatte in ganz Chabdaha keine einzige Blüte mehr geblüht. Knospen waren gewachsen und hatten gespannt darauf gewartet, erblühen zu dürfen. Ohne eine Königin im Land, ohne menschliches Leben und ohne Zukunft hatte sich nicht eine einzige geöffnet. Bis am Vortag Meara das Land zum Blühen gebracht hatte. Vom Aussichtsturm aus war Chabdaha ein bunter Fleck inmitten von Grün. Viele Bäume färbten sich schon rot und gelb im anbrechenden Herbst, aber nirgends gab es solche Farbenpracht wie in Chabdaha.

„Es blüht.“ weinte die Mutter der beiden Mädchen. Sie war mit ihrem Mann ebenfalls hinaufgestiegen und lehnte nun an ihm, um diesen Anblick zu genießen.

Rosenbüsche rund um den Palast waren erwacht.

Magnolien, Kastanien, Kirschen - alle Bäume trugen zeitgleich die prächtigsten Blüten. Dazwischen gingen die grünen Blätter vollkommen unter.

„Schnell." drängte der Mann. „Tara, schreib die Botschaften. Ich hole die Tauben. Wir müssen die Nachricht verbreiten."

Die beiden Töchter halfen ihnen dabei. An alle Freunde, Bekannte und Verwandte schrieben sie die Neuigkeit und schickten alle Tauben los, die sie auftreiben konnten.

„Ich reite zu meinen Brüdern." erklärte der Vater, stieg auf sein Pferd und ritt davon.

Er und auch seine Frau trugen das Blut Chabdahas in sich. Entgegen der landläufigen Meinung waren die Chabdani nicht verstreut und entzweit. Ausgehend von dem Hüter auf dem Berg verteilte sich die Nachricht an alle Chabdani, die er kannte. Die gaben es wiederum weiter an alle Chabdani, die sie kannten. So war bis zum Ende dieses Tages in allen Ecken der Erde der Ruf zu hören: „Die Königin ist heimgekehrt!"

Allerdings nur unter den Chabdani. Niemandem sonst fiel die Nachricht zu und niemand ohne Chabdahas Blut bemerkte, was sich regte in der Welt. Sie packten ihr Hab und Gut zusammen und machten sich sofort auf den Weg nach Chabdaha. Auf den Weg nach Hause.

Das Land war erblüht, jetzt mussten sie gemeinsam als ein Volk dafür sorgen, dass es ganz auferstehen könnte...

Teil 1

ISBN 9783744815772

Teil 2

ISBN 9783744815789

Teil 3

ISBN 9783744815796